Palácio dos SONHOS

TRILOGIA IRMÃOS MANCINI 3

JANA PERLA

1ª edição
Rio de Janeiro – Brasil

Sumário

A alma é uma borboleta... Há um instante em que uma voz nos diz que chegou o momento de uma grande metamorfose...

Rubem Alves

Playlist do Romance disponível no Spotify

Nota da autora

Esse livro contém gatilhos, temas sensíveis e relatos de violência contra a mulher, estupro, abuso e tortura, que foram abordados de forma visceral, beirando ao choque. Peço às leitoras e aos leitores que tenham isso em mente.
Para relatar tais assuntos, li e entrevistei pessoas que vivenciaram algumas das situações e seus nomes permanecerão anônimos.
A intenção desse livro, de forma nenhuma é romancear os abusos, que foram relatados como crime que são e devem sempre ser combatidos.

De acordo com a Lei nº 12.015/09 passou a definir, mediante seu artigo 213, o crime de estupro como:

"Art. 213. Constranger alguém, mediante violência ou grave ameaça, a ter conjunção carnal ou a praticar ou permitir que com ele se pratique outro ato libidinoso.

Considerado crime hediondo, pois é classificado como um dos crimes mais violentos, o estupro não mais se restringe à conjunção carnal, ou seja, ao ato sexual sem consentimento.

De acordo com dados da OMS, de 1 a cada 3 mulheres no mundo sofre violência física ou sexual e ainda segundo o órgão a violência começa cedo: 1 em cada 4 adolescentes e jovens, entre 15 anos e 24 anos, que esteve em um relacionamento, já sofreu violência de um parceiro íntimo.

A luta é grande. A luta é diária, mas não desistiremos!

Em caso de violência contra a mulher, não se cale, denuncie!

Para denunciar violação de direitos humanos, ligue para 100 e para buscar auxílio e denunciar violência contra mulher, ligue número 180.

Diga a não a violência contra a mulher!

Diga não ao feminicídio!

Prólogo

"Eis que vos envio como ovelha ao meio de lobos..."

Mateus 10;16

— Você é mesmo uma imprestável, inútil! Sua missão era tão fácil: tudo o que você tinha de fazer era colocar essa mistura na bebida de Mancini. É a segunda vez que você falha. Nunca mais teremos uma chance dessas ou você acha que todo dia é dia de um Mancini ficar de bobeira em um show? Sua imbecil! Não consegue realizar uma simples tarefa! Do resto, eu me encarregaria. Também, não sei por que fui confiar em alguém tão estúpida!

Romano gritava e quebrava tudo no quarto, destruindo a bela decoração inspirada no Renascimento. Ele estava surtado, exalava ódio. Bebeu a segunda dose de uísque e lançou o copo na lareira, fazendo com que a lenha crepitasse e as labaredas aumentassem. Tentei aproveitar seu rompante e sair, no entanto, quando minha mão alcançou a maçaneta, ele jogou seu corpo contra a porta, trancando-a com a chave e colocando no bolso da sua calça caríssima.

— Não tão depressa, *Cenerentola*! Onde você pensa que vai, borralheira?

— Para meu quarto, quero me deitar.

— Deitar-se? Como, se a noite nem sequer começou! — Romano disse, seu olhar lascivo percorreu meu corpo, enquanto seus dedos tomaram uma mecha de meu cabelo.

Senti um arrepio na nuca e um mau presságio.

— Romano, por favor, me deixe ir. Estou cansada dos seus jogos!

— Ah! Desse jogo você nunca brincou e já está na hora. Sabe? Embora você seja uma das mulheres mais burras que eu conheço, sempre me senti atraído por você, eu a acho gostosa para caralho! Sempre a desejei, *priminha*!

— Você não me deseja. O que você quer é a posição do meu pai, quer ser o futuro capo da Camorra ser *Il capo di tutti capi*, conquistar o mundo. No que depender de mim, isso nunca acontecerá! — bradei, tentando escapar de seu toque.

Romano soltou meu cabelo e ambas as mãos desceram, puxando-me pelo quadril, trazendo meu corpo para perto do dele, roçando sua pélvis na minha para que eu sentisse sua masculinidade. O gesto me encheu de repulsa.

— Olha, veja meu pau dizendo para você o contrário. Você é minha, borralherinha, sempre quis foder você e agora chegou o momento. Depois me caso com você e me torno um dos braços direitos da Camorra.

— Você não entende nada mesmo, não é? Meu pai me despreza, nem sequer queria que eu tivesse nascido, queria que eu fosse homem, assim como meu irmão. Eu sou "a demonstração da fraqueza genética dele", é assim que ele me define. O que o faz pensar que me levando para cama a força e casando comigo o fará cair nas graças do grande Leonida Lombardo? — indaguei com empáfia.

— Messi, seu irmão é um fraco, nunca será o capo que a Camorra precisa e eu sou o único da família no qual, tio Leonida confia. Nada o faria mais feliz do que livrá-lo da filha inútil e ainda garantir as futuras gerações de Lombardos.

— Você é louco, Romano se acha que eu aceitaria me casar com você!

— Você não terá opção, vou me assegurar disso — Romano afirmou e sua boca se agarrou a minha. O hálito amadeirado do uísque me deixando enjoada.

— Me solta, seu bruto! Mesmo eu sendo indiferente para *babbo*, ele não vai gostar nada de saber o que você planeja, que você me envolveu em seus esquemas para envenenar Mancini e...

— Mas ele sabe. A ordem veio dele — Romano confessou.

Por aquilo eu não esperava. Sabia da indiferença total de meu pai em relação a mim e de como minha mãe, a condessa Alexandra Ilyena Lombardo, tentava poupar-me dos rompantes dele, contudo, nunca imaginei que Leonida Lombardo envolveria sua única filha mulher em um esquema tão sórdido e tudo porque ele odiava a família Mancini.

Lembrei de uma vez, anos atrás, quando vi *babbo* com uma bela mulher. Ela era morena, olhos esverdeados, cabelos castanho-escuros, lembrando a cor marrom, pensei que parecia uma cascata de chocolate. Sua postura era a de uma rainha, assim como sugeria seu nome, Regina.

Meu pai pronunciou o nome dela com tanta doçura. Nunca vi *babbo* chamar minha *mamochka*[1], nem meu irmão assim de forma tão carinhosa, tão terna. Papai reduziu a distância entre os eles, colocou-se de joelhos e implorou:

— Regina, cuore mio, ti prego, lascia questo maledetto Mancini è ven a mi.

— Impossível Leo, por favor, levante-se. Isso ficou para trás. Eu tenho uma vida agora. Amo meus filhos, minha vida é Marco...

— Por favor, não o mencione! Eu o odeio e se você não vier comigo agora, eu prometo que verá cair cada um dos seus queridos Mancini. Vou massacrar Marco e seus filhos até não restar mais nenhum. Você nunca terá paz!

— Leo, não adianta me ameaçar, eu amo Marco Mancini, mais do que qualquer coisa nesse mundo. Amo meus filhos e estou disposta a viver com

---

[1] Russo: mamãe

eles, o tempo que Deus permitir. Quanto a você, Leo, você tem sua família, ame a sua condessa, cuide de Messi e da sua bambina linda. Se Deus me tivesse abençoado com uma filha, eu a amaria e mimaria com todo meu coração. Cuide da sua, Leo.

— Leve-a com você, eu não me importo com essa Mocciosa! De certa forma eu sempre vou olhar para ela e me lembrar de você, do quanto você sempre desejou uma bambina. Nós poderíamos ter tido uma filha, Lara poderia ser sua. Mas agora essa ragazzina representa aquilo que não tivemos. De tudo que a vida me roubou e que você está vivendo com aquele usurpador.

— Leo, já é tempo de abandonar esse ódio. Nossos filhos estão crescendo, Marcelo, meu primogênito já tem dezesseis anos, seu Messi acaba de completar doze e...

— Não me fala daquele bastardo! Foi ele que nos afastou, pois você retornou para a Itália com ele em seus braços. Marcelo sentirá o peso da minha vingança...

— Faça como quiser, Leo. Eu não gostaria de me despedir de você dessa forma, porém não vejo outro remédio...

Regina se foi e meu pai permaneceu ali, de joelhos, prostrado de uma forma que eu nunca vi. Quando percebeu minha presença, gritou:

— Saia daqui, sua imbecil. Eu te odeio, garota do inferno. Odeio!

— Não se faça de estúpida, estou falando com você!

Romano gritou, chacoalhando-me, trazendo-me de volta ao presente e a minha situação complicada. Tentei mais uma vez me esquivar dele, no entanto ele me agarrou, atirando-me à cama desajeitadamente e subindo em mim.

— Romano, por favor, reconsidere. Eu não o quero, você seria capaz de forçar uma mulher que não te quer?

— Você não sabe o que quer e não sabe do que eu sou capaz! É uma menina tola, presa no corpo de uma mulher. E hoje vou libertá-la. Já está na hora de provar dos prazeres da carne.

— Mas, Romano, eu não... Eu...

— Cala a boca! — gritou acertando uma bofetada em minha cara, deixando-me zonza.

Tentei me levantar em seguida, porém outro golpe se seguiu, nocauteando-me.

Eu estava no limbo...

Em instantes, o uniforme azul-marinho que eu ainda vestia fora rasgado. Senti Romano retirando o que restou do traje e ouviu o ruído de suas roupas caindo ao chão. Quando abri os olhos novamente, ele se lançou sobre mim, seus olhos inflamados por um desejo repulsivo.

Ele investiu com tudo, senti a dor lancinante de sua estocada dura e guardei o grito preso em minha garganta. Um grito jamais emitido.

Não foi somente meu hímen, minha virgindade, que ele rompeu naquele momento, porém a minha própria alma, minhas ilusões e os sonhos que planejei outrora, achando que, por eu ser filha de uma condessa, quem sabe um dia seria uma princesa e teria meu próprio palácio dos sonhos.

Foi em vão, naquele momento, com movimentos crus, doloridos, Romano se apoderava mais de meu corpo, investindo como um animal, sem limites, rasgando-me por dentro, destruindo-me e me destituindo de mim mesma, privando-me da minha escolha.

Meu grito permanecia em minha garganta, parecia que estava presa em um maldito pesadelo e a voz não saía. Depois de minutos me debatendo, passei a não lutar mais e ele se refestelou fazendo o que queria comigo.

Seus gemidos ao meu ouvido eram os sons do próprio inferno, as trombetas que anunciavam minha queda direta ao Tártaro. Não sabia o quanto mais iria suportar daquele martírio e pedi, implorei a Deus pela minha morte.

Foi quando a lembrança dele invadiu minha mente, vívida. Lindo, seus olhos esverdeados cintilando, sua boca em formato de coração da qual eu provei beijos ardentes, poucas horas antes. Eu nunca seria capaz de fazer mal algum a ele.

Bruno...

Era para ser Bruno ali, na cama comigo, não Romano. Mas isso nunca seria possível, somos inimigos naturais. Um Romeu e Julieta da máfia, fadados a um fim trágico.

A dor castigava meu corpo, impedindo-me de raciocinar com clareza, já não tinha forças para lutar, estava perdida em toda a sensação de nojo e de vergonha. Queria que aquilo acabasse logo, porém Romano parecia sentir prazer em tudo aquilo, naquele ato torpe e violento. Ele seguiu sussurrando coisas ao meu ouvido, palavras sujas que eu lutava para bloquear, substituindo por outra voz que me dizia...

— *Venha comigo... Venha comigo, por favor.*

Sim, eu queria ter ido com ele, queria ter seguido Bruno, não pude. Isso seria trair minha própria família. Agora percebi meu próprio erro. Que família? Meu irmão, nunca se oporia a meu pai, pois buscava seu apoio para tudo. Meu primo Romano, agora estava ali, na figura do meu algoz e estuprador.

Deveria ter fugido com Bruno, deveria tê-lo seguido. Deveria tê-lo beijado mais, ter me entregado completamente a ele. Se o tivesse feito, agora não estaria sendo a boneca inanimada de Romano, sendo usada, manipulada por ele. Suas mãos sujas alcançando todas as partes do meu corpo e eu completamente apática para repeli-lo.

Sua voz foi ficando rouca e sua respiração errática. Quando percebi, seu sêmen se despejando dentro de mim, quis me encolher em posição fetal e morrer. E quando eu pensei que ele finalmente fosse me deixar em paz, Romano seguiu, continuou me estuprando, violentando, e lágrimas escorriam do meu rosto molhando os lençóis de cama outrora brancos, agora, imundos de sêmen, lágrimas e rubro de sangue.

— Pare de chorar, sua cadela! Estou fazendo um favor a você. Depois que você engravidar, teremos nosso futuro no clã garantido, anime-se! Vou te esporrear tanto que você não sai dessa cama sem estar prenhe de um filho meu, herdeiro da Camorra.

Não consegui argumentar, as lágrimas inundaram meu rosto enquanto meu corpo se banhava da imundície que Romano Lazarini Lombardo despejava sobre mim.

Aquele dia de São Valentim ficaria marcado em mim como o pior dia da minha vida, pensei enquanto ouvia os solavancos da cama batendo contra a parede, o ruído do corpo de Romano contra o meu, rompendo-me, dilacerando-me por dentro e me destroçando brutalmente.

Recomecei minha prece para que Deus tivesse misericórdia da minha alma.

Implorando mais uma vez pela morte.

Capítulo 1

Hey, quero ser seu vício favorito
E só mover seu mundo com os meus dedos
Sem cansar

Sem cansar - Capital Inicial

Bruno

Anos depois...

Acordei sem me lembrar de onde estava. Isso era perigoso.

Pisquei meus olhos e aos poucos minhas lembranças da noite passada foram voltando e meus olhos focaram na cabeleira loira e no corpo sinuoso colado ao meu, despertando minha ereção matinal.

— Querido, você é sempre tão bem-disposto assim? — A beldade perguntou, segurando meu membro massageando-o com suas mãos que, se bem me lembro da noite passada, se mostraram muito habilidosas.

— Achei que vocês não fossem acordar nunca! — disse a outra mulher, entrando no quarto segurando uma bandeja com chantilly, mel e outras iguarias.

Era linda, seus cabelos em fartas ondas castanho-claro e olhos claros lindos. Olhei da beleza em minha cama que continuava a tocar meu membro para a outra jovem em pé com a bandeja.

Ambas eram lindas, corpos perfeitos e tinham me feito gozar muito noite passada, mas nenhuma me fazia esquecer aquele imenso par de olhos azuis safiras e cabelo negro.

Lara...

Nunca mais soube dela. Onde estaria?

Desde aquela noite de São Valentim, desde que provei dos seus lábios, qualquer outro beijo parecia totalmente vazio de sentimentos. Aquilo que foi despertado em mim naquela noite, nunca mais voltou a se repetir.

Deixá-la e fugir foi a decisão acertada, porém também a coisa mais difícil que fiz.

E agora estava ali, entre duas mulheres fogosas, prontas para aplacar meu tesão, porém nada além disso. Algo de mim ficou para trás quando peguei o táxi naquela noite e deixei Lara entregue à própria sorte, à mercê de quem quer que fosse que estava me caçando.

Agora, anos depois, sabia que a caçada não era apenas contra mim, era contra toda a família Mancini.

Quase não me metia nos assuntos de Marcelo e Luigi. Nosso *papà* dividiu os negócios de forma que cada um administrasse um ramo. Marcelo ficou responsável pela fábrica de tecidos, Luigi pelos cassinos e boates e eu pela divisão marítima, segundo minha formação em Sapienza.

Coincidentemente hoje, era dia de São Valentim e eu voaria de volta para Nápoles.

Estava em Ibiza, tinha ido para uma reunião de uma das casas noturnas que estavam no *branch* de negócios de Luigi que não pode ir. Estefania acabara de dar à luz novamente. Os dois eram pólvora e fogo e incendiavam tudo ao redor e já estavam em seu segundo filho, Estefano. O casal demolidor destruía tudo o que viam pela frente. Ri considerando que meus irmãos conseguiram mulheres extraordinárias como esposa.

Aquele pensamento me conduziu novamente ao par de olhos azuis safiras e lembrei de quando a conheci.

Foi no casamento dos pais de Kat, ela estava ali como uma das funcionárias do buffet.

Algum tempo depois, em uma noite de São Valentim. Lá estava Lara, servindo bebidas no show do Roberto Carlos e me alertou sobre alguém que queria me prejudicar.

Hoje, sabia que se tratava de Leonida Lombardo, que queria a qualquer custo acabar com nossa família. Seu ressentimento contra meu pai o levou a empreender uma caçada implacável contra os Mancini. Houve uma trégua, Lombardo e meus pais se reconciliaram, mas agora nosso inimigo segue sendo o sobrinho dele, Romano Lombardo, que recentemente havia sido posto em liberdade depois de quase três anos preso.

— Ficou tenso, querido? Quer que eu o relaxe um pouco? — a loira indagou caindo de boca no meu pau, não me dando chance para resposta.

— Hei! Não se esqueçam do chantilly! — a jovem de cabelos castanhos gritou, juntando-se a nós na cama.

Eu precisava relaxar e elas dariam conta do recado. Meu dia de São Valentim já começou bem.

Espero que termine melhor ainda.

Lara

Caminhava a passos calculados em meu Louboutin preto e meu traje indefectível.

— *Lara! Lara! Aspeta. Caspita!*

— Romano, o que você quer? Deixe-me em paz!

— Onde você pensa que vai, sua cadelinha? — Romano perguntou desferindo sua ofensa de sempre.

— Não te interessa.

— Ouça, seu pai!

— Eu quero que você e ele vão para o inferno!

— Quem você pensa que é para falar comigo desse jeito sua ordinária?

Saquei a arma sem contemplações e atirei na perna de Romano que caiu no piso muito branco do hall de entrada. Imediatamente os seguranças surgiram e atrás deles, meu irmão e meu pai.

— *Porca miseria! Che cosa è sucesso?*

— Nada *babbo*, apenas uma discussão entre primos.

— Romano, que vergonha! Como você deixou minha *irmãzinha* atirar em você? Você perdeu a forma na prisão? — Messi, meu irmão, zombou de Romano. Chamem o doutor Urbano — ordenou Messi rindo enquanto eu simplesmente dei as costas e segui caminhando em direção a porta.

— *Figlia Dòve vai?* — meu pai perguntou.

— Resolver uns negócios. Coisa minha.

— Cuide-se, *ragazza*.

— *Babbino* caríssimo, você deveria... — Pensei em dizer-lhe que eu não precisava mais daquele tipo de preocupação, porém mudei minha linha de raciocínio.

— Apenas chame o doutor Urbano para cuidar do "arranhão" deste traste. — Gesticulei para Romano que jazia caído no chão. E livre-se dele, *babbo*.

Saí, deixando aquela casa, que há anos já não era meu lar. Apenas ia periodicamente para visitar a sombra do que um dia fora a condessa Ilyena, minha *mamochka*.

Eu já havia implorado várias vezes para minha mãe vir comigo, morar em minha casa, romper com aquele mundo cruel de vício e crimes. Contudo, ela se casou realmente amando meu pai, embora ele seguisse amando outra mulher a vida inteira. Nem seus filhos o satisfaziam. Meu irmão, Messi vivia para buscar a aprovação de Leonida Lombardo, eu a filha caçula, era considerada uma pária. Levou um tempo, no entanto, eu rompi com tudo aquilo.

Foi depois daquela noite.

Aquela fatídica noite...

Juntei as minhas coisas, meu resto de dignidade e tomei meu rumo na vida. Era maior de idade e não precisava dar satisfações a ninguém.

Hoje, sou dona de uma clínica que se tornou referência no cuidado com as mulheres, com especialistas desde obstetras, dermatologistas, nutricionistas, além dos especialistas em cirurgia plástica. Todas elas, mulheres.

Lá, grávidas, vítimas de estupro ou violência doméstica são atendidas. Também mantenho um trabalho social importante na comunidade, apoiada pelas esposas de membros importantes da sociedade napolitana. Donna Mancini, também se juntou a mim e se tornou meu braço direito e uma grande amiga.

Às vezes, sentia uma vontade tremenda de lhe revelar tudo a meu respeito, de confessar quem na verdade é a Condessa Farfalla, no entanto, tinha receio de atrair a ira dela. Afinal, sou a filha do homem que tentou matá-la e que estava empenhado em destruir sua família. O ressentimento que meu pai nutria pelos Mancini não se extinguia, assim como seu amor por Regina em nada diminuíra. Nem com o passar dos anos.

Cruzei o jardim sem perder tempo, entrei em meu carro e dei partida. Indo para o lugar que eu mais amo no mundo, meu lar.

Eu sempre me imaginei sendo uma princesa, então, anos atrás encomendei um projeto de Donna. Ela me entregou e graças a perícia de engenheiros, eu tinha enfim, meu palácio dos sonhos.

Não era um palácio no estilo medieval, claro! Era um projeto audacioso, moderno e misturava uma estrutura sólida que lembrava sim e muito, os palácios medievais, mas por dentro, paredes de vidro fumê e transparente dividiam alguns cômodos, rivalizando com tecidos em tons de rosa e azul que decoravam os ambientes, remetendo a um lugar para sonhar.

A propriedade era imponente, dispunha de vários cômodos e chamava a atenção por seu estilo arrojado. Sua planta tinha o formato de borboleta e eu a batizei de *La Farfalla*, o apelido que meu pai me deu ainda na infância. Anos depois, adotei Signorina Farfalla, como um apelido com muito orgulho, pois graças a minha família, passei dolorosamente por cada uma das fases de metamorfose até me transformar em uma borboleta: do ovo, larva, pupa e imago até a estágio adulto, completei minha metamorfose e de uma forma bem árdua, tornei-me uma borboleta.

Hoje completa mais um ano da noite mais linda e mais dolorosa da minha vida. A noite que com um beijo, eu senti o céu e com uma bofetada fui lançada ao inferno.

Precisei de determinação para começar a fase mais difícil da minha metamorfose, mas consegui.

Hoje, como Lara Ilyena, ninguém mais se atrevia a se interpor no meu caminho, nem mesmo Romano. Eu simplesmente não permitia.

Além da clínica Franca Viola, também tinha um abrigo para mulheres em situação de vulnerabilidade. Lá, psicólogos e psiquiatras fazem todo o acompanhamento necessário para que essas mulheres se reestruturem, reencontrem-se na vida. Além do acompanhamento psicológico, elas também assistem palestras, aulas e workshops são instruídas para exercer novas profissões e assumirem o controle de suas vidas. Oferecemos a elas, a chance e o apoio que eu gostaria de ter recebido quando fui brutalizada pelo meu próprio primo.

Balancei a cabeça espantando os maus pensamentos, segui dirigindo e mais uns vinte minutos, estava em frente a La Farfalla, meu palácio.

Assim que entrei em casa, meu celular tocou. Era Angela Pinkerton, uma de minhas pessoas de confiança. Angela, era mais do que alguém em quem eu confiava cegamente, era como a irmã que eu não tive e que sempre me alertava sobre qualquer assunto.

— Lara, seu primo Romano planeja algo contra os Mancini novamente — Pinkerton disparou.

— Aquele maldito!

Faz apenas alguns meses que ele recebeu a liberdade. Acabei de voltar da casa de meu pai, Romano havia ido até lá implorar por ajuda e para voltar a fazer parte da Camorra. Babbo não permitiu e só não o matou, atendendo um pedido que a Signora Mancini fez anos atrás.

O que aquele crápula queria agora?

— Assim como você pediu, Iago e eu estamos monitorando cada movimento dele e conseguimos infiltrar uma de nós na pequena equipe que ele está montando e descobrimos que ele tem tudo preparado para dar fim a um dos irmãos Mancini.

— Qual deles? — perguntei.

— O caçula.

— Está certa disso? — inquiri.

— Sim. Ele está em Ibiza e chega hoje. Está voltando no jatinho do irmão do meio.

— O que Romano planeja?

— Nossa fonte me informou que será uma emboscada. O plano é sequestrar Bruno Mancini e trocá-lo por *papà* Mancini, no entanto, Romano decidiu explodir o jatinho assim que pousar em Nápoles.

— O que você sugere? — indaguei.

— Você precisa encontrá-lo antes e despistar os capangas de Romano.

— Eu? Como?

— Sim, você. Sabe que ao te ver, Bruno não questionará nada e fará o que você disser.

— Faz anos que não nos vemos, desde aquele dia no estacionamento da clínica...

— Você terá que voar para Ibiza e tem que ser agora, se quiser ter tempo para salvá-lo. O helicóptero está preparado te esperando no heliponto do Franca Viola. Corra, sem demora se quiser evitar uma tragédia. Valerio te deixará no hangar onde o jatinho de Luigi se encontra para trazer Bruno de volta.

Angela foi enfática e assim que ela terminou, corri, deixando o palácio, entrei em meu carro e saí cantando pneu em direção a clínica, dando graças a Deus por ter atirado em Romano naquela manhã. Aquilo provavelmente atrasaria seus planos.

Quando cheguei ao heliponto, tudo estava preparado, como Pinkerton havia me dito.

Entrei, o piloto iniciou os procedimentos e em poucos minutos, estávamos no ar.

Mais uma vez, no encalço de Bruno Mancini, mais uma tentativa de salvá-lo. Espero que, como das outras vezes, tenha sucesso.

Bruno

Depois de passar uma noite e uma manhã desfrutando dos prazeres da carne com aquelas duas beldades, eu estava pronto para retornar a Nápoles.

Acabei de chegar ao hangar onde o jatinho de Luigi me esperava, trazia comigo apenas uma mala.

Dei alguns passos subindo as escadas e quando já estava quase no topo, ouvi um grito.

— Desça desse jato imediatamente!

Aquela voz...

Imperiosa... Só podia estar alucinando, acreditava reconhecê-la...

Virei-me e dei de cara com aquela que preenche meus sonhos durante todos aqueles anos. A mulher perfeita para mim, porém que sempre me escapava entre as mãos, como uma borboleta.

Quando eu já não tinha esperanças alguma de encontrá-la, ela me encontrou.

Ela sempre me encontra.

Lara.

Capítulo 2

E se tem alguém me chamando
É ela.

She's the one - Robbie Williams

Bruno

— Desça desse jato imediatamente! — repetiu Lara, no entanto apenas naquele momento, percebi que ela portava uma arma que estava apontada para mim.

O piloto desceu, também estava armado, eu fiz um gesto com a cabeça pedindo para que ele não se movesse.

Eu estava diante de Lara. Era ela eu sabia disso. Fazia anos desde a última vez que nos vimos no estacionamento da clínica *Franca Viola.*

Era Lara.

Mas ao mesmo tempo não era. Tanta coisa mudou nela...

O que será que aconteceu coma *ragazza* que eu conheci? Aquela que estava diante dos meus olhos era tão diferente!

Lara tinha um olhar frio. Aqueles olhos azuis safira, outrora radiantes, estavam opacos e suas feições eram duras. E ela apontava uma arma para mim. Uma arma!

— Você! — Devo ter parecido um idiota ao dizer aquilo, contudo fora o que eu consegui pronunciar.

— Bruno, anda logo! Desça desse avião ou eu vou ser obrigada a atirar em você. E posso garantir, tenho uma mira excelente — completou.

Olhei para Giuseppe, que aguardava minhas instruções.

— Está tudo bem, Peppe, vou seguir com a *signorina.* Trata-se de uma velha conhecida. Darei um jeito de voltar para Nápoles depois. Você pode partir.

— Mas Sr. Mancini, eu devo...

— Por favor, me obedeça e siga para Nápoles.

— Sim, senhor.

Desci calmamente as escadas sob o olhar morteiro de Lara. Quando me aproximei da sua mira, encarei-a fixamente. O tempo só a deixou mais bela. Sua pele clara, seus longos cabelos ébano. Lembrei de quando a conheci, ela usava uma peruca na cor castanha, como se ocultar as madeixas negras evitasse que alguém a reconhecesse, depois de olhar para um rosto tão belo como aquele, é impossível esquecer. Tudo nela era tão lindo, tão intenso e só me fazia pensar que ela fora feita com muito carinho por Deus muito inspirado.

— Venha comigo. Não temos tempo a perder! — afirmou ela.

— Lara, Lara... Você não sabe o quanto eu te procurei todos esses anos? *Dov'eri?* — perguntei tentando tocá-la, no entanto ela se esquivou, cutucando-me com o revólver.

— Bruno, nada de *parlar* agora. Temos que sair daqui. Venha comigo, meu helicóptero está esperando.

— Para onde vamos?

— Para Nápoles.

— Não entendo.

— Você não precisa entender nada, apenas venha comigo!

— Lara! Você some, desaparece por anos e quando aparece, me ameaça com uma arma, depois de ter me salvado de dois atentados e não quer que eu faça nenhuma pergunta? — indaguei, encarando-a e vi algo em sua armadura trincar.

Seus olhos voltaram a refletir a doçura que outrora vislumbrei. Fora por pouco tempo, rapidamente ela assumiu sua postura altiva.

— Terá todas as explicações que você precisa, mas não agora. Anda, vamos! — Cutucou-me mais uma vez com o cano da arma e eu obedeci.

Caminhamos em direção ao helicóptero e um senhor alto nos encarou.

— Está tudo bem, *signorina*? Já estava preocupado.

— Não precisava, Valerio. Sabe que consigo me defender muito bem sozinha. Seu tom fora arrogante, porém seu olhar para o homem foi de afeto. Lá estava novamente a minha Lara.

— Bruno, entre no helicóptero, agora!

Ouvi-la pronunciar meu nome, depois de tantos anos mexia comigo. Obedeci, subindo os degraus sendo seguido de perto por ela que me fitava com firmeza. Obedeci, não porque temesse que ela atirasse em mim, fiz porque queria respostas. Respostas essas que só ela poderia me dar. O que aconteceu que a transformara de tal forma? Onde esteve todos esses anos?

Assim que nos acomodamos, o piloto iniciou os procedimentos para levantarmos voo. Quando já estávamos no ar, não contive mais minha curiosidade.

— Lara. Por onde você andou todo esse tempo?

— Depois de te ameaçar com uma arma você quer saber onde eu estive? Não gostaria primeiro de saber o motivo de tudo isso?

— Bem, se você não atirou quando teve oportunidade, isso significa que você me salvou de algum tipo de atentado. Pela terceira vez. Se eu soubesse que para vê-la novamente bastaria correr algum tipo de perigo, teria me arriscado antes.

— Bruno, não brinque com isso. Você não é um gato que tem sete vidas — Lara respondeu mordaz.

— Você sabe o porquê de tudo isso, não sabe?

— Sei.

— E vai finalmente me dizer?

— Bruno, sua vida corre perigo assim como a vida de seus irmãos.

— Por quê?

— Porque Leonida Lombardo planejou uma vingança contra sua família, e mesmo tendo desistido disso, ele alimentou um monstro: Romano Lombardo. Ele que já tentou dar um fim nos seus irmãos Marcelo e Luigi, contudo tem falhado. Romano está irado pelo tempo que passou preso e agora que recuperou sua liberdade, não perdeu tempo e já reuniu alguns homens e planeja matá-lo.

— Por quê?

— Tudo começou com a obsessão de Leonida Lombardo por Regina Mancini. Você já deve ter ouvido a história.

— Sim, ouvi alguma coisa. — Foi tudo o que respondi.

— Você nunca teve curiosidade de perguntar aos seus pais como tudo isso começou? — Lara indagou, acomodando-se melhor no assento, enfeitiçando-me com sua presença.

Deus! Como essa mulher me encanta!

Fiquei minutos contemplando-a, poderia me perder em seu rosto, seu olhar, sua boca. Estava enfeitiçado por ela, eu a obedeceria cegamente.

— Bruno, está me ouvindo?

— Perdoe-me, mas não consigo parar de te olhar. — Não esconderia o que estava sentindo. — Lara, porque você fugiu de mim, aquele dia no estacionamento da clínica. Por que você sempre foge de mim?

— Bruno, não estou aqui para falar sobre mim e sim sobre você, sobre os Mancini. Vocês precisam parar Romano. Ele é impiedoso. Vocês precisam se organizar para detê-lo ou uma hora ele conseguirá seu intento e destruirá os Mancini.

— E o que você sugere?

— Converse com seu *babbo*, seus irmãos. Talvez vocês precisem se unir a outros clãs e seus capos. Sei de alguns que gostariam de ver a queda de Romano. Bruno, Romano não está de brincadeira. Todas essas falhas apenas insuflaram ainda mais, sua ira por vingança. Você e sua família devem estar preparados — Lara ressaltou.

— Como você sabe de tudo isso? O que mais você sabe? Por que sempre vem em meu auxílio? — disparei uma saraivada de perguntas.

Lara se moveu desconfortável no assento e, rude, respondeu:

— Isso não é da sua conta.

— E salvar minha vida é?

Lara fitou-me enfurecida, seus olhos uma mistura de sentimentos, contudo, não respondeu.

Permanecemos em silêncio o resto da viagem até aterrissarmos no topo de um prédio. Ao descermos do helicóptero, ela pegou o celular.

— Pinkerton, envie um carro para levar Bruno em segurança até a mansão Mancini. Que bom, perfeito!

Desligou o celular, colocando-o na bolsa de mão e começou a caminhar. Em poucos passos eu a alcancei.

— Por que tudo isso? Por que você não responde minhas perguntas?

Lara abriu a boca e seu celular vibrou. Ela o tirou da bolsa leu algo, colocou-o na bolsa novamente.

— Ouça, vamos descer direto ao subsolo há um carro preto com a placa FAR1402, você vai entrar nesse carro e não fará perguntas.

Lara continuou caminhando e paramos em frente ao elevador ela pressionou sua digital para abri-lo e acionar o andar de destino. Assim que a porta se abriu no subsolo, caminhamos para fora e ela me conduziu até próximo do veículo.

— Bruno, é isso. Isso é tudo o que eu posso fazer. Pense em tudo o que eu te falei e, por favor, tente permanecer vivo!

Lara deu as costas e me deixou ali com um milhão de perguntas na mente e meu corpo queimando por ela. Corri em sua direção, puxei-a repentinamente para os meus braços e a beijei.

Lara, a princípio foi pega de surpresa, porém depois passou a reagir da mesma forma apaixonada como sempre que nos beijávamos. Nossos lábios se moviam com loucura, uma ânsia nos devorando. Nunca provei com mais ninguém, o que a boca de Lara me proporcionava: a promessa de uma paixão avassaladora e ao mesmo tempo do amor mais puro.

Agarrei sua cintura, colando-a a mim, roçando meu corpo no dela para que sentisse o tamanho do meu desejo. Lara se descontrolou e suas mãos puxaram meu cabelo, indicando que ela queria aprofundar o beijo e assim o fez. Nossas línguas iniciaram uma disputa acirrada por prazer. Nós nos beijamos até ambos perdemos o fôlego. Nossos lábios se descolaram e Lara balbuciou.

— Bruno... Bruno, eu não...

— Ah, Lara quantos anos eu sonhei com esse momento, minha *bella*! Não vou deixar você fugir de mim como das outras vezes. Vou te encontrar.

— Melhor que você não o faça — ela pediu, arfando. — Pode ser que não vá gostar do que vai descobrir.

— Impossível! Você capturou minha atenção desde a primeira vez que te vi — respondi ainda ofegante, meus braços envolvendo seu corpo. — Há algo muito forte e inegável entre nós e eu quero viver isso. Na totalidade.

Não sei se foi o que eu disse ou como disse, Lara se afastou abruptamente, encarou-me com olhos assustados e correu, acionando o elevador. Eu corri, mas assim que me aproximei a porta se fechou.

E mais uma vez minha borboleta voou.

— Mas não vou deixá-la fugir para sempre, *signorina* Lara — prometi a mim mesmo.

Suspirei exasperado e virei-me em direção ao SUV preto. Dele, desceu um senhor.

— Vamos, Sr. Mancini.

— *Sí, andiamo via.*

Capítulo 3

O perigo me seguirá onde quer que eu vá
Anjos me chamarão e me guiaram até meu lar
Dessa vez eu só quero estar em casa

Everywhere I go - Lissie

Bruno

Quando entrei em casa, todos estavam reunidos na sala em frente à TV e meu *papà,* ao telefone com uma expressão furiosa. Raramente via Marco Mancini tão nervoso como naquele momento. Ele tinha uma expressão de quem iria destruir o mundo.

— Bruno. *Oh, Dio Santo, grazie!* — Minha mãe gritou, correu para os meus braços e chorou.

Não me lembro de algum dia ter visto minha mãe chorar daquela forma.

Todos se levantaram e vieram em minha direção Donna rezava em agradecimento, Fanny aliviada ninava Estefano, seu segundo filho. Marcelo e Luigi vieram até mim e me abraçaram.

— *Fratellino*, graças a Deus você está vivo! Precisamos conversar, imediatamente — Marcelo pediu, aliviado.

Eu estava confuso com toda aquela comoção. Afastei minha mãe, olhei todos e perguntei:

— Mas que raios está acontecendo?

— Ah, meu filho! Vimos o atentado na TV. Que bom que se salvou! — Mamma Regina respondeu.

— Atentado? Que atentado?

— Contra o jatinho. Na reportagem mostram que assim que o jato aterrissou, no Campo de Marte, vários tiros foram disparados até que o avião não resistiu e começou a pegar fogo e explodiu.

— Oh, *Dio*! Peppe?!

— Peppe está vivo, no hospital. Seu corpo, no entanto, está muito ferido, as queimaduras foram graves. Meu Deus, *figlio mio tu sei qui e salvo, questo è un miracolo de Dio!*

— Milagre de Lara...

— O que disse? — indagou minha mãe com espanto.

— Ok, família, acho que precisamos dar um tempo para o Bruno. Seria bom que ele descánsasse antes de qualquer conversa — sugeriu Donna.

— *No, principessa*. Dessa vez não podemos esperar — Marcelo respondeu, roçando os lábios na fronte de Donna em um beijo casto.

— Então queremos estar com vocês. *Mamma,* pode segurar Estefano para mim? — Fanny pediu, entregando o bebê para minha mãe.

— Depois quero ser inteirado do teor dessa conversa — meu pai exigiu, abraçando-me emocionado.

— Claro, *papà* — meus irmãos e eu concordamos e fomos ao escritório.

— Pode me explicar como você conseguiu sair ileso daquele ataque sem fuligem ou sujeira? Marcelo indagou, intrigado. Respirei fundo.

— Lara me resgatou.

— Lara? — Donna e Estefania perguntaram em coro.

— Lara, a moça que vive surgindo do nada para Bruno e some do mesmo jeito — respondeu Luigi.

— Na verdade, Lara é mais do que isso. Ela já salvou minha vida. Várias vezes, de vários atentados.

— Como assim? Que atentados foram esses que não ficamos sabemos? — Donna me encarou, questionando-me.

— Faz alguns anos. Um foi no casamento dos pais de Kat e outro em um show do Roberto Carlos, em Roma.

— E por que, *fratellino*, não nos contou isso antes? — Luigi perguntou. — Tudo isso pode estar ligado ao que Lombardo vem fazendo conosco.

— E está — declarei. — Na noite em Roma, Lara me contou. Ela me salvou e me ajudou a fugir, passei anos sem vê-la. — Olhei para meus irmãos e continuei: — Até aquele dia no aeroporto, porém ela fugiu. Mais alguns anos se passaram e eu esbarrei com ela no hospital Franca Viola, duas vezes, contudo, foram encontros rápidos, ela desconversou, afirmou não ser a pessoa que eu achava que ela era. Enfim, uma loucura!

— Nossa, Bruno! Essa moça deixou uma impressão e tanta em você. E está sempre surgindo para salvá-lo! — Fanny comentou.

— Isso porque vocês não o viram quando ele a encontrou no aeroporto, parecia alucinado — afirmou Luigi. — O que você ainda não explicou foi como Lara conseguiu salvá-lo dessa vez, onde ela o encontrou? Como foi?

— Estava no hangar em Ibiza, preparando-me para retornar a Nápoles, quando ela surgiu, me ameaçou com uma arma e me fez descer do jato e segui-la. Ela não me deu nenhuma explicação, me conduziu até seu helicóptero e voamos para cá. Aterrissamos no topo de um prédio no centro, tomamos o elevador que nos conduziu direto ao subsolo onde um motorista me aguardava e me trouxe até aqui, ele vendou meus olhos e me amarrou assim que eu entrei no carro, não vi percurso. Tirou as vendas e as amarras apenas quando chegamos próximo da mansão. Foi isso.

Completei, indo até a pequena adega, peguei uma garrafa de uísque e servi-me, lançando-me a poltrona.

— *Dio*! Viveria tudo de novo apenas para poder ser salvo por ela. — Suspirei

Em seguida me lembrei de Peppe e me entristeci. Meus irmãos e cunhadas fitavam-me, atônitos. Marcelo rompeu minha bolha.

— E novamente esse maldito Lombardo atenta contra nós, não podemos mais nos manter passivos, teremos que responder fogo contra fogo. Ele não está honrando com a palavra dada a nossos pais.

— Não, desta vez não foi Lombardo. Romano é o responsável.

— A mando de Lombardo.

— Não, Lara deixou bem claro que o responsável é Romano. Leonida retirou todo e qualquer apoio a Romano.

— O que podemos fazer agora que esse canalha está solto? — Estefania perguntou, indignada.

— Podemos acionar as equipes — Donna mencionou.

— Você, *cuore mio*, fique fora disso! — Marcelo fora enfático ao se dirigir à esposa.

Esse é meu irmão Marcelo, zelando pelo seu bem maior. Donna fazia parte de uma equipe de elite, especializada em caçar bandidos, porém sua insuficiência cardíaca pusera um fim àqueles dias e agora ela atuava no ramo da arquitetura, cuidava da minha sobrinha, Natalia e ajudava uma tal condessa Farfalla com alguns projetos sociais. Marcelo jamais admitiria a esposa arquiteta e filantropa voltar a se envolver naquele mundo. Para nós da máfia, a família vem em primeiro lugar.

— Mas não descartem a ideia — Fanny acrescentou como forma de apoiar a concunhada. — Se vão declarar guerra contra a Romano, precisarão de reforços. Isso e muito mais a equipe fará. Apenas ligue para Sam, Luigi.

— Farei isso. — Meu irmão do meio assegurou.

Eu estava exausto fisicamente e com minha mente bombardeada por lembranças daquela borboleta de arma em punho, nossos beijos, tão quentes e excitantes como antes. Precisava vê-la novamente.

— Bruno, se o alvo agora é você, seria melhor se permanecesse alguns dias fora de Nápoles — comentou Luigi.

— Há um congresso que acontecerá em Mônaco, daqui a alguns dias. — Meu irmão mais velho disse. — Donna acompanharia a condessa, porém, já havíamos planejado uma viagem de família Donna, Nat e eu. Você poderia ir representando-a e quem sabe consiga até alguns contatos, para expandir os negócios da companhia marítima. O que acha? Isso nos daria um tempo para reunirmos nossos homens e traçarmos uma estratégia.

— Eu não sei... Pode ser.

— Por favor, Bruno! — Pediu Donna. — Ficarei muito grata se puder me fazer esse favor.

— Pensarei a respeito. Bem, vou para o meu quarto, preciso de um banho e cama. Com licença.

Saí do escritório e me deparei com minha mãe segurando meu sobrinho caçula, Estefano, que dormia sereno. *Mamma* Regina se aproximou de mim e com os olhos ainda molhados, perguntou:

— Bruno, essa jovem que o salvou. Lara, não é? O que mais você sabe sobre ela?

— Nada. Só sei seu nome, nunca descobri nada além disso. Por que *Mamma*?

— Por nada, querido. Por nada. Vá, você necessita descansar.

Subi as escadas e ao chegar ao meu quarto, tranquei a porta e me peguei pensando nela.

Lara...

Ela salvou minha vida, mas roubou meu coração.

Roubou já faz muitos anos. Será que algum dia o devolverá?

Capítulo 4

Meu universo
Jamais será o mesmo
Estou feliz que você veio

Glad you came - The Wanted

Lara

Monte Carlo, Mônaco

Essa viagem é muito importante para mim, tanto em realização pessoal, como profissional. O hospital Franca Viola e o instituto *Zhar-Ptitsa*[2] de mulheres receberão um prêmio pela atuação no combate à violência contra a mulher, acolhimento e amparo, fruto de um trabalho de anos.

Eu não teria conseguido sozinha. Se não fosse a ajuda de mulheres como Angela, Donna e algumas representantes da sociedade napolitana, nunca teríamos chegado tão longe.

O fim de semana em Mônaco será intenso, as atividades começam hoje com abertura dos trabalhos e com essa homenagem.

Estou ansiosa, mas ao mesmo tempo segura de mim. Quando fecho os olhos e me lembro do sofrimento pessoal, da experiência atroz que vivi, fico feliz por ter transformado toda aquela imundície em algo positivo. Um trabalho que acolhe e restaura nas mulheres, a fé em si mesma e lhes dá um propósito para seguir em frente.

Fazia pouco, havia chegado a Monte Carlo e feito o *check-in* no hotel, apenas aguardava a pessoa que Donna havia enviado chegar. Alguns dias atrás, ela se desculpou e informou o motivo de não poder me acompanhar naquela viagem. Houve um conflito em sua agenda e uma viagem familiar a impediu de vir a Monte Carlo, no entanto, ela ficou de enviar alguém de sua inteira confiança em seu lugar. Achei estranho, pois ela não me falou quem era, não mencionou nome nem nada, apenas comentou que eu a reconheceria assim que a visse. Causou-me estranheza todo aquele mistério por parte de Donna, ela geralmente não agia assim. Enfim.

Ela também mencionou que a pessoa enviada viria em um voo tardio, no entanto essa pessoa já deveria ter chegado. Talvez o voo tenha atrasado.

[2] Russo: conto de fadas – Pássaro de Fogo

Subi para o meu quarto, colocando a mala em um canto, fui até a varanda, contemplei a linda vista e perdi-me alguns instantes em um momento raro de paz. Quando olhei no relógio, já havia passado quase uma hora e eu ainda estava ali. Pensei sobre a pessoa enviada por Donna.

Será que havia chegado? Por que ainda não me procurou?

Voltei ao quarto, as preocupações me consumindo. Será que aconteceu algo em Nápoles? Tentei ligar para Donna no celular e nada. Comecei a de fato me preocupar se teria acontecido algo, talvez com sua filha.

Natalia tinha quase três anos, era uma linda menina com farto cabelo castanho médio e olhos castanhos amendoados, quase verdes. Um dia seria uma bela mulher. Era o xodó dos tios e tia, o coração dos avós e o amor do pai. Marcelo se jogaria na frente de um trem pela *ragazza* dele, sua *piccola noci*.

O apelido *piccola noci*, veio da gestação e ficou. Hoje, Natalia encanta a todos com sua doçura, digna das nozes. Acompanhei toda a gestação de Donna encantada. Eu, desde menina sonhava em ser mãe e ver aquela que havia se tornado uma grande amiga, grávida foi em partes, a realização de um sonho. Pensar que havia acontecido algo com a menina me cortou o coração por isso insisti e liguei no celular de Donna mais uma centena de vezes: caixa postal. Liguei também no celular de Marcelo e não consegui contato em nenhum dos números.

Depois de mais algumas tentativas infrutíferas, coloquei o telefone na cabeceira e lancei meu corpo à cama e fechei os olhos, mentalizando coisas positivas. Talvez o local onde Donna estava com a família não tivesse sinal de celular, tornando a comunicação difícil. A pessoa provavelmente já estava a caminho. Estava tudo muito estranho, contudo, precisava relaxar. No fim, tudo daria certo. Necessitava estar com uma ótima aparência esta noite, portanto tranquilizei-me o máximo possível e adormeci.

O medo de ser descoberta me sufocava constantemente. Ali, vestida de faxineira, percorrendo cada corredor retirando o lixo, passando pano no chão ou encerando. Incrível como um serviço tão importante quanto a limpeza dos lugares é, ao mesmo tempo, tão desvalorizado. Com meu disfarce de faxineira, eu me tornei invisível e aquele monstro não me reconheceria.

Eu estava fugindo de dois titãs, não queria causar o confronto entre eles. Depois de terminar meu dia de trabalho naquele mercado, não via a hora de ir embora. Uma festa acontecia e todos os convidados se posicionaram juntos, como se fosse um congresso, cada qual se reunia com seus pares, seus iguais. Esperei escondida pelo pedaço de bolo e assim que o peguei, saí pelas portas do fundo. Passei pelas ruas e em uma esquina cheia de lavanda, resolvi colher alguns ramos, formando um pequeno buquê. Após isso, segui meu caminho até chegar à rua de casa. Estranhei, pois na verdade, não era a rua do meu palácio e sim rua da casa dos meus pais, onde cresci. Quando olhei no horizonte, uma lua imensa tomava conta do céu, linda.

Extasiada, peguei o celular do bolso para tirar algumas fotos. A lua estava tão grande que parecia me envolver com sua proporção.

De repente, vi um objeto, algo cair rápida e vertiginosamente pelo ar. Era escura, entrou em combustão fulgurante e voou, voou até mim, veloz.

Quando chegou mais perto, percebi se tratar de uma ave, pequena linda e inteira, nem parecia ter se incendiado no ar em apenas alguns segundos atrás. A ave pousou em minha mão esquerda, dócil e delicada e eu fiquei totalmente encantada...

A noite já havia caído e envolvido o céu com seu manto escuro, quando despertei um tanto deslumbrada e atordoada.

Olhei o horário no visor do celular e me espantei. Faltava pouco tempo para o congresso começar. Vi que o visor mostrava quatro ligações perdidas de Donna, no entanto, não tinha tempo para retorná-las, precisava tomar banho e me arrumar para a noite.

Por alguns minutos, refleti sobre o sonho que acabei de ter e seu significado, contudo, não podia prender-me a devaneios naquele momento. Precisava me arrumar para a homenagem que receberia. Um frio na barriga me acometeu, porém o entusiasmo genuíno era maior. Corri para o banheiro, preparando o banho e visualizando o sucesso da noite.

Tinha certeza de que esta noite mudaria toda a minha vida.

Bruno

Donna tinha um jeito com as pessoas. Além de ser linda por fora, ela é linda por dentro. Seu coração generoso está sempre agindo em prol de alguém e sempre pensando no próximo. Só por isso, aceitei ir a Mônaco representá-la ao lado de sua amiga, condessa Ilyena, na solenidade desta noite.

Sam, amiga de Donna disponibilizou uma *villa* para minha estadia durante os dias do bendito congresso e aqui estou agora, em Monte Carlo.

Diante do espelho, ajeitei o smoking de caimento impecável feito à mão.

Eu não sou muito fã desse estilo de roupa, uso apenas quando a ocasião demanda. No dia a dia, gosto de jeans e camiseta polo. Verifiquei mais uma vez minha aparência, peguei as chaves do *Aston Martin* grafite, entrei na garagem da *villa*, dei partida e saí rumo ao hotel onde seria o congresso.

Infelizmente, não ponderei sobre a magnitude do evento e o que isso traria de movimento à cidade, por conta disso, peguei um trânsito caótico. Consultei o relógio e vi que infelizmente estava atrasado. O discurso inaugural e a homenagem da noite já deviam estar acontecendo.

Caspita!

Perdi pelo menos trinta e cinco minutos, preso no engarrafamento. Quando cheguei ao *Hôtel de Paris Monte Carlo*, sede do congresso, e forneci meu nome, fui imediatamente conduzido ao salão onde o evento acontecia e justamente a homenageada seria a condessa Ilyena, quem eu deveria estar acompanhando. Lembro que cheguei a perguntar a Donna quem seria a bendita condessa, eu nunca havia visto a tal mulher. Donna fez um ar de suspense e me assegurou que assim que eu a visse saberia de quem se tratava. Eu respondi que pesquisaria na internet e a resposta que eu tive foi.

— *Por mais que você busque, não encontrará foto alguma. A condessa exige que nenhuma foto dela seja publicada.*

Ao entrar no salão e ouvir aquela voz, não pude acreditar.

Pensei que estava enlouquecendo. Talvez fosse o cansaço pela viagem sei lá, mas não, não era alucinação minha.

Era ela.

Linda!

Estava no palco diante da plateia, que não desgrudava os olhos, diante de tamanha beleza envolvida em um longo de tafetá azul-marinho que ressaltava sua pele de alabastro e olhos azuis safira. A farta e longa cabeleira negra, penteada para o lado direito do seu corpo, acompanhando a silhueta deslumbrante.

Lara...

Então Lara e Donna se conheciam esse tempo todo? Lara era a tal condessa Ilyena? Perguntei-me intrigado.

Lara seguia discursando sobre o trabalho feito na clínica Franca Viola, da qual ela era fundadora e de outros trabalhos que mantinha em prol de mulheres em situação de vulnerabilidade. Agora tudo fazia sentido. Todas as vezes que eu a vi na clínica. Então ela era dona do lugar. Lara falava com paixão do trabalho, das realizações e de como se sente feliz e completa por receber um prêmio como aquele.

— Eu dedico esse prêmio a minha maior apoiadora e grande amiga, que teve um imprevisto e não pôde estar aqui, Donnatella Mancini, dedico a cada mulher que já passou pela clínica e pelo instituto... A cada mulher que derrubou barreiras, rompeu grilhões da escravidão e servitude, a cada mulher que aprendeu a se amar e perceber seu valor como pessoa no mundo, a cada mulher vencendo e ocupando cada vez mais espaço, a cada mulher que disse "basta" e "não" a violência. Dedico também esse prêmio e reconhecimento a Dra. Angelica Di Santi, Dra. Lana Rosso, a Angela Pinkerton e acima de tudo, a Franca Viola, sua coragem inspirou mulheres no mundo e vem sendo nossa maior inspiração para seguir em frente com esse trabalho tão amado. Obrigada a todos pela atenção!

Lara foi ovacionada e em seguida a organizadora do evento, discursou rapidamente.

— Condessa Ilyena, nós é que agradecemos o seu entusiasmo, trabalho e doação a tantas causas nobres. Seu nome, assim como seu exemplo, entrou para a história e nós do comitê a premiamos e nomeamos como embaixadora e defensora dos direitos das mulheres de Nápoles.

Lara, extremamente comovida, recebeu as honrarias, agradeceu mais uma vez e oficializou o início do congresso. Em seguida todos se deslocaram para o local onde o jantar seria servido.

Minha mente trabalhava frenética, precisava, de alguma forma me aproximar dela. Não a deixaria escapar de forma nenhuma, obteria minhas respostas.

Ilyena seria o sobrenome dela? Lara Ilyena?

De todas as formas, aquela borboleta não iria escapar de mim.

Eu queria respostas.

E as teria.

Lara

Toda a ansiedade inicial passou e agora estava em uma mesa com alguns representantes conversando sobre as atividades que teríamos ao longo daqueles dias.

Estava muito entusiasmada que um trabalho que começara tão pequenino, tivesse crescido e obtido tanto reconhecimento e aquele dias seriam dias para aprendizagem, para no futuro, implantar mais inovações nos atuais trabalhos. Sentia-me feliz e realizada, queria que cada uma das mulheres que ajudamos durante esses anos pudessem ver a importância das suas conquistas, quão longe chegamos e quanto mais podemos conquistar. Queria tanto que Donna estivesse ali para compartilhar com ela minha felicidade. Naquele instante, perguntei-me onde estaria a pessoa enviada por Donna. Teria conseguido chegar a Mônaco?

O jantar fora servido e por alguns instantes as conversas foram interrompidas para apreciarmos a refeição. Após o jantar, alguns membros do comitê foram para a pista de dança.

As músicas iam desde valsas vienenses até músicas contemporâneas. Eu as ouvia e acompanhava os movimentos na pista. Senti uma vontade imensa de dançar, mas não com qualquer um. Meu lado sonhador, que às vezes eu sufocava, esperava que do nada, surgisse um príncipe, meu par perfeito.

Sacudi a cabeça, espantando aquela ilusão boba, voltando a postura de mulher moderna e prática. Quando um garçom se aproximou e me entregou uma taça com uma bebida.

— Perdoe-me, deve haver algum engano — disse. — Eu não pedi nenhum drink.

— Trata-se de uma cortesia. — Gesticulou o garçom indicando alguém à minha esquerda.

Quando virei a cabeça na direção, senti meu coração errar uma batida.

Vestido em um elegante terno preto, exalando sexualidade, vindo em minha direção com o caminhar de um predador, seus olhos ligeiramente esverdeados e um sorriso arrasador, o único homem capaz de me fazer perder a fala.

Bruno Mancini.

Capítulo 5

Porque os pássaros de repente surgem.
Cada vez que você está por perto?
Assim como eu, eles só querem ficar
Perto de ti.

Close to you - Dionne Warwick e Isabella Taviani

Bruno

Calculei meus passos, não porque seja um estrategista, mas porque de forma nenhuma queria afugentá-la.

Depois de poucos dias, estava diante de Lara novamente e um guarda-chuva de questionamentos se abriu sobre mim, contudo, naquele momento, eu fiz a única coisa que meu coração almejava.

— Lara, ou melhor dizendo, condessa, me daria o imenso prazer dessa dança?

Juro por Deus, tive medo de que ela me respondesse não e de alguma forma, como sempre fazia, como uma borboleta, batesse suas asas para longe de mim e me deixasse ali. Porém, para minha surpresa, ela exibiu um sorriso inseguro e me estendeu a mão.

— Conduza-me.

Segurei sua mão na minha e levei-a até a pista de dança e juntamo-nos aos outros casais, justo quando soou os primeiros acordes de *Close to you,* nas vozes de Dionne Warwick e Isabella Taviani. Seus olhos encontraram os meus. Aqueles imensos e lindos faróis azuis safira, fitavam-me e mais uma vez, vislumbrei uma faceta diferente daquela intrigante mulher: ansiedade, ela estava ansiosa com o nosso reencontro.

— Acalme-se, respire. É apenas uma dança, não vou demovê-la de seu disfarce, borboleta — sussurrei e vi algo brilhar em seus olhos, pareciam lágrimas contidas.

Lara pigarreou e perguntou:

— O que você quer? O que faz aqui?

— O quê? Você não sabe? Donna não lhe contou?

— Não tive oportunidade de falar com Donna desde que cheguei.

— Pois bem, Donna me pediu o imenso favor de representá-la no congresso, ao seu lado. Achei que ela tivesse mencionado. Foi uma decisão tomada há alguns dias.

Lara enrijeceu em meus braços, um questionamento mudo.

— Relaxe, aproveite a música.

— Por favor, deixe-me ir. Quero ir embora.

— Não. Dessa vez não vou deixá-la partir, sem antes ter as minhas perguntas respondidas, o que não será agora. Quero compartilhar essa dança com você. Tudo o que quero é estar *perto de ti* — cantarolei, seguindo o ritmo da música.

Girei-a, trouxe-a novamente para os meus braços e o movimento me trouxe seu cheiro, uma mistura leve e floral. Inalei, inebriando-me daquela essência. Suspirei.

— Bruno, ouça-me, por favor. Vá embora. Não podemos... Isso... Não pode ser.

— Por que não? Você não pode negar que desde a primeira vez que nos vimos, a atração o sentimento foi, *é* inevitável. Você sempre foge ou me afasta e tudo o que eu preciso é de razões reais para que não possamos compartilhar sequer uma dança em paz.

— Eu... Eu...

— Lara. Por uma dança, esqueça quem você é, esqueça quem eu sou e se entregue. Entregue-se ao som da música.

Senti suas defesas lentamente baixarem quando seu rosto se aconchegou em meu peito. O calor daquele contato abalou tudo dentro de mim. Lara era uma constelação em forma de mulher, era a jovem forte que me salvou várias vezes, a mulher que discursou brilhantemente minutos antes e a borboleta pequenina que agora abrigo em meus braços, enquanto partilhamos aquela dança. Lara era o paradoxo entre a timidez e a coragem, tem tanto mistério, tanto a ser desvendado e eu estava louco para decifrar todo o universo desta mulher. Seja lá qual for. Lara levantou lentamente a cabeça e me fitou em silêncio.

Dio! Seus olhos uma miríade de emoções em conflito.

— Bruno, eu...

— Shhhh! — Silenciei-a pousando suavemente meu dedo em seus lábios.

Fiquei preso naquele olhar. Meu dedo deslizou de seus lábios e percorreu o rosto delicado em uma carícia suave, contemplando-a, embevecido pelas compleições de sua face. Linda era uma palavra demasiado deficitária para descrevê-la. Ela me fazia, mesmo sendo um católico não praticante, crer em Deus na sua totalidade.

— Você é um milagre, sabia? — declarei.

Ela sorriu, porém em seu semblante a preocupação transpareceu.

— Você não sabe o que diz, Bruno. Hoje posso ser seu milagre, amanhã muito facilmente posso me transformar em sua maldição.

Naquele momento a música terminou e Lara se afastou dos meus braços, contudo seguia encarando-me.

— O que você quer dizer com isso? — indaguei, mais uma vez intrigado.

— Bruno, preciso ir. Muito obrigada pela dança.

— Tudo bem, mas lembre-se, temos uma conversa pendente, condessa. Nós nos vemos amanhã cedo.

Lara uma vez mais, encarou-me e em seguida cruzou o imenso salão deixando o recinto, porém não me deixou.

Ela nunca saí de mim.

Eu teria este fim de semana para descobrir tudo sobre aquela mulher, todas as dúvidas e incógnitas que envolvem sua personalidade. Apenas um fim de semana, para fazê-la ver que não somos dois, mas sim um e nada poderia mudar isso.

Nada.

Acordei bem cedo e às 07h30 já estava de volta ao hotel para o primeiro dia do congresso. O dia começou com um café da manhã e em seguida fomos direcionados para a sala onde aconteceria a primeira mesa de discussões.

Havia pessoas de várias instituições de todas as partes do mundo e uma multitude de idiomas e sotaques entre eles, o português, que conheci com minha amiga Kat e aprimorei nas várias viagens de negócios ao Brasil. Muitas organizações governamentais e não governamentais estavam presentes e o tema da primeira mesa seria a *Síndrome de Cassandra e como o patriarcado atua desacreditando as mulheres.* A palestrante que abrirá os trabalhos é uma brasileira chamada Alyne Machado, doutora em Psicologia e acabara de assumir seu lugar na a mesa de convidados.

Olhei de um lado ao outro procurando Lara e a vi conversando muito animadamente com um rapaz. Tive a leve impressão de já tê-lo visto antes, porém não me lembrava de onde.

Ele a abraçou e se sentou ao lado direito de Lara.

Mais rápido que a velocidade da luz, corri e sentei-me ao lado esquerdo dela.

— *Buona giornata, bella*.

— *Buongiorno* — Lara respondeu sem jeito.

O rapaz ao seu lado me encarava em um escrutínio, o que reforçava a ideia de que eu já havia o visto antes, no entanto, não me recordava ao certo.

Enquanto o anfitrião apresentava a palestrante, mencionando seus trabalhos, o rapaz não parava de encarar-me e em um momento sorriu, deixando-me um tanto confuso. Decidi entrar no jogo dele e perguntei:

— E então, gosta do que vê?

Lara sorriu e disse.

— Perdão, não os apresentei... Bruno esse é Derek Linton. Derek, apresento Bruno Mancini. Ele veio representando...

— Você disse Mancini? Dos Mancini de Nápoles? — o tal Derek indagou.

— Sim. Por quê? — Lara perguntou também parecendo confusa.

— Você por acaso é irmão de Marcelo e Luigi Mancini?— Derek perguntou se dirigindo a mim.

— Sim, sou *il fratellino*. Quem é você? De onde conhece meus irmãos? — Não contive minha curiosidade e segui perguntando, enquanto Lara parecia mais confusa do que eu.

— Bem, Marcelo e Luigi trabalharam comigo. Realizamos alguns... trabalhos juntos.

— E você é íntimo de meus irmãos e de Lara?

Eu estava cada vez mais confuso.

— Não, Lara e eu nos conhecemos a pouco mais de um ano e meio, em um congresso como esse. Eu represento uma ONG que resgata e auxilia mulheres vítimas de tráfico de seres humanos, então sempre que há um congresso, Lara e eu nos esbarramos, não é *bella*?

— Sim, é verdade. Que coincidência você conhecer os irmãos de Bruno. Então você também conhece Donna? — Lara perguntou.

A pergunta na verdade soou mais como uma sondagem.

— Sim, conheço muito bem. Na verdade, fui apaixonado por ela, mas ela escolheu Marcelo.

— Nossa! Donna nunca comentou nada — Lara afirmou.

— Eu já superei. Hoje Donna e eu somos apenas amigos, embora nosso ritmo de trabalho não nos permita nos ver com tanta frequência. Ela é uma mulher admirável.

— Entendo... Donna é de fato uma mulher muito especial. Marcelo tem sorte por ela tê-lo escolhido — comentei, lembrando-me de minha doce cunhada que conseguia tudo de nós, apenas sorrindo e piscando seus olhinhos de corça; Marcelo era totalmente devotado à esposa e à filha.

Agora, compreendi que Donna era mais do que doce, era ladina também. Não sabia de que forma ela soube quem Lara era, e promoveu nosso encontro. Assim que possível, falaria com ela. Minha doce cunhada me devia algumas explicações.

Uma voz firme e consistente iniciou a palestra e nós fizemos silêncio, prestando a atenção ao que a Dra. Machado explicava. Vez ou outra, eu olhava na direção do tal Derek e via a mão dele segurando a de Lara com uma intimidade que já começava a me irritar. Ao que parecia, ela sentia-se à vontade com o tipo. Segui encarando-os e em uma das vezes, Lara sustentou a mirada, nossos olhos se encontraram e eu me vi preso àquelas duas safiras enormes.

Ela estava linda como sempre. Clássica, usava um vestido simples na cor cinza, mangas longas, um pouco acima do joelho e ligeiramente acinturado, remetendo aos trajes femininos dos anos 50. Seu rosto com uma maquiagem leve realçava sua beleza delicada. Os longos cabelos ébano, presos em um rabo de cavalo. O conjunto da obra tornava-a mais jovial do que já era, lembrando-me de quando a conheci e por alguns segundos, vi a mesma fragilidade daquela noite, tantos anos atrás. Porém, logo em seguida, Lara assumiu sua postura segura de si, deixando meu olhar e novamente o tal *fighetto*, segurava a mão dela, depositando um beijo. Eu me esforcei para voltar minha atenção à palestra, concentrando-me.

A Dra. Machado seguiu traçando um panorama através de um recorrido histórico que remonta a Antiguidade até os dias atuais. A palestrante exemplificou e explanou sobre exemplo de mulheres, figuras históricas e comuns que foram desacreditadas pela sociedade e o impacto do patriarcado nisso, apresentando trechos de artigos, gráficos, reportagens e inclusive ações policiais. Depois de apresentar dados, fatos e informações, a doutora encerra sua fala deixando uma reflexão aos participantes:

— São muitas Cassandras: Medeias, Raabes, Lucrecias, Anne Boleyn, Desdêmonas, Hesters Prynne, Emmas Bovary, Capitus, Danielas Perez, Princesas Diana, Dilmas, Hillarys e Marielles. Essas mulheres têm algo em comum: todas sofreram algum tipo de abuso, foram desacreditadas ou silenciadas pelo patriarcado e sociedade da época na qual estavam ou estão inseridas. Muitas, silenciadas com a morte. Essas são as figuras históricas, públicas. Foram rainhas, princesas e estadistas que exerceram ou exercem, no caso das ainda vivas, Dilma Rousseff e Hillary Clinton, papéis na sociedade. E quanto as Cassandras comuns? E quanto àquelas que estão no nosso dia a dia, que caminham conosco, invisíveis. Vocês têm reparado nelas? Tem percebido sua dor, o que há com elas? Da mulher pública à civil, todas vítimas de algum abuso, violência psicológica, doméstica, estupro ou simplesmente desacreditadas pela sociedade. O que tem sido feito para reparar a anima delas? Para lhes restituir a voz? Para impulsioná-las, motivá-las? O que tem sido feito para resgatar essas mulheres e dar a elas um lugar na sociedade, digno e merecido?

Ela fez um breve pausa, e prosseguiu:

— Caros, dentro dos próximos dias, é nossa missão pensar em ações que auxiliem essas mulheres. É nosso dever assegurar cada vez mais, dentro de cada um dos trabalhos que temos, políticas que respaldem essas mulheres que as auxiliem e que elas possam ser reinseridas na sociedade. É nosso dever ajudá-las a conquistar seus sonhos e mostrar a elas, sem desmerecer suas dores de outrora, que não importa quão ruim o passado se apresentou, o futuro a frente é brilhante e cheio de possibilidades. Nossa luta é para que essas mulheres sejam alcançadas e para que a sociedade entenda que estamos em busca de algo muito além de igualdade. Equidade é a palavra. Muito Obrigada!

Lara aplaudiu com entusiasmo a psicóloga, que depois de ser muito ovacionada e cumprimentada pelos seus pares, aproveitou o intervalo para próxima palestra veio até Lara, cumprimentando-a

— Lara, querida, como você está?

— Olá, Alyne! Estou bem. Muito obrigada! Parabéns pela palestra. É um prazer, como sempre! Foi extremamente edificante. — Lara se dirigiu à psicóloga em português fluente, surpreendendo-me.

Onde ela aprendeu português tão bem?

Naquele instante, Derek me convidou para tomar um café e deixamos as duas mulheres conversando.

— Então, você é o caçula da família Mancini. Que surpresa te ver aqui! Achei que tocasse o *branch* marítimo da família — Derek comentou.

— Sim, de fato sou o responsável pela *Mancini importações e exportações marítimas*, contudo, vim a pedido de Donna.

— Sério? Ou veio apenas atrás de Lara?

— Por quê? Isso te incomoda?

— Não. Na verdade, me deixa surpreso. Ou não... Talvez Donna esteja fazendo isso com um propósito. Se tem algo que eu sei a respeito de sua cunhada é que ela não dá ponto sem nó, pode crer, ela sabe exatamente o que está fazendo.

— Como pode ter tanta certeza?

— Já disse, trabalhei com seus irmãos e Donna. Inclusive estive no casamento deles. Outra coisa: eu não sou cego. Vejo como você a olha. Amigo, você está completamente enfeitiçado por Lara. E se quer um conselho...

— Por que eu precisaria de um conselho seu? — indaguei, irritadiço.

— Ora, ora você é exatamente como seus irmãos, altivos e arrogantes. — Derek riu ao dizer aquilo e seguiu: — Conheço Lara há pouco tempo, no entanto, por causa de meu trabalho, precisei levantar informações sobre ela e mesmo que você não queira meu conselho, ainda assim o darei: afaste-se dela.

— Claro e deixo o caminho livre para você. Acha que eu sou estúpido?

— Não é nada disso, Mancini. Confesso que Lara é uma mulher que deixa qualquer homem sem fôlego. Ela é de fato, linda e mexe com os hormônios de qualquer macho saudável, entretanto, meu interesse nela não é sentimental. Além disso, sei coisas demais a seu respeito que impossibilitaria qualquer enlace entre nós.

— Sério? O que você sabe de tão grave assim que o impede de investir em uma relação com Lara? Não. Não responda... A verdade é, que se você estivesse realmente interessado nela, nada o impediria. Você não deixaria ou permitiria que nada se impusesse no caminho de vocês. Para mim, isso só mostra quão covarde você é!

— E você é bem valentão, não? É o sangue dos Mancini? Fico me perguntando se assim como seu pai, você estará disposto a pagar as consequências para ter consigo a mulher que ama. Assim como Marco Mancini fez com Regina Giardino, roubando-a de Leonida Lombardo.

— O que você sabe sobre isso? — indaguei, surpreso.

Como aquele fighetto, que eu conheci a um par de horas, sabia sobre meu papà, sobre minha mamma e pior: sobre Lombardo?

— Está surpreso como eu sei tanto? Eu tenho meus meios. Por isso te digo: Lara é encrenca, afaste-se dela. Ela é gente boa, faz um trabalho maravilhoso com as mulheres e gerencia o hospital Franca Viola, mas não é para o seu calibre, *carissimo*.

Eu estava furioso com a empáfia do sujeito, porém, quando fui fazer minha tréplica, o anfitrião nos chamou novamente aos nossos lugares e mais uma palestra começou. Mais uma vez vi uma troca de olhares muito afetuosa entre Lara e aquele sujeito.

Derek segurava a mão de Lara e ela parecia de fato, completamente à vontade com o sujeito, no entanto, quando nossos olhares se encontraram, vi a chama acesa fulgurante. Sim, não importava que tipo de relacionamento Lara e Derek tinham, era a mim que ela queria. Ela podia refutar e relutar, contudo estava claro que nos desejávamos.

A nova palestra se iniciou, mais um intervalo e em seguida mais duas mesas de discussões. Depois de encerrados os trabalhos da manhã e fomos todos almoçar. No meio de tanta gente, não tive chance de falar com Lara. Quando achei que teria a oportunidade de conversarmos, levantei-me da mesa e segui em sua direção, porém meu celular tocou e pelo toque eu sabia exatamente quem era.

— Donna, *cognata!* Que bom que você me ligou. Acho que você me deve algumas explicações.

— *Bruno, não fique bravo comigo.*

— Como não ficar? Como? Você trabalha todo esse tempo com Lara, *sabia* exatamente onde encontrá-la e nunca me falou. Por quê?

— *Bruno. Tudo ao seu tempo, tudo ao seu tempo. A única coisa que eu desejo saber é: vocês estão bem? Conseguiram conversar?*

— Não muito. Cheguei atrasado ontem e hoje um tal de Derek Linton não desgruda dela.

— *Ah, então ela e Derek já se reencontraram?*

— Escuta, Donna, qual é o seu plano? Porque eu...

— *Bruno, preciso desligar. O sinal aqui é péssimo e Nat está precisando de mim.*

— Donna, alguém já te disse que você é uma rata?

— *Não, apenas hacker, baccio fratellino.* — Riu e desligou.

— Desligou!

Suspirei resignado, os dedos mergulharam nos cabelos tentando encontrar a lógica em tudo aquilo.

Lara seguia ao lado de Derek, no entanto, agora parecia distraída, preocupada. Sua cabeça se movia, buscando algo ou alguém até que nossos olhos se encontraram de novo.

E Dio come sei bella questa moglie!

Em pouco tempo, voltamos para as palestras de tarde e novamente não conseguimos conversar, porém esta noite no jantar, daria um jeito de me aproximar dela e esclareceríamos tudo de uma vez por todas.

Capítulo 6

Eu estava totalmente em suas mãos
Eu não sei se tenho forças para seguir em pé

Olly Murs - Trouble maker

Bruno

Infelizmente Lara não compareceu ao jantar daquela noite. *Dio, Dov'eri?* Olhava de um lado para o outro na esperança de que ela pudesse aparecer, foi em vão.

Ao sair do salão, esbarrei o *fighetto* de Derek, sozinho. Então, Lara não estava com ele também. Estranho.

— Mancini, você está com uma cara péssima. O que houve?

Tive de engolir o orgulho e perguntar:

— Você por acaso sabe da Lara?

— Ela teve um imprevisto e não pôde comparecer ao jantar hoje. Coisas sobre a ONG demandaram sua atenção. Ela está bem, fique tranquilo.

— Entendi. E você, não está grudado nela como o carrapato que é por quê?

— Caro, Mancini, ao contrário do que você pensa, eu não estou caindo de amores pela Lara. Conforme conversamos mais cedo, ela é linda, belíssima de verdade, porém eu não estou envolvido com ela.

— Ah, por Deus! Poupe-me dessa baboseira, você só está se fazendo de desinteressado, porque acha que eu posso deixar de querê-la, se você não a quiser, replicando um comportamento de crianças que só desejam o brinquedo do outro. O que você não faz ideia é da minha história com Lara, de quanto tempo a conheço e de como ferra com minha mente desde então!

— Uau, o Mancini caçula é intenso!

— Cara, você é um babaca! Nem sei por que perco meu tempo falando com você.

Dou as costas ao *fighetto* e vou embora. Podia tentar localizar o quarto de Lara, contudo, se ela de fato está ocupada, não teria como conversar com ela tudo o que preciso. Nossa conversa envolve tantas coisas. São anos de encontros e desencontros.

Voltei para a *villa* frustrado e assim que cheguei, ataquei a garrafa de uísque.

Deus, ela voltou para minha vida apenas para ferrar com minha cabeça. Surgia e sumia quando queria isso ia me enlouquecer!

Desde que ela me resgatou naquele hangar em Ibiza, não consigo deixar de pensar nela, desejá-la, querê-la ardentemente. O próprio destino se incumbia de sempre cruzar nossos caminhos.

Caspita! Aquilo tudo *tem* que ter uma razão, um motivo maior.

Tirei o telefone do bolso e liguei para minha cunhada que não atendeu. Em seguida liguei para Marcelo e o telefone soou várias vezes. Nada, não atende. O destino estava zombando de mim, sério.

Joguei-me na cama vestido do jeito que estava, exausto.

Amanhã seria o último dia de palestras e à noite, um baile de gala encerraria o congresso, aí então, Lara não poderia fugir.

— *Farfalla mia, che scappa sempre da me. Fino a quando?*

— Até quando, minha borboleta?

Lara

Estava grata por este congresso finalmente terminar. Na noite anterior, não pude comparecer ao jantar. Situações na clínica Franca Viola necessitavam da minha atenção, então precisei fazer uma videoconferência para alinhar alguns detalhes. Em seguida aproveitei para ligar para Donna. O telefone soou apenas duas vezes e em seguida reconheci a voz da minha amiga.

— *Oi!*

— Donna, o que você fez?

— *Tentei te ligar, Lara Ilyena Lombardo, deixei as mensagens. Você não leu?*

Gelei. *Como Donna sabia meu nome?*

— Donna, nunca mais repita esse nome!

Um silêncio do outro lado da linha. Uma respiração funda.

— *Lara, eu sei quem você é. Sei disso já há algum tempo. Esperava que com o tempo você se abrisse, confiasse em mim, na nossa amizade, porém isso nunca aconteceu e...*

— Donna, eu não posso. É arriscado. Agora que você já sabe, te peço, por favor, compreenda.

— *Eu compreendo, por isso enviei Bruno em meu lugar nesse congresso.*

— *Moy Bog*[3], você não devia ter feito isso! Sabe o risco que ele corre! Sabe que meu... *babbo* atentou várias vezes contra os Mancini e sabe que Romano está novamente solto, representando um risco a todos nós.

— *Eu sei de tudo isso, por isso enviei Bruno até aí, porque... Ah, Deus! Nem sei como dizer...*

— Dizer o quê? O que houve?

Naquele momento meu outro telefone tocava. Era Iago.

---

[3] Russo: Meu Deus!

— Donna, aguarde um segundo na linha. — Atendi o outro aparelho. — Iago. O que houve?

— *A casa de Bruno Mancini está em cinzas. Foi Romano. Bruno não estava, Romano sabia. Ele está apenas enviando um aviso.*

— Entendi. E Angela, onde está?

— *Está aqui comigo. Estamos averiguando tudo e tentando reunir provas para fornecer aos carabinieri para que possam deter Romano novamente.*

— Perfeito. Coloquem todos os nossos seguranças de prontidão, atentos aos Mancini. O episódio de hoje não pode se repetir!

— *Tranquilize-se. Tem uma equipe seguindo os passos de Marcelo, Donna e a filha, fazendo a segurança e praticamente um exército em torno da mansão Mancini. Marco Mancini reforçou a segurança de todos da família após o atentado contra Bruno em Nápoles.*

— E você tem informações do estado do piloto?

— *Fiz como você me pediu. Giuseppe será enviado para a clínica em Istambul, assim que receber alta. Porém, confesso que eles terão um grande trabalho pela frente. O estrago foi feio.*

— Entendo. Vou precisar desligar, mas, por favor, mantenham-me informada. *Do svidaniya*[4]!

— *Uvidimsya pozzhe, babochka*[5]!

Desliguei o aparelho e voltei para o outro telefone.

— Donna, desculpe-me eu precisava atender a outra ligação, eu...

— *Lara, infelizmente tenho uma péssima notícia, o que só me faz ter certeza de que tomei a decisão certa ao pedir que Bruno fosse a Monte Carlo. Recebemos a notícia, Marcelo e eu, de que a casa de Bruno está queimando até as cinzas. Foi coisa do Romano.*

— Aquele maldito não desistirá nunca! — Dei um golpe na mesa, irada.

— *Lara, vamos precisar envolver todos os nossos esforços, se quisermos deter esse assassino, covarde. Marcelo está enlouquecido, teme pela vida dos pais. Está pensando no que fará. Os seguranças já estão todos de prontidão.*

— Seria um bom momento para o *papà* Mancini se aliar a outros capos — comentei.

— *Lara e se você falasse com seu babbo? Quem sabe...*

— Não quero falar com ele! Além do mais, você acha que ele me ouviria? Leonida Lombardo me negligenciou a vida inteira. Naquela casa a única que importa é minha *mamochka*.

— *E... E se estiver em suas mãos acabar com tudo isso?*

No fundo, eu sabia que esse dia chegaria.

Teria de enfrentar meus medos, deixar todas as desilusões e meu passado de dissabores para trás por um bem maior. Como faria isso?

Sei que de uns tempos para cá, meu pai mudou o tratamento com minha *mamochka* que era de uma gélida indiferença, para um

---

[4] Russo: Tchau!

[5] Russo: até mais, borboleta.

relacionamento afetuoso e vem buscando criar algum vínculo comigo, no entanto, não sei se consigo deixar de lado, todo um passado de abandono e perdoá-lo. Se ele tivesse sido um pai melhor, tanta coisa teria sido diferente em minha vida. Eu nunca teria sofrido o que sofri e Romano não teria posto suas mãos sujas em mim.

E foi assim, em questão de segundos.

Meu gatilho me levou para aquela noite anos atrás... Aquele corpo suado, grudando em mim. Sua brutalidade e força, rasgando-me, agredindo-me. Seu sêmen se misturando ao meu sangue, minha inocência roubada da forma mais hedionda.

— *Lara! Lara! Lara, você está aí?*

Fui tirada do meu estado de torpor pela voz de minha amiga.

— Sim, Donna. Eu estou aqui... Desculpa, o que você dizia?

— *Tente acertar as coisas entre você e Bruno, por favor!*

— Donna, eu não sei como me pede isso. Se você sabe toda a verdade sobre mim, sabe que o que me pede é impossível! Estaria alimentando ainda mais a ira de Romano.

— *Você o ama?*

— Quem? Romano?

— *Não! Bruno. Você o ama?*

— Meu coração não encontrou outro para amar, além dele.

— *Então tente, acerte-se com ele.*

— Não sei, Donna, não posso!

— *Bruno tem apenas mais um dia aí, então terá de voar para o Cairo. Eu fico mais tranquila, pois até ele voltar, teremos controlado a situação por aqui. E você, não perca essa chance. Fale com ele, conte a verdade.*

— Ele vai me odiar. Sou uma Lombardo, ele vai me desprezar.

— *Eu conheço meu cunhado. Ele não vai desprezá-la. Tenha um pouco de fé em si, Lara!*

— Quando estiver de volta a Nápoles, eu ligo para nos falarmos pessoalmente.

— *Você vai desconversar? Vai fugir, Farfalla?*

— Donna, se algo mais acontecer, me dê notícias, por favor!

Desliguei sem dar chance de Donna falar qualquer coisa, no entanto, seguia pensando em seu comentário.

— *E... e se estiver em suas mãos acabar com tudo isso?*

— *Tente acertar as coisas entre você e Bruno...*

— *Você o ama?*

— *Eu conheço meu cunhado. Ele não vai desprezá-la. Tenha um pouco de fé em si, Lara!*

Ah, Donna, querida amiga! Bruno e eu nunca poderemos ficar juntos. Eu queria que fosse diferente. Impossível!

Sou Lara Ilyena Stepanov Lombardo, filha da condessa Alexandra Ilyena Stepanov Lombardo e de Leonida Lombardo, capo da grande e temida Camorra do clã de Nápoles. Bruno é um Mancini. Somos como os Capuletos e os Montechios, nunca poderemos nos amar livremente.

Por que meu caminho teve que cruzar com o de Bruno Mancini? Por quê?

Lancei-me na cama, exausta, a mente esgotada a alma exaurida. Como lidaria com aquela situação?

Segui horas ponderando sobre tudo aquilo, até que o sono me alcançou e adormeci.

As atividades do dia foram intensas, sendo o último dia do congresso. Todas as palestras e tudo o que vimos foi uma grande experiência e um aprendizado inestimável.

Bruno não compareceu a nenhuma das discussões. Estranho. Lembro-me claramente de Donna dizer que ele ficaria até o dia seguinte quando embarcaria para o Cairo.

— Procurando alguém, *bella*? — Derek indagou.

— Não. Ninguém.

— Eu a noto meio ausente? Aconteceu algo? Está tudo bem em Nápoles?

— Tudo tranquilo — respondi com um meio-sorriso.

— Entendi. Acreditei que talvez você estivesse preocupada com o incêndio criminoso que ocorreu na casa do seu amigo Mancini em Nápoles.

— Como você soube disso? — perguntei, atônita.

— Lara, apenas confie em mim. Vai dar tudo certo. Bruno mesmo já soube do ocorrido e está tranquilo.

— Talvez por isso não compareceu às palestras de hoje, talvez tenha voado até Nápoles.

— Não. Ele segue na *villa* que ocupa aqui em Monte Carlo.

— Como você sabe tudo isso? — perguntei suspeitando que Derek, não era apenas um representante de ONG e fazendo uma nota mental para ligar a Iago e Pinkerton pedindo que investigassem Derek Linton.

— Tenho meus meios — respondeu. — Você também, não é senhorita Lombardo?

Dio! Quantas pessoas mais sabiam?

— Calma, Lara! Não precisa ficar apreensiva. Seu segredo está salvo. No que eu puder ajudar, por favor, conte comigo. Vejo você na noite no baile, *bella*.

Derek se afastou cumprimentando outras pessoas. Olhei no relógio e já eram duas da tarde. Deixei a sala com destino ao meu quarto. Tomei um banho rápido, vesti-me com o robe e abri o guarda-roupa já organizando as coisas para o retorno a Nápoles e pensando em como lidaria com tantas informações.

Depois de guardar quase todas as peças de roupas e pertences pessoais, estendido dentro do guarda-roupa, o vestido ondulou ao sabor do vento frio que soprou vindo da varanda. O tecido parecia cantar e o que ele me dizia confirmava o que ia ao meu coração, porém ia contra o que minha mente gritava: fuja, Lara! Fuja!

A razão gritava desesperadamente, mas meu coração dizia: *você precisa encará-lo, Lara. Precisa ouvir a voz do seu coração.*

Um duelo travado entre razão e emoção. Um duelo que eu não sabia se podia resolver. Se eu quisesse partir ainda hoje tinha duas opções: poderia pegar um voo ou pedir a Iago para acionar Valerio e em poucas horas estaria em Nápoles.

Liguei a TV e estava passando o desenho da *Cinderella.* Fazia apenas alguns minutos que havia começado. Resolvi me sentar e assistir, retomando um hábito da infância. Em seguida começou Anastasia e eu segui maratonando os desenhos, aquele em específico tinha um apelo emocional maior. Minha *mamochka*, várias vezes me contou sobre a triste noite na qual a família Romanov foi dizimada. Sim, a versão da Disney era bem mais digerível que a dos livros de História.

Quando percebi, já havia anoitecido.

Quando percebi, já havia tomado minha decisão.

Eu iria àquele baile.

Encontraria Bruno.

Que Deus me ajudasse!

Capítulo 7

Eu sou a voz no vento gélido que sopra
E se você a escutar, me ouvirá chamar do paraíso
Enquanto eu puder te alcançar, tocá-la
Então eu nunca morrerei

Remember - Josh Groban

Bruno

O salão estava um burburinho só.

A orquestra tocava desde valsas, jazz até os ritmos contemporâneos da moda. Um duo de vozes masculina e feminina ditava o ritmo da noite que estava bem animada. A pista de dança, repleta de pessoas se divertindo, rindo e dançando e nem sinal de Lara.

Fazia cerca de uma hora eu havia chegado ali e nada, nenhum sinal dela. Provavelmente já havia regressado a Nápoles ou ido para qualquer outro lugar. Mais uma vez ela fugiu. A borboleta linda de olhos safiras bateu suas asas novamente e voou para longe de mim.

Inquieta borboleta.

Uma jovem linda, ruiva com cabelos ondulados, veio até mim. Trocamos algumas palavras e ela me convidou para dançar. Cordialmente declinei.

A mulher era linda, de fato fez várias cabeças se virarem conforme caminhou em minha direção, contudo, minha mente, assim como eu por inteiro, estava em apenas uma mulher...

— Desculpe-me, linda jovem. Meu amigo não está se sentindo muito bem hoje — interveio Derek surgindo, sabe Deus de onde. — Contudo se quiser, posso acompanhá-la em uma dança, aceita?

Derek sorriu e a jovem aceitou e foi com ele até a pista, onde bailaram por pelo menos meia hora. Algum tempo depois, Derek voltou.

— Cara, você realmente está apaixonado por Lara e eu admiro sua lealdade.

— Onde ela está? — perguntei, angustiado.

— Não sei. Achei que ela já estivesse aqui.

— Você falou com ela hoje?

— Claro. Ela estava bem, inclusive confirmou presença para o baile.

— Será que aconteceu algo?

— Se tivesse acontecido algo, eu saberia.

— E como poderia? Você é tão íntimo assim?

— Bruno, eu tenho meus meios e é tudo o que você precisa saber.

— Entendi. Já que trabalhou com meus irmãos, imagino que tenha a ver com espionagem, certo?

— É, bem...

Derek não teve oportunidade para se explicar, porque naquele exato momento, uma comoção tomou conta do salão.

Não entendi o que acontecia de fato, até vê-la surgir, estonteante em um vestido verde-escuro. O tom destacava seus olhos que irradiavam à distância. Ela cruzou o salão, parando ao nosso lado, cumprimentou Derek e a mim. A maquiagem ressaltava suas feições régias, aquela mulher tinha o porte, não de uma condessa, de uma rainha e governa tudo em mim, *la donna del mio cuore*. Eu estava rendido e faria o que fosse necessário, para viver esse amor que sinto por ela.

Lara simplesmente é meu sopro de vida, minha borboleta, que com uma única batida de suas asas, esta noite em tecido verde, soprava ar de volta aos meus pulmões.

Sim, nunca tive dúvidas de que eu a amo.

Amo Lara!

Eu a amo...

Eu amo a mulher instigante, misteriosa, sobre quem eu sei tão pouco, porém o suficiente para me lançar aos pés dela e jurar amá-la por toda a vida.

Amo Lara e nada mudaria essa verdade.

Nada.

Tudo o que eu precisava era de uma chance. Só uma chance.

Seria esta noite?

Eu a convenceria finalmente a se render ao destino que obstinadamente nos une?

Lara

Somos imãs, acabamos nos atraindo, sempre.

Em um salão abarrotado de pessoas, assim que eu adentrei, apenas cruzei uma linha reta para estar frente a frente com Bruno Mancini.

Lindo!

Em um smoking preto, uma antítese ao seu aspecto naturalmente selvagem. A tez bronzeada pelas várias horas expostas ao sol.

Eu sei, ele ama atividades ao ar livre, entre elas, velejar. O contraste entre a cor de pele e o branco da camisa era lindo de se ver. Os olhos ciganos de um tom claro, que às vezes ficava mais puxado para um tom esverdeado, como naquele exato momento, fitando-me dos pés à cabeça, olhos fixos em meu rosto e eu me perdi naquele olhar.

Tudo, tudo o que eu queria era poder viver aquilo livremente.

Bruno Mancini era meu sopro de vida, tudo o que eu queria, tudo o que eu precisava, um toque da misericórdia celestial naqueles olhos de cigano.

Um coro em minha mente gritava: *não, perigo! Ele é um perigo para seu coração!*

Porém, quando cruzei o salão eu já havia tomado a decisão de pelo menos naquela noite, viver um sonho que eu sei, tem começo e terá que ter um fim.

— Lara, você está deslumbrante... Divina! — Bruno me elogiou e estendeu a mão para mim.

Um convite a dança que eu não pude resistir.

Derek olhou para nós sorrindo, com um gesto de cabeça incentivou-me. Permiti que Bruno segurasse minha mão e o segui para a pista, onde apenas a alguns dias, dançamos juntos pela primeira vez, embora esta noite tivesse uma aura totalmente diferente, algo na atmosfera me fazia relaxar mais e me deixar ser conduzida, não só a pista de dança, como também aqueles braços que eu tanto amo, porém nos quais temia tanto me abandonar. Esta noite, só esta noite, deixaria de ser Lara Ilyena Stepanov Lombardo e seria Lara, a garota que se apaixonou pelo caçula dos Mancini desde a primeira vez que o viu e se recusou a cumprir a tarefa dada por seu primo Romano.

A canção *Remember,* soava e além da bela interpretação do cantor, seu som me fez viajar. Aproximei meu corpo do dele, lançando meus braços em seu pescoço e senti sua pulsação forte.

— Lara... Lara, nem posso acreditar que te tenho aqui entre meus braços.

— Eu também não. Na verdade... Eu não tinha a intenção de vir ao baile, preciso voltar para Nápoles o quanto antes e de lá irei para Moscou. Questões de família demandam minha atenção.

— E por que veio?

— Porque senti que devia a mim mesma.

— Por que queria me ver?

— Porque queria dançar.

— Posso mandar organizar um baile para que possamos dançar a noite toda.

— Quem sabe um dia.

— É só me dizer quando, minha rainha.

— Rainha não, condessa.

— No meu coração você é a rainha.

— Bruno, por Deus...

— Eu amo você. Amo!

— Ama?

— Com todas as minhas forças. Você não sabe o quanto eu a procurei, mas fica difícil encontrar alguém que não deseja ser achado. E quando nos vimos no aeroporto, você fugiu. Quando a vi no Franca Viola, você se esquivou. Sempre batendo suas asas para longe de mim, *Farfalla*.

— Porque não podemos ficar juntos.

— Ah, eu já estou cansado dessa cantilena. Dê-me uma única razão, só uma!

Não conseguia. Não podia confessar a verdade. Não agora. Não daquele jeito.

Aqueles olhos são minha perdição.

Dio!

Ele me fitava tão intensamente, que despertava meus instintos mais ancestrais. Estava tão perdida naquele enlevo, que levou alguns minutos para notar que a música havia terminado. A banda pediu alguns minutos de intervalo e o som ao vivo fora substituído por música de estúdio. A voz de *Florence Welch* invadiu meus sentidos e quando dei por mim, passei a cantarolar *Breath of life* ao ouvido de Bruno:

Eu estava em busca de um sopro de vida
Um pequeno toque de luz celestial
Mas todos os coros na minha cabeça gritavam: não!

Bruno seguia me olhando como se eu fosse a única pessoa da face da Terra. A devoção em seu olhar era comovente. Cantarolei aquele pedaço pelo menos umas duas vezes e mal percebi que Bruno havia nos conduzido para a fora da pista e na verdade, estávamos fora do salão, de fato, nem estávamos mais dentro do hotel.

Quando notei, soltei-o e caminhei para a rua sentindo o vento ainda gélido, considerando que dali a mais uns nove dias seria primavera, ainda estava como no inverno. Abri os braços e senti o soprar invadir a trama do tecido do vestido. Arrepiei-me e aquele foi um lembrete de que eu estou viva. O vento frio soprava direto no meu rosto. Respirei com deleite por alguns minutos, depois virei-me na direção de Bruno que me aguardava junto ao primeiro degrau da escada, aproximou-se de mim novamente, e emoldurou meu rosto com suas mãos. O choque entre o frio da noite e o calor do toque dele queimou minha pele, percorrendo todo o meu corpo, fazendo meu sangue ferver. Meus olhos lacrimejavam com a emoção do momento e eu respirei fundo, tentando manter o autocontrole.

— *Lara, Farfalla mia,* você queria um sopro de vida, quero insuflar vida *dentro* de você. Quero te dar muito mais do que isso, se você permitir. A decisão está em suas mãos.

Lancei a cautela, meus medos e todas as razões que nos impediam de ficar juntos para os ares.

E o beijei.

Capítulo 8

Amar nunca foi fácil
Mas deixá-lo foi difícil
E o tempo ainda não curou as feridas
Pergunto-me se você sabe o que estou passando
E todas as horas solitárias que estivemos separados.

I miss you - Haddaway

Bruno

Beijá-la era tudo o que ansiei, desde a última vez que meus lábios provaram os dela no estacionamento em Nápoles. Seu desprendimento naquele beijo, a forma como estava totalmente entregue era um presente que eu não desperdiçaria por nada no mundo.

Apossei-me de seus lábios, enlouquecido, havia esquecido totalmente de onde estávamos. Tudo o que eu queria era deliciar-me, e aproveitar aqueles instantes e cada pedaço daquele corpo, de tudo dela.

Sua língua invadia minha boca voraz e suave ao mesmo tempo, instigando-me a desejá-la ainda mais, como se aquilo fosse possível. Eu sentia tudo explodir dentro de mim, queimando e ardendo por ela.

Minhas mãos agarraram seu quadril possessivamente, incitando-o a roçar em mim para que ela sentisse quão duro, quão preparado estava para enterrar-me nela. Ensaiava a dança primitiva que queria compartilhar com a minha Borboleta, esperando apenas que Lara me desse um sinal. Um pequeno sinal e eu a levaria dali e a amaria como nenhuma mulher jamais fora amada.

Senti-a estremecer entre meus braços e nossos lábios se desgrudaram. Sua respiração errática e eu completamente perdido no vórtice de sentimentos que aquela mulher me despertara com apenas um beijo.

— Lara... Por Deus, vou enlouquecer...

Seus dedos percorreram meu cabelo, deslizaram pelo meu rosto, leves como as asas da borboleta, para por fim, pousarem em meus lábios quando ela balbuciou.

— Venha... Venha comigo, para o meu quarto.

Ela não precisou dizer duas vezes. Imediatamente a peguei em meus braços e a levei para dentro do hotel.

Cruzei o luxuoso lobby, tendo Lara em meus braços como um casal em lua de mel. Ríamos como dois adolescentes, ignorando os passantes, como se aquele hotel inteiro fosse nosso domínio. Encontramos a ala dos elevadores, apertei o botão e assim que abriu, perguntei qual o andar.

— Sétimo, suíte Diamante, Princesa Grace — Lara respondeu entre risos. A euforia em pessoa.

O elevador nos conduziu até o quarto e Lara usou um acessório no pulso para acionar a abertura do quarto, destravando a porta. Assim que entramos percorri a suíte até encontrar a cama. Depositando-a com delicadeza. O tecido leve do vestido se espalhou na cama, abrindo-se como asas diáfanas de uma borboleta. Uma fenda expôs a perna levemente torneada, nívea. Seu cabelo ébano emoldurando o rosto sob a cama de lençóis de seda ocre.

Deus, eu estava no Elísios! Devo ter feito algo muito bom na vida, morri e agora estava no Paraíso. Devo ter feito algum ato heroico e não percebi, porém estava ali. Era real. Estava finalmente com Lara.

Seus olhos me alcançaram, hipnotizando-me. Tirei o paletó, a gravata e me ajoelhei, tirando seus sapatos, massageando os pés. Em seguida, minha boca viajou percorrendo a extensão macia das pernas parando na altura da fenda do vestido. Encarei-a em expectativa. Senti-a estremecer sob minha boca. Ela se inclinou e com aquele gesto, deu a permissão que eu precisava.

— Tenho tanta fome... Tanta sede de você, *Farfalla mia*.

— E eu de você, Bruno. E eu de você — sussurrou ela.

Lara segurou minha mão, guiando-me através da fenda do vestido até alcançar a lingerie em renda verde no mesmo tom do traje, notei o tremor em sua mão e passei a acariciá-la e lentamente deslizei a peça. Primeiro por uma perna, depois pela outra. Lara estava se revelando a mim, permitindo-me entrar em seu lugar mais íntimo. Meu dedo se imiscuiu em sua vulva, quente e convidativa. Ela gemeu baixinho, arqueando seu corpo e eu me arrepiei inteiro por tocá-la.

Foram tantos anos apenas desejando, sonhando com ela, eu estava perplexo.

Segui explorando a maciez apertada da sua intimidade com meu dedo em um vai e vem lento e ao mesmo tempo ávido, faminto para ter tudo dela. Lara se mexia e se contorcia sob meu toque, se deixando levar pelas sensações.

Suas mãos alcançaram minha cabeça, guiando minha boca até a reentrância entre suas pernas. Incitando-me a tomá-la entre meus lábios.

Dio, essa mulher me incendeia!

Minha língua percorreu vagarosamente suas pétalas, provando-as, bebendo do néctar preso nelas. A cada gemido, eu me servia mais, lambendo, chupando, sugando como um animal faminto.

Lara balbuciava coisas desconexas e eu me perdi, mergulhado na profusão de sensações que jamais senti. Seu corpo se agitava e tremia, tomado pela excitação. Ela é tão natural, sem performance, sem disfarce, se entregava de corpo e alma as minhas carícias, reagindo de forma instintiva, fazendo meu sangue ferver nas veias.

— Bruno... Ah, Bruno, *Moy Bog.* Ah...

— Lara, *amore, Farfalla mia*, deixa rolar... Entregue-se.

— Tenho medo... Eu sinto que vou morrer...

— Não, vai *amore*, não vai. Renda-se, apenas renda-se a mim.

A cada respiração entrecortada, minha língua a invadia, tragando-a, devorando-a. E então, Lara serpenteou, agarrando minha cabeça, dedos enroscados no meu cabelo, exigindo que eu mergulhasse mais fundo nela, até que ela arqueou o quadril, varrida por um espasmo, tomada pelo clímax, lançou o corpo de volta a cama, suspirando.

Lara estava ofegante e eu arfando, diante do que acabamos de compartilhar. Ela permanecia deitada, olhos fechados e notei uma lágrima solitária rolar pelo seu rosto.

Nunca vi algo mais belo do que Lara, repousando naquela cama, envolvida pelo verde do vestido. Metade coberta, metade descoberta, lânguida, uma flor que desabrochou para o prazer. Algo que me satisfazia e ao mesmo tempo me causava estranheza, afinal, ela parecia ser uma mulher prática, moderna, imaginava que ela já tivesse tido outras experiências sexuais, contudo, sua reação tão crua sob meu toque, me fazia até crer que ela estava sendo tocada pela primeira vez.

Eu simplesmente não conseguia parar de olhá-la, atado pelas asas invisíveis daquela borboleta. Eu, Bruno Mancini, outrora, um renomado *Don Giovanni*, estava completamente apaixonado por Lara, tal como Cupido por Psiquê.

Repousei meu corpo junto ao dela que abriu os olhos iluminando tudo à minha volta.

— Tire a camisa. Quero vê-lo, quero tocá-lo!

Sentei-me e removi a camisa, assim como Lara pediu. Seus dedos imediatamente me tocaram, seu toque incendiando-me.

— Quando o vi esta noite, quando vi o contraste da camisa com sua pele bronzeada, essa pele cigana, imediatamente meus dedos formigaram de ânsia por tocá-lo, precisava disso, desse contato. Preciso de você...

— Oh, Deus! Lara, você é tudo o que eu quero. Você sabe que me tem por inteiro. Faça comigo o que você quiser. Sou seu, *Farfalla mia*.

Lara puxou-me e meu corpo todo ficou sobre o dela, suas mãos subindo e descendo pelo meu tórax e abdômen enquanto seus lábios vieram de encontro aos meus.

Nossas bocas embarcaram em uma viagem de buscar e dar prazer ao outro. As línguas audazes travaram uma batalha lendária. Meu sentimento por ela tem um *Q* de lenda e finalmente teríamos nosso desfecho. Naquela noite, naquela cama.

Seguimos nos beijando e esfomeados um do outro até literalmente perdermos o fôlego e nossos lábios se desgrudarem. Ela em busca de ar e eu de algo mais.

— Lara, *amore*, preciso te sentir. Preciso estar *dentro* de você, por favor!

Seu corpo se retesou, notei a tensão e percebi o temor que passou como uma sombra triste a ofuscar seus olhos reluzentes. Seus lábios tremeram e sussurraram.

— Bruno, antes... Antes de darmos o próximo passo, há coisas... — Respirou fundo. — Coisas que você precisa saber. Coisas sobre mim. Coisas que podem mudar *tudo* entre nós.

— *Farfalla mia*, não necessito saber nada. Tudo o que me importa é você, só você.

E a calei com um beijo.

Quero devorá-la, deixá-la sem fôlego, que Lara perca a capacidade de fala. Que nada possa nos deter, que possamos nos amar sem ressalvas.

Sem parar de beijá-la, eu a estreitei em meus braços, sentindo cada tremor, cada vibrar de seu corpo. Não necessitávamos palavras, estava tudo ali, em cada toque e em cada beijo. Minhas mãos alcançaram com facilidade o zíper do vestido e eu sussurrei ao seu ouvido:

— Quero despi-la, quero vê-la, quero tocar cada pedaço do seu corpo, quero amá-la com tudo de mim, tudo!

— Ah, *Zingaro mio*[6]. Há coisas terríveis, você precisa... Precisa saber — balbuciou, angustiada.

— Então diga, se a tranquiliza. Contudo, quero que saiba; nada que disser vai mudar o que sinto por você. Lara, eu te amo!

— Mas não pode, não deve!

— Então diga, diga-me por quê.

— Bruno, ouça... Você e eu. Nós... Eu... É que... *Oh, Dio,* como vou dizer isso?

— *Amore*, apenas diga.

— Bruno, eu sou...

Um toque musical soou e como um raio Lara pulou da cama, semivestida procurando até que encontrou o celular e o atendeu.

— Alô! Pinkerton? Sim, sim.

Sentei-me na cama, apenas ouvindo sua interação ao telefone, intrigado. Notei em seu rosto a preocupação e percebi que algo não estava bem.

— Não, claro que não! Por favor, peça imediatamente para Valerio vir me buscar. Sim, estou com ele. Não, não se preocupe, tudo está bem. Aliás, *estava* muito bem. Como? Não, quando chegar a Nápoles, eu explico. Apenas peça que Valerio venha me buscar. Ah, já está a caminho? Perfeito! Arrumarei algumas coisas e em pouco tempo estarei aí.

Lara desligou o telefone e ajeitou o vestido no corpo, buscou os sapatos e iniciou uma corrida frenética para arrumar as coisas. Eu a acompanhava com olhos de um lado para o outro até que ela se aproximou da cama, e a abracei.

— Lara, o que houve?

— Eu preciso voltar para Nápoles e voar para Rússia em seguida.

---

[6] Italiano: meu cigano

— Está tudo bem?

— Eu preciso resolver algumas questões. Questões de família, entende?

— E por que não vai direto daqui para Rússia?

— Preciso de alguns documentos que estão em Nápoles, não posso ir a Moscou sem eles.

— Entendo. Infelizmente, amanhã também partirei. Sigo daqui direto para o Cairo, onde ficarei pelo menos duas semanas. *Caspita*! Lara, por favor, não volte a desaparecer. Não fuja mais de mim nem do que sentimos um pelo outro. Eu entendo, você tem coisas a resolver, assim como eu, por isso precisamos partir. Contudo, quero que me prometa que assim que estiver de volta a Nápoles, você vai me procurar e vamos acertar nossa situação. Eu te amo!

— Bruno, eu também te amo!

Deus!

Ela disse que me ama.

Ouvi-la dizer aquilo soava como a mais doce promessa.

Deus! Lara me ama. Ela me ama! É tudo o que eu precisava saber. Capturei seus lábios uma vez mais, beijando-a, passional.

Descolei minha boca da dela, olhei para o teto e gritei:

— Deus, ela me ama! Deus, não permita que eu morra. Essa mulher me ama, quero viver tudo o que eu tenho de vida para amá-la!

Lara riu, aconchegou-se em meus braços e nos permitimos alguns instantes presos naquele enlace.

— *Zingaro*, queria muito seguir aqui com você, no entanto preciso ir.

— Eu sei. Posso te acompanhar até o hangar?

— Claro, claro que pode.

Em poucos minutos, Lara tinha tudo pronto. Deixamos o hotel com destino ao hangar.

Ao chegar, o mesmo helicóptero que me resgatou em Ibiza já estava no local. Reconheci o senhor que o pilotava. Ele trocou um olhar com Lara que sorriu para ele e afirmou.

— Tudo tranquilo, Valerio.

O homem encarou-nos, porém nada declarou, em seguida voltou para a cabine. Lara se voltou para mim, seus olhos brilhantes, minhas estrelas na noite escura.

— Detesto ter de nos despedirmos assim. Tenho tanto a dizer.

— Teremos outras oportunidades, minha Borboleta. Agora que eu sei que posso encontrá-la, não se livrará mais de mim, chega de voos para longe do meu coração.

Trocamos mais um beijo, rápido, porém apaixonado, repleto de promessas. Lara descolou seus lábios dos meus e suspirou.

— Boa viagem, *amore*! — desejei.

— Para você também, *Zingaro*. Não vai se encantar com alguma dançarina de dança do ventre, hein? — gracejou ela.

— Lara, meu coração é terra que só você dança, *Farfalla mia, ti amo!*

Nossas mãos se desgrudaram e eu a observei subir as escadas do helicóptero. Meu coração ia com ela.

Ao chegar ao final da escada, ela soprou um beijo, que eu agarrei com minhas mãos.

Não sei por que me lembrei das aulas da literatura na secundária, quando lemos *Romeu e Julieta.* Eu fiz o Romeu em uma leitura dramática e aquela despedida de Lara me fez lembrar uma frase de Julieta no ato II cena II que diz: "A despedida é tão doce que ficarei aqui lhe dizendo boa noite até que seja dia".

O helicóptero levantou voo e eu fiquei ali a repetir aquela frase.

— Até que seja dia.

Capítulo 9

"As boas ações nos fortalecem e inspiram o próximo."
Platão

Lara

Nápoles

— Por que você fez isso, Donna? Por que enviou Bruno em seu lugar? — perguntei à minha amiga, enquanto, mais uma vez arrumava as malas com o necessário para embarcar com destino a Moscou.

Assim que cheguei ao palácio, Donna já me aguardava e naquele momento, estávamos no meu quarto. Minha amiga seguia sentada à beira da cama, observando cautelosamente meu vai e vem de um lado ao outro do quarto. Donna suspirou e respondeu:

— Porque vocês precisam resolver isso de uma vez, essa história de gato e rato precisa acabar! Essa situação se arrasta há quase uma década! Se vocês se amam, não vejo razões para estarem separados.

— Claro que não, apenas pelo insignificante detalhe que eu amo o filho do homem que meu pai mais odeia! Mas é claro, isso é um mero e ilustrativo detalhe — ironizei.

— Você já parou para pensar que o amor entre você e Bruno pode ser justamente o tratado de paz que pode unificar essas duas famílias depois de décadas de ódio e ressentimento?

Parei e pensei alguns segundos, Donna seguiu:

— Lara, ouça...

— Não, Donna, me ouça! Diga-me há quanto tempo sabe quem eu sou?

Donna se levantou da cama, segurou minhas mãos que acabaram de fechar a mala.

— Quando a conheci, sua aura de mistério me instigou e confesso, que pensei... Pensei em usar meus dons...

— Você é *hacker*!

— Era, não sou mais. Lara, eu juro, não fiz isso apenas por mórbida curiosidade e não o fiz com más intenções. Apenas resolvi investigá-la anos depois, quando Fanny sofreu o acidente, lembra? Foi você quem a socorreu, levou-a até à clínica e entrou em contato comigo. Bruno esbarrou com você naquele dia, não foi?

— Sim.

— Quando mencionei que foi a condessa que me ligou avisando sobre Estefania, Bruno então falou que esbarrou numa mulher e que essa mulher era a tal Lara, por quem ele tem uma fixação há anos. Foi só então que eu resolvi investigá-la.

— *Moy Bog!*

— Desculpe-me, amiga! Por favor me perdoe! — Donna pediu e eu sorri, abraçando-a.

Não tinha como não a perdoar, afinal, ela estava fazendo isso pelo bem da sua família, seu cunhado. Quisera eu ter em minha família, alguém para lutar por mim, me defender.

Minha pobre mãe e sua paixão obsessiva por meu pai não tinha amor algum a dividir. Sua lealdade cega a meu pai deixou meu irmão Messi e eu, totalmente órfãos de cuidados e carinho materno. Ao menos *babbo* nos enxergava, ainda que de forma torta. Messi queria ser o próximo capo da Camorra no lugar de meu pai e talvez agora o conseguisse, visto que Romano fora totalmente descartado depois de atirar em Regina Mancini, mas e eu?

O rancor que *babbo* tinha por mim era injustificável, passei toda minha infância, mendigando seu carinho, sua atenção, contudo seu amor desmedido e não concretizado por Regina Mancini o demoveu de qualquer outro tipo de afeto, inclusive o paternal.

Era certo que ele, nos últimos anos, vem fazendo tentativas de se aproximar, porém meu coração magoado, desconfia de qualquer laço ou sentimento verdadeiro vindo de Leonida Lombardo.

Eu não me considerava uma Lombardo, sempre que possível, gostava de ressaltar meu sobrenome materno, Ilyena Stepanov, em busca de dissolver a herança maldita do meu sangue paterno que de nada me serviu.

— Lara, juro nunca mais vou investigar nada sobre você! — Donna prometeu, trazendo-me para o presente.

— Eu acredito em você e sinto não podermos conversar mais sobre o que aconteceu entre Bruno e eu em Monte Carlo, contudo preciso me apressar. Meu primo, Ilya está me esperando.

— Você pode imaginar minha surpresa quando descobri em minhas pesquisas que o mesmo Ilya que trabalhou comigo na equipe é seu primo?

— Você pode imaginar a surpresa que eu tive quando Derek mencionou conhecer Marcelo, Luigi e você? Confesse Donnatella Mancini, você mexeu seus pauzinhos para que Linton e eu nos conhecêssemos, não é? Além disso, não mencionou que ele foi apaixonado por você!

— O que posso te dizer a respeito de Derek é que ele é de extrema confiança, que o trabalho dele na ONG que representa é seríssimo e que ele conta com excelentes conexões. Lara, se algum dia, por acaso você se ver em perigo e precisar de ajuda, ele é a pessoa certa.

— Tranquilize-se, Donna, também conto com gente de extrema confiança, não estou só.

— Que bom, fico mais tranquila. Mande saudações a Ilya.

— Pode deixar. Agora realmente preciso ir. Assim que regressar, conversamos mais, sim?

— Claro! Quero saber tudo o que houve entre Bruno e você. *Arrivederci*!

— *Do svidaniya!*

Bruno

Baixo Nilo, Egito

Khan Mubarak era um magnata egípcio e um dos seus ramos de atuação é a indústria têxtil. Já faz alguns anos, temos uma sólida relação comercial, motivo que me trazia ao Egito, vez ou outra.

Naquele momento, visitávamos suas plantações de algodão giza, no baixo Nilo. Em 2016 o mercado de algodão egípcio enfrentou problemas com escândalos sobre a qualidade da produção e consequentemente uma baixa em sua demanda. O mundo passara a produzir algodão com qualidade equivalente à do algodão egípcio. Muitos o aconselharam a não investir mais nas plantações, porém, para Khan que tinha apenas o sobrenome do falecido ditador egípcio, desistir era uma palavra que não cabia em seu dicionário e nenhuma de suas sinonímias.

Não apenas não deixou de cultivar, como expandiu a plantação e agora vem colhendo resultados positivos com o reaquecimento do mercado.

Bebíamos *kharub*[7] gelado enquanto ele me explicava os planos de compra de maquinário, qualificação para os trabalhadores e melhorias salariais que pretendia implementar. Faz uma semana que estou no Egito para negociar e conversar com Khan. Sempre fechamos negócios proveitosos, contudo, dessa vez, todos os meus pensamentos estavam fixos nela.

Lara...

Sentia tanto falta dela, do sorriso, dos olhos de safira, falta de tudo o que ainda temos para viver. Queria tê-la em meus braços, queria beijá-la e amá-la até...

— *Sadiq*[8], está com a cabeça nas estrelas e nem é noite ainda. Está tudo bem?

— Perdão, Khan, distraí-me por alguns instantes.

— Quando um homem se distrai dessa forma, presumo que seja apenas por um motivo. Quem é ela?

— A *Farfalla* mais encantadora que eu já vi — confessei.

— É uma *bayieat hawaa?*

— Não, ela não é uma prostituta! De forma alguma.

---

[7] Árabe: suco de alfarroba

[8] Árabe: amigo

— Perdoe-me *Sadiq*! Como a chamou de *farasha* e como em algumas culturas borboletas são vistas como símbolo de promiscuidade eu achei que...

— A chamo assim pela sua beleza, pela sua leveza. *Mi dispiace*, também devo me desculpar, não deveria ter me referido a ela pelo apelido. Seu nome é Lara. Lara Ilyena.

— Russa?

— Sim. Bem, retomemos os assuntos sobre o algodão — desconversei, não querendo mais compartilhar nada sobre Lara com ele.

Algumas horas depois, voltamos para o centro do Cairo e fui para o hotel onde estava hospedado, tomei um banho, troquei de roupa vestindo-me para um jantar de negócios que teria dali a alguns minutos com Mubarak e mais alguns empresários. Porém, mais uma vez me vi perdido em meus pensamentos e ela estava neles.

Lara havia se entranhado em mim e tudo o que queria era voltar a Nápoles para podermos conversar, resolver nossa situação e assumir nosso amor. Não via a hora de levá-la a mansão Mancini e apresentá-la a meus pais e ver como eles ficariam felizes.

Sempre admirei o relacionamento de *papà* e *mamma* meus irmãos e eu sempre ambicionávamos construir um tipo de relacionamento semelhante, principalmente Marcelo e Luigi.

Marcelo, óbvio não, deu muita sorte com a primeira esposa que inclusive planejou sua morte com o amante. Se ela não tivesse sido assassinada, provavelmente teria conseguido seu intuito. Afortunadamente, Cello se casou com Donna e hoje, desfruta da felicidade e de uma linda família. Luigi também é feliz com Fanny e os dois filhos. E eu no fundo, já havia desistido de algo assim. Isso foi até Lara reaparecer em minha vida.

— Lara, *vita mia*!

Relembrei a última vez que nos vimos no hangar em Monte Carlo, ela soprando um beijo e eu o segurando entre minhas mãos.

Como queria falar com ela nesse momento. Apenas ouvi-la. Por um minuto que fosse. Disquei o número de Donna e no segundo toque ela me atendeu.

— *Alô, Bruno!*

— Donna, preciso do telefone de Lara.

— *Está tudo bem com você?* — Donna soou preocupada do outro lado da linha.

Ela estava estranha desde o incêndio em minha casa e eu sabia quem era o responsável.

Romano, o maldito. Ele se verá comigo em breve. Não perde por esperar.

Meus irmãos até podem ser mais amistosos com Lombardo, eu não. Odeio-o, odeio aquele homem! Odeio todos que tem seu sangue e nunca esquecerei que por causa da vendetta de Leonida Lombardo contra meu pai que minha mãe foi baleada.

Romano pagaria com o próprio sangue.

— Sim, está, apenas desejo falar com ela.

— *Sinto dizer que ela ainda não regressou a Nápoles*.

— Mas você deve ter um telefone no qual eu consiga falar com ela.

— *Bruno, acalme-se! Em mais alguns dias, Lara estará de volta e você também, então poderão conversar o quanto quiserem. Asseguro, ela também está ansiosa pelo reencontro*.

— Você tem falado com ela?

— *Todos os dias.*

— E ela fala de mim?

— *Falamos de várias coisas, Bruno e, sim, ela fala de você. Dio, fratellino! Você está parecendo um adolescente apaixonado*.

— Donna, o que mais você sabe sobre Lara. Sei que ela me ama, contudo ela diz que precisa me contar algo. Você sabe o que é, não sabe?

— *Sei, no entanto, contar não cabe a mim. A única coisa que preciso dizer, como sua cunhada que muito lhe quer bem, é que será algo tremendo e que você precisará provar quão honrado você é e o quanto ama Lara de verdade. Só um amor verdadeiro suportará o que ela tem para revelar*.

— Nossa, *sorellina*, está me assustando!

— *Não foi minha intenção, no entanto, você precisa ser forte*.

— Entendi. Você não vai mesmo me dar o telefone dela, não é?

— *Não, contudo tenho um recado da própria*.

— O que ela disse?

— *"Aquele que é tocado pelo amor jamais caminha na escuridão"*.

— Platão.

— *Nada mais apropriado para vocês que estão vivendo um amor platônico*.

— *Sorellina*, zombe o quanto puder, mas logo esse amor platônico se concretizará.

— *Assim, espero, fratello! Já não aguentava mais vê-lo suspirar por uma mulher que você não sabia onde estava, agora você já sabe*.

— Isso não isenta o fato de que você me deve explicações, hein!

— *Eu sei, eu sei, mas será*...

— Tudo a seu tempo. Eu sei. Bem, preciso desligar. Tenho um jantar agora. *Ciao*!

Lara

Nápoles

Trabalhava intensamente há quatro dias, desde que voltei a Nápoles, trazendo as jovens Anya, Olga e Tatyane. A princípio, foi difícil fazê-las se sentirem seguras depois de tudo o que viveram.

Ilya conseguiu com ajuda de sua parceira, Sarah resgatar as moças de um prostíbulo moscovita. As jovens encontravam-se desnutridas, abaixo do peso apenas sob efeito das drogas. Levei-as direto a Franca Viola para passar pelo processo de desintoxicação. E agora as acompanhava na consulta psicológica. Uma delas, Taty, não falava, devido ao trauma de tudo o que viu. Taty era russa de uma região muito pobre do país já as outras jovens uma era de São Petersburgo e a outra vinha da Albânia.

Anya, a albanesa contou que foi vendida pelo pai a um cafetão, para que sua esposa, ele e a filha caçula não morressem de fome. Recentemente completou dezoito anos e sonhava se formar em Música, já Olga tinha vinte anos completos e foi jogada ao mundo da prostituição, através de uma proposta de cursar balé no Bolshoi em Moscou. Uma benfeitora assistiu algumas apresentações suas em São Petersburgo e ofereceu um curso que garantiria sua vaga na mais conceituada academia de balé no mundo. Olga e a família ingenuamente acreditaram. Ao chegar a Moscou, a jovem ficou quase duas semanas recebendo todo o tipo de tratamento de beleza, para depois ter a virgindade leiloada e ser repetidamente estuprada.

Deus! Era sempre com muita dificuldade que eu ouvia todas aquelas histórias. A cada jovem que recolhemos, a cada história revelada eu sofria com elas. Às vezes, sinto que o que faço é tão pouco. Queria poder de fato fazer muito mais. Com muitas das jovens conseguíamos fazer um bom trabalho, restaurar nelas a fé na vida e fazê-las retornar a sociedade, buscar seus objetivos e alcançar seus sonhos, no entanto outras, como Taty, seguiam em seu mutismo, alheias ao mundo, presas em sua dor sem fim.

Quando aquilo acabaria? Quando findaria a maldade a animalidade humana? Quando deixariam de tratar mulheres como um pedaço de carne, apenas para satisfazer a lascívia de homens perversos?

Retirei-me da sala por alguns instantes e caminhei pela clínica pensando em quanto o ser humano é cruel. Quando meu celular tocou e no visor o número de Derek piscava.

— Alô! Derek?

— *Olá, Lara, tudo bem?*

— Tudo! Que prazer receber sua ligação! Como está?

— *Estou bem! De volta a Roma. Depois de Monte Carlo precisei voar para Sidari e retornei apenas hoje, contudo tenho excelentes notícias. Descobrimos no Cairo, um bordel com menores de idades eu e a equipe que represento partiremos para resgatá-las.*

— Eu também acabei de voltar de um resgate. Faz quatro dias retornei de Moscou com três jovens, mas conte-me o que tem em mente para elas?

— *Iremos resgatá-las. Monica e Cage, outros membros da equipe, já se encontram no Cairo. Suas identidades são Frederic Manon e Lucille Manon. Sob o disfarce de CEOS de uma grande indústria de cosméticos, vão se infiltrar na boate e facilitar a fuga das jovens. Já temos tudo preparado. Em três dias, o navio Masir 'iizis partirá do Canal de Suez com destino a Sidari. Embarcaremos com as jovens.*

— Mas do Cairo até o Canal de Suez é pelo menos uma hora e meia de carro!

— *Sim, uma van atravessará o deserto de Ismailia levando-nos até o canal.*

— Parabéns! Que bom que já está tudo organizado, desejo sorte no resgate. Se puder ajudar com algo...

— Na verdade... Como você sempre diz que gostaria de fazer mais em prol das jovens. Pensei que talvez você quisesse seguir essa missão de perto. O que acha?

Eu, no Cairo em uma missão de resgate?

Precisaria combinar antes com Pinkerton e Iago para providenciarmos minha ida e estadia com toda a segurança.

— Não se preocupe, teremos apoio e nossa segurança será garantida — assegurou Derek, parecendo ler meus pensamentos. Contaremos com respaldo de outras ONGs.

Naquele momento um rosto surgiu em minha mente.

Bruno...

Ele ainda está no Egito. Seria aquela mais uma virada do destino proporcionando a oportunidade de nos vermos?

O coração acelerou dentro do peito ante a expectativa.

— Lara? Alô? Ainda está aí?

— Derek. Estou.

— Então, o que me responde?

Capítulo 10

"Seus maiores bens são seus sonhos."
Nietzsche

Lara

Cairo

Fui recebida por Derek assim que cheguei ao Cairo e conduzida até o restaurante do hotel onde nos hospedaríamos. Trata-se do mais caro e exclusivo hotel da cidade e pertencia a um magnata do país.

Por onde quer que olhasse, vislumbrava todo o luxo e opulência faraônicos. Do foyer de entrada até o restaurante, no qual estávamos nesse momento. Derek explicou cada passo do que faríamos enquanto jantávamos

A coisa toda parecia uma aventura romanesca com uma fuga do Cairo, cruzando o deserto de Ismailia e navegando pelo canal de Suez até chegar a Corfu e de lá seguir para Sidari.

A parte triste era receber essas mulheres.

Nova cidade, mesma história. Jovens traumatizadas, ludibriadas com oportunidades de trabalho como dançarinas, modelos ou atrizes, falsas propostas de casamento com sheiks, isso quando não são vendidas pela própria família.

Lembrei de minhas aulas de catecismo e de Raabe, a jovem Cananéia vendida pelo pai para salvar a família da fome e da miséria. É desolador ver que isso ocorreu nos tempos da Bíblia, porém segue acontecendo hoje em pleno século XXI. Sempre fico triste quando reflito sobre como a própria família, muitas vezes, pode ser a ruína de uma mulher.

Como foi a minha...

Não consigo evitar pensar que se eu tivesse pais carinhosos e mais atentos, uma família estruturada no amor, eu não teria sido vítima da perversidade de Romano.

Acho que se na época tivesse contado ao meu pai, ele nem sequer acreditaria. Por isso saí de casa, fiz meu destino, contudo aquela experiência eu jamais esquecerei.

— Lara. Você está bem? — Derek perguntou.

— Sim. Estou.

— Você parece distante. Tem algo te angustiando, sei disso.

— Eu sempre me comovo com as histórias por trás da prostituição.

— Sei como é. Se te serve de consolo, é algo que nunca nos conformamos. Por isso fazemos esse trabalho, é nossa forma de se rebelar, de tentar tornar o mundo melhor.

— Eu entendo, porém... Sabe aquela sensação de que você poderia fazer mais? Sinto isso constantemente.

— Lara, não se cobre tanto. Pense em todas suas realizações. Você construiu e idealizou a clínica Franca Viola, inclusive recebeu o apoio da própria, criou uma ONG que recebe mulheres nas mais diversas realidades de vulnerabilidade, atua diretamente no resgate delas e coloca sua própria vida em risco, viajando para resgatá-las em países como Bahamas, Indonésia, Macau, Tailândia e Rússia. O que mais você poderia fazer?

— Queria ter o poder de apagar do corpo e da alma de cada uma delas seus traumas, violências e dores. Que assim que as resgatássemos elas pudessem esquecer totalmente seus infortúnios. Tal como quem bebe do Rio Lete e esquece, começando uma nova vida.

— Lembra-se do que a psicóloga Dra. Machado disse no congresso em Monte Carlo? O que precisamos é fazê-las ver que a vida ainda vale a pena ser vivida. Não importa quão ruim o passado se apresentou, o futuro a frente é brilhante e cheio de possibilidades, que pode ser incrível, que elas ainda podem ser felizes! Isso você já faz na ONG com a ajuda e acompanhamento de tantos profissionais. Lara, o seu trabalho é admirável, tenha orgulho de quem você é!

Derek afastou os pratos do centro da mesa e com ambas as mãos seguravam as minhas afetuosamente.

— Eu mais que a admiro, Lara. E sabe que pode contar comigo. Para *tudo*.

— Interrompo algo?

Meu Deus... Aquela voz...

— Bruno.

— Boa noite, *condessa*! — cumprimentou Bruno educadamente, contudo vi em seus olhos, ele estava lívido.

— Mancini, por favor, sente-se conosco.

— Não, de forma alguma eu nem sonharia em atrapalhar uma reunião tão agradável e amistosa, roubarei a *condessa* Farfalla de você por apenas alguns minutos. Condessa, pode me acompanhar um momento, por favor? — Bruno pediu.

Assenti e em um gesto cavalheiresco, Bruno afastou a cadeira para eu me levantar e apenas roçando minhas costas, incitou-me a caminhar para fora do restaurante, em direção a uma sala privativa.

Bruno abriu a porta, dando-me passagem e em seguida, fechando com uma espécie de tranca. O lugar era amplo, repleto de almofadas branco e azul bordadas com fios de ouro, palmeiras ladeavam o ambiente que dispunha de uma confortável tenda e ao centro dela, uma cama coberta de lençóis alvíssimos e mais almofadas. Um jardim particular, com uma belíssima fonte e nela uma profusão de flores de lótus nas cores brancas e lilases entre outras nenúfares, emprestavam ao lugar um charme irresistível.

Caminhamos em direção à tenda e Bruno gesticulou para que eu me sentasse na cama. Mal me encostei à beirada do móvel, e em questão de milésimos de segundos, Bruno desabou sobre mim em um beijo possessivo e exigente. Suas mãos seguravam meus cabelos, desfazendo o penteado, puxando-os de forma a aproximar cada vez mais, meu rosto do dele. A cada movimento de sua boca, saudades, paixão e ciúmes fluíam. O calor dos seus lábios a tomar os meus era delicioso.

Como senti falta daquilo, da sensação de estar entre os braços dele, ser devorada por aquela boca faminta, de experimentar a maciez de sua língua invadir os mínimos recantos em mim. O peso do corpo de Bruno sobre o meu, instigava-me a mover-me junto dele, excitando-me com aquela dança ousada. Eu estava queimando. Queria mais, muito mais.

Nossos lábios se separaram e ele me perguntou:

— O que você faz aqui com esse *fighetto maledetto?*

Respirei fundo e busquei os lábios dele novamente, como quem busca o sopro de vida, provando e me deleitando com o contato. Quando me dei por satisfeita, afastei-me devagar, tentando me recompor e respondi ofegante.

— Vim ao Cairo a convite de Derek. Ele está aqui a trabalho.

— E desde quando você aceita convites desse *stronzo*?

— Desde que os interesses dele sejam os mesmos que os meus.

— Que seriam?

— Não sei se devo contar a você. Essa situação toda é perigosa.

— Que bom! Perigo é meu nome do meio. Agora, por favor, pode me contar o que faz aqui na companhia do maldito Linton?

Bruno

Ao ver Lara de mãos dadas com aquele cara, fitando-se fixamente, fiquei muito puto!

Minha vontade era arrancar os olhos dele para não a encarar, decepar as mãos para jamais voltar a tocá-la. Aquele sujeito não me engana. Ele quer levar Lara para cama. Deseja seduzi-la, porém eu não permitirei.

Quando me aproximei da mesa, fazendo minha presença ser notada, Lara me fitou com os olhos límpidos e sinceros. Neles vi a alegria por ver-me. Em segundos, fiz com que ela deixasse a mesa e me acompanhasse à sala privativa do restaurante e agora estávamos na tenda, deitados na cama, após eu beijá-la apaixonadamente. Eu a questionei sobre o motivo de sua visita ao Cairo. Sou um tolo, sei, na verdade o que eu queria era beijá-la dos pés à cabeça, retê-la entre meus braços o maior tempo possível, amá-la na totalidade, ligar meu destino ao dela no conluio carnal, pois minha alma há muito tempo já pertence a ela. Contudo, insistia em saber o que raios ela fazia na companhia de Derek.

— Lara? Estou esperando. Diga-me, qual a razão da sua vinda ao Cairo?!

Lara olhou de um lado ao outro, um tanto quanto desconfiada.

— Estou aqui para ajudar no resgate de algumas jovens de um bordel de luxo aqui no Cairo.

— Foi para isso que Derek a convidou? — indaguei, desconfiado.

— E por qual outro motivo seria?

— Porque ele está louco para transar com você!

— Ora! Por favor, não diga bobagens! — Lara se irritou e se levantou, ajeitando a roupa e o cabelo, desfeitos por nossos amassos.

— Por Deus! Não me diga que não percebeu o quanto aquele *maledetto* quer levá-la para cama?!

— Bruno, isso que diz é absurdo!

— Não é nada absurdo e sabe disso! Vejo como esse *pazzo* baba, encantado por você. Sou homem, percebo esse tipo de coisa, linguagem corporal. Ele está louco, fissurado para ter você entre os braços dele.

— Bruno, não é nada disso. Eu já te expliquei o motivo.

— Lara, não confie cegamente nele.

— Bruno, conheço Derek há um bom tempo e sei que o trabalho que ele faz junto a ONG que representa é sério, estamos aqui por um motivo legítimo, não por um plano de sedução. Não tem motivos para se preocupar.

— Sabia que ele tentou desencorajar minhas atenções com você? Afirmou que você é perigosa, tentou me convencer a não investir em você. Ainda confia nesse babaca?

— Confio mais ainda. Ele não mentiu no que disse. Bruno, eu preciso te contar algo e isso pode nos separar definitivamente!

— E eu já garanti a você. Nada vai nos separar. Lara Ilyena, a vida nos une, sempre uniu. Foi o destino que me trouxe você. Levou anos e ele nos colocou frente a frente novamente, nos levou a admitir nossos sentimentos e eu não vou perder você para nada nesse mundo, nem no outro. Brigo com Deus se for o caso.

— *Dio Santo!* Não diga heresias!

— Heresia? Quer heresia maior do que nós dois separados? Lara, nosso amor é lendário. Eu sou o mar e você é a lua. E como anseio que as noites cheguem para receber sua luz.

— Eu também te quero... muito.

— Me ama. Foi isso que me declarou em nossa última noite em Monte Carlo.

— Sim, eu te amo. Acho que me apaixonei na primeira vez que te vi, no casamento de Riccardo Matarazzo.

— *Vita mia.*

Não resisti e agarrei-a novamente, beijando-a com ardor, nossas bocas se fundiam, imitando uma dança que queria fazer com nosso corpo. Sua língua invadia e varria minha boca, tocando fogo em mim. Todo meu corpo se retesou e meu pau duro dentro das calças ansiava por penetrá-la.

Porra! Vou gozar dentro das próprias calças de desejo.

Lara interrompeu nossa deliciosa interação.

— Preciso... Preciso voltar à mesa — arfou.

— Eu a acompanho.

Ajeitamos nossas roupas o melhor possível, dada as circunstâncias e voltamos ao restaurante.

Derek, ao nos ver voltando à mesa, pareceu ligeiramente aborrecido.

Idiota!

Tive uma ideia do que o irritaria mais ainda. Antes de alcançarmos a mesa, parei diante de Lara, emoldurei seu rosto em minhas mãos e sussurrei:

— Lara, quero acompanhar vocês nessa missão.

— Você está louco?! É muito perigoso.

— Mais um motivo *vita mia*, para eu acompanhá-la. Lara, não vou permitir que corra perigo. Meu lugar é ao seu lado.

— Bom, falarei com Derek.

Seguimos caminhando em direção à mesa.

— Derek, Bruno seguirá conosco na missão. Você se opõe de alguma forma? — Lara indagou o colega.

— Não, *cara mia*, de forma alguma. Se você confia nele, creio que posso confiar também.

— Excelente! Bem, devo me retirar e descansar um pouco. Boa noite, rapazes. Derek, muito obrigada pelo jantar. Amanhã nos vemos no horário marcado.

— Bruno... Muito obrigada. Por *tudo*. Onde você está hospedado?

— Nesse mesmo hotel.

— Acredito que todos estamos é o melhor da cidade — afirmou Derek.

— Boa noite! Lara se despediu partindo.

Sentei-me no lugar ocupado por ela anteriormente Derek, encarou-me e com um sorriso pouco convincente.

— Vejo que fez excelentes avanços com Lara.

— Avanços esse que você gostaria que fossem seus.

— Ouça, Bruno eu já contei que não tenho interesse romântico em Lara.

— Claro que não tem. Isso eu sei. O que você deseja é trepar com ela?

— Isso eu não posso negar. Talvez a maioria dos homens aqui quisesse o mesmo. Ela é linda, tem um corpo perfeito, olhos cintilantes e boca feita para beijar. Entre outras coisas...

— Como você se atreve?! — Agarrei Derek pelo colarinho, balançando-o com força.

Minha vontade era arrebentar aquele imbecil, quebrar o nariz daquele *fighetto*, *stronzo*, estava fora de mim. Porém, raciocinei e antes de causar um incidente internacional, joguei-o na cadeira, tentando controlar meu gênio.

Derek riu.

— Agora você vai seguir e bater em todos os homens do recinto? Isso é um comportamento tão Mancini.

— Derek, que tal você parar de se comportar feito um babaca e me explicar em que consiste o plano.

Derek corrigiu a postura, ajeitou o colarinho da camisa e como homens adultos, conversamos e ele me explicou o audacioso plano de resgate as jovens.

Meu amor e admiração por Lara só crescia. Minha borboleta estava se colocando em perigo para salvar a vida daquelas mulheres. Contaria com meu apoio, ajudaríamos essas jovens. A missão dela será, a partir daquele momento, minha também.

Com todos os detalhes acertados, despedi-me de Linton e fui até meu quarto para uma boa noite de sono.

Afinal, o dia seguinte exigirá disposição, e acima de tudo, atenção.

Muita atenção.

Capítulo 11

"As pessoas devem ter objetivos comuns
tanto em tempos de guerra
quanto no dia a dia."
Platão

Lara

A noite foi um pouco insone. Depois dos beijos trocados com Bruno, meu corpo queimava em necessidade de tê-lo. Eu sabia em que quarto ele estava hospedado, dei um jeito de averiguar, algumas horas depois de ter me recolhido ao meu. Bastava subir um único andar, bater à porta e me lançar aos braços dele e permitir que ele aplacasse aquele fogo incandescente que ardia em mim.

Porém, não podia.

Não sem antes ele saber de toda a verdade sobre mim...

Levou horas para eu pregar os olhos e quando consegui, fora apenas para sonhar com ele, cobrindo seu corpo com o meu, possuindo-me. Ele gemia meu nome em uma expressão sôfrega e quando eu estava próxima do ápice...

Acordei toda molhada, suada e sozinha.

Mais uma vez me peguei pensando em ir até o quarto dele, no entanto, logo descartei a ideia.

Consegui dormir mais algumas horas e em seguida, acordei. Vesti-me com trajes de tecidos mais leves e de cor clara, pois nessa época do ano, fazia um calor considerável durante o dia no Cairo.

Desci para encontrar Derek e para tomarmos o café da manhã. Logo que saí do elevador, esbarrei com Bruno.

— *Buongiorno, signorina Farfalla.*

— Bom dia, Bruno.

Mal proferiu uma palavra e sua boca encontrou a minha. Seu beijo ousado e ardente me excitou, reacendendo todas as minhas fantasias de horas atrás.

Sua língua viajou por minha boca de forma avassaladora e eu senti minhas pernas bambearem. Bruno deve ter percebido, pois com um braço, enlaçou-me a cintura e com o outro espalmou minhas costas.

Após alguns segundos de deliciosa provocação, nossos lábios se descolaram.

— Você não faz ideia de como eu a quis, de como eu a desejei noite passada na minha cama, entre meus braços. Lara, eu preciso de você, nós precisamos nos entregar a isso que sentimos, *vita mia.*

— Bruno, *zingaro*. Eu também te desejei! Sonhei com você, sonhei que... fazíamos amor. Nesse sonho você praticamente me devorava.

— É o que eu pretendo fazer. Depois que terminarmos essa missão e tudo estiver bem. Quero levá-la para um lugar onde só estejamos você e eu, e aí então nos amaremos incansavelmente.

Com ambas as mãos, amparou meu rosto. Suas palmas cálidas me excitavam, ao mesmo tempo em que me acalmavam.

— Vamos. Derek já deve estar nos esperando — Bruno sugeriu, segurando minhas mãos.

Cruzamos o restaurante e logo vimos Derek e mais três pessoas, todos sentados à mesa, que fora posta com diversas iguarias.

Derek, ao nos ver chegar de mãos dadas, tentou disfarçar seu descontentamento, contudo foi polido, nos cumprimentou e fez as devidas apresentações.

Monica, Cage e Amin são amigos de Derek da lendária equipe e estão ali para garantir que todos os nossos esforços se cumpram.

Conversamos e acertamos com detalhes o passo a passo a ser seguido e o papel que cada um desempenharia.

Cage estava explicando sobre cruzar o deserto até Suez, quando meu celular tocou. Pelo toque sabia quem era e precisava atender

— *Romano acaba de declarar guerra a seu pai* — Iago disparou.

Eu olhei para os integrantes da mesa, pedi licença e saí do restaurante, buscando a área privativa, fechei a porta e perguntei:

— E como está a segurança da casa? Como está meu pai?

— *A casa tem segurança até nos rodapés. Seu pai colocou seus mais leais homens. Também chamou o advogado dele e fez um novo testamento*.

— Testamento? Sabe se meu pai está com alguma enfermidade?

— *Além do amor não correspondido que sente por Regina Mancini? Não. Seu pai tem uma saúde excelente. No entanto, sua mãe está cada vez mais frágil. Sua mente se distancia cada vez mais da realidade. Seu pai trouxe vários especialistas, eles dizem que muito pouco pode ser feito se ela não se ajudar*.

Respirei fundo e me entristeci. Que história tão infeliz a de minha mãe! Como ousou se casar com meu pai, um homem apaixonado a vida toda por outra mulher? Como eles chegaram a esse ponto?

Meu pai nunca maltratou minha mãe, entretanto, nunca os vi se tratarem com o mínimo de ternura. A indiferença polida entre eles cobrou um preço de Alexandra Ilyena, a bela condessa.

Em um *flashback*, vislumbrei a Alexandra de outrora, segurando minha mão em Moscou, em frente ao famoso Bolshoi. Na infância e um pouco na adolescência, passamos bons anos em Moscou apenas minha mãe e eu. Lá, eu tive contato com minha família e primos russos, principalmente Ilya, meu primo favorito. Participei de vários bailes e festas com importantes dignitários e lembro como minha mãe luzia beleza e presença. No fim da noite, mamãe me colocava para dormir e sempre me contava um conto de fadas. Meu favorito era o do *Zhar-ptitsa, Pássaro de fogo...*

— *Lara! Alô?!*

— Desculpa, Iago, estou aqui. Prossiga.

— *Romano está se reunindo com a corja napolitana e gente do Ndrangheta. A nossa infiltrada entre eles informou que ele está movendo céus e terra para encontrar você e já sabe que é a proprietária da clínica e a ONG e está a procurá-la. Reforcei a segurança da clínica e da ONG. Pinkerton e eu estamos cuidando de tudo.*

— E quanto a família Mancini?

— *Leonida e Papà Marco se reuniram e estão unindo esforços para deter Romano, contudo dessa vez, não creio que vão simplesmente mandá-lo à prisão. Com o atentado contra Bruno, o incêndio a casa dele e a recente ameaça ao seu pai, Romano não se safará dessa vez.*

— E você, Iago, está pronto para tomar sua parte nessa *vendetta*?

— *Nunca estive tão pronto!*

— Bom, se souber de mais informações, por favor, me avise. Assim que terminar meus negócios aqui, volto para Nápoles.

— *Por favor, nos avise para que eu mesmo possa buscá-la. Com Romano em seu encalço, não podemos baixar guarda.*

— Não se preocupe. Romano não pode me fazer mais mal do que já fez...

Silêncio do outro lado da linha. Iago respirou fundo.

— *Lara Ilyena Stepanov Lombardo, eu te prometo, farei Romano se arrepender do dia que nasceu. Você terá sua vingança, cara mia.*

— *Grazie*, Iago, por ser tão leal a mim.

— *Devo minha vida a você, Lara. Seu sangue corre em minhas veias, piccola.*

— Você sabe quão importante é para mim. Portanto, se cuide também e cuide de Angela.

— *Pode contar com isso. Ciao*!

— *Do svidaniya!*

Voltei ao restaurante e logo que me sentei, Bruno sussurrou ao meu ouvido:

— *Amore, che cosa é sucesso?* Você está bem? Está tudo certo?

— Sim, está. Apenas um contratempo em Nápoles. Já está sendo tratado, não se preocupe.

Seguimos a reunião, porém Bruno seguia fitando-me, preocupado. Ele segurou minha mão e beijou e aquele gesto me trouxe um pouco de paz.

Os olhos de Derek seguiam nossa interação. Não nos deixando por um segundo. Afinal, o que havia com ele?

Não me demorei muito nessa indagação. Foquei minha atenção no que Monica e Cage explicavam e no nosso plano. Os demais questionamentos ficariam para depois.

Bruno

Um incêndio.

Acontecia um incêndio no bordel mais luxuoso e exclusivo do Cairo e era óbvio que, para aquelas pessoas, as prostitutas não eram a prioridade.

Foi uma bazófia. Pessoas correram de um lado para o outro e Derek, Cage e eu, infiltrados como bombeiros, sabíamos exatamente aonde ir.

Descemos até uma espécie de porão e encontramos pelo menos seis jovenzinhas amontoadas. Seus rostos assustados. Aquela noite cada uma delas seriam leiloadas pelo maior lance.

Tinham entre quinze e dezessete anos. Nenhuma delas era maior de idade. A virgindade delas valia muitos milhares de dólares. Moças de várias nacionalidades diferentes. *Dio*! Que terrível!

Havia uma jovenzinha que muito me lembrava Donna, minha cunhada quando a conhecemos, pois tinha aproximadamente a idade dessa jovem.

Tudo aconteceu muito rápido. Libertamos as jovens e usamos a saída da frente que por incrível que pareça, era a menos obstruída com o vai e vem de pessoas. Os clientes daquela casa eram magnatas e que não podiam correr o risco de serem reconhecidos e fotografados pela imprensa.

Lara e Monica estavam com credenciais de jornalistas e foram incumbidas de direcionar a atenção dos reais jornalistas para a outra saída.

Duas vans nos aguardavam e assim que entramos, o veículo se colocou em movimento. Era o apoio enviado por Sam, a chefe de Derek.

Contornamos e encontramos Lara e Monica no local indicado, elas entraram na van e respiraram fundo.

— Bem, a primeira parte do plano deu certo — concluiu Monica, tirando a peruca enquanto Lara tirava o turbante e soltava os cabelos negros.

— Bruno, como estão as garotas? — Lara perguntou.

— Assustadas, mas estão bem. Seguem na outra van com Amin e Cage.

— Quando chegarmos a Sidari, Sam se encarregará de todas as investigações e vai restituí-las às respectivas famílias — Derek informou. — Fizemos um bom trabalho.

— Amin tem habilidades incríveis como pirotécnico e conseguiu criar um incêndio perfeito nos dando condições de entrar em ação sem corrermos riscos de morte.

— Nunca vi tantos homens correrem com as calças nas mãos. Foi patético — Monica zombou e buscou a garrafa de água mineral no box refrigerado. — Nojento!

— E isso porque a noite mal havia começado — mencionei.

— Você deve ter muitas experiências em *lugares* como esse, não? — Derek perguntou, colocando em xeque, minha moral.

Sorri e respondi.

— Confesso que quando mais jovem fui uma ou duas vezes, por curiosidade, mas nunca precisei desse tipo de atenção, entende?

— As mulheres se jogavam aos seus pés, não é?

— Eu nunca usaria uma expressão tão pejorativa. Se o que você quer saber se eu despertava o interesse delas, sim, de fato. Do mesmo jeito que elas despertam o meu, não sou hipócrita! Porém, nunca fiz falsas promessas e nem enganei nenhuma delas. Sempre fui muito transparente em minhas intenções. Derek, você pode dizer o mesmo de si?

— Sempre joguei limpo e respeitei as mulheres também.

— Ótimo!

— Mas afinal que raios se passa entre esses dois? — perguntou Monica a Lara.

Encarei Derek e Lara respondeu:

— Não sei. Também não é meu intuito descobrir isso agora. Porém, estou mais preocupada em chegarmos em segurança até Suez.

— Dará tudo certo. Fique tranquila! — Monica afirmou a Lara.

Iniciamos nossa segunda parte do plano e entramos na estrada Ismailia. A partir dali teríamos que torcer para ninguém nos seguir, pois a comunicação via celular era precária na região.

Encarei Lara com carinho e segurei sua mão.

— Vamos conseguir, *vita mia.*

— Vamos sim.

Abracei-a e, em poucos minutos, Lara adormeceu. Minha borboleta entre os meus braços me enternece e eu desfrutaria daquele presente, ainda que fugidio.

Já tinha aprendido que minha borboleta em um momento ou outro, bateria asas e voaria.

— *Dormi, farfalla mia. Ho guarderò il tuo sonno e mi prenderò cura di te* — sussurrei.

Surpreendi Derek mais uma vez, encarando-nos.

Fighetto...

Derek está me tirando do sério. Em breve teremos que ter uma conversa séria.

Mas não agora.

Não ali.

Junto de Lara, senti minha respiração se acalmar e aos poucos fui levado ao mundo do sono.

Ao mundo dos sonhos.

Capítulo 12

Socorrei-me, Senhor! Quebrai piedoso
minhas algemas, cheias de dureza!
Se meu crime provém da natureza,
Quem de ser deixará réu, criminoso?

Socorrei-me, Senhor... - Santa Rita de Bastos

Lara

— Lara! Lara, *amore svegliati. Noi arriviamo.*

— Hum? Onde estamos? — Bocejei e espreguicei-me diante do olhar terno de Bruno, que sorriu.

— *Buongiorno, farfallina*. Chegamos ao Canal de Suez. Em quarenta minutos nosso navio zarpará.

— Então fomos bem-sucedidos ao atravessar o Ismailia?

— Sim, deu tudo certo.

— E quanto as jovens?

— Monica está com elas. Derek contou-me que Monica é psicóloga, entre outras formações, sendo assim, foi verificar como estão as jovens e oferecer apoio terapêutico.

— Elas precisarão, de fato. Mais importante do que curar as feridas físicas, é curar as feridas da alma — disse, minha voz tremeu, traindo minha autoconfiança.

Bruno, que não perdia um gesto meu, perguntou:

— Você parece falar como se tivesse conhecimento de causa? Lara o que aconteceu com você? Você sumiu por anos e quando te encontro... Sei que é a mesma fisicamente, mas, não consigo explicar... É como se algo em você tivesse se quebrado. O que houve com você?

E ali estava. A pergunta que eu não estava pronta para responder.

Por medo.

Por vergonha.

Por insegurança.

Eu não conseguiria expor aquilo.

— Lara! Lara, *amore che cosa è successo?*

— Bruno, isso faz parte das coisas que eu preciso confessar, porém não consigo. Não nesse momento.

— Eu entendo e não vou pressioná-la, *vita mia*. No seu tempo, quando estiver preparada, eu também estarei.

A compreensão nos olhos dele me enterneceu por dentro com um sentimento que vai muito além da paixão carnal que temos um pelo outro. Eu realmente amo Bruno e desejo, mais do que tudo, viver esse amor, ainda que isso me seja completamente proibido.

— Bruno, fale-me sobre sua casa. Soube que enquanto estávamos em Monte Carlo ela foi incendiada.

— Sim, Romano a incendiou. Cello e Luigi investigaram e embora Romano não foi visto nas proximidades, há fortes indícios de que tenha sido ele o responsável. Desde que saiu da prisão está disposto a se vingar. Pelo que meu *papà* contou, Lombardo o escorraçou e negou qualquer apoio da Camorra. Finalmente aquele velho maldito fez algo coerente.

— E você, tem muita raiva dele? Digo, de Lombardo?

— Tenho. Pois tudo que estamos vivendo nos últimos anos, é por causa dele e sua *vendetta* pessoal contra meu pai e algo que tem a ver com o passado dos dois e a minha *mamma*. Por causa disso, já houve atentados contra meus irmãos, minhas cunhadas e contra mim. Tudo o que eu desejo é que ele e aquela família maldita apodreça no inferno!

Ah, não Deus!

— Mas a esposa... e os filhos de Lombardo não têm nada a ver com ele. A propósito, inclusive soube que seu pai e... Lombardo fizeram uma trégua e se frequentam. Como você vê isso? — indaguei, temerosa.

— Eu acho um absurdo! Creio que Lombardo esteja apenas esperando o momento certo para agir e finalmente se vingar de meu pai como sempre planejou. Já meu *papà*, acredito que esteja fazendo a política do "Tenha seus amigos por perto, os inimigos mais perto ainda". Sinceramente não sei o que *papà* Mancini está planejando. Nem para o Marcelo, que será o futuro capo, ele conta.

— Entendo.

— Quanto a Romano, ele não perde por esperar. Depois de tudo o que ele fez, quando eu colocar minhas mãos nele, não sobrará um fio de cabelo para contar a história. Nunca vou esquecer o dia que aquele canalha atirou em minha mãe.

— Não consigo imaginar o quanto foi difícil para você.

— Eu simplesmente não desejo a ninguém. Por isso, quando encontrar Romano, será o fim dele. Não tenha dúvidas.

Tinha a intenção de fazer mais perguntas, contudo, Derek apareceu nos informando que já era hora de entrarmos no navio, pois em trinta minutos partiríamos.

Bruno segurou minha mão e saímos da van, caminhando em direção ao navio *Masir 'iizis.*

O céu estava lindo conforme a madrugada avançava. Seguiríamos para a última etapa de nossa viagem. Embarcaríamos com destino a ilha de Corfu. Sentia-me tranquila, pois aparentemente tudo deu certo, não estávamos sendo seguidos. Navegar pelo canal seria tranquilo.

Sorri para Bruno e embarcamos.

Bruno

Haviam se passado algumas horas e Derek não saia de perto de Lara, monopolizando sua atenção em um misto de assuntos de trabalho e algumas gracejos que me davam nos nervos.

Afinal, o que aquele *fighetto* queria com Lara? Por vezes seguidas, afirmou não ter nenhum interesse nela, no entanto, não sai do seu lado.

Meu celular tocou. Era Khan, agradecendo por termos renovado o acordo e se desculpando por não ter se despedido, teve um imprevisto familiar, precisou viajar urgente e não pôde comparecer ao nosso último jantar.

E foi justo naquela noite que encontrei Derek e Lara. O destino e suas tramas. Tudo tinha um porquê. Inclusive o nome daquele navio: *Masir 'iizis,* Destino de Ísis. Estava ansioso para que tudo acabasse bem e Lara e eu, finalmente tivéssemos nossa chance. Amar e viver com ela é o meu maior desejo, para isso, enfrentarei o que for necessário, pagarei o preço que for.

Com relação às moças resgatadas, Monica, nos explicou que as jovens ainda estão muito assustadas e seguem nas cabines, recebendo toda a assistência possível. Lara fora conversar com elas algumas horas atrás e voltou com os lindos olhos safira brilhantes pelas lágrimas derramadas. A força e a compaixão dentro dela me comovia.

O dia transcorria tranquilo quando de repente, um tranco forte quase me fez perder o equilíbrio e cair, assim como todos que estávamos no convés e um pavor geral tomou conta.

Logo que consegui me levantar, corri na direção de Lara que estava caída e Derek por cima dela.

Cazzo!

Se não fosse pela circunstância de que algo estranho, de fato, aconteceu com o navio, eu seria capaz de matar Derek com as próprias mãos.

— Saia de cima dela! — bradei. — *Lara, amore*. Você está bem?

— Estou... Apenas caímos com o tranco que sentimos. O que houve? O que está acontecendo com o navio?

— Não sei. Não percebi nada estranho. Mas com certeza não batemos em um iceberg — trocei, tentando aliviar a situação.

Em seguida a capitã apareceu, pediu calma e nos informou que o navio não havia sofrido nenhuma avaria. Que o tranco que sentimos foi por uma parada um tanto quanto brusca, pois a alguns quilômetros à frente, um navio havia encalhado e por causa disso, ela precisou deter o curso do nosso navio, entretanto tudo seria resolvido.

— Assim espero — Derek irritadiço falou.

Em poucos minutos o celular dele tocou. Aparentemente era a chefe. Eles conversaram por alguns minutos e a ligação foi encerrada.

— Precisamos nos reunir. Lara, por favor, pode chamar Monica e Cage? Eu vou encontrar Amin.

— Derek, o que houve? — Lara indagou.

Derek deu as costas ignorando sua pergunta, o que me pareceu muito estranho. Algo sério estava acontecendo.

— Hey, cara! Não nos dê as costas! — gritei, segurando-o pela camisa, Derek puxou o braço com força.

— Mancini, sabe que já estou cansando de você?

— Sério, porque eu também estou cansado de você, seu *fighetto* de uma...

— Rapazes, por favor, acalmem-se. — Lara pediu se interpondo entre nós.

— Derek, se algo grave está acontecendo, eu exijo saber, então nos diga agora mesmo o que está havendo?

Monica surgiu solucionando o mistério.

— Um navio cargueiro, carregado de líquido inflamável, encalhou bloqueando o canal. — A mulher respirou fundo e prosseguiu.: — Não conseguiremos prosseguir viagem pelas próximas horas, pois o canal encontra-se bloqueado. Também não conseguimos retroceder, pois há outros navios e pequenas embarcações navegando por isso paramos. Acabei de falar com a capitã Talissa e todas as embarcações terão que parar até o canal estar novamente desobstruído.

— E há uma estimativa para quando isso acontecerá? — perguntei.

— Infelizmente, não. O navio é grande e pesado, aparentemente a notícia já ganhou o mundo e todos os jornais só noticiam o acontecimento.

— Há alguma possibilidade de se tratar de um atentado terrorista? — Lara perguntou à Monica.

— Por enquanto, não podemos afirmar nada.

— Deus, isso não pode estar acontecendo! — Lara comentou, atordoada.

— Sam se colocou à disposição para enviar um helicóptero para nosso resgate, contudo isso chamaria muita atenção, então ela nos sugeriu que aguardemos um pouco. Se a situação permanecer igual, não teremos outra escolha a não ser o resgate aéreo.

— Bruno, vou descer e conversar com as meninas. Elas podem ter percebido o que aconteceu e podem estar assustadas. Monica, venha comigo, por favor.

Monica assentiu e enquanto as duas seguiram para as cabines, Derek e eu nos encaramos furiosos.

— Você, nunca mais coloque suas mãos em mim, Mancini. Ou serei obrigado a esquecer a amizade e a consideração que tenho com seus irmãos e responder à altura.

— Você nunca mais encoste um dedo em Lara ou eu serei obrigado a esquecer o respeito que ela tem por você e partir sua cara, *fighetto*. Será que fui claro?

— Rapazes, acalmem-se! — Cage apareceu dando tapinhas em nossas costas. Vamos conservar nossas energias, pois não sabemos quanto tempo ficaremos parados. Mantenham a serenidade, sim?

Derek e eu nos encaramos. A atmosfera pesada e nossa postura rígida afirmando que aquela discussão estava bem longe de acabar.

Capítulo 13

Eu trago-te nas mãos o esquecimento
Das horas más que tens vivido, Amor!
E para as tuas chagas o unguento
Com que sarei a minha própria dor.

Contos de Fadas - Florbela Espanca

Bruno

Três dias depois, em algum lugar no Canal de Suez

Respirava o ar noturno no convés, organizando meus pensamentos. O clima estava tenso.

Fazia três dias, estávamos encalhados em algum ponto daquele canal.

Se esse imprevisto não tivesse acontecido, já teríamos chegado em Sidari, o destino onde Sam e sua equipe se encarregaria de localizar a família de cada uma das jovens e devolvê-las às respectivas.

Derek havia me explicado em detalhes, com muita ênfase e orgulho, todo o trabalho que a famosa equipe da qual meu irmão Marcelo, Luigi e minha cunhada, Estefania fizeram parte, a qual ele ainda integrava, com relação ao enfrentamento e combate ao tráfico de seres humanos; no qual, as mulheres são as maiores vítimas. De fato, o que eles fazem é admirável.

Agora, o desespero tomou conta de alguns tripulantes. A capitã, Talissa fazia todo o possível para tranquilizá-los, contudo, a agitação, era geral. Mesmo com certa distância, era possível ouvir choros de angústia e lamento vindo de pessoas das outras embarcações que assim como nós, aguardavam ansiosas a desobstrução do canal para seguirem viagem.

Todos estávamos temerosos. O navio era seguro e bem equipado, porém, a situação em si era muito inquietante. Não sabíamos se aquilo havia sido apenas um acidente ou parte de alguma ofensiva política e que consequências teria.

As jovens que resgatamos no Cairo estavam amedrontadas. Também pudera, só Deus sabia o que elas presenciaram naquele bordel antes de chegarmos. Custou trabalho para Monica e Lara, acalmá-las, e convencê-las de que tudo ficaria bem e de que elas fazem parte de uma ONG que cuidava de mulheres nas mais diversas situações.

Durante todos esses dias, Lara não se permitiu se entregar ao desespero, fez questão de passar o máximo de tempo possível com as moças, cuidou para que elas vestissem roupas adequadas, se alimentassem bem e dormissem para repor o equilíbrio psíquico. Amin, Derek, Cage e eu fomos apresentados a elas. Com pesar vi o olhar de assombro e medo em cada rostinho e aquilo me fez sentir nojo da Humanidade.

Dio, são apenas crianças! A mais velha talvez tivesse, no máximo, dezessete anos. Que tipo de monstro se deitava com garotinhas?

Lembrei-me das aulas de Literatura na secundária, quando a professora nos obrigou a ler *Lolita*. Detesto o nome Humbert até hoje. Finalizei aquele livro na base do ódio e quando fui entregar o trabalho referente a leitura, esperei para ser o último da sala.

Após todos saírem, levantei-me, entreguei as folhas à professora Augusta e contestei-a por nos fazer ler tal atrocidade.

— Causou-te incomodou, caro estudante, Mancini?

— Demais, Sra. Augusta.

— E se importa se eu perguntar o que o incomodou tanto?

— Esse homem... Esse Humbert é um monstro! Ele tem mais de quarenta. Como pôde... Como pôde... ter relações com uma criança? Dolores tinha apenas doze anos?!

— Então, você não acha que Lolita foi uma provocadora que merecia tal destino?

— De forma alguma, maestra Augusta! Dolores é apenas uma criança. Como uma criança pode corromper ou seduzir um homem mais velho e com mais de quarenta anos?

— No entanto, é isso que o autor nos leva a pensar em sua narrativa, não foi isso que você pensou?

— Não mesmo. Até porque, durante a leitura, temos apenas o ponto de vista de Humbert, nunca o de Dolores.

— Você sabe que a literatura é a vida, é um reflexo do mundo ao nosso redor. Talvez o objetivo do autor fosse comunicar algo com esse romance, um alerta, quem sabe.

— Isso, nunca saberemos. O que sei é que jamais voltarei a ler esse livro, maestra. Não entendo por que nos deu essa leitura obrigatória. Nem o porquê de esse livro ser tão aclamado.

— Por sua reação com relação à leitura, vejo que obtive meu objetivo. Nenhum outro aluno foi tão passional ao falar do livro. Nem as garotas demonstraram tanta repulsa pela narrativa tampouco por Humbert, como você o fez. Sinto-me satisfeita pela sua reflexão, Mancini. Sabe, as pessoas subestimam a importância da literatura e seu papel na formação do indivíduo. Quando alguém, um dia, te perguntar a importância dela, você saberá a resposta.

Sim, a maestra Augusta tinha razão. Aquela leitura ficou tão entranhada em mim, que mesmo anos depois, em meus dias de promiscuidade, foi esse livro e conhecer Kat que me fez dar um rumo diferente a minha vida.

Quando vi Kat pela primeira vez, fiquei impressionado com sua beleza e o fato de ela ser imune ao meu charme e sedução, representou um desafio que eu tinha que vencer.

Tentei de todas as formas me aproximar e seduzi-la, contudo, foi ela quem me encantou e acabei completamente apaixonado por ela. Ou acreditei estar na época.

Katlin tinha uma história com Gianluca e o amava sinceramente. Algum tempo, depois, após passarem por diversos desafios, eles se casaram e se hoje são meus grandes amigos.

Conhecer Kat e lembrar *Lolita* me colocou diante de um espelho e nele, vi refletido um homem que eu não gostei de ver, o reflexo mostrou-me como eu havia me transformado de um jovem revoltado com *Nabukov*, em um canalha. Fui salvo pela amizade de Kat que me colocou nos eixos, dando-me a chance de mudar totalmente a rota da minha vida. Fiz meu MBA, assumi o ramo marítimo dos negócios dos Mancini, agindo com responsabilidade e colocando uma pedra sobre o Bruno cafajeste.

Depois de minutos refletindo, deixei o convés e segui em direção à cabine, onde Lara se encontrava com as jovens. Aproximei-me devagar e me surpreendi ao vê-las em um círculo e Lara no meio. Aproximei-me para ouvir melhor o que ela dizia.

Lara narrava uma história...

Vassilissa-Filha-de-Rei entrou na tenda; os dois começaram a comer, a beber e a se divertir. A filha do rei tomou uma taça de vinho de além-mar, embriagou-se e caiu num sono profundo. O fabuloso arqueiro chamou o cavalo mágico, e o cavalo veio a galope; no mesmo instante, o arqueiro desmontou a tenda de topo dourado, montou no cavalo mágico, levando junto a adormecida Vassilissa, e lançou-se à estrada, como uma flecha. O arqueiro foi direto ao rei. Assim que viu Vassilissa, o rei alegrou-se muito, agradeceu ao arqueiro pelo serviço prestado, presenteou-o com um tesouro e condecorou-o com uma ordem elevada.

Vassilissa-Filha-de-Rei despertou, percebeu que estava longe, bem longe do mar azul, começou a chorar de tristeza e até perdeu a cor; por mais que o rei tentasse animá-la, era tudo em vão. Então o rei teve a ideia de casar-se com ela, mas Vassilissa disse:

— Quem me trouxe para cá que vá ao mar azul: no meio do mar há uma pedra grande, sob essa pedra está guardado o meu vestido de noiva... sem ele não caso!

Lara contava a história com maestria, modulando a voz entre a do narrador e das personagens, emprestando todo um colorido a narrativa. As jovens ouviam completamente atentas a Lara, que mais parecia uma espécie de Sherazade.

No mesmo instante o rei mandou chamar o fabuloso arqueiro:

— Vá bem depressa até o fim do mundo, onde o solzinho nasce vermelho e bonito; lá, no mar azul, há uma pedra grande, sob essa pedra está guardado o vestido da noiva de Vassilissa-Filha-de-Rei; pegue o vestido e traga-o para cá; é chegada a hora de preparar o casamento! Se trouxer o vestido, terá recompensa maior do que as outras; se não o trouxer, daqui minha espada, daí sua cabeça cortada.

Imersa na história Lara até mesmo reproduzia os diálogos, mudava a voz ao mudar a personagem.

O arqueiro derramou lágrimas amarguradas e foi buscar o cavalo mágico.

Eis que chegou a hora da morte', pensava ele.

— Por que está chorando, meu senhor? — perguntou o cavalo.

— O rei deu ordens de tirar do fundo do mar o vestido de noiva de Vassilissa-Filha-de-Rei.

— O que foi que eu lhe disse? Não pegue a pena, se não conhecerá a desgraça! Mas não tenha medo: isso ainda não é a desgraça, a desgraça está por vir! Monte em mim e vamos até o mar azul.

O tempo passou, as horas correram, o fabuloso arqueiro chegou ao fim do mundo e parou bem junto à beira-mar. O cavalo mágico deu uma olhada ao redor e viu o maior dos lagostins marinhos, arrastando-se pela areia. Pisou então com o casco pesado na pontinha da carapaça dele.

O lagostim suplicou-lhe:

— Não me mate, poupe a minha vida! Se algum dia precisar de mim, eu o ajudarei.

O cavalo respondeu:

— No meio do mar azul há uma pedra grande, sob a pedra está guardado o vestido de noiva de Vassilissa-Filha-de-Rei. Traga o vestido!

O lagostim gritou bem alto, para o mar inteiro; no mesmo instante, o mar agitou-se: de todos os lados, um sem-fim de lagostins — dos grandes e dos pequenos — rastejou até a praia! O lagostim mais velho ordenou-lhes que se lançassem ao mar e, em uma hora, trouxessem lá do fundo, de debaixo da pedra, o vestido de Vassilissa-Filha-de-Rei.

A voz de Lara invadiu minha mente e eu seguia tão hipnotizado e curioso para saber qual seria o destino do arqueiro que me apoiei no batente da porta.

E assim o arqueiro levou ao rei o vestido; mas Vassilissa de novo teimou em não casar.

— Não me caso com você — disse ao rei — enquanto não mandar o fabuloso arqueiro banhar-se em água fervente.

O rei ordenou encher de água um caldeirão de ferro, deixar ferver o máximo possível e jogar o arqueiro nessa fervura.

— *Eis a desgraça! Ai, que desgraça! Ai, ai, ai, por que fui pegar a pena dourada do pássaro de fogo? Por que não dei ouvidos ao cavalo?*

— Boa noite, senhor Mancini! — Uma das jovens percebeu minha presença e cumprimentou-me, quebrando a atmosfera fabulística.

— Bruno, está tudo bem? — perguntou Lara, um tanto sem jeito.

— Sim, está. Passei apenas para desejar-lhes boa noite.

— Senhorita, você não vai terminar a história? — uma das jovens perguntou, ávida.

— Já é tarde, Fedra. Amanhã seguirei com o conto — Lara prometeu, levantando-se do círculo enquanto as jovens subiam em suas camas.

Lara passou de cama em cama, beijando-as na testa desejando uma boa noite de sono, passou pela soleira e fechou a porta.

— Não sabia que você tinha tanto talento como contadora de histórias — comentei, vendo um sorriso tímido surgir em seu rosto lindo.

— Minha *Mamochka*... sempre me contava histórias para eu dormir, principalmente contos de fada russos.

— Minha *mamma* contava alguns para meus irmãos e eu também. Os meus favoritos eram *Cannetella* e *Corvetto* — confessei.

— Dos contos napolitanos, minha mãe costumava contar *As duas Pizzelle* e *Sol, Lua e Talia*, mas meu favorito sempre foi o conto russo *Pássaro de Fogo*.

— E seu pai, ele também contava histórias e a colocava para dormir? — perguntei, em seguida me arrependendo.

Lara se enrijeceu e eu percebi que pouco ou nada sabia sobre sua família.

— Vejo que falar do seu pai não lhe traz boas recordações. Ele a abandonou?

— Pode-se dizer que sim. De certa forma o fez.

— Seus pais são divorciados?

— Não, seguem casados.

— Eu os conheço?

— Meu pai, sim. Minha mãe, eu não tenho certeza.

— Quem são?

— Ouça, não quero falar deles, por favor, Bruno. Não agora. Chegará o momento que falar sobre eles será inevitável, contudo, prefiro que não seja hoje.

— Está bem. Entendi.

Calei-me e fitei a fixamente. Podia ver que a alegria que ela compartilhava com as jovens ao contar o conto havia sido substituída por uma dor que lhe nublou o olhar.

Ela pigarreou e perguntou:

— Alguma novidade sobre o navio e quando será desencalhado? A capitã Talissa contou mais alguma coisa?

— Não, seguimos na mesma.

— Meu Deus! Quanto tempo mais vamos passar por isso? — Lara queixou-se.

Estava belíssima. Como sempre, no entanto parecia exausta. Todos nós estávamos.

Eu a trouxe para perto de mim, acolhendo-a em meus braços e ela se aconchegou, repousando sua cabeça em meu peito. A cada dia que passa, mais certeza tenho de que quero passar o resto da minha vida com ela. Ficamos presos naquele contato por alguns instantes, até sermos surpreendidos por Derek, que surgiu no corredor.

— Ouçam, tem cabine para isso, vocês sabiam?

— Que mente poluída a sua, Derek — repreendi-o.

— Não sou eu que estou de pegação no corredor do navio.

— *Stronzo*, qual seu problema? Cara, você pode pensar o que quiser de mim, porém não admito que desrespeite Lara!

— Tem razão, Mancini, me excedi. *Lara, bella, mi dispiace.*

— Sem problemas, Derek. Estamos todos tensos com essa situação. Enfim, vou para minha cabine, boa noite, rapazes! — Lara se despediu, roçou seus lábios nos meus suavemente, sem se importar com a presença de Derek e se dirigiu à sua cabine.

— Derek, por que você insiste em jogar areia no meu romance com Lara? Você mesmo já falou, já garantiu várias vezes que não quer nada com ela!

— Porque apesar de não parecer, eu o admiro, Bruno, gosto demais de Lara e sei que esse romance está fadado ao fracasso.

— Bem, então me diga por quê! — exigi.

— Isso, só a própria Lara pode dizer. E se me der licença, também vou me retirar para dormir. Quiçá amanhã, tenhamos boas notícias.

E sem mais, Derek deixou o corredor e eu permaneci ali. Algum tempo depois, segui para minha cabine. Tirei a roupa e cobri-me, colocando minha cabeça no travesseiro, pensamento fixo nela.

Lara...

Eu a amo e quero descobrir tudo sobre ela. Há tanto a seu respeito que eu não sei.

Ela disse que eu conheço seu pai e que talvez não conheça sua mãe. Quem serão eles? Conheço todos em Nápoles, contudo não me lembro de já tê-la visto com nenhuma família. A não ser que...

Um *flashback*.

O show do Roberto Carlos...

Havia um homem gritando com ela, ele parecia com... Parecia com...

— Romano!

Será que era ele mesmo? Já fazia uns setes anos daquele dia. Nós Mancini, ainda não tínhamos tido nossos problemas com os Lombardo e a Camorra.

Mas o que Lara teria a ver com Romano? Não fazia sentido ou fazia?

Lara sempre surgia nos lugares, sempre me salvando de algum atentado e em seguida desaparecia. Na última vez foi diferente. Ela foi bem clara e ao afirmar que Romano estava em meu encalço e que queria me assassinar, inclusive assegurou que Romano não contava com o apoio do tio, nem da Camorra, que ele estava agindo por conta. Como Lara sabia tantas informações?

Quanto mais eu pensava, mais aquilo tudo parecia confuso. Aos poucos, o sono foi chegando e eu cedi a ele, desejando que o dia seguinte fosse melhor, que o canal fosse liberado para prosseguirmos viagem. Não via a hora de terminar aquela missão, voltar a Nápoles e ter tudo esclarecido com Lara.

Quanto antes, melhor.

Capítulo 14

"Os caminhos são difíceis,
mas não existe nenhuma estrada
que uma cigana não consiga passar."
Anônimo

Bruno

Nossas preces foram ouvidas e finalmente o canal foi liberado.

A capitã Talissa colocou o navio em curso e dez horas depois, passávamos por Port Said. Aportamos na cidade por algumas horas e alguns tripulantes desceram para fazer compras. Na mesma tarde, antes do sol se pôr, o navio voltou a navegar, ganhando o Mediterrâneo.

Três dias depois, chegamos ao porto de Sidari e fomos recebidos por Silas, esposo de Sam que conduziu a todos para o QG.

A propriedade era gigantesca e ficava em uma parte isolada da cidade. Entramos na casa e atravessamos o hall. Silas nos guiou até um escritório e fechou a porta. Paramos diante de um enorme quadro e ele apertou algo em seu pulso e o quadro se abriu, revelando uma passagem. Silas e Derek seguiram a frente. Passamos por um longo corredor até chegar ao que finalmente parecia ser o quartel da equipe.

Silas e Derek pararam no meio de um amplo e bem iluminado salão enquanto Amin, Monica e Cage conversavam com as jovens instruindo-as. Em seguida, uma mulher apareceu. Tinha estatura baixa, cabelos louros escuro no ombro e expressão intimidadora. De repente, ela abriu um sorriso e nos saudou.

Uma equipe médica nos encontrou e encaminhou as jovens para realizar uma série de exames. Antes, elas abraçaram Monica e Lara, principalmente Lara agradecendo o carinho.

— Daqui a pouquinho nos veremos novamente. — Lara assegurou. — Agora, acompanhem os médicos e digam como se sentem. Isso é muito importante! Façam todos os exames e mais tarde nos veremos.

Enquanto as jovens seguiram com os médicos, Derek se encarregou de fazer as apresentações. Sam encarou Lara e eu por um tempo, examinando-nos em seguida se dirigiu a Lara.

— É um prazer conhecê-la, senhorita. Louvo muito seu comprometimento, ainda mais sendo alguém tão jovem e com uma situação financeira confortável, uma futura condessa, não é?

Lara ficou pouco à vontade com o comentário e Sam percebendo isso completou:

— Não teci o comentário com intenção de deixá-la desconfortável, perdoe-me! Apenas fico admirada, levando em conta quem você é, seu berço e o fato de atuar em uma causa humanitária me causou bastante surpresa. E quanto a você, Bruno Mancini, tive o prazer de ter Marcelo e Luigi na equipe, duas pessoas que eu amo como se fossem do meu sangue. Alegro-me em saber que você está seguindo os passos que seus irmãos um dia trilharam. E olha, vocês dois juntos, é de fato surpreendente, inusitado, levando em consideração quem são.

— Perdoe-me, do que você está falando? — indaguei, intrigado.

— Sam, pelo que entendi, Lara e Bruno não se conhecem profundamente e faz pouco tempo acabaram de se reencontrar — Derek declarou.

Algo na forma como ele fez aquela afirmação à chefe me deixou em estado de alerta. Eles sabiam algo sobre Lara e eu, mas o quê?

— Claro! Agora tudo faz sentido — Sam comentou, deixando-me mais aturdido.

Silas, seu esposo, se aproximou.

— Samantha, amor, a junta médica deseja falar com você.

— Perdoem-me, vou precisar me ausentar. Por favor, fiquem à vontade. Meu esposo terá prazer em acompanhá-los até as suas acomodações. Acredito que estejam cansados depois de toda essa situação em Suez. Lara, mais tarde gostaria de conversar com você com mais tranquilidade.

— Será um prazer. E desde já, muito obrigada por realizar um trabalho tão importante. Você e sua equipe fazem a diferença no mundo.

— Assim como você! Derek sempre a elogia muito e me falou sobre o trabalho que você faz em sua ONG e na clínica. Parabéns! Bom, com licença.

Sam saiu, deixando-nos com seu esposo que nos conduziu novamente pelo corredor de volta à casa. Saindo do escritório, subimos ao piso superior. Silas fez questão de nos acompanhar aos quartos destinados a nós.

Vi Lara entrar no quarto que ocuparia, ao lado do meu. Ela sorriu, desejou-me um bom descanso e fechou a porta. Ao fechar a minha, pensei em todos aqueles dias loucos, no limite, sem saber se iríamos conseguir e no final, tudo deu certo. Agora, Sam, com base nas informações que as jovens lhe forneceriam, trataria de enviá-las de volta as suas cidades e famílias.

Derek também me informou que em alguns casos, quando as jovens são órfãs e sem famílias, são destinadas a ONGs que como as de Lara, dão todo respaldo até elas se tornarem independentes e em certos casos, algumas optam por integrar a equipe, recebendo treinamento para ajudar a salvar outras vidas. Eu nunca havia participado de algo assim e não fazia ideia de como era. Senti orgulho de Marcelo e Luigi por terem feito parte de algo assim antes. Sinto orgulho por Lara fazer algo tão extraordinário.

Lara...

O tempo passa e o mistério em torno dela apenas aumenta. Sam sabe algo sobre Lara, que eu nem sequer imagino, isso ficou claro. Donna e Derek, também conhecem o segredo de Lara. Apenas eu permaneço com a interrogação.

— Lara, *farfalla mia*. Quem é você de verdade e o que esconde de mim? — perguntei ao léu, atordoado.

Olhei para a cama e parece que toda a tensão acumulada naqueles dias me venceu. Atirei-me nela e em poucos minutos, adormeci.

Lara

Depois de várias horas de sono e após um banho revigorante, estava em uma sala face a face com Sam, a chefe de Derek e a lendária líder da equipe.

Estávamos em uma sala repleta das mais belas obras de arte. Algumas, ao que parece, são peças raras. Lembrei-me do meu *babbo* e sua obsessão pela arte, pela beleza e pela perfeição. A sala era clara com amplas paredes em tons gelo. Estantes em mogno abrigavam esculturas, enquanto as paredes ostentavam quadros com pinturas impressionistas.

Um conjunto de pintura se destacou. Eram pinturas de ciganos, nas mais variadas atividades. Se locomovendo em caravanas, as ciganas em sua arte de ler a mão e tirar a sorte, os homens trabalhando na fabricação de artefatos. Havia um quadro em especial que me chamou muito atenção. A pintura retratava uma noite Rom, nela uma bela cigana de longos cabelos escuros e olhos claros. A cigana bailava com uma rosa vermelha presa ao cabelo vestida em um traje verde. Um cigano dançava ao seu redor e outro mais afastado, tocava um violão.

— Vejo que você é uma profunda admiradora das artes... Assim como seu pai — Sam disparou e se eu tivesse qualquer dúvida de que ela sabia das minhas origens, dissiparam-se naquele exato momento.

— Sabe que nossa equipe recuperou uma peça de arte que ele "comprou", contrabandeada e que pertencia a Galleria Borghese?

— Eu soube de algo. Nunca concordei com as atitudes do meu pai. Infelizmente não escolhemos nossa família. Ela nos é dada e só — respondi.

— Lombardo descobriu o imbróglio e usou isso como uma desculpa para sua *vendetta* pessoal contra os Mancini. Romano atirou em Marcelo e, por acidente, acertou Donna.

— Eu soube disso algum tempo depois. Não estava na cidade nessa época.

— Suponho que Bruno não saiba sobre seu pai.

— Eu ainda não tive a oportunidade...

— Se você não se importar, conte-me como vocês se conheceram — Sam pediu, indicando a poltrona a sua frente, contudo, sua voz foi tão intimidante que mais parecia uma ordem.

Respirei fundo e sentei-me.

— Foi há muitos anos, em uma festa de casamento. Na época, eu ainda buscava alguma forma de obter aprovação e afeto do meu pai e não sei por que, porém me infiltrei nessa festa com meu primo, Romano. Meu pai teceu um plano de vingança quase perfeito, planejava assassinar o caçula dos Mancini naquela noite e usaria o ponto fraco do jovem: as mulheres, porém ele não sabia que eu estava com Romano participando do plano. Ao menos foi o que eu pensei na época.

Tomei fôlego mais uma vez e segui:

— Quando eu o vi, dançando com a jovem incumbida de matá-lo. Não sei... Algo me pareceu tão errado, tão injusto que eu esbarrei propositalmente nela, derrubando bebida em seu traje, causando um pequeno desastre e derrubando o restante das taças no chão. A mulher não me reconheceu como prima de Romano e me tratou como uma empregada qualquer do buffet disparando toda a sorte de insultos. Bruno me ajudou e quando o olhar dele se fixou em mim, eu... Eu soube que havia estragado tudo e o pior: havia me apaixonado por ele, perdidamente. Então, eu o adverti de que havia alguém tentando matá-lo e pedi que ele fugisse e assim ele o fez.

— E depois? O que aconteceu? Vocês voltaram a se ver?

— Dois anos depois, nós nos encontramos em um show em Roma. Eu estava lá novamente em mais uma tentativa de dar um fim a vida dele. Porém, dessa vez estava tudo em minhas mãos. Romano confiou a mim aquela missão e estava por perto, acompanhando tudo. Mais uma vez eu não tive coragem de seguir com o combinado. Eu não concordava com o porquê de meu pai querer aquilo, aquela vingança sem sentido e sabotei o plano e... E...

— E o que aconteceu? O que houve?

Suspirei, lembrando da noite mais bela e mais brutal da minha vida.

— Eu ajudei Bruno a escapar, expliquei que novamente tentavam matá-lo. Ele pediu, implorou que eu fugisse com ele, mas...

— Você não podia dar as costas a sua família — Sam completou.

— Isso.

— E o que houve ao fim de tudo?

Fiquei calada por alguns minutos, escolhendo cuidadosamente as palavras.

— Eu escolhi quem eu queria ser, longe daquele mundo de violência e crime. Peguei o pouco de coisas de valor que eu tinha e trilhei meu caminho.

— E anos depois se tornou essa mulher forte, que ajuda outras mulheres a serem fortes. Sabe, Derek me contou tudo a seu respeito e um tempo depois, descobri que você é parente de Ilya por parte de mãe. Que coincidência, não é?

— Sim, de fato é. A propósito, onde está Ilya?

— Segue em Moscou, em missão com Sarah.

— Ótimo!

— E agora, quais são seus planos?

— Preciso voltar a Nápoles, tenho uma série de projetos a desenvolver na ONG, algumas ampliações para fazer no hospital e em breve teremos a festa de primeiro de maio.

— Ah, sim, claro. O mês de maio também é um mês importante para mim. Vou à *Sainte Marie de La Mer* para a peregrinação anual em honra à Santa Sara Kali.

— Nós vamos organizar uma feira com artesanato, comidas típicas e muita música, tudo organizado pelas mulheres da ONG e toda a renda será revertida para a diocese local.

— Que bela atitude! Muito louvável, na verdade. Voltando a falar sobre você, quando pensa em contar a verdade ao Mancini?

— Em breve. Tentei antes, porém as coisas foram acontecendo uma atrás da outra.

— Você quer que eu leia a sua mão? — Sam indagou, seu olhar hipnotizante.

Eu não sei como, porém, com um gesto de cabeça, assenti. Sam segurou minha mão, olhou atentamente, analisou e respirou fundo.

— Posso tirar as cartas para você? Preciso confirmar algo que vi.

— Claro — respondi sem sequer titubear.

— Mas não aqui. Venha comigo.

Levantei-me e segui Sam, que nos conduziu por uma passagem até chegarmos a uma sala muito grande. Lá, havia um altar dedicado à santa Sara Kali, cortinas coloridas, incenso de sândalo queimava no ar. Sam se dirigiu até o altar, fez uma prece à santa e pegou o baralho. Em seguida, indicou-me a mesa redonda e um par de cadeiras. Sentei-me de frente com ela, observando-a embaralhar as cartas. Ela indicou o monte para mim.

— Corte mais duas vezes — Sam pediu e eu obedeci.

— Agora de cada monte, escolha uma carta, não as vire ainda.

Segui as instruções escolhendo uma carta de cada monte.

— Agora vire-as. Uma de cada vez.

Eu as virei, olhei as cartas, porém não as entendi.

Sam analisava as imagens e representações, sua expressão enigmática. Durante alguns minutos, ponderou e em seguida perguntou:

— Você entende?

— Não, nada.

— A primeira carta indica seu passado, ela está invertida e é a carta do Mago a segunda, o Imperador, indica o presente e está na posição correta, assim como a terceira carta, o futuro, é o arcano do julgamento.

— E o que todas elas significam?

Sam exalou profundamente.

— No seu passado, um homem lhe fez muito mal, por isso você iniciou um processo de metamorfose. Por causa desse homem, você se tornou a pessoa que é hoje. Ele forjou seu caráter no sangue e na dor.

Moya! Deus do céu! Como Sam sabia aquilo?

Eu comecei a tremer. Revivi aquela noite sete anos atrás, ainda sentia a dor de tudo o que vivi. De tudo o que foi roubado de mim.

— Lara, você quer que eu continue a leitura?

— Sim. — A voz tão baixa quase não saiu.

Corrigi minha postura e falei novamente em alto e bom som.

— Sim, por favor, continue.

— A segunda carta, a carta do Imperador fala de um homem na figura paterna, seu pai, provavelmente. Vocês precisam resolver um mal-entendido ou situação. A última carta, a do julgamento, indica que algo se cumprirá... um destino, ciclos se fecharão. Pode ser um nascimento, morte, acima de tudo, mostra claramente que em breve, assuntos serão resolvidos. Talvez com paz, talvez com sangue, mas se resolverão.

Fiquei muda. Não conseguia expressar nada, nenhum sentimento. Minha mente, um turbilhão de perguntas.

— As cartas confirmaram o que vi em suas mãos, Lara. Contudo, há algo que eu não preciso de leitura de mãos, quiromancia ou tarô para dizer, minha cara. Você precisa dizer a verdade! Precisa contar a Bruno Mancini quem você é, de quem você é filha. Você não pode mais esconder esse segredo. Quanto mais o tempo passar, pior será. Você entende?

— Sim, eu entendo.

— Ótimo! Cumpra seu destino. Bem, acho melhor irmos. Todos nos esperam para o jantar e detesto deixar meus hóspedes esperando. Vamos?

Capítulo 15

"Não deveríamos tentar deter a pedra que já
começou a rolar morro abaixo;
o melhor é dar-lhe impulso."
Nietzsche

Bruno

Sam e Silas, seu esposo, nos levaram ao aeroporto de Corfu e lá nos despedimos e tomamos nosso avião para Nápoles.

Os últimos dois dias foram intensos e ao chegar a Nápoles, teria uma série de providências a tomar. A primeira delas seria com relação a minha casa incendiada.

Durante o voo, Lara pareceu um pouco introspectiva, preocupada. Percebi que isso foi após a reunião que teve com Sam. Ela ficou mais calada e reticente que de costume. Minha borboleta, sentada no assento ao meu lado, recolheu suas asas, se isolou e adormeceu, enquanto eu a observava com adoração. Os longos cabelos ébanos, caiam pelo ombro, cascateando, criando uma moldura natural para a pele usualmente pálida, porém que estava levemente corada pelo sono. Os lábios em formato de coração entreabertos, sem pintura alguma, apenas a coloração natural, tão beijáveis. Queria beijá-los mais do que tudo no mundo, contudo reconhecia a tensão pela qual passamos nos últimos dias e a necessidade de sono e descanso. Acariciei seu rosto com a ponta dos dedos, suavemente e deixe-a seguir embalada pelo mundo dos sonhos.

Após algumas horas. Lara despertou.

— *Farfalla*, está tudo bem?

— Sim. Está — respondeu em poucas palavras.

— Tem certeza? — Sondei-a.

— Certeza de quê?

— De que está tudo bem?

— Sim, está. Desculpe, *zingaro mio*. Minha mente apenas está trabalhando em projetos que precisarei tornar em ações assim que chegarmos a Nápoles.

— Sei como é. Também precisarei tomar algumas providências para uma nova casa, visto que a minha foi reduzida a cinzas.

— Sinto tanto por isso.

— Não se preocupe, *farfalla mia*. Romano pagará por isso. Assim como pelo atentado e tudo o que tem feito com minha família e pelo que causou ao Peppe.

— A propósito, como ele está? Soube que ele teve queimaduras graves.

— Tem se recuperado bem, graças a Deus, porém ficou gravemente ferido. Peppe além de um dos nossos mais antigos colaboradores, é um homem de confiança de *papà* e um amigo leal. Isso não vai ficar assim, nós nos vingaremos. Os dias de Romano estão contados.

— Bruno, eu preferia que você não se envolvesse com Romano. Você não faz ideia de quem ele é. É um monstro, canalha e maldito!

— Por isso mesmo, alguém precisa detê-lo. Seu reinado de horror e medo tem de acabar!

— Que não seja você a se meter nisso. Ele, mais cedo ou mais tarde, vai encontrar alguém que dê fim a sua existência maldita.

— Não, Lara, você não entende? Há quase uma década ele vem nos perseguindo a mando de Lombardo, depois por conta própria. Quanto sofrimento ele infringiu a minha família e a mim! Vem sucessivamente nos prejudicando a tempo demais. Ele atirou em minha mãe! Eu jurei que me vingaria dele e só não prossegui com meu intento, porque minha mãe me fez prometer que não faria nada e porque *papà* e Lombardo entraram em um acordo e acabaram encarcerando o infeliz. No entanto, qual a primeira coisa que ele fez ao sair da prisão? Atentar contra minha vida. Se ele não for detido, sua lista de atrocidades cometidas seguirá se agigantando! Ele é um maldito e canalha da pior espécie!

— Você não faz ideia — Lara sussurrou.

A forma como Lara fez aquela afirmação me deixou em alerta. Virei-me para encará-la e fitei-a, sondando seus pensamentos. Lara escondia algo grave sobre Romano, estava certo disso.

— Lara, de onde você conhece Romano?

De repente, ela ficou rígida e tentou disfarçar o desconforto. Ela umedeceu os lábios e abriu a boca para responder, contudo, naquele momento, fomos interrompidos pela voz no autofalante anunciando que estávamos prestes a pousar. Lara me encarou.

— Bem, chegamos. Estamos de volta a Nápoles. De volta à nossa vida e preocupações corriqueiras.

— Lara, *amore*. Posso visitá-la? Temos muito que conversar.

— Bruno, ouça... Durante os próximos dias, estarei bastante atarefada com uma série de ações a serem implementadas na ONG e no hospital, além do festival de primeiro de maio que organizarei. Aliás, você está convidado, enviarei seu convite por Donna.

— Pode ter certeza de que estarei lá. Farei uma breve viagem a Istambul, retornarei a tempo para o festival.

— Conto com isso!

— E quando voltar, *Dio*, isso já está parecendo uma lenda! Mas quando voltar, finalmente vamos ter aquela conversa, assumir nosso amor e dar um rumo à nossa vida.

Lara sorriu, porém em seus olhos vi a insegurança.

— Se você ainda me quiser depois de tudo o que eu contar.

— Eu sempre vou te querer e te amar, Lara, minha borboleta. Nada mudará isso. Nada!

O avião finalmente parou e alguns minutos depois, estávamos desembarcando. Pegamos nossa bagagem. Passaram-se alguns minutos e uma mulher abordou Lara.

— Olá, condessa! Bem-vinda de volta. Posso ajudá-la?

— Não, Pinkerton, está tudo bem, eu mesma levo. Obrigada! E por aqui tudo certo?

— Caminhando. — A mulher ruiva lançou um olhar discreto para mim e voltou-se para Lara.

— Temos alguns assuntos para discutir sobre tudo o que houve enquanto esteve fora.

— Tem visto Donna?

— Sim, ela está na ONG hoje recebendo a palestrante Ramiles Santos Cavaglieri que apresentará o workshop sobre *Literatura como arma de transformação e libertação feminina.*

— Ramiles está aqui? — perguntei, surpreso.

— Você a conhece? — Lara indagou surpresa.

— Sim, sim. Claro que a conheço. Ela é a melhor amiga de Kat.

— Quem é Kat?

— Esposa de Gianluca, primo de Donna.

— Ah, sim. Gianluca D'Angelo do trio *IL Ragazzi*. Eles estarão aqui no dia do festival.

— Ótimo! Faz tanto tempo que não nos encontramos. Será incrível poder revê-los.

— Veja, mais um motivo para vir ao festival.

— Eu não precisaria de nenhum outro motivo além de sua presença, *farfalla mia* — disse roubando-lhe um beijo.

Seus lábios encontraram os meus com a mesma vontade e desejo. Não nos importávamos de estar em meio aos passantes, cedemos aos apelos do nosso coração.

Estreitei-a em meus braços, com tanto carinho. Não queria me separar dela, contudo cada um de nós tínhamos nossos compromissos. Daquela vez, graças a Deus, seria por poucos dias. Mal podia esperar pelo primeiro de maio.

Com dificuldade, interrompemos o beijo e a tal Pinkerton nos encarava com certa estranheza e dirigiu um olhar curioso para Lara, o questionamento ficou claro.

— Vamos, Pinkerton. No carro te dou os detalhes — Lara respondeu sorrindo.

— *Ciao, amore noi vediamo a primo maggio!*

— *Quindi spero.*

Nós nos beijamos mais uma vez, porém um beijo rápido, casto e assim ela se foi, como uma borboleta, batendo suas asas leves e velozes. Seus lábios sopraram um:

— *Até breve,* que eu de todo meu coração, desejei que de fato fosse o mais breve possível.

Capítulo 16

Sonhar é um marinheiro em fuga da realidade. É o movimento de mar de desejos navegando em ondas de realidade.

Sonhar - João Doederlein

Lara

Assim que desembarquei em Nápoles, Pinkerton e eu nos reunimos com Iago e ele me colocou a par dos passos de Romano.

— Ele está desesperado, buscando aliado em todos os lados e conseguiu o apoio de alguns clãs pequenos, porém há rumores de que ele está tentando contato com o capo da Ndrangheta e em troca de apoio ele oferecerá a lista de todos os clientes e fornecedores de Lombardo. Lombardo e *papà* Mancini têm sido vistos, um frequentando a casa do outro e um figurão do Cosa Nostra já declarou apoio ao *papà* Mancini e estão se organizando para decidirem como agir com Romano.

— *Dio*! Precisamos descobrir onde ele se esconde, antes que cometa mais um crime. Não podemos contar com o elemento surpresa.

— E ele vem te procurando por todos os lados. Reforçamos a segurança no palácio, na ONG e no hospital.

— Tenho que falar com Donna. Saber de dentro da família Mancini o que eles estão pensando e o que Lombardo tem a ver com tudo isso.

— Por que você não vai direto à fonte? Pergunte a ele, seu pai.

— Não quero falar com Lombardo.

— Lara, você sabe as circunstâncias nas quais conheci Lombardo, porém sou o primeiro a dizer que ele tem se mostrado um homem diferente. Até com a esposa, a Sra. Ilyena. Eles foram vistos em um jantar muito amigável em um restaurante.

— Depois de anos de negligência e abandono com Alexandra ele não faz mais que a obrigação e por falar nisso. Como está minha *Mamochka*?

— Lara! Converse com seu pai. Ele mudou muito e é um aliado contra Romano. Dê ao menos uma chance para ele se redimir — Angela sugeriu.

— Eu não posso!

— Até *papà* Mancini e ele hoje conversam amistosamente.

— Bruno não acredita nessa mudança.

— E eu não tiro as razões dele, contudo você... Você precisa dar uma chance — Iago aconselhou.

Pensei por um tempo e mudei de assunto.

— E com relação à festa de primeiro de maio?

— Tudo certo! As mulheres da ONG estão muito entusiasmadas por terem a oportunidade de mostrarem seus suas habilidades. O padre Antonelli está regozijante.

— Ótimo! Agora vou para casa. Estou um pouco cansada da viagem. Há mais alguma coisa que demande minha atenção?

— Não. Está tudo sob controle.

— Perfeito! Nós nos vemos depois.

Quando cheguei, que estacionei o carro na garagem e olhei para a *La Farfalla*, senti o mesmo orgulho de sempre. Aquele era o lugar onde eu me reconecto e reponho minha energia. Em suas paredes de vidro e tecidos coloridos em cada cortina ou sofá, eu encontro abrigo e refúgio do mundo cruel. Quando eu entro em meu Palácio dos Sonhos, mergulho no esquecimento, deixo tudo de ruim para trás.

Subi até meu quarto e assim que entrei coloquei a bolsa sob a cômoda e me encaminhei até o banheiro. Liguei a banheira, despejei os sais de banho e óleos essenciais, despi-me e no aparelho de som acoplado a parede selecionei minha música favorita para relaxar: *Moment of Peace.*

Entrei na água tépida lentamente e quando estava com o corpo submerso fechei os olhos e me deixei levar pelo momento, limpando a mente de tudo.

Cochilei e só acordei um tempo depois. Saí da banheira, sequei-me com a felpuda toalha azul-marinho e me vesti com robe. Deixei o banheiro e fui para o quarto, deitei-me na cama e daquela mesma forma, ainda sob o relaxamento do banho voltei a adormecer.

O sono, contudo, foi um sono atormentado. Revivi com detalhes a noite na qual Romano me estuprou. Estava presa aquele pesadelo horrendo e tudo em mim doía. Fazia tempo que não sonhava com aquela noite fatídica. Senti todo martírio novamente, mas, então, algo novo aconteceu.

Em meio a dor de ser brutalizada veio o alívio, uma sensação diferente. O rosto de Romano foi se desvanecendo e outro rosto assumiu o dele, o de Bruno com seus fartos cabelos escuros e seus olhos, ora castanho-claros, ora esverdeados, fitando-me em um misto de desejo e ternura.

Ele sorriu e não comentou nada apenas, beijou-me e com aquele beijo simplesmente dissipou toda a dor que eu sentia, fui conduzida a um mar de sensações deliciosas. Meu corpo se remexia seguindo o ritmo dele. Não havia dor, apenas um desejo enorme de me entregar a ele, de que ele me possuísse como quisesse.

Sua boca deslizou por todo meu corpo alcançando o pequeno botão escondido entre minhas pernas. Com o dedo indicador, ele mexia, pulsava e eu gemia. Quando senti que estava muito próxima do ápice, despertei.

Estava só, em minha cama, porém a atmosfera do quarto estava tomada de luxúria. Suspirei, exasperada.

Depois do que o maldito do Romano fez, jamais permiti que homem algum me tocasse outra vez. A única exceção foi Bruno.

O desejo que me assaltou foi enorme. Uma fome tão grande que de nada adiantaria me tocar, pois os dedos, as mãos que eu queria sobre mim eram os dele.

— *Ah, Zingaro mio!*

Meu devaneio foi interrompido por um toque no celular. Era o toque da Donna.

Peguei o aparelho e atendi.

— Alô!

— *São apenas algumas horas longe de você e eu já não estou aguentando.*

— Bruno!

Meu sonho e meu desejo evocaram-no trazendo-o para mim através daquele telefonema.

— Bruno. O que faz com o telefone da Donna?

— *Digamos que minha cunhada e meu irmão estão... ocupados na produção de um novo filho. Quem sabe um irmãozinho para Nat.*

— Meu Deus, Bruno, você é terrível!

— *Você não faz ideia. Quero te ver, farfalla mia. Acho que me acostumei a tê-la todos os dias ao meu lado. Ti Voglio!*

Suspirei.

Tudo o que eu não precisava depois de sonhar fazendo amor com ele, era ouvir sua voz aveludada dizendo que me queria. Pressionei os dentes mordendo minha boca, tentando não derreter por aquele homem.

— *Dov'e sei, vita mia?*

— Em casa.

— *No palácio farfalla?*

— Sim, como descobriu onde eu moro?

— *Deduzi. Se você é conhecida como condessa farfalla, que lugar melhor para viver que não o palácio Farfalla, projeto de Donna. E pelo que eu vi no escritório dela, um belo projeto. Estou louco para visitá-lo e fazer uma visita guiada pela própria dona. Tenho várias ideias incríveis do que fazer ao visitar o palácio de uma borboleta.*

Gemi.

— *O que eu ouvi, foi um gemido?* — Bruno indagou a voz sedutora.

Eu fiquei muda. Sem coragem de admitir.

— *Seu silêncio confessa aquilo que seus lábios não consentem. Lara, amore mio, uma palavra sua e em segundos, eu estarei aí para te amar, para nos amarmos até nossos corpos não poderem mais.*

Dio!

Estava dividida entre a razão e aquele desejo absurdo por ele.

— *Lara, uma palavra!*

Eu o quero! Como o quero!

Mas não poderia tê-lo, não sem antes confessar a verdade.

Respirei fundo e respondi:

— Bruno. Os próximos dias serão corridos e além de tudo tenho algo muito sério a confessar, antes de aprofundarmos mais nosso relacionamento...

— E eu já disse uma centena de vezes: nada vai mudar o que eu sinto por você. Lara, é amor. Eu te amo!

— Eu sei! Eu sei! Eu também te amo e você sabe! Contudo não sei se o seu amor por mim permanecerá depois que eu te contar meu segredo.

— Então, conte. Conte agora.

— Não é o tipo de coisa que se fala por telefone, *Zingaro mio.* Eu preciso de tempo. Tempo para organizar as coisas, as minhas ideias. Eu prometo que em breve, muito em breve, você saberá toda a verdade.

Bruno suspirou.

— Está bem. Eu vou te dar o tempo para pensar. Mas na festa de 1º de maio nos veremos. Desejo e espero ter todas as respostas. Ti amo, farfalla mia!

— E *Io ti amo, Zingaro mio.*

Disse e desliguei o telefone. Com a mente confusa, o corpo ardendo em chamas e o coração vibrando de amor.

Bruno é meu sopro de vida, ativa todas as minhas terminações, desperta meus sentidos como jamais senti antes e eu não via hora de jogar-me de cabeça nesse sentimento.

Sem reservas.

Sem nenhum segredo.

Voltei para cama e imediatamente adormeci.

Bruno

Estava na mansão Mancini para o jantar. Toda a família reunida à mesa. *Papà* Mancini não admitia que ninguém portasse celular à mesa, então todos eram devidamente confiscados e guardados no escritório.

Jantamos animadamente e depois seguimos para sala onde todos nós conversávamos animadamente. Olhei de soslaio e notei uma troca de olhares bem sacana entre Marcelo e Donna que sutilmente se retiraram da sala. Minha sobrinha estava com a minha mãe e Estefania com Pietro. Estefano, o caçula dormia no antigo quarto de Pietro e *papà* e Luigi conversavam entre si.

Aproveitei o momento de distração e lazer geral e esgueirei-me até o escritório.

E entre os muitos celulares, achei o de Donna que por sorte estava sem senha.

Fucei rapidamente na agenda e achei o telefone que queria.

Anotei imediatamente no meu aparelho e decidi ligar. Antes de completar a chamada pensei melhor e resolvi ligar do aparelho da Donna e passei alguns minutos de pura tortura falando com Lara, ouvindo aquela voz e desejando-a com todas as minhas forças.

Foi por muito pouco que não cedi a minha vontade de me masturbar ali no escritório dos meus pais. Meu corpo ardendo e meu pau duro, o tesão tomando conta do meu corpo. Como eu queria amá-la completamente. Como eu desejo tê-la, fazer amor com ela até à exaustão, satisfazer desejos e criar novas vontades apenas para saciá-las. Estou perdido. Perdido na luxúria.

— Bruno, o que faz com meu celular? — Donna me encarou, surpresa

— Liguei para Lara.

— Ah, Deus, você ainda vai me meter em encrenca com a condessa.

— Lara? Como assim? A Sua Lara conhece a Donna? — Marcelo indagou, confuso.

— Vai lá, Donna, e explica ao seu esposo que a sua amiga e filantropa condessa e Lara são a mesma pessoa.

— Donna, isso é sério? — Marcelo perguntou, desconfiado.

— Sim, é verdade. Lara e a condessa são a mesma pessoa.

— E por que não nos contou antes? Por que escondeu isso do Bruno?

— Nem sempre eu soube. Descobri há alguns anos, no episódio do hospital com Estefania, lembra-se? Bruno jurava ter visto a tal Lara no hospital, justo quando fazia pouquíssimos minutos eu havia estado com a *signorina* condessa *Farfalla* e então eu usei meus... meios e descobri a verdade.

— E o que mais você sabe sobre essa mulher? — Marcelo seguiu indagando, enquanto sua mente trabalhava freneticamente.

— Não há mais nada para ser descoberto... É só!

— Donna, *amore mio*, *caspita*! Algo me diz que você está mentindo para mim. Por quê? — Marcelo esbravejou.

— Eu não estou mentindo, apenas não posso falar sobre.

— Então você sabe mais e não quer nos contar. E a lealdade entre nós?

— Marcelo, você não se atreva a questionar minha lealdade. Se o fizer novamente, garanto que jamais voltará a me ver!

Donna se encaminhou para deixar o escritório. Quando Marcelo a agarrou.

— *Mi dispiace! Mi dispiace, Amore, ti prego!* — Marcelo a abraçou e pediu desculpas com desespero.

— Por favor Donna, *amore mio,* me desculpe. Eu te amo, *vita mia, ti amo!* Não quis magoá-la. *Lo giuro!* — Marcelo beijou a esposa ardorosamente sem nenhum pudor. Donna descolou seus lábios dos dele e arfando.

— Perdoou com a condição de que nunca mais questione minha lealdade a você ou aos Mancini. Se não confesso os segredos de outros é justamente por ser leal a quem quer que seja. Esse é meu caráter. O fato de ser hacker não quer dizer que eu tenha de sair por ai, espalhando segredos alheios!

— Donna, sinto-me péssimo por causar essa discussão entre você e meu irmão — disse com pesar.

— Você devia se desculpar por usar *meu* telefone sem permissão, apenas por isso. Você sabe bem que Marcelo sempre teve gênio forte e é ele que precisa se desculpar por isso.

— Passarei, noites, dias, anos e anos se for necessário, *principessa mia.*

E voltaram a se beijar e a se agarrarem.

— Ah, por favor, vocês dois, arranjem um quarto!

— Nada de quartos agora. Temos visita — anunciou *mamma* Regina ao entrar no escritório. — As crianças já estão todas dormindo.

— *Mamma*, visita a essa hora. Quem? — perguntei, confuso.

— Leonida.

Capítulo 17

Do bem dentro de vós, eu posso falar, mas não do mal.
Pois o que é o mal além do bem
torturado por sua própria fome e sede.

O Profeta - Khalil Gibran

Bruno

Eu sabia que meus pais se relacionavam cordialmente com Leonida Lombardo, no entanto, não imaginava que os laços haviam se estreitado tanto ao ponto de se frequentarem de forma tão informal.

E lá estava ele, na sala da mansão Mancini.

Donna, Estefania, meus irmãos e eu a contragosto, permanecemos na sala. E observei Leonída por um longo tempo. Vê-lo ali plácido, sentado junto dos meus pais me causava muito ódio.

Pelos últimos sete anos, minha família e eu vivemos os piores momentos de nossas vidas, tudo por causa daquele... assassino.

Eu o odiava, contudo, havia algo nele que me causava uma sensação familiar, que não conseguia de todo repeli-lo, porém não sabia o quê.

— *Ragazzi*, por favor, cumprimentem Leo! — *Mamma* pediu-nos e aquele verniz sereno que eu mantive a duras penas por aqueles poucos segundos, simplesmente esfacelou-se e, lívido, eu disse:

— Não cumprimento assassinos e não entendo o que esse sujeito faz em nossa casa!

— Bruno Mancini! Essa não foi a forma como eu o eduquei! — minha mãe ralhou comigo.

— *Figlio*, por favor! Leo apenas veio para nos atualizar sobre Romano e fazer-nos um convite — Papà afirmou.

— Não estou interessado em nada que esse homem tem a oferecer.

Leonida corrigiu a postura e com um gesto de mão pediu a palavra.

— Marco, Regina, por favor, não se indisponha com seu caçula por minha causa. De fato, ele tem razão em nutrir ressentimento pela minha pessoa. Às vezes, eu mesmo não me perdoou por muitas de minhas atitudes.

— Bruno sempre foi passional e intenso, o mais intenso entre nós — Papà comentou.

— Marco, ele me lembra muito de você, anos atrás... — Leonida fez aquele comentário em um misto de saudosismo e melancolia. Encarou meus pais e prosseguiu: — Sabe queria que meus filhos tivessem um caráter tão forte quanto os seus. Infelizmente isso não é assim. Messi é um débil e nunca terá condições de assumir a Camorra, quanto à minha filha...

— É mesmo, Leo. Não falamos a respeito daquela menina linda, agora já deve ter mais ou menos a idade de Bruno.

— Minha *piccola* fará vinte e oito anos em março do ano que vem. Uma pisciana como você, Regina. Ela é sonhadora. Quando criança, adorava contos de fada. Desafortunadamente ela partiu da minha casa há anos e nos vemos pouco. Minha filha nunca concordou com o que eu faço e nosso modo de vida. Eu, por outro lado, sempre fui ausente e negligente como pai. Quando finalmente percebi a bênção que tenho como filha, ela já havia me abandonado e feito sua vida.

— Que triste Leo, sinto muito! — *mamma* disse com sinceridade. — Espero que ela esteja em seu aniversário.

— Acredito que pela mãe, ela fará esse esforço, quem sabe! Gostaria muito também de contar com a presença de vocês. Será uma grande oportunidade para que todos saibam entre nossa comunidade que nossas relações são cordiais, vocês serão meus convidados de honra — Lombardo disse.

— Naturalmente iremos, Leo. Será bom para nossos homens nos verem juntos. Isso os tranquilizará e eles verão que não há uma guerra entre clãs, como Romano anda espalhando por aí.

Eu não estava ouvindo aquilo. Não é possível!

Meus pais confraternizando com Leonida Lombardo. É demais para mim!

Encarei meus irmãos, que temiam uma reação violenta de minha parte. Para não causar uma situação, resolvi sair da sala enquanto ainda conseguia controlar meus demônios.

— Com licença!

Passava pelo corredor já me preparando para deixar a casa, quando meu primo Fabrizio surgiu.

— Fabrizio, primo, *come stai?* — cumprimentei, mudando um pouco meu humor sombrio.

— Estou bem e você?

— Desde que cheguei não consegui falar com você? Como estão as coisas? E o seu lance com a economista amiga de Fanny?

— Ah, Sheila, mulher sem coração? Ou melhor, coração de ferro! Ela simplesmente não me dá abertura.

— Primo, precisamos resolver essa situação. Você é um Mancini, não pode levar bota assim, não!

— Enfim, não falemos sobre ela. Eu vim porque precisava falar com você. Antes que parta para Istambul. Tenho coisas para contar.

— O que de fato aconteceu enquanto eu estive fora? — perguntei sem rodeios.

Fabrizio olhou de um lado para o outro e disse em tom de voz baixo:

— Seu pai e Lombardo vêm se reunindo com frequência, na casa Lombardo e aqui também, assim como o Capo da *Cosa Nostra,* Armando.

Eles todos estão unindo forças para deter Romano que está formando seu próprio clã, recrutando adolescentes e jovens desajustados da região. Cresceu um movimento de tráfico de drogas e prostituição desde que ele saiu da prisão. Além de esses, serem negócios que Lombardo e *zio* Marco não aprovam, porque mexem com a integridade física das pessoas, se Romano continuar agindo de forma tão desregrada, pode chamar a atenção exagerada da Interpol para todos os negócios no geral, coisa que os capos não desejam. Os carabinieri aqui podem fechar os olhos e até se aliarem a máfia, mas a Interpol não.

Apenas assenti, atento.

— Deus sabe que eu sempre detestei tudo o que tem a ver com ambos os negócios. Quando jovem, eu até usei drogas por diversas vezes nas festinhas e quando estava com algumas mulheres, porém de forma recreativa. Sempre trazia das viagens à Holanda. Quanto à prostituição, sempre fui contra e principalmente da forma como Romano e outros grupos vêm fazendo, obrigando as mulheres a se prostituírem contra sua vontade, mantendo-as em cativeiro, torturando-as, tirando-lhes o direito sobre seus próprios corpos, enfim. Dia 10 Lombardo fará uma grande celebração para festejar o seu aniversário, por isso veio ver *zio*, ele estende o convite a seus irmãos também. Seria uma sábia decisão sua ir.

— Mas eu odeio esse homem! Não entendo como *papà* e *mamma* se relacionam com ele, como se fossem velhos amigos desse bandido.

— Porque, de fato, eles são velhos amigos e mais, você sabe disso! A coisa toda desandou, quando *zia* Regina, rompeu o noivado com Leonida e fugiu com *zio* Marco.

— É, eu já ouvi parte dessa história. Porém, meus pais nunca nos contaram toda a verdade.

— E esse provavelmente não será o momento, quem sabe um dia você descobrirá.

— Sim, um dia... E com relação a meus irmãos?

— Tudo segue tranquilamente, sem nenhum transtorno. A sua cunhada Donna teve algumas atitudes suspeitas, contudo, nada fora do normal. Estefania vem ajudando Donna nas obras assistenciais de uma ONG. Luigi está trabalhando com afinco para abrir uma nova boate na França, com um conceito um pouco diferente das que ele já possui aqui e em Ibiza. Eles estão todos bem e felizes, Bruno, ambos têm uma única preocupação agora: Romano e o ataque que ele orquestrou contra você. O incêndio na sua casa foi apenas um recado, Romano sabia que você não estava lá, mas precisa tomar cuidado, primo.

— Tomarei, Fabrizio, eu prometo. Ouça e você tem algum compromisso para o 1º de maio?

— Não, não. Nenhum, por que a pergunta?

— Quer vir a uma festividade comigo?

— De Beltane? Está andando com wiccanas agora, primo?

— Não, com uma borboleta — respondi e logo minha mente foi tomada pelos olhos safira e longos cabelos ébanos.

— Eu aceito. Será legal participar de uma festa que não seja com tantos chefões presentes.

— Certo. Não sei se nos veremos até lá, parto amanhã para a Turquia. Então, vejo você dia no dia 1º, às 17 horas.

— Fechado!

— *Ciao*, primo!

Despedi-me de Fabrizio deixando a casa com um único pensamento fixo: voltar a *Calendimaggio* para ver Lara.

Eu não era o mais crente dos homens, contudo, tinha minhas superstições e acreditava que aquela, seria uma data muito auspiciosa para mim.

Capítulo 18

"A Felicidade tem amnésia.
É preciso lembrá-la todo dia que você existe."
Sérgio Vaz

Lara

Minha tensão e ansiedade por aquele dia haviam valido a pena.

Todos pareciam desfrutar da festa, das várias atividades culturais e brincadeiras para todas as idades, e da exposição de flores, artesanato e culinária local, tudo feito pelas mulheres da ONG. Elas estavam muito satisfeitas por poderem provar a si mesmas seu potencial e valor.

Donna estava presente com seu esposo e filha, assim como Estefania e Luigi. Eu estava nervosa, tinha medo, porém não poderia mais evitar que isso acontecesse. Algum dia precisaria estar frente a frente com eles, se quisesse viver meu amor com Bruno.

Donna, dias antes, havia me dito que como organizadora da festa que compareceria e que seria impossível deixar seu esposo e filha em casa. Enquanto os via de longe brincando com Natalia e o filho de Estefania e Luigi, Pietro, lembrei-me de nossa conversa.

— Eu entendo, Donna traga-os, não haverá nenhum problema — eu disse.

— Eu precisei contar a Marcelo que a condessa e a tal Lara de quem tanto Bruno fala, são a mesma pessoa, porém não contei mais nada Lara, minha amiga, você precisa contar a verdade ao Bruno o quanto antes. Tenho receio, tenho medo de que algo possa acontecer a qualquer um de vocês!

— Sam também me advertiu o mesmo em Sidari. Ela viu, nas cartas... coisas que eu nem quero mencionar.

— Sam é muito sábia, ouça-a! A próxima vez que estiver com Bruno, conte toda a verdade a ele. Conheço meu cunhado, tenho certeza de que ele não a culpará de nada.

— Queria ter a confiança nele que você tem, porém Bruno odeia meu... Ele odeia Lombardo! Vai me desprezar quando souber toda a verdade, tenho certeza!Ele nunca fará carne da sua carne com a filha do homem que ele mais odeia no mundo.

— Eu já cheguei a odiá-lo pelo que ele planejou contra Marcelo e tudo o que já aconteceu aos Mancini por causa dele. Contudo, meus sogros o

aceitam e eu não sei... Está tudo ligado ao passado deles e isso na verdade, só eles podem resolver. A propósito, você tem falado com Lombardo? Recebeu o convite para o aniversário?

— Falei com minha mãe anteontem. Ela insiste que eu vá. Eu não sei... Não sei se devo ir.

— Eu acho que você deve ir, sim. E digo mais: você deve fazer as pazes com seu babbo. Lara, você precisava ver como ele falou sobre você para Regina e Marco foi tão...

— Ele falou sobre mim com eles? Citou meu nome?

Fiquei em pânico naquele momento.

— Não, ele apenas falou sobre a filha que ele aprendeu tarde demais a valorizar, uma filha com a qual foi negligente.

— Dio Santo!

— Lara, faça as pazes com seu pai! Ele está unido a papà Mancini e Armando Cosa Nostra, eles juntos podem aniquilar Romano e colocar um fim em todo esse pesadelo que vivemos. Você... Você não gostaria de se vingar pelo que ele lhe... fez?

— Eu só gostaria de viver em paz, trabalhar cada vez mais para salvar vidas. Salvar as mulheres de terem um destino... como o que eu tive.

— Sei que é difícil ouvir isso, Lara, contudo você precisa entender que o mundo, esse mundo que você quer criar só existem em pessoas amorosas como você. Essa utopia, esse palácio dos sonhos, só existem em almas generosas como a sua. Quisera o mundo ter mais Laras! Você é forte minha amiga, sua força vem do seu coração. Você já faz muito por essas mulheres na clínica Franca Viola, na ONG, nas instituições em Moscou. A própria Franca Viola já a elogiou pelo seu empenho e dedicação, sinta-se orgulhosa de si!

— Obrigada, Donnatella Mancini, você além de ser uma amiga leal e companheira, é como a irmã que eu nunca tive.

Lembrei-me do abraço e da emoção que senti. Donna havia sim, ganhado meu carinho e se tornado minha irmã de coração.

Com aquele pensamento passeei entre os diversos estandes, apreciando cada detalhe e conversando com as mulheres, minhas amazonas, como eu as chamava e com os convidados da feira. Algum tempo depois, Donna veio ao meu encontro, Marcelo, seu irmão e a esposa a seguiam.

— Olá, Lara! Pensei que não conseguiria achá-la em meio a tanta gente. A feira está um sucesso!

— Sim, estou muito feliz e você, está aproveitando com Natalia? — perguntei.

— Ah, ela é a que mais aproveita com o primo. Estão se divertindo à beça! Lara, acho que você se lembra de meu esposo, Marcelo.

— Prazer, *signore* Mancini.

— *Signore* Mancini é meu pai, por favor, me chame de Marcelo, *signorina* Lara. A senhorita não fugirá dessa vez como fez no aeroporto, não é? — Marcelo perguntou, mencionando meu incidente com Bruno.

— Não, não dessa vez — respondi sem jeito e sem fornecer mais detalhes

— Lara, permita que eu lhe apresente esse é meu irmão e sua esposa Estefania.

— Ah, é verdade, foi você que Marcelo e eu vimos fugir de Bruno no aeroporto. Prazer em conhecê-la formalmente, signorina — Luigi cumprimentou enquanto Estefania se colocou ao meu lado, com Donna e disse.

— Marcelo, Lara e eu já nos conhecemos. Foi ela quem me socorreu no dia do meu acidente quando dei à luz a Pietro. Desde então mantivemos contato. Aliás, nunca terei palavras para agradecê-la.

— É verdade, pelo jeito não é apenas meu irmão Bruno que você vem resgatando durante esses anos. Você é quase um anjo da guarda da família Mancini, salvou minha esposa, filho e mais recentemente, salvou Bruno de mais um atentado. Estamos em dívida com você.

— Não fiz mais do que minha obrigação — disse.

— Desde então, tenho ajudado Donna e Lara com a ONG — Estefania comentou, entusiasmada. Apenas não sabia que você é a Lara por quem Bruno é apaixonado.

— Ah, então é com essas duas que você está o dia todo, quando abandona seu esposo carente de suas atenções? — indagou Luigi, jocoso, abraçando a esposa, ao mesmo tempo que com o olhar atento observava o filho e a sobrinha brincando com a recreacionista.

Eu estava prestes a responder, porém anunciaram a tarantela.

— Marcelo, *amore*, venha. Vamos dançar — Donna pediu, arrastando seu esposo para pista, seguidos por Luigi e Estefania que também foram participar da dança.

— Tudo bem por aqui? — Ouvi uma voz rouca perguntar.

— Meu Deus, Iago! Que susto você me deu! Sim, está tudo correndo bem.

— Vejo que Bruno ainda não chegou.

— Eu sei estou tão tensa. Ele prometeu que viria. Nós nos falamos ontem e ele disse que houve um incidente no aeroporto em Istambul, contudo esperava que a essa hora ele já tivesse chegado, enfim.

— Estamos monitorando tudo e nenhum sinal de Romano. Pode ficar tranquila, a festa está acontecendo sem nenhum incidente. Angela segue a postos para qualquer novidade.

— Ótimo. Muito obrigada!

— Acho melhor me retirar, antes que notem minha presença e... você tem visita.

Iago sumiu como uma sombra se esgueirou, sem me dar chance de perguntar quem. Olhei para o lado, na esperança que fosse Bruno.

— Olá, *bella*!

— Oi, Derek — cumprimentei meu amigo um pouco sem graça.

— Nossa! Você parece decepcionada em me ver. Esperava outra pessoa?

— Não, claro que não! Seja bem-vindo! Venha, vou mostrar-lhe tudo.

Segui com Derek, mostrando todas as opções de entretenimento, enquanto conversávamos animadamente.

A noite foi caindo mais escura, acendeu-se a fogueira e anunciaram o momento mais aguardado do *Calendimaggio,* a dança do mastro.

— Venha, vamos participar? — Derek pediu, segurando minha mão guiando-me até o espaço externo, reservado para a dança.

— Eu... não sei.

— Como assim não sabe? Vamos lá, você inclusive está com o traje típico. Vamos!

Eu sabia, aquela dança possuía alguns significados, não queria dançar com ele. Contudo, sem muita opção, permaneci de mãos dadas com Derek, observando o mastro com as fitas, apenas aguardando que dessem início a dança.

Bruno

Um problema no aeroporto de Istambul havia atrasado demais meu retorno. O avião deveria ter saído no dia anterior, contudo apenas consegui embarcar hoje e assim que cheguei precisei passar no hotel para tomar um banho e vestir uma roupa limpa. Reservei um quarto em um hotel no centro, enquanto não encontrava um novo imóvel para mim, já que meu antigo virou cinzas. Tinha combinado de ir com Fabrizio, mas pedi a ele que fosse direto para a festa. Quando estivesse próximo, eu enviaria uma mensagem em seu celular e nos encontraríamos na frente do local.

Tomei banho, vesti-me e arrumei-me com zelo, peguei a chave do carro e saí, parti ao encontro da minha amada.

Lara, meu amor.

Estávamos há uma semana sem nos vermos, embora, todos os dias nos falássemos por telefone, mensagens, o que só servia ainda mais para alimentar minha saudade e vontade de vê-la. Costumava ligar no fim da noite, compartilhava o que fiz durante o dia, os planos e atividades, como foram as reuniões de negócios lá. Comentei sobre a montagem de uma ópera que assisti chamada *Lakme.* A mesma ópera, teria uma temporada no Teatro de Nápoles em novembro e combinamos de assisti-la juntos.

E era assim, conversávamos sobre tudo. Lara já é parte de mim. Tinha a impressão de que nos conhecíamos, de fato, uma vida inteira.

Assim que cheguei ao local da festa, encontrei Fabrizio, como combinamos.

— Primo, que demora! O que houve em Istambul?

— Longa história, depois te conto, vamos aproveitar a festa. Vamos entrar?

— Claro, claro.

Fabrizio e eu entramos, e o local estava cheio. O clima ajudou e a noite estava muito agradável. Ainda fazia frio, contudo, não tanto quanto no mês de abril. Havia vários estandes com os mais diversos produtos, desde artesanato a culinária local e contava também com uma exposição de arte e pintura, tudo muito bonito e organizado. As pessoas estavam se divertindo bastante era visível. Para onde quer que olhássemos, havia alguém sorrindo.

Procurei Lara por todos os lados, mas com a multidão, foi impossível localizá-la.

Fabrizio e eu aproveitamos e circulamos pelo local, comemos alguns pratos típicos e fomos para a área externa. Havia um palco e uma banda tocava diversas músicas típicas.

— Lá está, *la bella donna del mio cuore* — disse Fabrizio.

Com o olhar busquei ver de quem meu primo falava e vi que se tratava da amiga de Fanny, Sheila, a moça na qual meu primo estava interessado.

— E o que você está esperando? Aproxime-se, chame-a para dançar.

— Farei isso!

Fabrizio com passos decididos se encaminhou até a mulher, que se surpreendeu ao vê-lo. Fabrizio falou algo ao ouvido da garota, que sorriu. Meu primo segurou-lhe a mão e se encaminhou até o local onde outras pessoas dançavam.

Eles dançaram umas duas músicas, enquanto eu voltei para o salão, andando de um lado ao outro procurando Lara sem sucesso, decidi então, voltar para a área externa.

Anunciaram o grande momento da festividade. A fogueira já havia sido acesa e eles iniciariam a dança do mastro. O mastro devia ter uns três a quatro metros de altura, com várias fitas coloridas e cada pessoa segurava na ponta de uma fita. A banda começou a tocar a música e as mulheres, descalças se posicionaram em torno do mastro, seguraram a fita e começaram a executar os movimentos da dança e as fitas multicoloridas bailavam no ar.

O local foi tomado de risos e gritos das mulheres, efusivas e foi então que eu a vi.

Capítulo 19

Prometo que cuidarei de ti
E só para te amar viverei
Quando estiver triste, aqui estarei
Com esse imenso amor que sinto por ti.
E nunca mais chorará; você será única.

The Power of love - IL Divo

Bruno

Lara dançava entre as mulheres, parecia uma ninfa.

Seus longos cabelos negros soltos, ornados por uma tiara de fitas coloridas, ululavam ao vento o seu sorriso ecoava pelo ar, a felicidade a vestia dos pés à cabeça. Eu, do meu lugar a observava em seu traje típico, descalça, leve e livre.

Seus pés com sincronia repetiam os passos das demais dançarinas, enquanto a banda entoava os primeiros versos da tradicional canção de *Paolo Tosti,* que traduzia aquilo que ia ao meu coração, *Malia*[9], encantamento.

Cosa c'era ne 'l fior che m'hai dato?
forse un filtro, Un arcano poter?
Nel toccarlo, il mio core ha tremato,
m'ha l'olezzo turbato il pensier.

Ne le vaghe movenze, che ci hai?
Un incanto vien forse con te?
Freme l'aria per dove tu vai,
spunta un fiore ove passa 'l tuo piè

Que feitiço foi aquele lançado por ela?

Lara...

Em cada gesto, em cada passo, seus braços ondulando pelo ar. Sim, ela estava fazendo algum feitiço. Como se precisasse. Eu já era completamente apaixonado por ela há tanto tempo.

---

[9] Música: canção italiana, composta em 1887 (domínio público)

O que eu sentia por Lara era o mais puro, terno e doce encantamento. Ela havia colocado um filtro do Amor em meus olhos, pois só via perfeição nela, em tudo.

Segui meu coração e meus passos que me guiaram até me aproximar mais do espaço onde a dança passou a contar com a presença de homens, foi só então que notei a presença de Derek, que olhava para Lara, embevecido. Ele sorriu para ela e Lara retribui.

O monstro do ciúme, dentro de mim, despertou com força total.

Naquele momento as pessoas começaram a formar pares. Homens e mulheres segurando as fitas coloridas se enrolaram nelas e envolviam seus pares. Eu não esperaria mais. Agarrei uma das fitas coloridas e comecei a executar os passos da dança, acompanhando o movimento dos dançarinos, ora em zigue-zague, ora em círculos que se abriam e se fechavam, aproximando seus dançarinos. Quando o círculo fechou, aproveitei e me aproximei de Lara, puxando-a para meus braços.

Ela me encarou, surpresa, seus enormes olhos se iluminaram. Usei minha fita, enrolando-a pelos quadris, trazendo-a ainda mais perto de mim. Seus olhos azuis safira se abriram mais e seu colo subia e descia, sua respiração descompassada. Seu corpo colado ao meu, unido pela fita.

— Dança comigo? — pedi como um vassalo que se coloca aos pés de sua suserana.

Lara não respondeu, porém, seus lábios esboçaram o mais lindo sorriso, consentindo silenciosamente. Minhas mãos então buscaram a sua fita e começamos a bailar ao som da música. Em poucos segundos eu já desejava que fôssemos apenas nós dois naquele lugar.

— Lara, você não faz ideia do que está acontecendo aqui dentro! — falei, levando sua mão junto à direção onde estava meu coração.

Ela seguia com a mão apoiada em meu peito, espalhando calor pela minha pele que já ardia de vontade de tê-la. Meus dedos percorreram o contorno do seu rosto. Sua pele vibrou ao meu toque e me alegrei em saber que Lara não era tão imune a mim quanto eu a ela.

— Você me enfeitiçou.

— O que disse? — Lara indagou sem entender.

Minhas mãos a lançaram como um ioiô, ela girou e eu a trouxe de volta para os meus braços e repeti:

— Você me enfeitiçou, Lara. Não consigo pensar, não consigo dormir, não atino mais nada, só você. Você permeia meus pensamentos, se embrenhou em mim e eu não vejo outro remédio para isso a não ser que fiquemos juntos, *amore mio.*

— Ah, Bruno, você sabe, eu já não sou a jovem que você conheceu anos atrás. Muita coisa mudou em mim...

— Eu sei e eu a amo. Amo cada nova faceta sua. Amo descobrir a doce fada, a borboleta, a filantropa, a contadora de histórias e a protetora em você, tantas mulheres em uma única. *Você,* que tem sido o apoio e força de todas essas mulheres, tem as ajudado a encontrar um rumo, ensinando-as a amarem a si mesma. Por que não se permite amar também?

— Em outro lugar, em outro tempo, quiça eu...

— Lara, *esse* é o lugar e *esse* é o tempo. Eu te amo, *Farfalla mia*! Permita-se ser amada e me ame também.

Lara soltou a fita e me encarou fixamente, minhas palavras pareciam começar a surtir efeito. Ofereci minha mão, ela aceitou e saímos da área do mastro, sob o olhar analítico de Derek. Lara nem sequer havia percebido, segurava minha mão, olhos fitos em mim enquanto caminhamos para fora da pista.

— Bruno, o que faz aqui? — Marcelo nos interpelou, acompanhado de minha cunhada.

— Marcelo, Donna, não podemos falar agora — respondi.

— Lara, está tudo bem? — perguntaram Donna e Estefania em coro.

— Está tudo ótimo! — Lara gritou para ambas, conforme fomos caminhando para fora do local.

— Por favor, faça algo por si mesma: seja feliz! — Ouvi Donna gritar de volta para Lara.

Encontrei em pouco tempo meu carro, entramos, coloquei a chave da ignição e quando estava prestes a dar partida, Lara, segurou minha mão e pediu:

— Posso guiar?

— Claro — respondi.

— Vamos para minha casa — explicou.

— Eu vou para onde for, desde que seja com você, *farfalla mia.*

— Ah, *Zingaro mio!*

Lara

Eu só podia estar enfeitiçada, não havia outra explicação, porém nesse momento, atravessava os portões que davam acesso a *La Farfalla*, ao meu palácio dos sonhos, meu recanto de paz e sossego e estava trazendo Bruno, meu *Zingaro* comigo.

Estacionei o carro dele na garagem secreta, projetada por Donna e desliguei o veículo. Desci seguida por Bruno, devolvi as chaves do carro dele e acionei o elevador. Entramos e em pouco tempo as portas se abriram novamente e estávamos no foyer.

Bruno encarou as paredes de vidro com curiosidade, caminhando lentamente explorando os ambientes.

— São de vidro — constatou em divertida admiração. — Se vê tudo o que se faz...

— Nem todos os cômodos em *La Farfalla* são assim. Apenas o desse piso.

— Por quê?

— Não sei exatamente, talvez influência dos contos de fadas. Lembro-me que sempre desejei ter meu próprio palácio e que o queria em cristal, vidro, enfim. Foi Donna quem o projetou. O que acha?

— Lindo, inovador e delicado — Bruno respondeu e seguiu desbravando a casa, explorando os outros ambientes.

Minutos depois, voltou para sala.

— A casa é imensa. Você mora só?

— Sim...

Bruno olhou tudo mais uma vez entre intrigado e fascinado, em seguida veio até mim, pousou seus lábios nos meus e eu simplesmente me derreti com o gesto. Sua boca gentil foi invadindo a minha acendendo dentro de mim um desejo incontrolável. Nós nos agarramos, completamente ensandecidos, não pensávamos em nada, apenas na fome a nos devorar.

— Quarto... — balbuciei. — Leve-me para o meu quarto.

— Como queira, minha dama.

Bruno me segurou em seu colo, como se eu fosse uma borboleta e deixamos a sala.

— Para cima — afirmei.

— Para o céu — balbuciou ele e subimos as escadas.

Vencido o lance de escada, com uma das mãos indiquei meu quarto e ajudei-o a abrir a porta. Uma vez dentro do cômodo, Bruno cruzou-o, colocando-me em cima da cama e eu imediatamente o agarrei com minhas pernas trazendo seu corpo para junto de mim.

— Deus, quanto tempo temos esperado por isso. Lara, *amore mio!*

Beijamo-nos com sofreguidão. Meu coração na boca e a boca de Bruno em mim, deslizando por meus lábios, queixo, pescoço pousando em meu colo. A paixão ditava nosso ritmo, um ritmo divino. Com minhas mãos, explorei seus braços fortes, senti em meus dedos a rigidez dos músculos, salientes no tecido da camisa verde, ansiando por ver cada pedaço da pele dele desnudo, meu cigano lindo.

Dançávamos na cama, Bruno me enlouquecendo, enquanto me tocava, levando-me a graus de excitação que eu jamais imaginei sentir. Ter o corpo dele sobre o meu, é a coisa mais erótica que existe.

— Você está tão linda nesse traje, tão *bella*, *amore,* mas precisamos remover essas peças.

E foi ali que um alerta soou em minha cabeça.

Deus, eu precisava contar a verdade a ele.

De repente, comecei a tremer, a ansiedade me dominando. Senti a garganta fechar e como se o ar fosse tirado de mim. Eu não conseguiria seguir adiante sem contar a verdade a ele.

Bruno notou minha mudança brusca, com mãos gentis acariciou meu rosto e disse mansinho:

— Lara, eu amo você, te desejo, porém se você disser não, eu vou saber esperar. Vou respeitá-la, *amore*.

— Bruno, eu te amo! Amo tanto que não sei... Não me acho adequada para você.

— Ah, *Farfalla mia*. No amor não existe adequado ou não, certo ou errado. Lembro de uma frase que minha mãe dizia, quando eu era adolescente: *o coração quer, o que o coração deseja*. Eu te desejo, Lara e te amo isso é tudo o que importa!

Bruno beijou-me novamente, com tanta paixão, tanta ternura. Sentia-me uma fraude, indigna dele, do seu amor tão puro e verdadeiro.

Interrompi o beijo, soluçando, afastei-o e corri para a varanda do quarto. O mar de Sorrento de um azul esverdeado durante o dia estava escuro insondável. Desmanchei-me em lágrimas. Tantas que poderiam encher aquele mar, fonte de tantas inspirações e canções.

Apoiada na balaustrada, observei a lua em seu espetáculo dourado que parecia tocar o mar à frente, uma visão mítica, bela e linda. É assim, exatamente assim que eu desejo ser tocada por Bruno, ser amada por ele. Com volúpia e plenamente. Ali, envolta pela luz provinda da lua, vibrava, tremia e ansiava por mais... Mais beijos, mais carícias.

Ansiava por Bruno e tudo o que ele podia me oferecer. Eu estava um turbilhão de emoções, o medo sendo a maior delas estava me tragando, lançando-me a um lugar imundo. Neste lugar revivi a noite tenebrosa e a barbárie de Romano contra mim. Naquela amaldiçoada noite, ele me tornou abjeta. Naquela maldita noite ele deixou sua marca abominável sobre mim. Comecei a tremer convulsivamente, sentindo-me pequena. Sentei-me no chão, mal percebi quando Bruno se abaixou também e me amparou em seus braços.

— *Amore, Lara, farfalla mia,* eu estou aqui.

— Ele... Ele me usou... Ele me...

Eu não coordenava meus pensamentos e falas, estava totalmente aturdida, confusa.

— Acalme-se, ninguém vai te fazer mal, eu prometo.

— Dói... Dói muito... Meu corpo, meu... Tudo dói.

— Eu vou curá-la, vou fazer essa dor desaparecer. Confie em mim.

— Está escuro, muito escuro.

— Eu serei sua luz, serei seu farol, sua estrela-guia. Serei tudo o que você precisar que eu seja, Lara, eu te amo, *vita mia!*

Bruno me abraçou, acolheu-me entre seus braços como se eu fosse uma menina. Aquela mulher forte que ajudava outras mulheres a serem fortes e superar seus traumas, desapareceu e no lugar dela, estava uma mulher com medo de si, de seus segredos, do passado e do futuro que a aguardava.

— Respire devagar, devagar, *amore*. Eu estou aqui e sempre estarei. Haja o que houver. Esse é meu lugar. Eu te amo, eu te amo, eu te amo!

E a cada eu te amo, Bruno dava um beijo em minha testa, bochechas e por fim tocou meus lábios com os seus. Não foi um beijo sensual, foi um sopro de vida. Havia vida contida naqueles lábios. Lembrei-me da noite em Monte Carlo, lembrei exatamente o que ele disse:

— Lara, farfalla mia, você queria um sopro de vida, quero insuflar vida dentro de você. Quero te dar muito mais do que isso, se você permitir.

Descolei meus lábios dos dele, minha respiração aos poucos foi se estabilizando e aos poucos, os tremores pararam, porém segui agarrada a ele, minha tábua de salvação.

— Bruno, perdoe-me. Eu não gostaria que você me visse assim, tão quebrada...

— Você não está quebrada apenas porque se permite sentir dor ou tristeza, *amore*. Isso é inerente à condição humana. Todos nós carregamos nossas dores e penas.

— *Zingaro mio*. Tenho algo a dizer e depois, se quiser ir embora, eu entenderei perfeitamente. Por favor, ouça-me!

Bruno fitou-me seus olhos cálidos e suas mãos acariciaram meu rosto em um gesto repleto de ternura. Muni-me de coragem e respirei fundo.

— Bruno... Eu não... Eu não sou virgem.

Capítulo 20

Se a lenda dessa paixão
Faz sorrir ou faz chorar
O coração é quem sabe
Se a lua toca no mar, ela pode nos tocar
Pra dizer que o amor, não se acabe.

A Lenda - Roupa Nova

Bruno

Ela correspondeu meu beijo e carícias. Ela queria mais. Estávamos tão envolvidos, porém algo aconteceu e Lara fugiu para a varanda. Agora estava ali, rígida e fria entre meus braços. Acariciei seu rosto e tranquilizei-a, nunca forçaria uma situação nem com ela, nem com mulher alguma. Se ela não estivesse preparada para partilhar tal intimidade comigo, eu esperaria o tempo que fosse necessário.

Vê-la sair em disparada ativou um alarme em minha cabeça. Havia algo mais delicado acontecendo. Levantei-me da cama e antes de alcançar o limiar da porta a vi, apoiada no balaústre, banhada pela lua, uma visão lendária. O mar a frente engolindo a lua, em uma analogia de como eu gostaria de fazer amor com ela.

Lara, tão forte e tão frágil, deslizou pela balautrada, sentando-se no chão. Parecia uma menina, uma das quais resgatamos no bordel do Cairo, sua postura distante, quebrada. Esperei alguns instantes e fui procurá-la, sentando-me a seu lado e abraçando-a. Tinha algo acabando com ela de dentro para fora e eu estava desesperado para ajudá-la. Minha borboleta havia voltado para o casulo e estava travando uma luta consigo mesma, um conflito de consciência.

Não imaginei do que se tratava, até ela ter uma espécie de síncope. Então fiz a única coisa que estava ao meu alcance: abracei-a, com toda a ternura e com tudo o que tinha. Lara se enroscou em mim, como uma criança perdida na escuridão e que encontra a luz.

Eu a ninava entre meus braços enquanto dizia:

— *Amore, Lara, Farfalla mia,* eu estou aqui.

— Ele... Ele me usou... Ele me...

E foi ali que tudo fez sentido.

Dio!

Lara, ela passou por algum tipo de abuso. Eu não entendi tudo ao certo porque ela falava de forma desconexa, no entanto, era o que tudo indicava.

— Acalme-se, ninguém vai te fazer mal, eu prometo — sussurrei ao seu ouvido.

— Dói... Dói muito... Meu corpo, meu... Tudo dói.

Ouvi-la dizer aquilo acabou comigo. Como pôde alguém ferir aquela borboleta?

— Eu vou curá-la, vou fazer essa dor desaparecer. Confie em mim.

Eu faria de tudo, qualquer coisa para que ela nunca mais sentisse o terror que presenciei em seu olhar naquele momento. Lara estava tão aterrorizada pelo medo, que eu temia perdê-la para as brumas de um limbo sem fim.

— Está escuro, muito escuro.

— Eu serei sua luz, serei seu farol, sua estrela-guia. Serei tudo o que você precisar que eu seja, Lara, eu te amo, *vita mia!*

Beijei-a com ternura e apenas ternura e aos poucos, ela foi se acalmando. Desculpou-se, como se ela tivesse culpa de algo. E então ela me revelou que não era virgem.

Eu já imaginava e não me frustrava com isso de forma alguma. Ambos tivemos nosso passado e minha mãe sempre fez questão de salientar que o valor de uma mulher não estava em um hímen ou em quantas experiências sexuais ela teve ou não, sim, em seu caráter e bondade. E aquilo havia de sobra em Lara.

— *Amore*, você achou, de verdade, que eu ficaria desapontado com isso? *Farfalla mia*, eu te amo, já disse nada vai mudar o que eu sinto por você.

— Bruno, eu fui estuprada.

Um gosto amargo subiu por minha garganta e a sensação foi a de um chute no estômago. Um desejo homicida ferveu dentro de mim e um único pensamento em minha mente era: *descobrirei quem fez isso e vou matá-lo.*

— Faz muito tempo... Foi naquela noite que nos vimos em Roma.

Sei que deveria permanecer o tempo todo constante e forte ao seu lado, contudo saber que tudo aquilo aconteceu quando nos vimos em Roma me destruiu. Saber que se eu tivesse insistido para que ela me seguisse naquela noite, há sete anos, para que ela fugisse comigo... Se não tivesse sido covarde e tivesse permanecido no lugar, isso não teria acontecido.

Não aguentei, não consegui mais manter-me sob controle e chorei com ela, a dor sacudindo meu corpo.

— A culpa é minha!— Levantei-me e gritei revoltado

— Não, Bruno, não, de forma nenhuma! A culpa não é sua.

— É claro que é! Se eu não a tivesse deixado lá naquela casa de shows. Se eu tivesse insistido para que partisse comigo, nada teria lhe acontecido.

Lara encarou-me.

— Você não tem culpa, não tínhamos como imaginar, eu não imaginava que aquela noite fosse terminar daquela forma.

Eu precisava dar consolo a ela, porém aquela revelação foi como se o céu caísse sobre minha cabeça. Saber que *mia farfalla* se colocou em risco para me ajudar a fugir e como destino foi estuprada por um monstro.

— Quem fez isso? Quem foi o covarde, canalha, o maldito que fez isso? — indaguei, revoltado.

— Me perdoe, mas...

— Tudo bem, tudo bem se não quiser falar. Deus, a culpa é minha. Nunca vou me perdoar!

— Bruno, por favor, não se culpe... Eu não posso falar toda a verdade sobre isso... Não agora. O que posso te garantir é que teria acontecido com ou sem você em minha vida. A pessoa que me fez isso, esse... monstro, é da minha própria família, estava acima de suspeitas. Nunca ninguém soube o que houve. Não contei nem para minha mãe, nem para meu pai.

— Você ainda tem contato com esse crápula?

— Não, naquela mesma noite eu fugi. Peguei os poucos pertences que podia carregar rapidamente e fugi para Rússia, para a casa da família de minha mãe. Lá, fiz minha faculdade e com ajuda de algumas pessoas, aprofundei meus estudos e comecei a trabalhar com ONGs ajudando mulheres que viveram traumas semelhantes ao meu e assim nasceu minha ONG, *Zhar-ptitsa*, Pássaro de Fogo. Voltei para Nápoles usando o título de condessa Farfalla, como uma alusão à metamorfose pela qual a borboleta passa e que eu também tive que viver.

— E você voltou a fazer contato com seus pais?

— De certa forma, sim. Contudo, tenho minha própria vida. Nunca mais permiti que ninguém a invadisse e nunca mais permiti que ninguém me tocasse, nunca desejei. Mas você, Bruno, todas às vezes que cruzou meu caminho, eu me via dividida entre a vontade de me entregar totalmente e fugir.

— Por isso você sempre fugia de mim — constatei.

Ela respirou fundo.

— Sim, mas esse não é o único motivo. Há outro, contudo não consigo compartilhá-lo com você esta noite.

— Não precisa. Lara, *amore,* você não precisa me falar mais nada, se não quiser. A única coisa que vou repetir e isso farei incansavelmente, é dizer que eu te amo, que nada do que você disse mudou meus sentimentos por você e que se você me quiser, se você me amar, estarei ao seu lado, para sempre!

— Ah, Bruno, *Zingaro mio,* eu te amo. Amo, desde que te vi pela primeira vez, desde o primeiro olhar, o primeiro toque. Sempre será você!

Lara me beijou e senti algo diferente naquele beijo. Era como se ela tivesse se livrando de todo o fardo de anos que carregou solitária. Seus lábios acariciavam os meus como o farfalhar de asas de borboleta, leves doces. Ela subiu em meu colo passando uma perna de cada lado, montando em mim abraçando-me. Um vento soprou sobre seus cabelos que cobriram meu rosto, um manto negro e aveludado, as madeixas cheirando a flor e mar.

Lara serpenteava em meu colo, despertando o fogo dentro de mim. Meu pau instantaneamente reagiu, duro feito uma rocha. Ela se arrepiou entre meus braços e interrompeu o beijo, arfando.

— *Vita mia...* Nosso amor é uma lenda, um conto de fadas — sussurrou, sonhadora.

— Não, *amore mio,* não. Nosso amor é lindo como o das lendas, mas é real, tão real quanto se é possível ser. Lara, aqui, nesse exato momento, nesse beijo, nessa carícia que trocamos e em como reagimos um ao outro, é real!

— Quero... Eu quero que se torne... mais real ainda.

Estaquei diante daquela afirmação. Eu não tinha certeza do que ela quis dizer.

— Lara, o que você quer dizer com...?

— Bruno, *Zingaro mio*, o quero dizer que, pode parecer absurdo depois de... você sabe, mas estou pronta. Quero dizer que assim como a lua faz amor com o mar, desde tempos incontáveis, quero que você faça amor comigo, esta noite.

— Lara, *amore,* você está certa? — indaguei.

Aquilo era o que eu mais desejava, concretizar nosso amor, no entanto, esperaria o tempo necessário até ela estar completamente pronta.

— Estou.

— Então, Lara, *Farfalla mia*, vou te amar e te entregar tudo, tudo de mim, mas antes eu preciso saber...

Capítulo 21

Somos o sol em um dia de chuva
Esta noite me abrace forte
Beije minha alma
Somos música verdadeira que permanece

Musica che resta - IL Volo

Bruno

— Você tem certeza de que é isso o que quer? Não gostaria que você se sentisse pressionada a nada, entende?

— Bruno, eu não me sinto pressionada, sinto-me impulsionada pela gama de sentimentos que você me desperta — respondeu Lara, ofegante. Ela umedeceu os lábios com a ponta da língua e seguiu dizendo: — Quero e desejo me permitir senti-los à plenitude.

— Então, assim será, *vita mia.*

Segurei-a entre meus braços, levantando-a em meu colo e levei-a de volta ao quarto, colocando-a novamente na cama, sentando-me a seu lado. Lara, em seu traje mais parecia uma borboleta colorida. A tiara seguia semipresa ao cabelo preto destacando seu rosto de tez clara e quase translúcida. Queria dedicar odes aquele rosto de expressão tão terna e sonhadora.

— Vou te amar, te adorar com calma, sem nenhuma pressa, *Farfalla mia*. A partir desse momento, pouse em minhas mãos, descanse suas asas e confie em meu amor.

Lara anuiu com um gesto de cabeça, um sorriso repleto de expectativa.

— Tire a roupa, Zingaro — pediu.

Sorri levantando-me e comecei a desabotoar o colete preto depois a camisa verde fazendo-os cair ao chão e caminhei até a cama com calma. Sentei-me à beira e com cuidado aproximei-me de Lara, precisava ir devagar, não queria que nenhum gesto meu venha a ser mal interpretado ou que se tornasse gatilho para o trauma com o qual ela vinha lutando.

Aos poucos, deitei-me ao seu lado e fitei seu rosto demoradamente, meus dedos buscaram seus cabelos, perdendo-se nas longas madeixas ébano. Tomei uma mecha entre minhas mãos e cheirei, inalando-a. Lara tinha cheiro de flor, um cheiro de natureza que me fazia sentir como se estivesse no campo. A paz e a tranquilidade da vida ao ar livre. Tirei a tiara dos cabelos e espalhei-os pelo travesseiro formando uma coroa de fios naturais, um manto tão belo e escuro como a noite.

Lara ergueu as mãos alcançando meu tórax, alisando-o e apertando-o. Suas mãos tatearam cada centímetro nu de minha pele com deleite e curiosidade. Seu toque raro e leve em minha superfície aparentemente controlada, despertou um vulcão dentro de mim, minha pulsação acelerando à medida que ela subia e descia com aquelas mãos tão inexperientes e ao mesmo tempo tão habilidosas. Lara arfou e disse:

— Tire... Tire toda sua roupa.

Levantei-me da cama satisfeito e disse:

— Com muito prazer, *Farfalla mia*.

Lara

Depois de contar que fui estuprada, imaginei que Bruno me repeliria, que se afastaria de mim, no entanto estávamos ali, na minha cama, Bruno a minha frente. Umedeci meus lábios e pedi:

— Tire... Tire *toda* sua roupa.

Bruno se levantou da cama parando próximo à porta e sorriu. Ah, Deus, aquele sorriso estava despertando mais coisas ainda em mim, eu estava ardendo por ele.

— Com muito prazer, *Farfalla mia*. — Foi a resposta dele.

Bruno, que já estava despido da cintura para cima, se desfez do sapato e meias, em seguida desafivelou o cinto deixando o cair no chão acarpetado e depois abriu a calça tirando-a. Tudo sem pressa, com cuidado. E lá estava ele, apenas de cueca boxer, a perfeição.

Nunca havia visto um homem tão belo desnudo e tão próximo, tão ao alcance do meu toque. Meus dedos formigavam na ânsia de viajar em cada pedaço de pele naturalmente bronzeada. Bruno era todo músculo e eu seguia encantada, admirando o abdômen definido, as coxas grossas e bem torneadas, o tórax delineado e incrivelmente sexy. Analisei todo seu corpo até parar na única parte que ainda permanecia vestida, a protuberância entre suas pernas. Senti um fisgado no meu ventre e as borboletas faziam festa em meu estômago.

Enchi-me de coragem e declarei.

— Quero te ver completamente nu.

E assim ele o fez, tirando a última peça, revelando seu membro ereto e duro. Sentia-me uma boba, porém não conseguia desgrudar meus olhos dele.

Bruno caminhou de volta para a cama, parou bem próximo de mim. Levantei-me, sentando-me na cama, um milhão de coisas passando em minha cabeça. Alguns *flashbacks* de Romano me estuprando, da força com a qual me abateu e me feriu.

Será que com Bruno eu sentiria a mesma dor?

Lancei meus medos e temores para o fundo de minha mente, enchi-me de coragem e o toquei. Toquei seu membro, sentindo-o. Estava duro, muito duro, mas ao mesmo tempo macio, quente. Bruno gemeu e eu me perguntei se o havia machucado.

Já estava preparada para verbalizar minha pergunta, quando sua voz rouca de desejo pediu:

— Por favor, continue, toque-me.

E eu o toquei, com a ponta dos dedos senti-o. Em mais uma atitude corajosa, envolvi seu membro com minha mão, segurando.

— Lara... Por favor, tire a roupa.

— Eu gostaria que você a tirasse — falei, levantando-me na cama e virando-me de costas para ele.

Senti os dedos de Bruno no fecho do zíper abrindo o vestido lentamente. Quando terminou, senti seus dedos quentes sob minha pele e estremeci. O vestido deslizou até o chão expondo meu corpo apenas com a lingerie.

Sentia que Bruno me observava, estava exposta e a insegurança quanto a meu corpo me atingiu, porém, foi por pouco tempo. Ele virou-me, deixando-me de frente para ele, face a face.

— Deus nunca criou outra criatura ou ser mais belo. *Lara, Farfalla mia, tu sei bellissima*!

Suas mãos deslizaram do meu pescoço para o ombro até o vale entre meus seios ainda amparados pelo sutiã, depois tocaram meu abdômen plano, não tanto quanto eu desejava que fosse. Bruno seguiu por minhas coxas, pernas, pés e depois voltou dos pés à cabeça.

Eu estava à beira de um precipício e ia saltar, queria mais do que tudo pular e me lançar ao mar de emoções despertadas por Bruno, seu toque estava me enlouquecendo. Suas mãos alcançaram o fecho do sutiã e de repente meus seios saltaram livres, direto em suas mãos e ele passou a se fartar deles, tocava-os, envolvia-os. Bruno inclinou a cabeça e tomou um mamilo em sua boca e minhas pernas falharam. Com uma das mãos ele me amparou e com a outra segurava meu seio, sugando-o, mordiscando-o, lambendo-o deliciosamente. Ele foi de um seio ao outro, dedicando a ambos, a mesma atenção e eu cada vez mais excitada.

Ficamos naquele ensejo por alguns minutos. Bruno interrompeu a carícia e com uma das mãos deslizou pelo seio, abdômen até chegar à reentrância em minhas coxas.

Sua mão adentrou minha calcinha e com um dedo acariciou-me devagar. Sorri deliciada.

Em seguida, seu dedo mergulhou dentro de mim e eu gemi. Bruno metia o dedo dentro de mim em um vai e vem enlouquecedor e eu sentia que ia derreter sob aquele toque. Estava tão excitada que me constrangia. Minha intimidade mais do que úmida, estava ensopada, molhando a calcinha.

— Tire-a... Por favor — balbuciei.

Bruno interrompeu a carícia brevemente apenas para obedecer-me, livrando-me da última barreira que se interpunha entre nós e então eu estava completamente nua e em suas mãos.

Agarrei sua mão novamente guiando-a até o meio das minhas pernas e seu dedo resvalou novamente em minha intimidade. Ele deslizava o dedo infiltrando-se, tocando-me por dentro, como quem acaricia pétalas de rosa.

— Se abra para mim, *Farfalla mia* — Bruno pediu e meu corpo obedeceu prontamente, abrindo-se e dando a ele todo o acesso possível.

Seu dedo avançava, adentrava e o vai vem lento e molhado me excitava cada vez mais. Eu já não tinha controle algum. Bruno gemeu e sussurrou ao meu ouvido:

— *Oh*, *Dio*, Lara, *amore, tu sei* tão... Apertada, tão quente. Eu... Eu preciso senti-la, tê-la, preciso estar *dentro* de você.

— Então me tenha, Bruno. Sou toda sua — balbuciei, entregue as sensações inebriantes.

Bruno me deitou novamente na cama, fitou-me fixamente, se posicionou sobre de mim. Senti seu membro intumescido buscando minha fenda. Ele impulsionou o corpo para frente, tentando me penetrar e conseguiu, até certo ponto.

Foi esquisito e desconfortável a princípio. Faz anos desde quando Romano me estuprou e eu senti algo estranho. Como se... Como se de alguma forma fosse a primeira vez. Minha mente sonhadora queria se permitir ter aquela ilusão.

Bruno seguiu adentrando conquistando seu caminho até a minha intimidade. A dor se tornou um pouco intensa e eu contraí meu corpo em resposta ao movimento.

— Sente-se desconfortável?

Em um gesto de cabeça anui e disse:

— Um pouco, mas vai passar. Por favor, continue.

Ah, Deus eu o quero dentro de mim. Apesar da sensação de dor e desconforto eu o quero. Bruno é minha escolha e nada vai tirar isso de mim.

Ele se controlava, eu sentia, tentou recuar, não permiti. Arqueei meu corpo, cruzei minhas pernas acima do seu torso e aprofundei a penetração.

E foi ali que eu senti, tudo mudou.

Meu interior recebeu totalmente o membro duro e macio. Bruno agora é parte de mim e eu parte dele.

Ele permaneceu alguns minutos imóvel, dando tempo para que meu corpo se acostumasse a sua invasão. Em seguida, senti-o se mover, vagarosamente. Bruno arremetia em mim e o desconforto inicial foi substituído por uma sensação gostosa que eu não conseguia explicar. Apenas aproveitava cada nova investida, cada estocada e o sentimento que se apossava de mim. Seus lábios tocaram os meus e nos beijamos no ritmo de nossos corpos seguindo a mesma cadência.

— Lara, *amore*... Que delícia... Que delícia finalmente ter você.

— Bruno, ah, *Zingaro mio*... Não pare!

— Não vou parar. Não até fazer você gozar, *Farfalla mia.*

Bruno seguia se movimentando a cada avanço, ganhando mais espaço. Eu parei de raciocinar, guiada apenas pela lógica de nossos corpos, deleitando-me com o prazer que ele me proporcionava. Minhas unhas cravaram-se em suas costas, exigindo que ele aprofundasse ainda mais o contato. Queria engoli-lo, devorá-lo.

— Ah, Deus eu acho que... Eu sei... Eu não sei... Oh, Deus!

Algo se avolumava dentro de mim, crescia com a força de um furacão. Senti tudo derreter dentro de mim.

— Ah, Bruno... Sim... Sim! Por favor, por favor...

Balbuciava descontroladamente, agarrando-me a ele mais e mais até que...

Em uma última estocada, eu finalmente entendi a expressão *La Petite Mort*.

Meu coração acelerou a um ponto que parecia que ia explodir, estremeci por inteiro, minha respiração falhou e meu corpo molhado pelo nosso suor foi tomado por espasmos e eu gozei. Eu gozei avassaladoramente, completamente tomada pelo êxtase, envolvida em uma névoa como se eu estivesse morta, contudo nunca me senti tão viva.

Era o sopro de vida que ele prometeu me dar. Bruno cumpriu sua palavra. Ele seguiu arremetendo e eu seguia agarrando-o até que ele também alcançou o clímax, senti o exato momento. Seu corpo tensionou e seu membro, que seguia aprisionado entre minhas pernas, esporrou, inundando-me com seu gozo. Bruno gritou meu nome e desabou sobre mim, nossos corpos lânguidos, banhados pelo suor, nossos fluidos mesclados na mais doce essência, a do amor. Minhas pálpebras pesaram e em minutos, adormeci.

Nos braços do homem que eu sempre amei.

Capítulo 22

Somos faíscas, somos dinamite
Você não viu nada, o melhor ainda está por vir.
De cada história conhecida somos o final feliz
Somos você e eu.

Siamo - Eros Ramazzotti

Bruno

Lara seguia adormecida em meus braços. Eu, no entanto, ainda não consegui dormir, maravilhado e sem acreditar no que partilhamos.

Lara e eu finalmente éramos um. Fechei os olhos e lembrei cada detalhe do que vivemos a pouco.

Depois de despir-me completamente como pedido, aproximei-me e quando senti o toque de sua mão em meu pau pensei que ia explodir.

Lara seguiu lentamente, acariciando-me, li a insegurança em seus gestos, sabia o quão assustador poderia ser tudo aquilo para uma mulher que passou pelo trauma que ela viveu. Ser estuprada e por alguém da própria família, *Dio*! Não gostava nem de imaginar. Se um dia eu descobrir quem a violou e machucou dessa forma, com certeza o matarei.

Seu toque seguia me enlouquecendo de tal forma que achei que fosse gozar em suas mãos.

Sem perder tempo, pedi que ela se despisse ela preferiu que eu tirasse sua roupa e assim o fiz.

Lara tinha o corpo mais belo que eu já vi. Embevecido fiquei quando meus olhos repousaram em seu corpo seminu e me permiti observá-la, registrando cada traço, cada proporção, mapeando os lugares dela para tocá-los incansavelmente, suas costas largas, um traseiro volumoso e um quadril que acompanhava com perfeição aquele corpo majestoso. Virei-a e diante de mim e contemplei seu abdômen e minhas mãos ansiavam por tocá-lo, assim como os seios que estavam ocultos pelo sutiã empinados. Ela possuía curvas acentuadas, um corpo divino, tudo nela era harmonioso e foi perfeitamente esculpido por Deus.

Deslizei minhas mãos pelo pescoço, ombro e explorei seus seios por cima do sutiã. Acariciei seu abdômen lindo, feminino e observei sua pélvis e seu quadril, perfeitos. Minhas mãos percorreram um caminho por suas coxas, pernas. Lara tinha pés delicados e suas unhas estavam pintadas em um esmalte branco, como o de uma noiva. Minha noiva.

Percorri seu corpo dos pés à cabeça incontáveis vezes até meus dedos segurarem o fecho do sutiã e acariciar seus seios.

Toquei um e outro, acariciando-os para em seguida fartar-me deles com a boca, mordiscando e chupando, mas ainda não era o suficiente. Eu desejava mais.

Minha mão entrou em sua calcinha, enfiando meu dedo nela e fui recebido com calor e acolhida. Ela estava molhada, molhada para mim. Segui metendo meu dedo em um vai e vem luxurioso. Se continuasse daquele jeito, ela ia gozar na minha mão, no entanto eu queria mais que isso.

— Tire-a... Por favor — Lara pediu e eu obedeci livrando a da calcinha, completamente submisso a ela.

Ela agarrou minha mão novamente enfiando entre suas pernas e com o dedo eu a acariciei entrando nela novamente, sentindo-a cada vez mais molhada e porra, como isso me excitou!

Meu desejo por mais só aumentava.

— Oh, *Dio*, *Lara, amore*, *tu sei* tão... Apertada, tão quente. Eu... Eu preciso senti-la, preciso estar *dentro* de você.

Estava quase implorando para penetrá-la.

— Então me tenha, Bruno. Sou toda sua.

Era o que eu precisava ouvir.

Sem delongas, deitei-a na cama, ainda admirando toda a sua beleza natural. Posicionei-me acima dela, meu pau uma rocha de tão duro buscava sua reentrância. Quando a achei impulsionei meu corpo, meu membro penetrando-a. Notei uma certa resistência do seu corpo, afinal ela nunca esteve com ninguém, com exceção do maldito estuprador. A experiência hedionda que ela sofreu, o abuso e o rompimento de um hímen, não pode ser considerado um ato sexual. Aquela era, sim, sua primeira vez.

Seu incômodo era visível, no entanto, ela pediu que eu continuasse.

Investi novamente, porém percebi que o desconforto persistia e recuei. Lara arqueou seu corpo e agarrou-me, lançando suas pernas em torno de mim induzindo-me a penetrá-la mais e quando definitivamente estava dentro dela, uma onda de paz me invadiu. Aquele era meu lugar, sempre foi.

Fiquei parado por alguns instantes, depois lentamente arremeti e senti-a se abrir completa e sem inibições. Nós nos beijamos e seus lábios atearam fogo em mim, enquanto eu me apossava de seu corpo, perdido em um vai e vem de quadris.

Arrebatadoramente, avançava sobre ela, investia, estocava, metia, enquanto meu pau era engolido por seu interior macio e úmido.

Lara gemia e dizia uma série de incoerências e aquilo tudo só me excitava mais, meu membro duro a invadindo enquanto ela se agarrava a mim, totalmente entregue.

Sua intimidade me apertou forte, nossas respirações erráticas. Suas mãos agarraram meu torso, tragando-me, puxando meu corpo para cada vez mais junto do dela. Eu seguia arremetendo ora lenta, ora rapidamente completamente seduzido por ela. Lara reluzia de suor e de prazer, ela gemia e a cada gemido eu era lançado mais e mais fundo em um poço de desejo sem fim. Senti sua intimidade apertando cada vez mais meu pau e sabia que ela estava à beira do êxtase. Segui em um ritmo alucinado, o coração a mil, apossando-me dela até que seu corpo foi acometido por tremores e ela gozou.

Lara gozou, seu rosto cintilava o mais puro deleite, em seus olhos o amor resplandecia. Meti mais algumas estocadas para em seguida me render e ser arrastado pelo orgasmo mais forte que eu já senti.

— Lara, *amore*! — gritei em êxtase.

Fechei os olhos e me lancei uma última vez sobre ela, meu gozo pulsando, enchendo-a, concretizando a plenitude do ato que compartilhamos e então meu corpo abandonou-se sobre o dela.

Passado algum tempo, recuperamos nossa respiração e em pouco tempo, Lara adormeceu, aconchegada em meus braços suados, o ar, ainda exalando desejo.

Passei alguns minutos ainda encantado, contemplando minha borboleta, que finalmente pousou em minha mão, abriu suas asas para mim e me recebeu em seu íntimo, concedendo-me seu amor de alma e corpo, selando nosso destino para sempre.

Éramos, enfim, um só e nada poderia nos separar.

Tal pensamento trouxe paz e serenidade e depois de minutos contemplando-a e revivendo nossa partilha, permiti-me assim como Lara, ser levado ao palácio dos sonhos do sono.

Capítulo 23

"A felicidade é como a borboleta:
quando a perseguimos nos escapa;
quando desistimos de persegui-la, pousa em nós."
Provérbio Chinês

Lara

Não me recordo de ter tido uma noite de sono tão revigorante. Acredito, na verdade, que foi o que fiz antes de dormir que me revitalizou.

Havia despertado, porém seguia de olhos fechados, rememorando cada detalhe da noite passada e fiquei impressionada como apenas lembrar, já me acendeu o desejo por fazer tudo de novo. Bruno despertou em mim algo que eu jamais imaginei ser capaz de sentir. Não foi apenas a expressão, *La Petite Mort*, que passou a fazer sentido para mim, a expressão *Fazer Amor*, também ganhou um colorido e um sinônimo, que foi exatamente o que vivi nos braços dele.

Não havia nada, milimetricamente semelhante entre o que Romano havia feito comigo e o que Bruno me fez sentir.

Romano me bateu, agrediu, invadiu-me de forma violenta, não me seduziu nem me fez desejá-lo o mínimo para que a barbárie feita comigo fosse ao menos satisfatória, além de ter me traumatizado para a aproximação de qualquer outra pessoa que se dissesse interessada em mim.

Bruno ao contrário, acariciou-me, tocou-me com adoração e, sim, me invadiu, contudo não com brutalidade, mas com a volúpia do desejo que pulsava, resultado do que ambos sentimos. Ele havia sido guiado pela paixão que fluía entre nós. Estremeci ao lembrar como me senti ao ser penetrada por ele, ele se movendo dentro de mim e a avalanche de sensações deliciosas que eu já estava mais do que preparada para sentir novamente.

— Case-se comigo! — Ouvi a voz rouca dizer.

— Bom dia para você também, Bruno.

— Bom dia, Lara, *amore*. Case-se comigo!

— Eu acho que sua mente não está funcionando direito, deve ser fome.

— Sim, tenho fome.

— Então venha, vou lhe preparar o café — respondi e tentei me levantar no que fui detida por pulsos firmes, porém gentis que me retiveram na cama.

— Não é dessa fome que eu estava falando — Bruno afirmou e afastou o lençol que em algum momento da noite, surgiu como um passe de mágica.

Ele me agarrou, colocando-me montada em seu colo com seu membro em riste.

— É *dessa* fome que eu estou falando.

— Achei que já estava satisfeito o suficiente — trocei.

— Você só pode estar brincando! Esperei anos para tê-la em meus braços e amá-la. Uma noite, uma semana, um ano, uma década, nem uma vida, não serão suficientes, *vita mia.*

Bruno capturou meus lábios, beijando-me. Sua língua acariciando vagarosamente minha boca.

— *Io ti amo!* — sussurrou.

Nossos lábios se moveram juntos travando uma batalha de desejos. Eu roubando seu fôlego e ele furtando todos os sentidos. Lentamente o membro de Bruno adentrou minha intimidade, já molhada e mais que desejosa por tê-lo ali. Ele investiu fundo e murmurou:

— *Ti voglio!*

E passamos a nos mover juntos, mais uma vez enredados pelo desejo. Fiquei surpresa como meu corpo rapidamente respondeu aos estímulos dele. Bruno me penetrava e eu o sentia com tudo dentro de mim.

Cavalguei-o a princípio, tímida. Porém algo dentro de mim passou a me dominar e meus movimentos foram ganhando mais confiança. Passei a cavalgá-lo como a mais experiente das amazonas, lançando-me sobre ele. Ele me penetrava, no entanto era eu que investia nele com todo vigor que de mim vibrava.

Bruno agarrou meu quadril, fincando seus dedos longos, trazendo-me para mais junto do seu corpo, eu seguia louca e alucinada para devorá-lo. Nunca imaginei ser arrastada por um sentimento tão primitivo de posse como aquele. Queria dar e queria receber, queria tomar e ser tomada.

Bruno gemeu e aquilo me deu mais confiança ainda de que estava fazendo a coisa certa, passei a me movimentar com mais agilidade. A liberdade daquele ato fazia com que eu me sentisse como se tivesse asas, queria abrir meus braços e voar. Bruno segurou ainda mais meu quadril, garantindo a penetração e disse:

— Você pode voar, *Farfalla mia.* Voe, minha linda borboleta, mas volte para mim, *ti prego*!

Bruno me surpreendia sempre. Ele é tão sexual e ao mesmo tempo, capaz de dizer algo tão doce. Tudo aquilo me desconcertou e eu estava sendo envolvida por toda aquela sensação extasiante de prazer, domínio e amor. Curvei-me o suficiente para que sua boca alcançasse meus seios. Bruno passou a chupá-los como eu queria, enquanto a luxúria me assaltava por completo. Sentia meu coração descompassar, minha respiração ficar cada vez mais ofegante e aquela sensação gostosa da noite anterior novamente me acometendo, crescendo como uma onda, se agigantando, avolumando-se até que eu, perdida que estava, gritei, gozando, loucamente, assaltada pelos espasmos.

Continuei movendo-me, tragando-o até não poder mais e senti seu corpo tensionar e o exato momento no qual ele chegou ao êxtase. Experimentei um prazer inenarrável ao ver a expressão de Bruno tendo um orgasmo enquanto esporrava dentro de mim, enchendo-me de sua semente. Seu corpo aos poucos relaxou assim como o meu. Ficamos um tempo deitados nos braços um do outro, em silêncio contemplativo.

— Bem, espero ter saciado um pouco dessa sua *fome* — comentei.

— Receio que apenas um pouco — Bruno respondeu e sorriu com um olhar malicioso.

— Então será bom que aceite tomar um café da manhã, assim repõe suas energias até a próxima *refeição*.

— Lara, *amore,* aceito. Desde que depois possa me banquetear em você.

— Eu ficaria desapontada se não me fizesse essa proposta.

— *Farfalla mia*, nunca te desapontarei. *Lo giuro!*

Bruno, em um movimento rápido, colocou-me deitada na cama e montou em mim. Senti seu membro novamente duro, ele sorriu diante da situação e disse:

— É melhor mesmo irmos tomar café, porque se for depender do camarada aqui, não te tiro da cama hoje.

Se havia uma forma melhor de começar o dia, eu desconhecia totalmente.

Capítulo 24

Diz que não vai desistir pela primeira vez
Diz que não vai se esquecer pela primeira vez
Esse meu riso é em motivo da sua chegada não premeditada
Te espero aqui
Li suas vontades enquanto estive a sofrer
Vi sua volta e no mesmo instante sorri
Esse teu brilho é o caminho da nossa morada
É a nossa estrada
É o teu sonhar

Pela primeira vez - Pedro Caio[10]

Bruno

Não me recordava de ter passado um domingo mais perfeito do que aquele em toda minha vida. Ter Lara em meus braços, fazer amor com ela, era o que de mais lindo havia me acontecido. Ela deixou o passado dela para trás, venceu os temores e o monstro da brutalidade que sofreu, por amor a mim e eu queria também dividir com ela um pouco de quem eu fui e de quem venho me esforçando para ser. Aproveitando o domingo de sol, sugeri que fizéssemos um piquenique.

— Um piquenique? Onde? — Lara perguntou.

— Vou te levar a um dos meus lugares favoritos em Nápoles, é tudo o que precisa saber.

— Está bem, eu aceito!

Após o café da manhã, vestimo-nos, deixamos o palácio e passamos em uma feira, onde compramos algumas frutas e guloseimas para comermos e eu a levei a *Bagni della Regina Giovanna*. Ao chegarmos, pela expressão encantada de Lara, havia tomado a decisão acertada.

— *Bagni della Regina Giovanna,* eu amo esse lugar! — Lara disse, caminhando, observando o local.

Ela segurava as cobertas enquanto eu segurava a cesta com as guloseimas.

— Desde adolescente, venho aqui, sozinho. Você é a primeira pessoa que eu trago — confessei, retirando as cobertas de sua mão e buscando um

[10] Direitos cedidos pelo autor.

lugar apropriado para colocá-las. Abri uma das cobertas e coloquei a cesta em cima. Com a mão livre, ajudei-a a sentar-se.

Lara se acomodou e com a outra coberta eu a envolvi. Embora o dia estivesse ensolarado, ainda ventava um pouco.

— Eu sempre vim sozinha também. Trazia cobertas, uma cesta com bolos e suco de uva e costumava deitar-me ali, mais à esquerda, onde ainda há algumas ruínas de uma antiga *villa* romana. Passava horas, sem que ninguém me encontrasse.

— Seus pais não se preocupavam?

Ops... Toquei em um assunto delicado, a família dela.

— Ouça, esqueça...

— Meu pai sempre esteve muito ocupado com seus inúmeros negócios e minha *Mamochka*... *Mamochka* tem depressão já faz alguns anos e nunca pude contar com meu irmão — respondeu Lara em tom melancólico. — Mas estou aqui, não? Sobrevivi a toda aquela negligência e alienação, afinal, nem todos têm a sorte de nascer em uma família amorosa como os Mancini.

— Meus irmãos e eu nos damos bem, porém, isso não significa que não houvesse brigas. Marcelo e Luigi sempre antagonizaram e eu por um bom tempo, dei muita dor de cabeça à família. Porém sempre nos amamos. Isso é um fato.

— Não consigo imaginar você como um garoto problema — Lara afirmou.

— Quando nos conhecemos, eu já havia deixado parte de meu lado *rebelde* para trás. Mas dei trabalho. Sempre gostei de farra, por um tempo usei drogas recreativas e...

— E...? — indagou Lara, curiosa.

Se ela tem seus segredos, eu também tenho os meus, coisas que me envergonham e em nome do que sinto por Lara, desejo começar um relacionamento embasado na sinceridade e para isso, ela precisa conhecer um lado meu, que pode ser, um tanto decepcionante.

— Gostava de participar de orgias.

Lara tentou, sem sucesso, disfarçar o descontentamento com a minha afirmação, porém, permaneceu em silêncio e eu continuei:

— Havia um camarada, Valentim, irmão de Gianluca D'Angelo, ele e eu, costumávamos compartilhar vários momentos assim. Nossas festas eram regadas a bebidas, mulheres e drogas. Eu adorava aquele estilo de vida descompromissado, meus pais detestavam. Meu pai tem princípios e um deles era não ter envolvimento algum com drogas, nem como usuário, muito menos como forma de negócios. Toda a fortuna Mancini foi construída em cima de cassinos, loterias e tecidos, por isso, *papà* fundou o setor marítimo, para o embarque e desembarque de alguns bens de consumo.

Lara seguia em silêncio, ouvindo com atenção. Eu começava a me preocupar por ter resolvido confessar tudo aquilo, porém prossegui:

— Depois de uma discussão com Valentim, afastei-me por algum tempo e no ano seguinte, nos encontramos novamente e voltamos a mesma rotina destrutiva, até que eu conheci a namorada do irmão dele, Kat...

— Katlin... — Você comentou alguns dias atrás sobre ela.

— Sim, foi quando conheci Kat que minha vida tomou outro rumo. No início, não passava de um capricho para mim, pois eu sempre fui muito vaidoso em relação às mulheres, muito mais do que meus irmãos, e como Kat esnobou meu charme, desafiei a mim mesmo a conquistá-la, como se ela fosse uma espécie de troféu. No entanto, o feitiço, virou contra o feiticeiro e eu acabei me apaixonando por ela, ou assim acreditei. O importante nisso tudo foi o quanto ela me ajudou indiretamente, fazendo com que eu olhasse para dentro de mim e sentisse vergonha de tudo o que fiz.

— Realmente você devia se envergonhar — Lara disse e em seu tom, senti como se algo houvesse se partido dentro dela.

— Você sabe, não posso mudar o passado ou nada das burradas que fiz, porém empenhei-me em ser melhor, por amor a ela, por Kat. Afastei-me totalmente de Valentim, voltei para faculdade e para o MBA. Valentim, em sua eterna rivalidade com o irmão, sequestrou Kat, às vésperas do casamento da mãe dela. Foi uma loucura! Luigi, Gianluca e eu corremos contra o tempo para salvá-la daquele maníaco, as coisas não saíram exatamente como esperávamos. Houve uma discussão, na qual, Estefania saiu ferida e Valentim escorregou do penhasco e morreu.

— Eu soube da morte de Valentim por Estefania, foi como chegou até vocês não? Ou pelo menos foi como Luigi a conheceu.

E outro problema surgiu. Como *eu*, conheci Estefania. Prometi a mim mesmo, não guardar nenhum segredo dela. Respirei fundo e disse:

— Na verdade, eu já conhecia Estefania.

— Sério?

— Ela contou a você que estava com Valentim quando ele sequestrou Kat, não?

— Sim, contou algumas coisas, contudo, não deu detalhes.

— Valentim e ela tinham um caso.

Lara me encarou, reticente.

— Estefania e eu tivemos um caso...

Lara arregalou os olhos, afastou as cobertas e colocou-se de pé.

— Você está me dizendo que transou com a mulher de seu irmão? — Lara bradou, indignada.

— *Farfalla*, acalme-se! Ela não era esposa de meu irmão quando eu a conheci e eu jamais sonhei que isso um dia viesse a acontecer. Conheci Fanny em uma festa que Valentim deu. Transamos uma ou duas vezes, apenas.

— E seu irmão, sabe disso?

— Nunca achei necessário dizer, já que ele não a conhecia e...

Deus, a coisa só piorava!

— Bem, costumávamos nos drogar tanto Estefania, Valentim e eu que às vezes, eu até duvido que isso de fato *tenha* acontecido, visto que, anos depois, Estefania nunca mencionou nada. Em uma dessas vezes, inclusive Romano apareceu no apartamento de Valentim e arrastou Estefania e...

— Você conhece Romano? Andava com ele? — Lara se afastou, enojada.

— Não, absolutamente, não. Ele era camarada de Valentim, não meu.

— Bruno, ele tentou matá-lo, não uma, mas várias vezes, eu... Não entendo como você convivia com aquele maldito e...

— Hei, eu não convivia com ele! Isso aconteceu há muitos anos, todos estávamos na faculdade. Eu nunca fui com a cara de Romano e todas as vezes que ele chegava, eu me retirava porque ele não tinha limites para nada!

— Ah, isso você pode apostar.

— O que você quer dizer com isso? — indaguei, intrigado.

— Nada, quero ir embora. Leve-me para o palácio, por favor!

— Lara, *Farfalla mia,* por favor, não fuja de mim! Se eu resolvi contar tudo isso a você, é porque eu mudei, mudei muito. Quando eu conheci você, quando nos vimos no casamento de Riccardo e Elena, eu já era outra pessoa e tenho me empenhado para ser a cada dia melhor e definitivamente, deixar todo meu passado para trás.

— Ah, claro, e agora você vai tentar me convencer de que, desde que nos conhecemos, há quase uma década, você nunca esteve com outras mulheres, com várias outras?!

— Não vou mentir para você, eu sempre gostei das mulheres e elas de mim, porém nunca mais participei de orgias, não como antes. Sempre que estava com uma mulher ou com várias...

Lara começou a caminhar e eu a interpelei, segurando-a pela mão.

— Eu sempre fui sincero com elas, e se elas tinham alguma espécie de vício, estavam fora da minha cama. Nunca as iludi ou fiz falsas promessas e todas sabiam que meu coração estava perdido e inalcançável para elas.

— Porque você seguia apaixonado por Katlin...

— Não, porque eu amo você! Porque depois que a vi, nenhuma outra mulher alcançou lugar algum em meu coração.

— Mesmo assim, você transava com elas.

— Transar e fazer amor não têm nada a ver, são coisas totalmente diferentes.

— Desculpa, eu não consigo ver de outra forma.

— Eu sei e não vou tentar me explicar, apenas peço que acredite em mim e acredite no meu amor. Lara, é real, você sabe o quanto eu a amo, sabe o quanto eu a esperei. Eu a pedi naquela noite em Roma para fugirmos juntos, você se negou e depois sumiu, por mais que a amasse, não podia ficar preso a uma ilusão! Você desapareceu, fiquei anos sem sequer vê-la e quando você aparecia, sumia como a mesma velocidade. Eu tentei te procurar, tentei mesmo, mas como encontrar alguém que não deseja ser achado?

Lara parecia ponderar sobre o que ouviu, percebi que aos poucos ela se acalmava. Aproximei-me devagar, acariciei seu rosto com as pontas dos dedos delicadamente e sussurrei:

— Se te serve de consolo, eu me sinto indigno de você, indigno nem sequer de respirar o mesmo ar. No entanto, isso em nada vai apagar o amor que eu sinto, "As muitas águas não podem apagar este amor, nem os rios afogá-lo".

— E agora você vai citar Cânticos, vai se fazer o tipo bom rapaz de igreja?

— Deus sabe que eu nunca fui do tipo cristão, embora *mamma* tenha se esforçado muito para isso. Porém há coisas que aprendemos e levamos pelo resto da vida, e Deus também sabe, que quando fecho meus olhos e penso em você, é o amor que fala em meu coração esse amor, que como acabei de citar, as muitas águas não podem apagar.

Lara parecia finalmente ter entendido.

— Bruno, *Zingaro*, me desculpe! Ouvir tudo o que eu ouvi, é... tão difícil! Eu não conheço esse Bruno que você me descreveu e isso me assusta!

— Você não precisa ter medo, *amore*, porque eu não sou mais aquele homem. Eu mudei e seguirei evoluindo todos os dias. Eu me moldarei e sempre buscarei ser digno do seu amor, *vita mia.* Por favor, diz que não vai desistir de mim, de nós dois. *Ti prego, Farfalla mia!*

— Ah*, Zingaro mio.* Bruno, eu não vou desistir de nós, porém já que estamos abrindo nosso coração e falando sobre nosso passado, eu também preciso contar algo, eu...

— Não, Lara, não precisa me contar nada. Já disse que te amo e se você quiser, a partir desse momento, começaremos nossa vida juntos.

— Bruno, o que eu preciso te contar é muito sério, tem a ver com minha família...

— Não precisa falar de sua família, uma que não lhe amou nem cuidou de você como deveria, você não deve nada a eles, Lara. Você tem a mim, e em breve terá a cada um dos Mancini, que vão recebê-la, amá-la e respeitá-la como irmã, como filha. Você e eu construiremos nossa família, *amore, lo giuro!*

Abracei-a e beijei-a, tudo o que havia dentro de mim, eu coloquei naquele beijo, nossas bocas se fundiram, assim como nossas almas. Deitei-me na coberta com Lara montada sobre mim, seus cabelos ébanos, cobrindo-me ganharam tons de mogno sobre a luz do sol. Voltamos a nos beijar apaixonadamente e passamos um bom tempo, desfrutando da beleza daquele lugar, do nosso amor e daquele domingo, o primeiro de muitos que passaríamos juntos.

Capítulo 25

"Nunca, em toda a minha vida,
esquecerei da sua presença.
Você me acolheu despedaçada
e me devolveu íntegra, inteira."
Frida Kahlo

Lara

Nada, nada como um fim de semana, desfrutando de momentos maravilhosos juntos da pessoa amada.

Apesar do susto inicial das revelações causadas por Bruno, o último fim de semana, sem dúvidas, foi o melhor que eu já tive em toda minha vida. Depois do piquenique, voltamos a *La Farfalla* e Bruno e eu fizemos amor, primeiro com calma e sem pressa, depois selvagem e alucinadamente. Exaurimos um ao outro de tanto nos amar e mais uma vez adormeci, nos braços dele.

O domingo se foi, a segunda-feira chegou e quando despertei, Bruno já estava de banho tomado, vestia roupas limpas que compramos ontem, antes de voltarmos para casa. Ele se aproximou de mim e sussurrou:

— Muito obrigado, por dar guarita em seu palácio a um sem-teto, desabrigado e mendigo de amor.

Eu sorri com seu senso de humor e respondi:

— Muito obrigada por receber uma borboleta, de asas machucadas em seu coração e deixá-la fazer morada nele.

— *Farfalla mia*, nunca mais precisará de outro abrigo, que não meu coração e meus braços, eu te asseguro.

Nós nos beijamos mais uma vez, longa e demoradamente. Nossos lábios se descolaram, eu sentei-me na cama e peguei o celular checando as horas. Ainda era cedo, contudo, Bruno já estava vestido para o trabalho. Curiosa, perguntei:

— Aonde você vai tão cedo?

— Vou à mansão Mancini, meus pais devem estar preocupados já que eu sumi pelo fim de semana inteiro.

Família, afinal, ele tinha uma família que se preocupava com ele.

— Não vejo a hora de você conhecê-los, tenho certeza de que minha mãe ficará encantada com você e vai ficar muito feliz de saber que finalmente estamos juntos, depois de ouvir tanto a seu respeito.

Eu me lembrava da mãe dele, Regina Mancini, a bela mulher com a qual vi meu pai, anos atrás conversando, para quem ele queria me entregar de bom grado. Minha vida teria sido tão diferente se aquela mulher tivesse tomado conta de mim. Era inevitável pensar nisso.

— Quarta-feira partirei de viagem a Santarém, no Pará. — Bruno disse compartilhando seus planos para a semana.

— Você costuma ir muito ao Brasil?

— De vez em quando. Os negócios lá estão indo muito bem, quase não preciso ir. Às vezes vou para negociar algum novo contrato, como agora.

— Entendi.

— No máximo sábado estarei de volta, tenho um evento para ir, seria ótimo se fôssemos, poderíamos passar o fim de semana juntos. Você tem planos? Gostaria de levá-la ao teatro.

— Na verdade, tenho uma festa no sábado à noite.

— Sério?

— Sim, é imprescindível minha presença.

— Ora, posso ir com você, se quiser.

Deus e agora, o que diria?

— Ah, você não vai gostar, será muito entediante.

— Nenhum lugar é entediante, quando estou em sua companhia, *Farfalla*.

— Vamos combinar o seguinte: você vai ao seu evento, eu irei até a bendita festa, ficarei alguns minutos para não ser descortês, daí eu escapo e o encontro aqui. O que acha?

— Perfeito. Viu só! Já organizamos nossa agenda semanal e não são nem sete da manhã!

— Bruno, ah, *Zingaro*, você é hilário!

— Poxa vida! Achei que diria que eu sou sexy, irresistível.

— Deus me livre de alimentar ainda mais seu ego! — disse jogando o travesseiro nele.

— Ah, você não fez isso, sério? É guerra que você quer, então é guerra que você terá!

Quando percebi, Bruno e eu estávamos envolvidos em uma guerra de travesseiros na qual, eu perdi e eu ao mesmo tempo ganhei, pois acabei de voltar para cama, com o corpo de Bruno sobre o meu, excitando-me.

— Bruno, é melhor você partir agora ou não te deixarei ir a lugar algum.

Ajudei Bruno a se recompor e nos beijamos uma última vez antes de ele sair do quarto.

— Mais tarde nos falamos, *vita mia.*

E foi assim, totalmente revigorada, que entrei essa manhã na clínica para mais um dia de trabalho. Analisava alguns papéis e vez ou outra me perdia nas lembranças de braços fortes e morenos a me envolver, de lábios carnudos a me beijar, chupar e...

— Nossa, vejo que alguém viu o passarinho verde esse fim de semana — Donna disse ao entrar no escritório.

— Olá, Donna! Tudo bem?

— Tudo, sim. E com você nem preciso perguntar, está visível. Conte como foi com Bruno?

— Foi maravilhoso! Jamais pensei que pudesse viver, que pudesse sentir tudo o que senti nos braços dele.

— Lara, Bruno está nas nuvens, acredite. Acabei de vir da mansão Mancini e ele está radiante. Já contou aos pais sobre o namoro de vocês. *Mamma* Regina está esfuziante e *papà*, muito feliz com o possível enlace do filho mais novo, eu fico muito feliz que as coisas se acertaram entre vocês. Entretanto, Lara, eu tenho uma pergunta: você contou a verdade a ele?

Encarei Donna e em meu olhar ela viu tudo.

— Deus, você não contou?

— Contei parte... Contei sobre o estupro...

— Falou sobre Romano?

— Não, não pude.

— Meu Deus! Lara, Lara, o que você está esperando para dizer a ele?

— Eu tenho medo, tenho medo de perdê-lo, de perder a única pessoa no mundo que me ama pelo que sou.

— Isso não é verdade, eu a amo como uma irmã, as mulheres, todas as pessoas que você já salvou e ajudou, também a admiram e tem muito amor por você. Além disso, Bruno não a culpará de nada. Eu conheço meu cunhado, ele te ama muito.

— Ainda assim, tenho medo. E, Deus, sobre Romano, ele jamais poderá saber. Se Bruno descobrir, caçará aquele infame... Eu nem gosto de pensar no que ele seria capaz!

— Lara, tranquilize-se. A Camorra, a Cosa Nostra e os Mancini já estão se organizando contra Romano. O cerco está se fechando para aquele cafajeste, ele nem sequer foi visto nos últimos dias, sabe que seu fim está próximo.

— Sim, é verdade.

E havia Iago...

— Lara, prometa-me, por favor, prometa-me que você vai contar a verdade ao Bruno.

— Sim, Donna, eu prometo.

— Bem, agora, vamos conversar então sobre o show do *IL Ragazzi* na feira, você perdeu, foi um sucesso e batemos todas as nossas metas estipuladas de arrecadação! Ramiles e Kat, também vieram e doaram quantias exorbitantes.

— Katlin esteve em Nápoles?

— Na verdade, *está*?

— E Bruno sabe?

— Sim, sabe.

— E não a procurou?

— Não, por que haveria de fazê-lo? Ah, é claro, Bruno contou sobre Kat. Você sabe que isso já faz uns...

— Nove anos. Sim, eu sei.

— E sabe que Bruno e Gianluca se tornaram grandes amigos?

— Sim.

— Então, por favor, não se sinta insegura. Eu conheço esses meninos uma vida, cresci com eles e posso dizer: Kat fez um bem enorme ao aparecer na vida de Bruno e ele sabe disso, chegou até a pensar que a amava, no entanto, tudo não passa de uma grande amizade. Eu nunca vi Bruno falar de alguém como ele fala de você, Lara! Os olhos dele mudam de cor, o rosto se transforma e ele sorri feito um bobo. Ele te ama!

— Eu sei, na verdade, eu sei. Acontece que isso tudo é tão novo para mim... É difícil lidar com essas emoções.

— Eu sei, sei bem o que é isso, porém tranquilize-se, tudo irá se resolver.

Bruno

A semana passou voando.

Segunda-feira, compareci a algumas reuniões, Fabrizio e eu saímos em busca de uma nova casa e a noite, jantei na casa Mancini e disse que não compareceria a festa do maldito Lombardo. Discutimos muito e minha mãe acabou por me convencer a ir. Luigi e Marcelo me convidaram para acompanhá-los, sob o pretexto de que se chegássemos os três irmãos juntos, enviaríamos uma mensagem a quem quer que pensasse em nos ameaçar.

Na terça-feira Lara e eu fomos ao cinema, depois jantamos e eu passei novamente a noite com ela. Estava ficando mal-acostumado. Na quarta-feira, parti cedo de viagem a Santarém.

Deus, o clima naquele lugar era sufocante mesmo em pleno outono. Na verdade, era uma confusão climática: no início do dia temperatura amena, ao longo do dia um calor insuportável e no fim da tarde chuvas torrenciais aconteciam derrubando as temperaturas em até onze graus. Não pude aproveitar da beleza do lugar porque passei boa parte de minha estadia lá, trancado em escritórios, negociando contratos.

Sábado pela manhã estava de volta e assim que cheguei, recebi uma mensagem de Lara, desejando-me uma ótima festa e avisando que já havia partido para o local do evento no qual participaria. Lamentei, pois estava com muita saudade dela e ansiava por tê-la comigo novamente, teria que esperar até o fim da noite quando voltaríamos dos nossos respectivos compromissos.

Compromissos...

Ao longo da semana, uma ideia, aliás, um pensamento fixo me perturbou: a negativa rotunda de Lara quando eu me ofereci para acompanhá-la ao tal evento. Depois de muito cismar, lancei as desconfianças fora e passei a preparar meu espírito para a tal noite.

A noite na qual, eu compareceria ao aniversário de Leonida Lombardo, capo da Camorra, o homem que aprendi a odiar, um homem que lançou uma *vendetta* contra meu pai e meus irmãos, um homem com o qual, meus pais compartilham uma ainda secreta história.

Seria uma noite de gala, na qual todos os respeitáveis capos, *dons* e *consiglieri* estariam presentes.

E o dia, na verdade, à noite, finalmente chegou.

Minha *mamma*, Donna, Estefania e Sheila passaram o dia no spa, recebendo cuidados. Passaríamos no spa para buscá-las e de lá iríamos para a mansão Lombardo.

E cá estávamos nós, os Mancini, vestindo ternos exclusivamente encomendados para a ocasião e no meu caso, um Armani em tempo recorde.

— E então, como estou? — perguntei aos meus irmãos.

— Está muito elegante, *fratellino* — Marcelo respondeu e em seguida perguntou: — Trouxe sua arma?

— Sim — respondi. — E vocês, irão armados também?

— Com certeza — Luigi replicou — Estamos indo para a cova do Leão, por mais que Leonida e nossos pais estejam se entendendo, não podemos ir de braços abertos. Isso pode muito bem ser uma armadilha.

— Mas seria um grande desrespeito ao nosso código — disse.

— Eu não acho que ele faria isso, perderia o respeito dos demais capos — Marcelo comentou. — Quanto a Romano, tenho receio dele. Aquele tipo é doente! Traiu todos os nossos códigos e está muito quieto ultimamente. Quieto demais para meu gosto.

— Com certeza Lombardo reforçou a segurança. É seu aniversário, tenho certeza de que se empenhou para que tudo esteja impecável!

— Bem, irei apenas porque prometi a *mamma*, porém ficarei por pouco tempo. Não vejo a hora de rever Lara.

— E por falar nisso, quando pensa em trazê-la em casa e apresentá-la formalmente.

— Em breve, muito em breve. Apenas estou escolhendo uma nova casa, grande o suficiente para a minha futura esposa.

— Uau! Nosso irmão caçula resolveu se amarrar! — Luigi gracejou. — *Madonna*! Essa mulher mexe mesmo com você hein, *fratello*?

— Esperei anos por ela, estou certo do que sinto, assim como Lara. Não vejo sentido para termos um noivado longo. Assim que a compra da nova casa for efetuada e apresentá-la à família, eu a pedirei formalmente em casamento.

— E quanto à família dela, já conheceu alguém? — Luigi indagou.

— Não e nem vou. Ela cortou relações com a família.

— Estranho, muito estranho e triste — Marcelo disse.

— Ela sofreu abandono por parte do pai, ele nunca a tratou com carinho. A mãe é doente e pelo que eu entendi, é a única com a quem Lara tem algum contato.

— Ela será bem recebida em nossa família. Haverá irmãos e irmãs de sobra — Luigi afirmou.

— Hei, *ragazzi*, vamos, já está na hora de buscarmos nossas mulheres — *papà* Mancini nos chamou, surgindo à porta do quarto.

— *Papà* Mancini não aguenta ficar algumas horas sem sua *fiore* Regina? — Luigi perguntou, jocoso.

— Ah, olha só quem fala! Você não fica minutos sem Fanny — Marcelo disse e eu ri, caçoando de meus irmãos.

— Bruno, se eu fosse você não riria muito, seu dia também está chegando, *fratello*!

— E eu mal posso esperar para fazer de Lara Ilyena, minha esposa.

— Ilyena, você disse? — Luigi indagou, intrigado.

— Sim, Ilyena, por quê?

Marcelo trocou um olhar com Luigi e em seguida caminhou de um lado a outro do quarto, com uma expressão sombria e comentou:

— Esse sobrenome não me é estranho.

De repente, notei *papà* com um semblante preocupado.

— *Papà* está tudo bem? O senhor se sente bem?

— Sim, sim, Bruno, minha visão embaçou um pouco, já vai passar. Deve ser a idade.

— Tem certeza? Se não se sente bem, papà, podemos levá-lo ao médico.

— Tenho. Estou bem. *Andiamo ragazzi, andiamo.*

Papà saiu do quarto. Meus irmãos e eu nos entreolhamos e em seguida também deixamos o quarto.

Encontramos *papà* do lado de fora com nossos seguranças a postos. De relance, fitei-o, seu rosto seguia demonstrando inquietação. Aproximei-me dele e perguntei:

— *Papà*, tem certeza de que está bem? Não quer que chamemos o médico?

— Non, *figlio*, eu estou bem, não se preocupe.

Entramos nos carros e deixamos a mansão Mancini.

Por algum motivo não acreditava em *papà*. Alguma coisa o perturbava. Descobriríamos o que seria?

Capítulo 26

"Quero amor, amor violento,
Pois sem ele os temas são frios."
Gaetano Donizetti

Lara

Contra minha vontade, desde cedo estava na mansão Lombardo.

Por anos eu não passava mais do que alguns minutos na casa de Leonida Lombardo e sempre me limitei a ir quando, meu *babbo* não estava. Sempre que colocava meus pés naquela maldita casa era para ver minha mãe, única que me importava. Mesmo ela tendo sido tão negligente comigo como os outros, eu sabia não ser sua culpa. Minha *mamma* apesar de tudo, me amava. Infelizmente o desprezo que meu *babbo* nutriu por ela durante anos, lançou-a em um limbo de onde ela não conseguia mais do que sobreviver, sua depressão foi consumindo-a.

Minha mãe solicitou a presença de seu *hairstylist, make-up* e *personal stylist,* e estávamos sob os cuidados deles. Enquanto eu terminava minha maquiagem, mamãe já estava vestida, maquiada. Mikhail deu o último toque ao penteado e lá estava a condessa Stepanov.

Alexandra Ilyena Stepanov Lombardo, ainda ostentava a beleza de seus anos de juventude, trazia, claro os traços da idade, porém seguia sendo a mesma mulher esguia, alta e deslumbrante de olhos claros e longos cabelos, que agora estavam cinzentos, a mesma mulher que encantou dignitários russos e italianos. Minha mãe viajou o mundo, a mulher extasiou com sua mera presença, as mais importantes figuras políticas e de Hollywood de seu tempo, atores como Marlon Brando se renderam a beleza dela. No entanto, Alexandra se apaixonou por Leonida Lombardo em sua primeira visita à Itália. *Mamochka*, em vários momentos diferentes me contava a história de como *babbo* e ela se conheceram e hoje era um daqueles momentos.

Eu estava de visita com alguns parentes ao país. Era fevereiro, e fomos ao La Scala, em Milão. Assistimos a ópera Madame Butterfly, em seu aniversário de estreia e foi lá que vi seu pai pela primeira vez. Babochka, farfallina, ele chamou minha atenção assim que o vi. Estava sentada no camarote reservado à nossa família, os Stepanov, quando o vi chegar e tomar seu lugar na plateia. Antes mesmo do espetáculo começar, aquele homem alto, forte já havia conquistado minha atenção, assim como a das mulheres ao seu redor. Olhei-o tão intensa e fixamente que em algum momento, acho que ele sentiu estar sendo observado com insistência. Encarou tudo ao seu redor e por fim, olhou para cima, em direção ao meu camarote e sorriu. Seus olhos cinza brilharam, perigosos e com aquele único olhar ele parecia haver me desnudado. O espetáculo iniciou e eu dividia minha atenção entre a ópera e ele na plateia. Ao fim do primeiro ato, o belo homem levantou-se. Eu fiquei frustrada, achando que ele havia partido, contudo para minha surpresa, ele veio até nosso camarote, se apresentou e pediu para ser apresentado a bela jovem. Eu já não tinha meus pais comigo, haviam morrido há cerca de dois meses em um acidente em Petrogrado, eu estava acompanhada por tio Vlad e tia Lara, de quem você herdou o nome.

— Essa é minha sobrinha, Alexandra Ilyena Stepanov. Querida, permita que eu lhe apresente...

— Lombardo, Leonida Lombardo, a seu dispor. Seu pai se antecedeu, audacioso e tomou minha mão entre seus lábios, roçando-os delicadamente.

— Alexandra recentemente perdeu os pais, o conde e a condessa de Stepanov.

— Meus sentimentos, signorina. — disse ele, sinceramente compadecido.

— Brevemente, signore Lombardo, acreditamos que a jovem contraia casamento e então, herdará o título.

— Quanto tempo pretendem passar na Itália?

— Ficaremos pela temporada, pretendemos ir ao sul.

— Eu venho do sul, sou de Nápoles, se quiserem posso mostrar-lhes tudo.

— Eu ficaria encantada. — Respondi fitando-o totalmente enfeitiçada.

— Seria um prazer ciceroneá-la, condessa.

— Filha, ele segurou minha mão, beijou-a, senti um calor tomando conta de mim e soube que ele seria o homem da minha vida, desde então o amei. Leonida sempre audaz, inteligente, seu jeito ousado me conquistou. Eu nunca entendi o porquê, sabia que eu o amava muito mais do que ele a mim. No entanto, aceitei o risco, era jovem e bastante consciente de minha beleza, achei que com isso e com um futuro título, conseguiria fazê-lo ver meu valor, se apaixonar por mim. Eu estava tão enganada! Em menos de três meses nos casamos e passamos nossa lua de mel na Turquia. Foram os dias mais lindos da minha vida, estava aprimorando meu italiano.

Minha mãe suspira, nostálgica.

— Voltamos à Itália, para cá e infelizmente meu italiano melhorou o suficiente para entender, que todas as vezes que ele me chamava de Regina, que não era apenas rainha em italiano, sim, o nome de sua antiga noiva, uma mulher que ele jamais esqueceu. Aprendi o suficiente para entender que todas às vezes que íamos para cama, ele a levava conosco, e eu me submeti aos seus caprichos, concebi seus filhos, sempre fui fiel, mesmo nesse casamento a três. Não culpo Regina, sabe, também nunca soube toda a história entre eles. Quando cheguei a Nápoles, Regina já era esposa de Marco e mãe de Marcelo. Alguns anos depois, Messi nasceu, enchendo Leonida de orgulho por finalmente ter o herdeiro de seu império, no entanto, para mim, o dia mais feliz da minha vida, foi o dia em que você nasceu, *Babochka*. Você é a melhor coisa que me aconteceu!

Mamochka se levantou da cadeira, elegante em seu exclusivo Valentino azul, foi até seu closet e trouxe uma caixa grande de madeira.

— Podem me dar um minuto com minha filha, por favor? — ordenou minha mãe e todos saíram imediatamente do quarto.

Alexandra se sentou de frente comigo à mesa e empurrou a caixa em minha direção. Eu ainda vestindo o robe e com os cabelos enrolados em bobes, olhei intrigada para ela.

— O que há nessa caixa, *Mamochka?*

— Seu passado e seu futuro — respondeu minha mãe, visivelmente emocionada.

Sem mais conter a curiosidade, abri a caixa e dentro dela havia outra caixa do mesmo material, um livro e uma coroa. Reconheci o livro de contos de fada e sorri.

— Você ainda o tem consigo, *mamochka*?

— Claro, sempre *Zhar-ptitsa* foi seu conto favorito.

— Pássaro de Fogo ainda é meu conto favorito.

— Abra a outra caixa, filha.

Obedeci, abrindo a caixa e nela havia várias joias.

— Essas são as joias dos Stepanov, quero que fiquem com você.

Havia vários colares, brincos, braceletes confeccionados em pérolas, brancas e negras, esmeraldas, rubis, brilhantes e diamantes, opalas e dois objetos dourados em formato oval, cravejados em pedras preciosas. Deus, eu nunca havia visto tão de perto, joias preciosas naquela quantidade.

— *Mamochka*, são muitas e de valores incalculáveis e, Deus, tem ovos *Fabergés* aqui?!

— De onde acha que seu pai conseguiu o que tem em seu suntuoso escritório? Nossos ancestrais receberam três deles do próprio Czar Nicolau II em sua última Páscoa, antes do levante bolchevique em 1917.

— Eles têm valores inomináveis, eu não posso ficar com isso! — declinei totalmente atordoada.

— Não só pode, como *deve* ficar, são seus por direito!

— O que Messi dirá disso?

— Messi está muito ocupado em seu próprio mundo e, que eu saiba, ele não usa joias — minha mãe gracejou.

— Mas talvez ele gostaria de receber os Fabergés...

— Pois que fique com o que seu pai tem no escritório, esses são seus. Quero que fique com eles e com todo o conteúdo desta caixa.

— *Mamo*...

— Lara, não desobedeça a sua *mamochka*! Quanto a coroa, desejo que a use esta noite, já orientei Mikhail a colocá-la em você e se você se atrever a descer sem ela, terá de se haver comigo, mocinha!

— *Grazie, mamochka!* — agradeci ainda confusa, sem saber ao certo como agir.

Estava com um sentimento estranho de perda dentro de mim. Acabei de receber aquele tesouro, contudo nunca me senti tão pobre na vida.

Minha mãe retirou a coroa que seguia acomodada em sua devida almofada de dentro da caixa, retirou um colar de pérolas negras com um solitário topázio branco circundado por vários diamantes e dois brincos de diamantes, separando-os.

— Essas, são as joias que você vai usar esta noite, combinarão perfeitamente com seu vestido de veludo verde.

— *Mamochka*, você pensou em tudo — comentei, intrigada.

— Esta noite, faremos o grande capo Leonida Lombardo sentir vergonha de haver renegado por tanto tempo, as mulheres desta família. Lara, você é uma Ilyena Stepanov, acima de qualquer Lombardo. Os homens da casa se creem leões, mostremos que as russas Stepanov também são leoas, esmague-os, coloque-os sob seus pés!

— *Pust' budet tak, mamochka...* Assim seja!

Bruno

Nunca imaginei em entrar na cova do leão e, no entanto, era exatamente onde eu estava, sentia-me como Daniel. Não que eu tivesse medo, porém estava com aquela estranha sensação de que aquela noite não terminaria bem.

Nossos seguranças ficaram do lado de fora da mansão, juntamente com todos os seguranças dos outros capos, havia uma espécie de camaradagem entre eles. Assim que atravessamos a grande entrada, o próprio Leonida junto de uma senhora, que supus, ser sua esposa, nos recepcionaram.

— Regina, Marco, me alegro que tenham vindo. Vocês me honram com suas presenças — Leonida nos saudou e em seguida, olhou para cada um de meus irmãos e suas respectivas esposas e fixou o olhar em mim.

— Boa noite a todos! Estefania, é muito bom revê-la, gostaria de mais tarde, é claro, com a permissão de seu esposo, mostrar-lhe a minha mais nova edição de *O Retrato de Dorian Gray.*

— Permissão concedida — Luigi disse e todos percebemos o tom jocoso com o qual ele pronunciou a frase.

Por um instante, a esposa de Leonida encarou minha mãe e a cumprimentou.

— Regina, você está belíssima.

— Bondade sua, Alexandra. Você, sim, está deslumbrante, o porte de uma imperatriz.

— Uma imperatriz e uma rainha juntas. Será que esse salão está preparado para tal evento? — gracejou a esposa de Lombardo.

— É bom que estejam — respondeu minha mãe plácida, como sempre a elegância e a serenidade em pessoa.

Um garçom passou e todos servimo-nos de champanhe. *Papà* e Leonida se afastaram um pouco, seguindo em direção ao escritório. Luigi e Marcelo conversavam entre si, contudo percebia na postura deles que seguiam alertas. Donna e Estefania também conversavam, mas era visível que não estavam relaxadas, especialmente Donna e perguntava-me por quê.

— Seus filhos são lindos, Regina, parabéns! E todos já estão casados, uma tranquilidade, não?

— Apenas o caçula ainda não está casado, contudo já tem namorada e em breve estará noivo.

— Que alegria! Messi, infelizmente nunca me apresentou alguém que pudesse chamar de nora. Anda sempre com várias... *moças* e, quanto a minha filha, acredito que não esteja aberta ao amor.

— Lembro-me de tê-la visto uma vez há alguns anos. Era uma linda *bambina*, espero que esteja bem.

— Minha *babochka* está lá em cima, assim que descer, você a reconhecerá, pois todos os olhares deste salão se direcionaram ávidos a ela e nós seremos esquecidas. Leonida comentou comigo que você gosta de obras de artes, tenho alguns quadros em meu ateliê que acredito que vão agradá-la. Gostaria de vê-los?

— Será um prazer, Alexandra — Minha *mamma* concordou e seguindo Alexandra, tomaram um corredor enquanto conversavam como se fossem velhas amigas.

Que bizarro!

Não conhecia toda a história sobre Leonida, Alexandra e meus pais, no entanto era no mínimo desconfortável, sabendo do ressentimento que aquele miserável sente ou sentiu pelo meu pai, um ressentimento que o levou a planejar uma *vendetta* contra nós, agora vê-los interagir como se nada.

Não esqueci a forma como ele me encarou assim que chegamos. Foi estranho, ele fitou-me como se nutrisse uma espécie de admiração, algo que com certeza não era recíproco. Detesto Lombardo e tudo o que ele representa.

Aproximei-me de meus irmãos que conversavam e perguntei:

— E então, notaram algo de estranho?

— Não, nada. A festa segue tranquila. Aliás, que belo casarão tem Lombardo, não? — Marcelo comentou.

— Você não viu nada — comentou Estefania, aproximando-se, trazendo Donna pelos braços, como irmãs. — Essa casa é um verdadeiro *Louvre.* Vocês acreditam que Lombardo tem um Fabergé na biblioteca?

— Que provavelmente está exibindo ao nosso pai agora — Luigi disse envolvendo Estefania em um abraço e perguntou: — Fanny, quando você viu esse ovo?

— Faz anos, foi no jantar de noivado que ele ofereceu a Romano e a mim. Ele me chamou em seu escritório, conversamos sobre literatura e ele me aconselhou a fugir de Romano, deu a entender até que poderia facilitar uma possível fuga, na época, o canalha já estava caindo em descrédito com o Lombardo.

— Lombardo a aconselhou a fugir do sobrinho, sério? E por que você não o fez?

— Tive medo, afinal, meu trato com Romano era que eu me casasse com ele e em troca, deixaria vocês em paz.

— Não falemos desse bastardo — Marcelo cortou o assunto e olhando com devoção para Donna disse: — *Principessa*, já disse o quão extasiante você está esta noite?

— Já, contudo, agradeço uma vez mais o galanteio. — Donna sorriu e beijou Marcelo, assim como Luigi beijou Fanny e lá estava eu plantado, entre meus irmãos e suas esposas.

Preparava-me para deixá-los, buscando a primeira saída daquela bendita festa, quando ouvi um burburinho e um som de afobação coletiva que chamou atenção de meus irmãos e suas esposas.

Uma visão...

Uma visão descia a escadaria vestida em veludo verde com aplicações de algo brilhante, como *Swarovskis* que contornava o colo e descia numa linha vertical em frente ao busto, ajustando-se a cintura como uma espécie de cinto. Os longos cabelos escuros, presos em cachos, cascateavam no lado esquerdo do corpo, e acima da cabeça, uma coroa de diamantes. No rosto maquiado, as pálpebras em tons escuros, emprestavam dramaticidade ao rosto de compleições delicadas, os lábios foram perfeitamente delineados e ressaltados pelo vermelho escarlate. Em seu pescoço, um colar de pérolas negras e um solitário topázio branco enfeitavam e ornavam perfeitamente com o par de brincos de diamante. Não me lembro de alguma outra vez na vida, ter posto os olhos em algo tão belo.

Contudo, recusava-me a acreditar.

Pisquei uma, duas vezes e quando abri os olhos estava ali, era real, era ela.

Lara...

Mas afinal, o que Lara fazia ali?

Capítulo 27

E agora, estou contente por nunca saber
Como tudo terminaria, a forma como as coisas aconteceriam
Nossas vidas precisavam seguir seu curso
Poderia até escapar da dor, mas teria perdido a dança

The Dance - Westlife

Bruno

— *Dio santo!*

Assim que ela desceu alcançando o último degrau da escada, postei-me ao seu lado extasiado diante de tamanha beleza. Envolto em encanto, segurei sua mão e declamei:

— "As mulheres vão se encantar com ela, por ter mais valor que qualquer homem, e os homens, por ser ela a mais rara dentre as mulheres".

— *Shakespeare*, Bruno? — indagou Lara e sorriu, nervosa.

De repente, caí em mim e perguntei:

— Lara, o que você faz aqui?

Precisamente naquele momento, minha *mamma*, Alexandra, Lombardo e *papà*, retornaram à sala.

— Lara, minha filha, vejo que já conheceu o jovem Mancini?

Filha?

Dei um passo atrás, atônito com o que ouvi.

Não, não podia ser. Não podia ser verdade!

Marcelo, Luigi e Fanny se entreolharam e olharam para mim, tão atônitos quanto eu. Apenas Donna não parecia surpresa. Claro, ela sabia de tudo, sempre soube...

Observamos Lombardo se aproximar da filha, postando-se ao lado dela. Lara me fitou, apavorada, seus olhos tentando comunicar algo. Lombardo de braços dados com ela venceu a pequena distância que nos separava, virou-se para meu pai e disse:

— Marco, há pouco, no escritório você conheceu meu filho, Messi, agora tenho a honra de apresentá-lo à minha brilhante filha, Lara Ilyena Stepanov Lombardo, futura condessa Stepanov.

— É um grande prazer conhecê-lo, *papà* Mancini — Lara disse e captei em cada palavra pronunciada sinceridade.

Meu pai segurou a mão de Lara, beijou-a cortês e disse:

— Encantado, *signorina*.

Em seguida, Lombardo a guiou até minha mamma.

— Regina, essa é mia, figlia, Lara.

— Lara, muito prazer! Que jovem belíssima você se tornou.

— Lembro-me da *signora*, eu a vi rapidamente uma vez, quando era pequena. A senhora continua muito bonita.

— Muito obrigada, querida! Alexandra, Leo, parabéns! Sua filha é encantadora.

Aquilo não podia ser real, era um pesadelo. Lara não podia, simplesmente não podia ser filha daquele miserável!

Meus irmãos e eu nos olhamos, totalmente descrentes. Lombardo a apresentou a Marcelo e Luigi e então as minhas cunhadas e todos seguimos atuando, cumprindo nosso papel naquela pantomima.

O mestre de cerimônias convidou todos à pista de dança. Lombardo soltou o braço da filha, alcançando a mão da esposa, segurando-a dirigiu-se para o outro recinto.

Aquela era a minha deixa, arrancaria Lara dali e exigiria que me contasse a verdade.

Contudo, não foi o que eu fiz, segui com aquela farsa e me obriguei, com minha família, a seguir para o salão de cerimônias.

— Bruno, diabos o que está acontecendo aqui? — Marcelo, entredentes, demandou uma explicação.

— Marcelo, não brigue com Bruno, ele não sabia de nada — Donna disse.

— E você sabia, não é, Donnatella D'Angelo?

Donna soltou a mão de Marcelo, encarando-o, os olhos analíticos.

— Fanny, você sabia disso? — Luigi indagou a esposa.

— Não, Luigi, nunca sequer imaginei.

— Estefania fala a verdade, Luigi. Ela conhece Lara, nos ajuda na ONG, porém não sabia sobre sua origem — Donna intercedeu pela concunhada.

— Pelo jeito a única que não fala é você, Donnatella!

Donna esbofeteou Marcelo e saiu correndo na direção oposta à do salão de cerimônias.

— Marcelo, você se excedeu — disse Fanny indo atrás de Donna.

— *Fratello*, você foi longe demais! — Luigi admoestou.

— *Caspita*! Eu vou atrás dela.

— Não, de jeito nenhum! Deixe Donna em paz! Talvez Fanny a traga de volta. É melhor você ficar um tempo sozinho, para colocar sua cabeça no lugar e não falar outra besteira! — Luigi aconselhou.

A orquestra começou a tocar e Lombardo, com muita elegância, valsou durante duas músicas com a esposa, em seguida com Lara.

Deus, ela estava tão... estonteante! Linda, tão linda como nunca! A pele translúcida ornada pelas riquíssimas joias, a coroa em sua cabeça, uma peça fina e caríssima, o vestido aveludado longo a acariciar sua pele. Queria eu cobri-la com meu corpo naquele exato momento.

Meu pau apertou em minha calça, traindo-me.

Dio!

Eu estava apaixonado por Lara Lombardo, filha do homem que eu mais odiava no mundo, do assassino que causou tantos transtornos a minha família. O homem que atentou contra mim, contra Marcelo, Donna e o culpado por minha mãe ter sido baleada por Romano.

Lara é filha desse homem.

A pista começou a ser ocupada por outros casais. Estefania conseguiu trazer Donna de volta e naquele momento, Luigi tirou a esposa para dançar. Marcelo fez o mesmo, porém Donna se negou, sentando-se em uma das muitas confortáveis cadeiras, posicionadas em torno da pista de dança. Papà e mamma seguiram dançando, notei, no entanto, que minha mãe parecia tensa e agitada enquanto papà seguia tudo com o olhar vigilante.

Lara seguia dançando com Lombardo, uma postura distinta. Lombardo disse algo e ela balançou a cabeça um tanto contrariada, mas sorriu. Sorriu para aquele infeliz.

Basta!

Determinado, cruzei a pista parando ao lado de Lombardo e disse:

— Desculpa a interrupção, *signore* Lombardo, gostaria de saber se sua *bellissima* filha me daria a honra da próxima dança.

— *Figlia*, o que acha? — Lombardo perguntou, encarando Lara.

— *Signorina* Lombardo, me concederia essa dança?

Lara olhou de Lombardo para mim e depois de alguns segundos, disse:

— Claro, signore Mancini.

— Signore Mancini é meu pai, por favor, me chame de Bruno — falei estendendo minha mão.

Lara levou alguns segundos para pegá-la em seguida, conduzi-nos até o centro da pista, onde uma música lenta tocava, iniciamos o famoso dois pra lá, dois pra cá. Lara seguia muda, cabeça erguida, esquiva, distante e inalcançável.

Lombardo nos observava, atento e curioso. Encarei-o e ele sorriu, como quem dizia: "já sei de tudo".

As mãos dela estavam frias, seus dedos pareciam pedras de gelo. Estreitei-a mais entre meus braços, incitando-a a me encarar. Seus olhos brilhavam com lágrimas represadas.

— Então esse é o famoso evento o qual eu não poderia participar? Adivinhe só: aqui estou eu e toda a minha família. Você achou mesmo que conseguiria seguir com esse imbróglio por muito mais tempo?

— Bruno, eu tentei, Deus sabe o quanto tentei contar a verdade!

Eu fiquei mudo naquele instante. Lara tinha razão. Por muitas vezes ela tentou e eu, estúpido, não permiti.

— Por que você acha que eu fugi tanto? Por que acha que por anos me escondi?

— Desde quando você sabe?

— Eu sempre soube, desde a primeira vez, desde o primeiro atentado contra você. Quando eu o vi... Ah, quando eu o vi, não consegui colocar o plano em prática e provoquei aquele incidente com a bebida.

— E na noite de São Valentim? Você também sabia? — Lara emudeceu. Apertando seus dedos com força, exijo: — Sabia?

— Eu fui incumbida de matá-lo.

— E por que não foi até o fim?

A música terminou e Lara se soltou dos meus braços, pretendia se esquivar, neguei-me a deixá-la ir.

— Não, não, *Farfalla*, dessa vez você não vai fugir. Eu quero, eu exijo respostas! — demandei e lancei seus braços ao redor do meu pescoço, colando nossos corpos, para dançarmos.

Uma música mais lenta ainda do que a anterior, soou.

— Bruno, o que é isso? Pare! Estão todos olhando!

— Que olhem! Que se danem! Lara, eu ordeno que me diga a verdade. Por que você não me matou na noite de São Valentim, anos atrás, em Roma?

— Droga, porque eu, muito estúpida, me apaixonei por você. Eu me apaixonei pelo homem que eu devia matar. A única coisa que eu devia fazer pelo meu pai e não fiz: matar o filho do maior inimigo dele. Porque bastou te ver uma vez para te amar pelo resto da minha vida.

Calei-me. Eu sabia que ela não estava mentindo. Conhecia Lara o suficiente para saber que o que ela havia dito era verdade, havia verdade vertida em cada palavra.

— Mas você não estava nisso sozinha, estava?

— Não, não estava.

— Quem mais comandava a missão?

Silêncio, Lara se agitou em meus braços.

— Bruno, não aqui, não agora, por favor!

— Lara, aqui e agora! Diga a verdade, diga quem estava com você?

— Por favor! Bruno, solte-me.

Estreitei-a ainda mais em meus braços, e fui envolvido pelo perfume floral. Suas mãos na minha nuca excitando meu corpo inteiro. Senti-la tão perto de mim me deixava em chamas. Admirava-a como uma deusa, aquele cabelo em cachos presos pela coroa, os olhos que iluminam tudo ao nosso redor. A boca em um batom vermelho tão intenso que parecia uma cereja. A face brilhava como cristal, clara e alabastrada. Acariciei seu rosto delicado, realçado pela maquiagem, engoli em seco.

— Lara, oh Deus!

Ali, naquela pista de dança, dentro da casa do meu inimigo, dividido entre o amor e o ódio pelos Lombardo, com a filha dele entre meus braços, contra todas as probabilidades... Eu a beijei.

Beijei-a, com volúpia, com ternura. Beijei-a indecorosamente.

Nossos lábios se exploraram, nossas línguas se engoliam e meus braços a agarraram sem pudor. Lara descolou os lábios dos meus, fitando-me, ambos estávamos arfando, ela sorriu, porém de repente o sorriso morreu em seus lábios, Lara enrijeceu,

Algo atrás de mim capturou sua atenção e me virei para ver do que se tratava.

— Quer dizer que meu *zio* comemora aniversário, convida toda a nata napolitana e deixa seu sobrinho querido de fora? Ah, quanta injustiça!

— Romano, o que faz aqui? Como conseguiu entrar? Você não foi convidado! — Lombardo, lívido, questionou o sobrinho.

— Tio, não seja ingênuo! Conheço cada milímetro dessa casa como a palma de minha mão, fui seu homem de confiança ou já se esqueceu? Além do mais, molhando as mãos das pessoas certas, tudo se consegue.

— Romano, você não é bem-vindo aqui. Por favor, saia ou...

— Ou o quê? Vai chamar os seguranças?

Nesse instante, uns sete homens invadiram a festa. Alguns convidados saíram correndo, outros se esconderam atrás da mesa.

Um disparo reverberou pelo ar e ao ouvi-lo as pessoas começaram a gritar e correr para todos os lados, transformando o lugar em um pandemônio.

Lancei um olhar, buscando minha família, haviam desaparecido. Deus onde estavam todos?

Coloquei Lara atrás de mim, ocultando-a e observando quais eram minhas chances.

— Bruno, o que você pensa em fazer? — Lara sussurrou ao meu ouvido.

— Você trouxe sua arma? — indaguei.

— Sim, mas está lá em cima, no quarto *della mia mamma.* Não tinha como ocultá-la nesse vestido.

— Venha comigo.

Lentamente fomos para uma das mesas, próxima de uma das portas.

— Romano, venha comigo, primo, eu te levo até a saída. — Messi tentou apaziguar a situação.

— Não seja estúpido e não se meta, Messi! Você é um merda, um ninguém e nunca vai ser o capo da Camorra!

— Assim como você também não, caro primo, saia já daqui! — Messi gritou.

— Não saio sem antes fazer o que eu vim para fazer.

Romano engatilhou o revólver, mirou em Leonida e berrou:

— *Tanti Auguri*, zio!

Foi tudo muito rápido, joguei Lara embaixo da mesa, e uma saraivada de tiros cortou o ar.

Deus, aquilo havia se tornado um inferno. Saquei a arma que estava comigo e comecei a disparar. Atirei-me ao chão, rolando até alcançar o outro lado do salão e vi Marcelo atirando contra uns sujeitos.

— Caspita, isso virou uma chacina! — Marcelo gritou acima dos disparos.

— Marcelo, onde está Luigi?

— Está no encalço de Romano.

Alguns outros capos e seus homens atiraram nos capangas de Romano. Foram minutos em uma nova sequência de tiros, o odor de pólvora e sangue poluindo o ar, o cenário esplendoroso de festa, reduzido ao caos.

— Marcelo, onde estão *papà*, *mamma*? *Dio*, onde estão Donna e Estefania?

Meu irmão nada respondeu e aquilo só serviu para aumentar meu desespero.

De repente silêncio. Uma sucessão de cenas se descortinou à minha frente: os seguranças de Lombardo, nossos e de outros capos renderam os homens de Romano que ainda estavam vivos e alguns poucos convidados que ainda estavam no recinto amparavam uns aos outros.

Olhei para frente, próximo de onde a orquestra estava e paralisei.

De um lado, estirado no chão e banhado em sangue, o corpo inerte de Messi, do outro, Lombardo, segurava o corpo da esposa. E em um flash muito rápido, Lara cruzou a sala e se atirou sobre o corpo da mãe.

— *Mamochka*, por favor, não vá, não morra! Mamochka, levante-se! Alguém, por favor, chame um médico! Mamochka!

— Lara, infelizmente não há mais o que fazer. Ela está morta! — Leonida constatou, entorpecido, balançando o corpo da esposa morta como quem nina um bebê.

Lara se levantou, mas não estava em pé de fato, ela estava arrasada, destroçada e banhada em lágrimas.

Papà e mamma surgiram com Estefania e Donna, ambas armadas. E ao se depararem com a cena o choque foi imediato.

— Oh, Deus, Alexandra! — *mamma* murmurou horrorizada, olhando de Leonida para Lara, que seguia em pé inerte, como uma estátua.

Meu pai se agachou e apoiou Leonida enquanto minha mãe abraçou Lara.

Luigi e Marcelo conversavam com os seguranças em busca de informações. Donna, pálida, procurava acalmar as poucas mulheres que ainda estavam no salão. Marcelo veio até mim e disse:

— Bruno, eu liguei para Fabrizio e o alertei sobre o que aconteceu aqui e ele já colocou homens atrás de Romano. Dio santo! Há muitos feridos.

— Os seguranças de Armando e papà já estão socorrendo os feridos, precisamos de alguém para limpar essa bagunça! — Donna gritou do outro lado.

— Disso, eu já me encarreguei — Fanny disse. — Sheila conhece uma agência que oferece esse tipo de serviço 24 horas e já os contatou. Dentro de no máximo uma hora, estarão aqui.

Segui olhando minha mãe abraçada a Lara e me compadeci. Destroçava-me vê-la chorar. Lara se tornou meu ar, minha carne e o sangue que corre em minhas veias. Não suportava vê-la sofrer daquele jeito. Fanny olhou a cena, aproximou-se de mim e disse:

— Bruno, eu não sabia... Eu juro que...

— Fanny, eu sei, fique tranquila. Isso já não faz diferença alguma.

Fanny foi até Lara, que agora estava sentada em uma das cadeiras, com o olhar vítreo, vazio. As duas safiras que são seus olhos, totalmente desprovidas do brilho costumeiro. Mamma segurava suas mãos, massageando-as, na tentativa de fazê-la reagir.

— Fanny, me ajude, Lara está em choque, chame um médico, por favor! — pediu *mamma*.

— Vou chamar Dr. Caribone. — Fanny, digitou rapidamente o número, acionando o médico.

Capítulo 28

"Às vezes as descobertas chegam à força."

Kafka

Bruno

Nesse instante, *papà* Mancini e Lombardo se aproximaram de Lara, Lombardo se agachou e abraçou a filha. Ela estava alheia a tudo, isolou-se dentro de sua dor e permaneceu minutos assim. Lombardo a segurou no colo como se fosse um bebê.

— *Oh, bambina mia!* Como fui mal com você! Como a negligencie, como não a mereci, *farfallina*! Sou o único culpado de todo esse infortúnio! A culpa é minha por haver alimentado por décadas, tanto ressentimento e no processo criei um monstro que ceifou a vida de seu irmão e a de sua mãe. Falhei miseravelmente com vocês, com cada um de vocês.

— Leonida, não foi sua culpa! — Meu pai intercedeu tocando o ombro do antigo inimigo. — O único culpado é Romano.

— Eu falhei com ele também, nunca vou me perdoar. *Mio fratello*, Breno, me encarregou de tomar conta do seu único filho e olha só o que aconteceu: ele se tornou um assassino e eu alimentei seus sentimentos homicidas, cego em minha vingança. Não vivi, Marco, sobrevivi em função de me vingar de você e sua família e olha como acabei, em uma tragédia Shakespeareana.

— Leo, Fanny já chamou o médico. Ele estará aqui em alguns minutos. Não seria melhor acomodar sua filha em um lugar mais apropriado.

— Claro, claro. Vejam só o egoísta que sou, mais uma vez colocando minha dor acima de todos. Vou levá-la ao quarto de Alexandra.

— Vocês dormem em quartos separados? — Fanny perguntou indelicadamente, contudo externando a curiosidade de todos nós.

— Desde que Lara nasceu.

Lombardo se levantou com Lara em seu colo, aproximei-me e a tirei do colo dele.

— Mostre-me onde devo levá-la — ordenei com a voz firme.

Lombardo me encarou, respirou fundo e disse:

— Sabia que a primeira e única missão que foi dada a Lara tinha como objetivo matá-lo?

Todos ouviram em choque a revelação de Lombardo.

— Faz uns sete ou oito anos, ordenei a Romano que o matasse e ele resolveu colocar Lara no plano. Confiando em seu fraco por mulheres, chamou Giulia, a bela mulher que o atraiu a uma dança no casamento de Riccardo e Elena. Lara sabia e pelo que Romano me contou, abortou o plano dando uma desculpa esfarrapada a ele. Dois anos depois, em Roma, Romano novamente sob minhas ordens, tinha tudo preparado para atentar contra sua vida, porém Lara novamente interferiu, deixando você fugir com vida. Depois daquela noite, minha filha pegou suas coisas e viajou para Rússia voltando anos depois e só pisava nessa casa para ver a mãe, que muitas vezes ela tentou tirar dessa gaiola de luxo. Nunca entendi por que Lara falhou tanto em dar um fim em você. Hoje entendi, naquela pista de dança. Você a envolveu.

Minha família nos encarava, inquietos aguardavam uma resposta minha.

— Lombardo, mostre o caminho até o quarto de sua esposa — pedi.

Lombardo se dirigiu a bela escadaria e eu o segui subindo degrau a degrau com cuidado, carregava em meus braços uma Lara frágil. A força que eu presenciei nela em tantas ocasiões diferentes se esvaiu, deixando no lugar minha borboleta de asas machucadas.

Seguimos por um longo corredor ladeado por obras de arte e algumas esculturas, até alcançarmos uma ampla porta branca em arco com entalhes em dourado. Lombardo a abriu, revelando um quarto extenso com uma confortável cama *Queen* Size, o ambiente era extremamente claro, sua decoração, uma mescla de branco, creme e dourado; o quarto de uma condessa.

Coloquei Lara imediatamente na cama e a abracei. Ela não percebia que eu estava ali, em sua dor se esgueirou para um canto insondável de sua mente.

— Lara, *Farfalla mia.* Sei que a dor em seu coração é atroz, sei que vai demorar a lidar com isso, mas estou aqui, estou aqui, *vita mia* e nunca a deixarei.

Lombardo nos encarava em seu olhar analítico, no entanto, não teceu nenhum comentário e permanecemos assim, em um silêncio tácito.

Alguns minutos depois, Dr. Caribone e Dra. Rosso chegaram.

— Por favor, peço que se retirem, vamos examinar a paciente — Dra. Rosso disse em tom de comando.

Lombardo e eu saímos. Mal deixamos o quarto e Lombardo perguntou:

— Há quanto tempo vocês estão juntos?

— Lombardo, eu não lhe devo satisfação alguma.

— Trata-se da minha filha! — o homem bradou, furioso.

— Uma que você não cuidou, negligenciou e não amou. Uma que, por anos, buscou sua aprovação e se colocou em uma situação de matar alguém, apenas para ter um olhar de afeto que nunca veio. Todo seu carinho foi depositado em Romano. Meus pais até podem ter perdoado você por tudo o que tem feito conosco, porém eu não o perdoo. Não apenas por ter atentado contra minha vida, contra da minha família, como por ter negado a uma criança o carinho, a proteção e o amor de um pai e isso, oh, grande Leonida Lombardo, Capo da Camorra, eu jamais vou perdoar!

— O que você está fazendo? Por acaso seduziu minha filha como forma de se vingar de mim? Seu presunçoso? Eu conheço você, sei de sua fama com as mulheres. Se pretende isso com minha filha, deixe-a em paz, ela não tem nada a ver com meus crimes ou os de Romano.

— Apenas você e seu sobrinho jogam baixo assim. Eu de verdade, amo sua filha e faria de tudo para que esta noite tão nefasta nunca tivesse acontecido. Quando ela se recuperar, farei dela *minha* esposa e ela terá a proteção dos Mancini, terá um lar e uma família e nunca mais vai precisar mendigar migalhas de afeição de alguém que não tem nada para oferecer além de aniquilação!

— Rapaz, você é muito petulante! Se considera que...

— Senhores, querem parar de gritar! Estamos com uma paciente aqui, sejam mais civilizados, por Deus! — Dr. Caribone nos recriminou da porta do quarto aberta, fitando-nos com severidade.

Lombardo e eu nos calamos e o Dr. voltou a fechar a porta.

Nesse momento meus irmãos nos encontraram. Marcelo olhou de Lombardo para mim, sentindo a eletricidade no ar.

— O que houve aqui? — perguntou, taciturno; Hades em pessoa.

— Nada. Apenas discutia planos futuros com *signore* Lombardo.

— Lombardo, meus pais pediram para você descer. Há algumas providências quanto ao velório e o enterro de sua... esposa e de seu filho que precisam ser tomadas.

Lombardo olhou para a porta do quarto, com pesar, a dor estampada no rosto envelhecido. Relutante, ele desceu.

Permanecemos meus irmãos e eu no corredor.

— O que vocês tanto conversavam? — indagou Marcelo.

— Lombardo quer saber sobre minha relação com a filha. Agora que o velho maldito se preocupa. Ele acha que eu estou usando Lara para me vingar dele.

— E não está?

— Claro que não, Marcelo! Você está louco?! Até esta noite eu nem sabia que Lara é, na verdade, filha de Lombardo!

— E agora que sabe, isso muda alguma coisa? — Marcelo inquiriu.

— Muda tudo. Meu amor por ela muda tudo. Quero-a longe dessa casa e desse ser desprezível que é o pai dela e assim que passar um período adequado ao luto da mãe, nós nos casaremos.

— Você sabe se ela concordará com você? Sabe se ela aceita se casar com você? — Luigi manifestou sua dúvida.

— Com relação ao pai, ela já não tem contato com Lombardo há muitos anos. Veio hoje apenas pela mãe e vejam o que aconteceu. Quanto a mim, sei que Lara me ama, tanto quanto eu a amo. Nada poderá nos separar.

— Nem o fato de ela ser filha do homem que você mais odeia no mundo? — Luigi lançou a pergunta, atento à minha reação.

— Confesso que fui pego de surpresa quando ouviu Lombardo chamá-la de *filha*. Senti-me confuso, até traído. Contudo, um quebra-cabeça foi se encaixando e me lembrei de todas as vezes que ela fugiu, que me evitou, não se permitindo sentir o que sentimos. Lara tentou contar a verdade. Ela, não tem nada a ver com o pai, salvou minha vida, mesmo quando a ordem era me matar. Ela foi contra a ordem do pai, contra o primo violento e rompeu com a família, trilhando para si um caminho totalmente diferente. Somos faísca e dinamite. Nada irá nos impedir. Nada nem ninguém irá nos separar.

Donna e Fanny apareceram no corredor e vi Marcelo olhar desolado para a esposa. A situação entre eles não estava nada boa.

— Alguma notícia de Lara? — Fanny perguntou, colocando-se ao lado de Luigi, enquanto Donna ignorava regiamente o esposo.

— Ainda não — respondi.

A atmosfera estava tensa. O silêncio foi quebrado por Marcelo.

— Donna, vamos descer, precisamos conversar.

— Eu não tenho nada para conversar com você, Marcelo. Quando voltarmos para casa, pegarei minhas coisas e minha filha e irei para casa dos meus pais.

Marcelo tremeu e o desespero tomou conta do meu irmão.

— *Donna, Principessa mia, per Dio, ti prego!* Você não pode estar falando sério? — Marcelo buscou contato com a esposa.

Donna se esquivou dele e disse:

— Nunca falei tão sério em toda minha vida. Você demonstrou claramente que não confia em mim. Não sei se serei capaz de permanecer a seu lado depois de tantas desconfianças.

— Donna, querida não tome decisões precipitadas — Fanny aconselhou. — Aliás, nada deve ser decidido esta noite, tudo está muito à flor da pele. Vivemos sob muita tensão e isso pode afetar profundamente nosso discernimento.

— Tem razão, Fanny — concordei, segurei a mão de minha cunhada e disse: — Donna, não tome nenhuma decisão sem refletir bem antes, por favor!

A porta do quarto abriu e os médicos saíram.

— Como Lara está? — perguntei, aflito.

Dra. Rosso, discreta, disse:

— Lara ficará bem. A reação que teve foi natural, pelo trauma vivido, porém ela vai ficar bem. Ela pediu para chamar *mamma* Regina.

Donna imediatamente foi até a minha mãe e em poucos minutos a trouxe. *Mamma* entrou no quarto enquanto os médicos nos explicavam sobre os cuidados com Lara. Pouco tempo depois, *mamma* saiu.

— Marcelo, avise aos nossos homens que estamos prontos para partir, Lara irá conosco. Adriano, Lana, eu mesma cuidarei dela — Mamma disse se dirigindo aos médicos.

Ninguém se atreveu a contradizer *mamma*. Ela novamente entrou no quarto e passados mais alguns minutos, abriu a porta e disse:

— Venha, Bruno. Ajude-me a levá-la.

Entrei no quarto, peguei-a no colo com cuidado. Lara seguia em seu estado semiletárgico. Antes de sairmos, algo no quarto me chamou a atenção. Era uma caixa de madeira grande e um pouco funda, como se fosse uma urna.

— *Mamma* traga essa caixa, por favor!

Em seguida todos descemos. *Mamma* com a urna e Fanny segurava a coroa que Lara ostentou durante parte da noite. Ao ver a filha em meus braços, Lombardo veio até nós rapidamente.

— Aonde vão? Para onde estão levando minha filha? — Lombardo indagou, desesperado.

— Acalme-se, Leonida — *papà* pediu.

Minha mãe parou diante dele e disse:

— Leo, lembra-se do que me disse uma vez, nesse mesmo salão? Estou levando sua filha comigo, vou cuidar dela, sará-la e amá-la como a filha que eu não tive. Espero que não se importe.

Lombardo encarou minha mãe e meu pai, em seu rosto havia arrependimento e dor. Ali estava a força do passado no presente, a pirâmide, o triângulo: Regina, Leonida e Marco. Os três se encararam, o passado se impondo mais uma vez.

Mamãe entregou a caixa de madeira a Donna, trocou um olhar com meu pai e abraçou Lombardo. E ele desabou em lágrimas. Passaram-se alguns minutos, *mamma* acariciou o rosto de Lombardo e disse:

— Ela vai ficar bem, eu prometo. *Allora andiamo, ragazzi e ragazze.*

Antes de sair, encarei mais uma vez Lombardo e naquele instante meu ódio por esse homem ficou de lado, vendo a destruição que sua vingança causou. Lombardo olhou de mim para minha mãe e se viu vencido.

Naquele olhar eu vi refletido o amor. O mesmo amor que sinto por Lara era o amor que Leonida Lombardo sente por minha mãe. Que história triste a do passado daqueles três.

Ao cruzar o salão, antes de abrir a porta, minha mãe fitou mais uma vez Lombardo, do outro lado do salão e disse:

— Isso vai passar, também. E fechou a porta.

Capítulo 29

Eu, eu quero vê-la por trás da maquiagem
deixe toda a preocupação desaparecer
Eu quero abraçá-la como da primeira vez
Quando você foi minha

Under the make-up - A-Ha

Lara

A impressão que tive foi que havia se passado pelo menos uma década.

As pálpebras pesadas demoraram a abrir, relutantes em encarar aquela nova realidade.

Ao abrir os olhos, a primeira coisa que notei foi o quarto em decoração coral. Era grande e cheirava a infância, porém aquele não era meu quarto.

— Olá, querida! Como se sente?

Eu reconheci aquela voz, doce, melíflua, reconheci da infância.

Mamochka?

Não, não era minha *mamochka.* Minha mãe agora está morta.

E então lágrimas rolaram dolentes pelo meu rosto.

— Oh, pequena! Chore, não retenha suas lágrimas, chore o que precisar, eu estarei aqui!

Ela me abraçou. Havia tanto amor, tanta generosidade naquele abraço, foi estranho, pois mesmo amando tanto minha mãe, eu nunca recebi, ao longo dos meus quase trinta anos, um abraço tão caloroso dela, como o que Regina Mancini me dava.

— Vou lhe preparar um chá. Já volto.

Regina saiu do quarto fechando a porta, contudo eu não estava só.

Alguns segundos depois, notei sua presença mesmo que com a pouca luminosidade, reconheci seu cheiro.

— *Farfalla*...

— Bruno, onde estou?

— Na mansão Mancini — respondeu e, no mesmo instante, fui envolvida por sua voz aveludada.

— Então foi verdade... Aquilo tudo aconteceu — constatei consternada para mim mesma.

— Lamentavelmente — ele confirmou.

Em um impulso movida pela revolta, levantei-me e notei que já não usava o vestido de festa, sim, uma camisola longa.

— Preciso matá-lo. Romano pagará por isso!

Agitada, comecei a me mover pelo quarto em busca de minhas roupas, precisava contatar-me com Pinkerton e Iago o quanto antes.

— Lara, acalme-se. Nossos homens já estão em busca de Romano, assim como os homens de Armando e os de seu pai.

— Meu pai...

— Lara... — Bruno se aproximou, roçando suas mãos em meus braços, incitando-me a ir de volta para a cama. — Deite-se, descanse. Dra. Rosso e Dr. Caribone foram categóricos... Você precisa repousar pelas próximas horas.

— Mas eu preciso detê-lo, preciso vingar minha mãe. Romano precisa pagar pelo que fez.

— E pagará, você tem minha palavra, Lara.

As mãos dele acariciaram minha pele, as pontas dos dedos emanavam ternura e aquilo foi aos poucos me serenando. Bruno me colocou de volta à cama e beijou minha testa.

— Descanse, *Farfallina* — disse, como se eu fosse uma menina.

Senti algo se partir dentro de mim. Ele, com certeza, deixou de me ver como a mulher que ele ama ao descobrir que sou uma Lombardo, contudo fiquei confusa, pois me lembrei do beijo que trocamos enquanto dançávamos. Lembrei de quão audacioso ele foi no gesto.

Eu nunca vou esquecer, ao som de *Ti Amo*, de *Umberto Tozzi,* Bruno me beijou desafiando tudo e a todos. Foi o momento mais belo que eu já vivi. Ele não temia nada, beijou-me ali, na frente de minha família, de sua família, pegando todos de surpresa. Porém, infelizmente o enlevo do amor foi breve, em seguida, fomos arrastados no turbilhão de tudo o que aconteceu e agora estava ali, hóspede em um quarto na mansão Mancini.

— Você precisa de alguma coisa? — perguntou, gentil.

— Não, de nada.

Ele me abraçou e me aninhou na cama imensa, que comportava nós dois com muito conforto.

Bruno cantou uma música ao meu ouvido, baixinho, reconheci *A vucchella*, um clássico napolitano de dois séculos atrás. Ele cantava com sua voz rouca e aveludada, invadindo meus sentidos, a canção interpretada como uma canção de ninar surtiu seu efeito, acalmando-me os sentidos.

Pouco tempo depois, a porta foi novamente aberta e Regina voltou ao quarto, acendeu o abajur, saiu novamente e retornou poucos segundos depois, trazendo uma bandeja com o chá e xícaras que depositou em uma mesa próxima janela e eu pude ter mais uma visão melhor do quarto. Grande, com paredes no tom coral. Longas cortinas em amarelo girassol pendiam em frente à janela ampla. Era um quarto feminino, provavelmente decorado para uma filha menina que nunca veio.

— *Bambina*, tome esse chá, isso a fará dormir um sono tranquilo e vai repor suas energias. É de melissa com valeriana. Devo dizer que Bruno tomava na infância e detestava, contudo era a única coisa que o acalmava e o colocava dormir quando estava agitado.

Bruno sorriu, abraçado a mim, então se afastou um pouco, ajudando-me a sentar-me para tomar o chá que Regina serviu a nós três.

Bebi o meu em goles longos, a tepidez da bebida me reconfortando por dentro. Senti aos poucos, suas propriedades calmantes surtirem efeito, estava sendo tragada novamente ao mundo do sono, senti meu corpo relaxar a languidez e minhas pálpebras se fecharem. Um pouco antes de me abandonar completamente ao descanso, perguntei:

— E meu pai...?

— Marco e Leo estão tomando as providências... Não se preocupe, *bambina*, descanse — Regina disse passando a mão em meus cabelos em uma carícia maternal.

Bruno voltou a cantar, sua voz se imiscui novamente nos meandros de minha mente, a mais doce canção de ninar e foi com ela que adormeci.

Regina

Fiquei alguns minutos observando meu filho adormecido com Lara em seus braços um amor inquebrantável fluindo dos dois e pensei no mistério que a vida é. Ainda refletia sobre isso, quando a porta foi aberta devagarinho e nela, vi o rosto de Marco que fitou com afeto o jovem casal. Ele entrou, olhou de perto, sorriu e em seguida se aproximou de mim e sussurrou ao meu ouvido:

— Vamos.

Deixamos o quarto e eu fechei a porta com cuidado para não acordá-los.

— Está tudo bem, querido?

— Sim, *fiore mia*, providenciamos tudo. Será um velório curto, seguido do enterro para não prolongar a dor da *bambina*, apenas alguns parentes de Moscou e a pequena família aqui.

— E como está Leo?

— Aviltado com a afronta de Romano. Os capos que estiveram presentes exigem a cabeça dele. Romano não se safará dessa.

— Deus, quando se pensava que tudo seria pacificado...

— Regina *mia*, homens detestam a paz, eles anseiam pela guerra e Romano deu a todos razões mais do que plausíveis para começar uma.

— Mas você, meu amor nunca foi um homem de guerra, sempre foi um líder nato e um pacificador.

— Contudo, sem querer, eu sou a causa de tudo isso. Fui eu quem começou essa guerra ao me apaixonar por você e roubá-la de Leonida — Meu marido disse, conclusivo.

— Não foi sua culpa, Marco. Antes de Leo me conhecer, antes de meu pai me prometer a ele em uma tentativa de tirar nossa família da bancarrota, eu já conhecia você. Nunca vou me esquecer de quando você partiu de Nápoles. Anos se passaram, eu acreditei que você não voltaria e ainda assim, foi com muita relutância que aceitei e por pressão de meu pai o pedido de Leo. Claro, confesso, ele me deslumbrou um pouco também, afinal ele era belo, inteligente, conhecia de tudo um pouco. Porém, quando você surgiu, quando apareceu naquela festa, naquela noite em minha casa. Ah... Meu coração voltou a bater por você em um amor que jamais havia acabado, apenas estava adormecido.

— Ah, *Dolce vita, fiore mia!* E eu temi tanto, tanto que não pudesse tê-la. Quantos desafios enfrentamos em nome do nosso amor? A obstinação do seu pai em casá-la com Leonida e Leonida tão apaixonado por você, relutante em deixá-la seguir comigo.

— Veja então, que nada disso foi culpa sua, minha ou de Leo. A vida jogou conosco, foi isso.

— E ainda joga. Naquele quarto temos o nosso Romeu e Julieta do século XXI — disse Marco reticente e seguiu:

— O que será que Leonida fará a respeito? Se ele for, pelo menos um pouquinho, do homem astuto que eu aprendi a admirar há quase quarenta anos, ele terá aprendido com os próprios erros, principalmente depois de tudo que Romano causou.

— *È vero, fiore mia!*

— *Marco, amore, vieni qui.* Você também precisa descansar.

Beijei meu esposo em seus lábios com ternura e demoradamente. Após alguns segundos interrompi o beijo e vi nos olhos do meu moreno, o desejo relampejar.

— Se me der outro beijo igual a esse, *fiore mia,* pensarei em tudo, menos descansar — Marco balbuciou ao meu ouvido.

— Sendo assim, com mais razão ainda devemos ir para o nosso quarto.

Marco sorriu e de mãos dadas, em um amor adolescente que nunca morreu, seguimos em direção ao nosso quarto no corredor oeste da casa.

Tive apenas tempo de trancar a porta, para em seguida ser abrigada no calor dos braços do homem que escolhi amar por toda a vida.

Donna

— Marcelo, eu já disse que não há o que conversar! Não mereço ser alvo de tanta desconfiança, quando tudo o que fiz foi te amar, desde que me dou por gente! — gritei revoltada, enquanto Marcelo dirigia em direção a nossa casa depois daquela noite fatídica.

— *Io so, principessa mia, Io so...*

— E não me chame de *principessa*, você não tem mais esse direito. Já disse, vou entrar em casa apenas para pegar minhas coisas e minha filha!

— Donna, *amore*, por favor, reflita! Você não pode, não deve jogar nosso amor assim pelos ares por causa de uma besteira, de um simples desentendimento.

— Besteira, simples desentendimento? É assim que você chama colocar em questão minha lealdade a você?

— *Mi dispiace,* não me expressei direito, não deveria jamais ter dito aquilo. Mas você já me conhece, sou genioso e...

— E estou cansada, cansada disso! Desse seu humor mercurial e taciturno, dessa sua desconfiança excessiva de tudo e todos.

Marcelo manejou o carro entrando na rua da nossa casa. A frente dela, um utilitário moderno estava estacionado, chamando nossa atenção. Marcelo trocou um olhar preocupado comigo e parou o carro, alguns metros antes da entrada da propriedade.

— Você estava esperando alguém? — indagou franzindo o cenho.

— Claro que não! — respondi tão intrigada quanto ele.

Decidi sair do carro, curiosa para saber quem nos esperava a uma hora daquela, depois de tudo o que vimos esta noite. Para encerrar o assunto com Marcelo disse:

— Assim como Perséfone, vou buscar minha saída do submundo.

Desci do carro e vi uma sombra descer do outro veículo. Aquele perfil me era familiar, mas ao mesmo tempo desconhecido.

O estranho era alto, robusto e exalava perigo. Eu me lembrei de ter sentido uma sensação semelhante, anos atrás.

Segui inquieta na direção dele e quando aquele homem se revelou a luz e eu fui tomada do mais completo assombro.

— Donna...

Reconheci a voz, aquela voz...

Ele avançou mais ainda para luz e se revelou completamente. Era ele ao mesmo tempo não era, estava diferente, mudado.

Ele era todo músculos, força bruta. Seus cabelos, um pouco maiores do que eu me lembrava, voavam com o vento da noite. Havia uma fina cicatriz descendo de sua testa e atravessando seu olho, bochecha cortando seu rosto. Hipnotizada, aproximei-me, toquei-a, sentindo-me atônita.

— Não tenha medo, sou eu mesmo.

Ele segurou minha mão junto a sua face e sorriu. E eu tive certeza, era ele. Meus olhos marejaram e eu tremia dos pés à cabeça. Lancei-me em seus braços e o abracei o mais forte que pude.

— Ah, meu Deus! Mas não pode ser! Eu vi o vídeo... Eles o torturaram, eles... Você, você está... morto.

— Para alguns, ainda sigo no mundo dos mortos, mas você, Perséfone, me reconheceu.

— Deus, é você mesmo?

Capítulo 30

"Tenho apenas duas mãos e o sentimento do mundo.
Sentimento do mundo"
Carlos Drummond de Andrade

Marcelo

Aquilo só podia ser brincadeira do destino!

Depois de absolutamente *tudo* dar errado naquela noite, voltar para casa e dar de cara com aquele fantasma?

A vida tinha um senso de humor ácido, às vezes.

Lembrei da tensão dos últimos dias, do fato de que a tal Lara, mulher pela qual meu irmão caçula está apaixonado, ser filha simplesmente do homem que atribulou e atentou contra nossa família pelos últimos anos. E Donna sabia...

Desde quando?

A dúvida me corroía por dentro.

Meu Deus! Como pôde esconder a verdade de mim, de todos nós, Mancini?

Por que me ocultou algo tão grave?

Confessava que fiquei louco e muito decepcionado com minha esposa e a tratei de uma forma que logo em seguida, senti vergonha de mim mesmo.

A bofetada que ela acertou em meu rosto ainda queimava, não pela força em si — e Donna era uma mulher forte, nunca deixou de lado os exercícios que aprendeu na equipe —, mas pelo significado do ato. Eu havia magoado demais minha *principessa*.

Depois Romano invadiu a festa do tio e transformou uma noite de festa em tragédia.

Agora Alexandra e Messi Lombardo estavam mortos e todos os Capos aliados de Lombardo e dos Mancini, ordenaram uma caçada implacável pelo paradeiro de Romano.

Depois de toda a confusão, *mamma* resolveu levar a *ragazza* Lombardo para mansão Mancini.

— *Ainda não entendo por que estamos com questa... maledetta ragazza qui* — esbravejei.

— *Se a insultar novamente, Cello, eu arrebento sua cara!* — Bruno bradou do outro lado da sala.

— *Não posso acreditar no que estou ouvindo!* — Meu irmão mais novo, me ameaçar por causa de uma infame Lombardo.

Bruno avançou sobre mim, acertando um golpe na minha cara, pela segunda vez naquela noite discutia com alguém que eu amava. Fabrizio com Fanny tentava contê-lo, enquanto Donna e Luigi me seguravam.

— *Bruno, como se atreve a levantar a mão para mim, seu irmão, por causa dessa...*

— *Não diga mais uma palavra Marcelo ou juro que realmente esqueço que você é meu irmão e o arrebento na porrada!*

— *Rapazes, por favor, acalmem-se*! — pediu Fanny. — *Por Deus já chega! Não veem que Lara, assim como Bruno, não tem culpa de absolutamente nada do que está acontecendo? Ele não escolheu amá-la, aconteceu. E tanto ele quanto ela merecem nosso apoio nesse momento tão difícil!*

— *Marcelo, a falta de empatia de sua parte me envergonha e não foi dessa maneira que seu pai e eu o educamos.* — A repreensão da minha mãe foi a pá que me sepultou a noite.

— *Esta é a mansão Mancini. Quem decide as coisas por aqui somos sua mãe e eu* — Papà disse e completou: — *A jovem no quarto lá em cima merece nosso cuidado e afeto e não vou aceitar que ninguém questione isso. Bruno, suba e fique com ela.*

— *Marco, amore. Melhor eu subir antes, vou vesti-la com algo mais confortável, ela precisa descansar o máximo possível antes de lidar... com o que está por vir* — *mamma* disse, deixando a sala.

— *Marcelo, desculpe-se imediatamente pela forma como se expressou sobre a jovem* — Meu pai ordenou.

— *Mas, papà, ela é filha do...*

— *Marcelo, eu disse imediatamente! Não me aborreça mais!*

Engoli em seco meu orgulho, encarei meu irmão caçula e pedi desculpas.

— *Bruno, peça desculpa a seu irmão por tê-lo agredido.*

— *Papà, ele mereceu! Eu não vou me desculpar...*

— *Peça desculpa agora, Bruno! Já estou no meu limite com vocês, caspita!*

— *Marcelo, me desculpe.*

Bruno se desculpou, contudo, sua expressão seguia furiosa de uma maneira que eu jamais vi antes. Em seu olhar estava escrito, não apenas que ele não me desculpava coisa nenhuma, como me ameaçava, caso eu dissesse mais alguma coisa ofensiva contra sua *amada*.

— *Acalme-se!* — Senti uma palma me puxar devagar.

Era a mão da minha esposa, minha Perséfone. Donna era a única que conseguia com um toque e com sua voz aveludada, trazer ordem ao caos dentro de mim.

— *Eu vou subir para ajudar mamma. Quer vir comigo*? — Fanny sugeriu a Donna.

Donna olhou de Bruno para mim e disse:

— *Acho melhor irmos para casa. Vamos, Marcelo. Estou exausta!*

— *Eu vou subir e ver como Lara está* — Bruno disse e deixou a sala.

— *Vamos querida.*

Donna segurou minha mão, incitando-me a deixar a sala.

Contudo, antes de sairmos papà disse em alto e bom som:

— *Lembrem-se: a união faz a força, filhos. Por motivo algum deve haver desentendimentos entre nós. O mundo pelo qual navegamos, por si só, já é belicoso o suficiente. Nesta casa, entre nós, devemos nos manter em concordância, sermos pacificadores, e permanecermos juntos, se quisermos vencer nossos inimigos*.

Marco Mancini olhou cada um dos filhos, as noras e saiu em seguida, dirigindo-se ao escritório.

— *Boa noite a todos!* — despedi-me e saí da mansão.

Depois que entramos no carro, tentei entabular uma conversa com Donna, quando ela me informou de sua recente decisão e discutimos todo o trajeto. Donna seguia irredutível.

Estávamos a apenas alguns metros de casa quando um utilitário parado à frente, chamou nossa atenção. Donna, impulsiva desceu do carro e do outro veículo, também desceu um homem.

Não o reconheci a princípio, porém quando ele chegou mais próximo da luz, eu o vi claramente e pensei que tudo o que aconteceu naquela noite havia embotado minha mente. Peguei a arma no porta-luvas, engatilhei-a, desci do carro e segui devagar.

Donna se lançou aos braços do cara e rompeu em lágrimas. Ele a abraçou, agarrou-a com os dois braços. Meu sangue ferveu com a cena. Se ele não a soltasse logo, eu arrancaria a mão dele com um tiro.

Em seguida, Donna desmaiou nos braços do homem. Em pânico, corri até ela, arrancando-a dele.

— *Donna, amore svegliatti!* Acorda, *principessa mia.*

Balançava Donna em meu colo enquanto o homem correu até seu carro, em seguida voltou trazendo uma garrafa de água e respingou algumas gotas. Aos poucos, Donna despertou e encarou-me, um pouco atordoada sorriu, porém seu sorriso durou pouco. Seus olhos foram se enchendo de ressentimento.

— *Donnatella*, você está bem?

Donna olhou para o meu lado e disse:

— Então foi real. Eu não estava sonhando. — Ela levantou a mão e acariciou o rosto do homem agachado ao meu lado.

— É você mesmo, Iago?

— Sim, sou eu.

— Meu Deus! O que houve? O que aconteceu? O que fizeram com você? Eu vi o vídeo. No hospital... Lombardo me mostrou e eu achei que estivesse morto e...

— Para ele eu estou morto, porém sigo entre os vivos.

— O que faz aqui?

— Lara me disse que, se algo desse errado, se não conseguisse contato com ela, poderia confiar em você. Eu estava no encalço de Romano e descobri o que ele pretendia fazer esta noite, tentei avisar Lara, porém, ela não retornou nenhuma das ligações ou mensagens que eu deixei. Depois soube por um de nossos infiltrados sobre a tragédia que aconteceu na casa Lombardo. Lara deve estar devastada pela morte da mãe. Estou preocupado, não consigo localizá-la.

— Lara está em choque. Está sob os cuidados de Regina.

— Regina Mancini? Deus, então Bruno já sabe de quem ela é filha.

— Já sabe. Mas como *você* sabe tudo isso? Qual sua relação com Lara? — Donna indagou intrigada, tentou se levantar e uma nova tontura a acometeu.

— *Principessa, allora andiamo.* Você passou por muita pressão hoje e precisa descansar. Lembre-se do seu coração — pedi.

Donna olhou fixamente para mim. Em seus olhos, a mágoa ainda resistia, porém, obedeceu-me.

— Marcelo, tem razão, sinto-me exaurida. Iago, precisamos conversar. Você precisa me dizer onde esteve, o que se passou durante esses anos! Quero saber tudo sobre você.

Donna seguia acariciando o rosto de Iago, despertando minhas tendências homicidas de arrancar a cabeça dele do pescoço, porém me mantive impassível; o máximo que pude. Já estava ferrado com Donna demais por uma noite. Qualquer outra burrice minha e acho que aquela mulher me castraria.

— Está bem. Virei vê-la em breve. Boa noite, Marcelo!

Grunhi uma resposta ininteligível e ergui Donna em meus braços.

Percorri alguns metros, desativei o alarme da casa para entrarmos. Natalia estava com Giovanna, a babá contratada por Sheila para tomar conta de Pietro e de nossa filha, nossa pequena Nat, enquanto estávamos na festa e com certeza já, estavam dormindo.

Religuei o alarme e fui direto para o nosso quarto. Assim que coloquei Donna na cama, imediatamente ela adormeceu. Sentado ao seu lado, velei seu sono preocupado com sua palidez. Foram demasiadas emoções esta noite e estúpido que era, eu só consegui piorar as coisas.

— *Mi dispiace, principessa mia*. Perdão, meu amor — sussurrei na penumbra da noite.

Levantei-me com cuidado para não a despertar, tirei o smoking, fiquei apenas com a boxer, juntei-me ela na cama e em seguida adormeci.

A certa hora da noite, acordei com Donna suando frio e transpirando. Ela se debateu e eu percebi que estava tendo um pesadelo.

— Marcelo, eu juro não queria... Lara me fez prometer... O segredo era dela, não meu, não queria magoá-lo, eu te amo... E...

Ela se debatia e repetia aquelas frases sem parar.

— Iago, é você? Você voltou...

Cristo! Aquele maldito já se infiltrou nos sonhos dela...

— Iago, eu vou fugir... Fugirei do Marcelo, para ficar com meu filho... E aí... Isso dói! Dói muito!

Senti algo molhado entre os lençóis, levantei-me, acendi a luz e vi sangue. Sangue de Donna.

Meu coração errou uma batida e o pânico me dominou. Tentei me acalmar e corri para o telefone e liguei para Dr. Caribone.

— Donna, Donna *amore,* o que está acontecendo?

Deus, o que eu fiz para merecer isso? Por que está me punindo? Questionei em meu desespero.

Poucos minutos depois, Dr. Caribone chegou e começou a examinar Donna em seguida, ligou, acionando a ambulância pedindo a máxima urgência.

— Adriano, o que houve? O que está acontecendo com minha mulher?

— Marcelo, ela teve um sangramento, no entanto, aqui eu não disponho dos equipamentos para examiná-la minuciosamente. Por isso vamos levá-la ao Franca Viola.

— Pelo amor de Deus, você tem alguma ideia do que há com ela?

— Além do tiro de raspão que tomou no lado esquerdo do abdômen...

— *O quê?* Como assim, um tiro?!

— Talvez pela confusão na adrenalina, nem mesmo ela percebeu.

— Então o sangramento...

— Não, esse estancou. Coagulou, trata-se apenas de um pequeno ferimento, um raspão mesmo.

— Então por que minha mulher está sangrando?

— Marcelo, minha ética profissional não me permite entrar em maiores detalhes sem os exames precisos e sem consultar minha paciente antes. Não posso dar um diagnóstico conclusivo agora. Peço paciência, vou cuidar de Donna com o mesmo zelo de sempre. Confie em mim! — Dr. Caribone pediu.

Em poucos minutos a ambulância chegou. E quando estávamos quase de saída Giovanna, a babá surgiu, confusa, e perguntou:

— *Signore, che cosa é successo?*

— Donna não está bem. Vamos para a clínica Franca Viola. Não sabemos o que ela tem. Assim que descobrirmos, eu ligo avisando.

— Devo comunicar algo à mansão Mancini?

— Por hora, não. Aguarde meu contato com mais informações. *Grazie mille, Giovanna.*

— *Prego.*

Segui com Donna na ambulância, fechei os olhos e dirigi uma prece a Deus para que cuidasse da minha mulher, para que ela ficasse bem. Recuso-me a aceitar que seja ela a expiar pelos meus pecados.

— *Ah, Dio, ascoltami!*

Capítulo 31

Ninguém diria que essa mão serena,
Que tanta força tem, sendo pequena,
Pode num gesto de emoções febris,
Mudar o curso das eternidades,
Desmoronar impérios e cidades,
Erguer montanhas... me fazer feliz!

Sua Mão - Onestaldo de Pennafort

Donna

— Sinto muito, Marcelo, mas não posso dizer mais nada até que Donna desperte. Tudo o que posso dizer é que a situação está sob controle, o sangramento foi apenas de escape e ela está estável agora.

Ouvi a voz distante, a princípio e depois mais presente.

Abri os olhos e percebi que estava em um dos quartos da clínica Franca Viola, porém não sabia como fui parar ali.

Lembrei da tumultuada noite, da discussão com Marcelo, do encontro com Iago; ainda não estava muito certa se de fato aquilo fora real ou se fruto de minha imaginação. Quão exaustiva foi aquela noite!

Não tinha a mais remota ideia de como fui parar ali. Espera, tinha sim. Lembrei de... Não sei quanto tempo faz, mas Adriano esteve conversando comigo.

— Adriano, o que aconteceu comigo?

— Donna, você teve um pequeno sangramento, sabe qual foi o motivo?

— Não. Vinha sentindo-me um pouco cansada ultimamente, mas nada anormal. Por que a pergunta, doutor, é o meu coração? Ele está falhando de novo?

— Donna, você está grávida. E de acordo com os exames solicitados pela Dra. Rosso, de três meses já. Não notou a interrupção do seu fluxo menstrual?

— Sim, eu percebi, contudo nunca fui muito regrada e como parei de fazer uso de contraceptivos recentemente para a realização de alguns exames. Não imaginei uma gestação... Não tão rápida. Não estava nos meus planos.

— E você está feliz? — Adriano perguntou segurando minha mão de forma amistosa.

Eu de repente fiquei sem fala, não soube o que responder. Depois, um sorriso rompeu de dentro para fora e eu comecei a gargalhar.

Outro bebê. Claro que eu estava feliz!

Acariciei meu ventre ainda sem sinal algum e perguntei:

— Adriano, você tem certeza?

— Cara, Donna, aqui estão os exames e são bem conclusivos. Você está grávida de três meses e duas semanas. Devo dar a notícia ao Marcelo? Ele está me enlouquecendo querendo notícias suas...

— *Não!* — respondi rápido demais. Em seguida respirei e disse: — Eu mesma quero dar a notícia.

— *Perfeito! Então agora descanse, você precisa descansar e fazer repouso o máximo possível. Sua gravidez não é de risco, no entanto, por precaução e por conta desse sangramento a recomendação é repouso e tranquilidade.*

— *Entendi* — respondi acariciando mais uma vez meu ventre e já sonhando com o rostinho do meu futuro filho ou filha.

Horas depois estava acordada e sem saber como dar a notícia a Marcelo. Porém não ia esconder isso dele. Ele merece saber a verdade.

— Marcelo... — balbuciei e meu marido correu imediatamente para meu lado.

— Donna, *principessa, amore mio, come stai?* — perguntou ele segurando minha mão, em suas feições vi toda sua angústia.

— *Sono bene*.

— Bom, Donna está acordada e deseja falar com você. Vou deixá-los a sós — Dr. Adriano disse saindo do quarto.

Assim que ele fechou a porta. Marcelo se aproximou mais de mim, roçou seus lábios em minha testa e disse:

— Então, você tem algo a me dizer?

— Tenho e não sei como.

— *Amore*, diga-me pelo amor de Deus. É seu coração? Você está bem? Por favor, diga-me que você está bem!

— Lembra-se da conversa que tivemos uns meses atrás? No Natal, sobre nossa família aumentar...?

— Donna, *principessa mia*, você está grávida?

— Sim, estou.

— *Dio Santo, grazie Dio*! — Marcelo me envolveu em um abraço caloroso e me beijou com tanta emoção que quase me fez esquecer toda a nossa discussão de horas atrás... *Quase*.

— Marcelo, precisamos conversar sobre o que houve na festa de Lombardo.

— *Amore*, por favor, por favor, me perdoe! Sei que fui um completo idiota, um tolo, porém esse tolo te ama, ama mais do que tudo, *vita mia*! Amo nossa filha e amarei o bebê a caminho de... quantos meses?

— Três meses e duas semanas.

— Então em breve saberemos o sexo.

—Sim, em breve.

— Sinto que será um menino.

— Ah, agora você tem sexto sentido?

— Não, mas pelo jeito que ele escolheu se mostrar a nós, impetuoso, só pode ser um menino e com um gênio parecido com o meu.

— Ah, que Deus me ajude então!

Marcelo sorriu e perguntou.

— Posso avisar aos meus pais?

— Deve! Estou certa de que a notícia será recebida com alegria. Apenas peça para que ninguém comente com Nat. Prefiro que sejamos nós dois a dar a notícia a nossa pequena. Ela vai adorar as boas novas.

Marcelo tornou a me beijar. Perdoei-o e qualquer receio que eu tive de dar a ele essa notícia se dissipou. Em seus beijos e em seu abraço me aconcheguei na certeza de que, mesmo com discussões e desavenças no fim do dia, nosso amor venceria.

Lara

Quatro dias depois...

Então era isso.

Num caixão suntuoso, no mausoléu Lombardo, minha mãe jazia, partiu para a eternidade. Ao menos não sentiria mais a indiferença e o desamor do homem ao qual ela dedicou seu amor durante toda uma vida.

Nunca vi meu *babbo* tão abatido. Ele havia envelhecido anos em apenas alguns dias. O que ele não havia demonstrado de afeto à minha mãe em vida, o demonstrou na morte.

Após o serviço fúnebre na casa Lombardo seguido do enterro, fomos para a mansão Mancini.

Bruno não me deixou um segundo sequer. Colocou-se ao meu lado, beijou-me, abraçou-me e esteve o tempo todo comigo.

Notei algumas trocas de olhares entre ele e meu pai. Lombardo questionador e Bruno hostil.

E agora estávamos todos no amplo escritório Mancini. Marco, Regina e Lombardo juntos de um lado do escritório em confortáveis poltronas. Marcelo e Donna, Luigi e Fanny, Fabrizio e Sheila e Bruno do outro lado, ao meu lado.

— Sei que estamos vivendo um momento difícil, contudo, alegro-me que todos vocês estejam presentes. Marcelo e Donna têm um comunicado a fazer — Papà Mancini anunciou.

Todos na sala olharam na direção do casal. Eles sorriram bobos. Donna anuiu com a cabeça e Marcelo disse:

— Donna e eu vamos ter outro bebê. Outro bebê para a *famiglia* Mancini

Todos na sala gritaram de felicidade, oportunamente a porta se abriu e dois empregados trouxeram taças de champanhe para brindar o momento

Papà Mancini, mais uma vez pediu a palavra:

— Essa notícia é muito bem-vinda, não poderia acontecer em um momento melhor. Ao nosso futuro neto ou neta, um brinde!

Todos levantamos nossa taça e solvemos do excelente champanhe. Donna apenas bebericou e depositou a taça ao lado sorrindo.

Levantei-me por um momento indo até ela e parabenizando minha querida amiga, abraçando-a. Choramos juntas e mesmo ainda meio entorpecida pela morte de minha mãe, aquela notícia com certeza trouxe alegria ao meu coração.

Bruno se aproximou também, cumprimentando o irmão e a cunhada, depois envolveu minha cintura, trazendo-me para junto dele.

Meu pai não parava de nos encarar, contudo nada disse.

Mamma Mancini tomou a palavra e disse:

— Nós decidimos reunir vocês aqui, após uma longa discussão entre Marco e Leo e eu. Levando em consideração todos os últimos acontecimentos.

Mamma Regina fitou Bruno, ponderou e continuou:

— E pensando na nova geração de Mancini. Já temos Pietro, Natalia e agora com um novo bebê a caminho, Marco, Leo e eu decidimos dar um basta em qualquer disputa, guerra ou *vendetta* que já nos custou muito caro ao longo desses anos e resultou na atrocidade recente.

— Não se pode culpar ninguém, além dele mesmo. Foi Lombardo que começou com tudo isso, ordenando meu assassinato! — Bradou Bruno, lívido.

Estremeci ao seu lado, temendo seu rompante.

— Bruno, *figlio mio, ascolta...* — Mamma pediu.

— Bruno tem razão — Luigi falou. — Não somos nós quem devemos pedir perdão...

— Quando fomos os mais aviltados — Marcelo completou. — Você e só você, Lombardo, começou tudo isso.

— *Ragazzi*, calem-se e isso é uma ordem! Peço que se calem porque vamos explicar para vocês, a origem de tanto ressentimento e sede de vingança. E já os advirto, isso não será um tribunal para achar culpados. Decidimos os três em comum acordo, contar-lhes a verdade sobre nosso passado em comum, para que vocês entendam por que chegamos a nossa situação presente e para que compreendam nossas atitudes e articulações futuras. — *Papà* Mancini falou com a voz mansa, porém firme de um líder nato, não de um déspota.

Não havia traço nenhum de tirania ou vilania nele, havia autoridade e comando, mas ele estava muito longe de ser um homem cruel como já vi meu pai sendo.

Papà Mancini sentou-se em sua poltrona logo atrás da mesa, *mamma* a seu lado, massageou-lhe o ombro. Ele suspirou e disse:

— Bem, eu vou começar contando minha história e como aos quatorze anos, conheci Regina Giardino, a mulher da minha vida.

Capítulo 32

"Nunca podemos julgar a vida dos outros, porque cada um sabe de sua própria dor e renúncia."

Na Margem do Rio Piedra Eu Sentei e Chorei
Paulo Coelho

Marco

— Eu não me lembro da morte da minha mãe, era jovem demais para tal. O que eu me lembro bem foi da luta do pai para nos manter. Maurizio Mancini trabalhava como faz-tudo em uma mansão no coração de Posillipo. Um dia, ele chegou para trabalhar e o local estava em chamas. Ele correu para ajudar, tirando de dentro da casa o casal proprietário e a filha. Quando os bombeiros chegaram, a casa estava em cinzas. Todos foram encaminhados ao hospital. Chegando lá, a quantidade de fumaça inalada pelo meu pai acabou prejudicando demais o pulmão, debilitando-o pelo resto de sua vida. A família para a qual ele trabalhou nunca sequer agradeceu, todos se recuperaram bem e deixaram Nápoles.

Respirei fundo revivendo alguns momentos tristes da infância. Prossegui:

— Com sete anos eu já trabalhava, fazendo bicos no mercado. Papà e eu vivíamos em um antigo prédio condenado no Scampia. Papà não podia trabalhar seu pulmão não permitia atividade nenhuma que demandasse esforço físico. Ele não tinha muito estudo e eu infelizmente pela carga horária de trabalho, também estava defasado nos meus, pouco sabia ler, escrever e fazer as operações matemáticas básicas. Aos onze consegui um emprego na via da moda napolitana, carregando e descarregando suplemento de tecido e lá conheci um garoto muito inteligente pouco mais velho que eu. Em nossos horários de almoço ele me ensinou um pouco de tudo: Literatura, Geografia e História. Ele era brilhante, de origem um pouco melhor que a minha, mas as circunstâncias da vida também o haviam deixado órfão e com um irmão e irmã para criar. Ele tinha uma pequena casa e alguns truques. Conhecia toda a gente endinheirada da região e fazia "pequenos trabalhos".

Todos seguiam atentos em mim.

— Certo dia, ele desapareceu e não soube mais dele. Estranhei, afinal éramos muito amigos. Fui até a casa onde ele morava, sabia bem onde era.

Porém, quando cheguei lá, estava vazia e com uma placa de vende-se. Ele havia sumido, meu amigo Leonida, desapareceu da face da Terra. Eu estava só novamente. Eu contra o mundo.

Interrompi minha narrativa por uns instantes para tomar fôlego. Leonida me encarou e em seus olhos vi a compreensão refletida.

Respirei fundo e retomei meu relato:

— Dois anos depois, trabalhando na via da moda e acabei esbarrando numa belíssima jovem. Seu nome era Regina. Nós nos tornamos muito amigos, embora seu pai, um homem fino e de posses, não desejasse nossa amizade, continuamos a ser amigos por um bom tempo e eu seguia minha vida simples, com muito esforço. Um dia, voltando do trabalho, encontrei meu pai morto. Não houve tempo para uma palavra, despedida, nada. A vida dura que levamos e seu pulmão não resistiu. Em seu velório, Regina esteve o tempo todo ao meu lado, consolando-me como uma boa amiga e o anjo de doçura que sempre foi. Um mês depois, o lugar onde eu trabalhava me demitiu e eu fiquei sem ter como me sustentar e sem uma perspectiva do que fazer. Foi quando o senhor Vitale me procurou, propondo que eu fosse ao norte do país, onde ele abriria um novo empreendimento. Ele me perguntou meu grau de instrução e prometeu-me ensinar e disse que lá eu teria uma profissão e com o tempo, posses e aquela vida de miséria e privação ficariam no passado. Eu aceitei.

Sorri para minha esposa.

— Despedir-me de Regina foi o dia mais triste da minha vida. Dizem que homem não chora... Fazia pouco tinha perdido meu pai, agora deixaria minha amiga amada para trás e minha Nápoles, tão querida. Chorei sem vergonha alguma ao contar a Regina que precisaria mudar dali. Naquele dia trocamos nosso primeiro beijo. Eu já havia beijado algumas garotas antes, porém para Regina, aquele foi o primeiro beijo.

Regina interrompeu a massagem e se colocou ao meu lado, segurou minha mão e sorriu com a lembrança. Sorri de volta e segurando sua mão, depositei um beijo terno. Encarando os presentes, voltei a compartilhar aquelas lembranças.

— Foi doce, cheio de um desejo prematuro e amor. Nós nos permitimos apreciar aquele beijo e suas sensações. Com toda a paixão juvenil fervilhando nas veias, a minha vontade era tomá-la em meus braços e fazê-la minha naquele exato momento. No entanto, éramos apenas adolescentes e além de tudo, o que eu, um ninguém teria para oferecer aquela jovem tão bem-criada? Com isso em mente e uma determinação ferrenha, considerei mais importante do que nunca partir para o norte, vencer na vida para e então regressar. Prometi a Regina que voltaria e nos despedimos entre lágrimas e beijos.

— E você cumpriu sua promessa — Regina disse, a voz emocionada.

— Sim, cumpri minha promessa. Seis anos depois, voltei a Nápoles. Saí um moleque, voltei um jovem homem, com posses, dinheiro e uma única intenção: rever Regina, a moça que eu sempre amei. Ela ainda residia no mesmo lugar e eu fiquei feliz de finalmente poder entrar na propriedade, que sempre vi apenas a fachada, quando às vezes, a deixava em frente aos imponentes portões, torcendo para que o pai dela não nos surpreendesse.

Todos seguiam envolvidos pela história do nosso passado.

— Cheguei em uma data propícia: era noite de festa. Entrei com facilidade, eu havia mudado muito era um jovem de porte atlético, fartos cabelos escuros, pele bronzeada e olhos claros. As mulheres se atraíam por mim, mas meu coração havia sido cativado muito tempo atrás pela jovem que valsava elegantemente com um homem alto, loiro e de presença dominante.

Sim, ainda senti certo ciúme.

— Regina, a mulher da minha vida. Deus, como estava deslumbrante. Seu cabelo castanho quase negro e aqueles olhos esverdeados pareciam duas esmeraldas cintilantes, seus lábios corados esboçavam um sorriso gentil. Eu nunca vou esquecer aquele dia. Ela usava um daqueles vestidos da moda da época, verde hortelã e exalava frescor e vida. O homem dançava com ela, orgulhoso por tê-la em seus braços, possessivo. Sua postura demonstrava que ele acreditava ser seu dono. Ele tinha algo familiar, porém, não o reconheci de imediato. Após aquela dança, o homem chamou o pai de Regina e eu o segui com o olhar, observando atentamente. Eles se dirigiram a outra parte da casa, talvez o escritório, então, me aproximei dela e pedi uma dança. Ela arregalou os olhos encarando entre desconfiada e surpresa.

Preso ao passado, contive-me por um instante.

— Quando ela balbuciou meu nome, todos os anos fora, tudo o que eu enfrentei, todas as coisas atrozes que vi, todos os sacrifícios que fui obrigado a fazer... Tudo, absolutamente tudo, ficou para trás. Sim, aquela *principessa* linda me reconheceu e estava feliz em me ver. Dançamos e dançamos, pelo salão. Estava com ela em meus braços e o fascínio a nos envolver. Seus olhos brilhavam tanto que poderiam iluminar todo o salão.

Sorri levemente, procurando pelos olhos de minha amada esposa.

— "*Marco, precisamos conversar, mas não aqui, não hoje*", foi o que ela me disse, entusiasmada. "*Encontre-me em Bagni della Regina Giovanna, amanhã às 13h*". Ela falou tão rapidamente que eu mal compreendi. A dança acabou e nos separamos. Dei mais algumas voltas pela festa e vi o jovem com quem Regina havia dançado e dessa vez eu o reconheci, era Leonida, meu amigo de infância. Ele me encarou por um tempo e até sorriu educado, porém não me reconheceu. Ele havia mudado muito. Já não era o jovem de sorriso fácil, truques engraçados e amizade genuína que eu conheci. Ele era audacioso, tinha refinamento, um ar intelectual e uma aura magnética. As pessoas eram facilmente atraídas até ele. Contudo havia algo nele que me deixou alerta e me dizia que aquele menino bondoso da infância havia ficado em algum lugar bem distante no meu passado em uma Nápoles saudosa. Saí dali da mesma forma que entrei, discretamente.

— As coisas eram tão diferentes naquela época — Lombardo comentou com saudosismo.

E eu tomei um novo fôlego para continuar nossa história.

— No dia seguinte, encontrei Regina e trocamos muitos beijos e abraços. Foi como se o tempo não tivesse passado. Toda a empolgação, a curiosidade e a paixão do primeiro beijo estavam ali, muito maiores agora. Regina contou-me tudo. Como foram os últimos anos, que as coisas não iam bem e me contou tudo o que havia se passado desde que eu parti: a morte da mãe, sua ida para a faculdade, a volta para uma casa deteriorada e um pai ausente e finalmente algo que me deixou aterrorizado. Seu pai havia permitido que ela fizesse a faculdade, porém, pouco tempo depois de sua volta para casa, prometeu sua mão em casamento.

Nesse ponto, as lembranças tinham sabor agridoce.

— Regina contou-me a situação chorando porque ela havia se resignado a acatar a vontade do pai, explicou os motivos para tal e até disse que se afeiçoara ao homem. Passaram seis anos desde que eu parti e não havia dado nenhum sinal de que estava vivo. Mas estava e Regina se via em uma situação delicada. Ela me contou que seu pai, horas depois da festa, confessou ter contraído várias dívidas com um sujeito e que ele havia concedido sua mão em casamento a Leonida por esse motivo. Quando ela falou o nome dele eu não acreditei que era meu amigo Leonida. Eu confessei que o conheci ainda na infância, antes mesmo de conhecê-la e contei toda a minha história com Leonida. Foi quando Regina teve um plano. Eu não concordei de imediato, contudo era o que tínhamos. Regina passaria horas na companhia de Leonida, conhecendo-o, tentando ver qual a melhor forma de explicar nossa história e tudo o que aconteceu, a história do nosso amor. O tempo passou e ela não via como dizer aquilo sem causar um grande dano.

Segurei e beijei uma das mãos de minha mulher.

— Alguns meses depois, em um de nossos encontros, Regina chegou assustada. Ela havia dito tudo ao pai, pediu que ele a ajudasse a romper o compromisso com Leonida, porém o pai se negou rotundamente e a esbofeteou. Minha vontade foi de matá-lo por agredi-la. Não tivemos alternativa, não era o plano que eu tinha em mente quando cheguei em Nápoles, entretanto, devido às circunstâncias, propus a ela que fugíssemos e Regina aceitou. Eu havia comprado uma fazenda com um vinhedo em uma cidadezinha na Espanha e outra em Portugal. Fugimos para Portugal e nos casamos lá. Nossa lua de mel foi linda. Regina havia se guardado e eu fui seu único homem. Nós nos amamos incansavelmente e passamos meses viajando, descobrindo as maravilhas do vale do vinho. Certo dia, Regina teve um mal-estar e desmaiou. Aflito e preocupado, levei-a ao médico. Ela acreditava ser uma insolação. Para a nossa alegria, o médico anunciou a gravidez. Regina estava grávida. Ficamos imensamente felizes.

Olhei meu Marcelo ao lado de Donna que em breve teriam seu segundo filho e sorri.

— Como eu tinha vários assuntos das vinícolas para resolver, decidimos ficar em Portugal até a criança nascer. Foi com muita alegria que recebemos você, Marcelo, nosso primogênito. Três meses depois, resolvemos voltar a Nápoles. O pai de Regina nos recebeu, e depois de uma longa conversa chorou e pediu perdão por ter agredido a filha, por tudo o que fez, finalmente conheceu seu neto e se encantou com Marcelo. Quando perguntamos sobre Leonida, meu sogro contou que ele ficou transtornado ao saber da fuga da noiva e jurou vingança contra o homem que a roubou dele. Estávamos a apenas uma semana em Nápoles, quando Leonida descobriu que sua ex-noiva havia regressado.

Encarei Leonida e o surpreendi fitando Regina, ele em seguida desviou seu olhar para Marcelo. Lombardo ainda trazia melancolia em seu semblante, voltei a falar:

— Em um acaso do destino, estávamos fazendo um piquenique em *Bagni della Regina Giovanna* e ele nos confrontou. Naquele dia ele me reconheceu como o menino que ele ajudou, tantos anos atrás. Uma década havia se passado e eu tentei explicar, tentei argumentar. Leonida se recusou a ouvir, estava possesso, implorou que Regina voltasse com ele, assegurou que não faria mal algum ao bebê, disse que seu amor por ela não havia mudado, que seria capaz de tudo por ela. Regina não aceitou e tentou conversar com ele, mas não houve diálogo. Leonida estava irredutível. Chegamos os três a um impasse.

Fitei minha esposa com devoção e disse:

— Regina, *amore mio.* Se você realmente o amasse, eu teria permitido que se fosse. Entretanto, nós nos amávamos mais do que tudo. Leonida jurou que algum dia se vingaria de mim e assim começou a nossa saga, a saga dos Mancini e dos Lombardo.

Suspirei exaurido pela idade e pelas lembranças. Todos na sala permaneceram em silêncio, digerindo a história.

O silêncio foi rompido por Luigi, que disse:

— Por isso, no batizado de Pietro, Romano gritou para Lombardo como ele poderia perdoar o homem que roubou a mulher da vida dele, porque *mamma* e você fugiram juntos, assim como eu fiz com Estefania.

— Sim — confessei.

— A história se repetiu — Luigi comentou.

— Sim, e parece que vai se repetir de novo... — Leonida comentou enquanto encarava Bruno e Lara sentados.

Lara encarou o pai com certa pena. Ela seguia abraçada com Bruno que trocou um olhar desafiador com Lombardo.

Levantei-me da cadeira, cedendo meu lugar a Regina, beijei-a na testa em um gesto de amor e reverência.

Regina encarou a todos na sala, em especial a Lara.

— Lara, saiba que a primeira vez que a vi eu a amei como a filha que eu não tive — confessou e em seguida olhou para Bruno e disse: — Filho, eu o entendo perfeitamente. É muito fácil se apaixonar por Lara. Bem, chegou minha vez de contar, de visitar, meu lado da história.

Regina

Eu desde menina sempre gostei de cores, de arte e da natureza. Filha única, meu irmão era mais velho e tive uma infância solitária, mas de forma nenhuma infeliz.

Ia com frequência ao centro, onde minha mãe, uma mulher belíssima e muito elegante, costumava se encontrar com suas amigas para fazer compras e almoçar fora e assim era nossa rotina. Um dia, eu tinha uns treze anos, sem querer, acabei esbarrando em um rapaz e levei todo o suplemento de tecido que ele carregava ao chão. Ajudei-o, ainda que de forma desastrosa, a recolher os fardos e esse foi o dia que eu conheci o homem que seria o amor da minha vida. Nós nos apresentamos, porém babbo apareceu e no alto de sua prepotência, destratou o jovem. Aquilo me magoou profundamente. Embora eu fosse criada com bem-estar e regalias, detestava a forma que meu pai tratava as pessoas, sempre segregando-as. Ele me chamou e ordenou que eu não desse atenção a pobretões.

Uma semana depois, voltei ao mesmo lugar e perguntei sobre o jovem. Havia outro rapaz também à procura de Marco. Era alto loiro, olhos claros e se vestia bem, parecia ter uns dezessete ou dezoito anos. Ele me encarou com evidente interesse. Com quatorze anos eu tinha o corpo de uma adolescente de quase dezoito, embora não o fosse e nem me comportasse como tal.

O rapaz perguntou meu nome e meu pai nos surpreendeu, conversando e reconheceu o jovem como sobrinho de um conhecido. Afirmou que não sabia que Salvatore estava na cidade. Eu até então, nunca havia ouvido falar desse tal Salvatore. O jovem afirmou que estavam apenas de passagem e que em breve voltariam para à Polônia, onde agora residiam. O rapaz não tirava os olhos de mim e eu até senti um pouco de lisonja.

Mas quando finalmente achei o Marco... Nada se comparava a forma como ele me olhava: havia admiração e adoração naqueles olhos verdes e ternos. Eu o encontrei e nós nos tornamos muito amigos, sempre que minha mãe se distraía com as amigas, saíamos para tomar gelato e Marco me levava para passear por uma Nápoles que eu não conhecia. Seguimos nossa amizade assim por anos. Eu compartilhava minha rotina em casa, ele a do mercado de tecidos e o pai doente do qual ele cuidava com carinho. Um dia Marco me levou para conhecer seu pai, de quem ele tinha muito orgulho e chamava de herói.

O homem conversou comigo, disse que eu era encantadora e, virando-se para Marco, disse:

— Você a ama, vai se casar com ela um dia, mas para isso terá que se esforçar muito, figlio mio.

Algumas semanas depois Maurizio Mancini morreu. Marco ficou destroçado. Depois de apenas alguns meses, ele se viu sem pai, sem emprego e sem condições alguma de se sustentar. Pensei em pedir ajuda ao meu pai, porém ele o humilharia, coisa que eu jamais admitiria. Para Marco não restou outra solução a não ser deixar Nápoles para se aventurar em outro lugar. Marco contou-me da proposta que recebeu. Choramos muito naquele dia. Eu estava perdendo meu melhor amigo.

Suspirei melancólica, prendendo-me à minha narrativa, focada no presente.

— O beijo aconteceu muito naturalmente e percebi que a amizade se transformou em amor. Aquele foi meu primeiro beijo. Foi quente, suave e forte ao mesmo tempo. A simples presença de Marco me trazia uma segurança de que tudo ia dar certo sempre. O que eu faria sem ele na minha vida? Eu me deixei levar pelo beijo e senti coisas... Coisas que não devia ser certo uma garota de quase quinze anos sentir. Sua língua acariciava a minha e sua boca parecia... Soprar algo, um...

— Um sopro de vida... Você se sentia mais viva que nunca nos braços dele — completou Lara, olhando-me com compreensão.

Lancei-lhe um olhar repleto de ternura e respondi:

— Exatamente isso. Foi o beijo de Marco que fez com que eu, tal como Galateia, vivesse. Não era mais a beleza imóvel e fria, estava viva. Foi um beijo agridoce, com sabor de despedida, no entanto com a certeza de que ele voltaria. Marco me prometeu voltar e eu acreditei nele. Eu sempre acreditei em você, *amore*.

Fechei os olhos ao confessar isso e foi como se voltasse no tempo e sentisse toda a angústia da despedida. Respirei fundo e prossegui:

— Passou um ano, dois, três e nada de Marco voltar. Às vezes me entristecia, pensando que ele havia se esquecido de mim, de nosso beijo e sua promessa. Terminei a secundária e em algumas semanas começaria meu curso de Belas Artes na faculdade em Roma. Anos se passaram e no fim do meu penúltimo ano, minha *mamma* morreu de um mal súbito. *Babbo* e meu irmão ficaram arrasados e eu profundamente triste. Foi o princípio do fim para o meu pai. Os negócios começaram a decair e ele começou a vender nosso patrimônio. Perdemos o vinhedo de Cortona e o de Portugal andava mal das pernas. Quando cheguei ao último semestre da faculdade, ele me colocou a par da nossa real situação e foi categórico: apenas um casamento vantajoso salvaria nossa família. Eu ao longo dos anos, tinha poupado e possuía uma soma considerável, no entanto não era tão avultosa para salvar nossos bens. Não queria me casar por conveniência, essa noção de me tornar moeda de troca me aviltava. Formei-me, voltei para casa e usei parte de minhas economias. Vendi um quadro valiosíssimo que ganhei de minha *nonna* ao antiquário e penhorei as joias que herdei de minha *nonna* e minha *mamma* para resgatar nossa casa do abandono ao qual meu pai a relegou durante os últimos anos. Fiz um ótimo trabalho, modéstia parte e consegui resgatar parte de seu esplendor.

Sorri com orgulho de mim, de minha força.

— Meu pai voltou de uma de suas viagens. Estava satisfeito com o trabalho que Hector estava fazendo em Portugal e para comemorar minha recente formatura, teve a ideia de realizar um baile, contudo ainda não havia decidido a data. Uma noite *babbo*, convidou um jovem para jantar conosco. Era belo, atraente, tinha um ar familiar. Seu nome era Leonida Lombardo. Ele era muito inteligente, charmoso e ao mesmo tempo engraçado, me fazia rir com suas piadas. O jantar transcorreu tranquilamente. Meu *papà* aparentava estar muito satisfeito com o entrosamento entre Leonida e eu. Ao fim da noite, eu já o tratava de Leo. *Babbo* se recolheu após o jantar, nos deixando a sós. Leonida poucos minutos, depois se colocou de pé, pronto para partir. Acompanhei-o até a porta. Seu carro estava estacionado na frente da propriedade.

Olhei para Leonida por um instante.

— Ele me fitou, intensamente, seus olhos faiscaram. Sentia-me tensa e apreensiva. Agradeci-o pela noite agradável e Leo manifestou sua vontade de visitar-me mais vezes e eu concordei, porque de fato, simpatizei com ele. Quando ele pronunciou meu nome, tinha doçura e adoração em sua voz. Nos despedimos, dei as costas e estava prestes a fechar a porta, porém fui puxada e quando dei por mim, seus lábios desceram sobre os meus e ele se apossou deles. Fui completamente subjugada pelo gesto. Seus lábios firmes, fortes e decidido. Perdi o ar. Leo interrompeu o beijo, sorriu como um menino, acariciou meu rosto, depositou um último beijo e se despediu.

Interrompi minha narrativa e novamente olhei para Leonida. Ele estava atento a cada palavra minha como se as bebesse.

Pigarrei e segui:

— Leo passou a frequentar nossa casa. Ele era atraente, de fato um lindo homem. Eu não o amava, mas não lhe era indiferente. Ele era muito envolvente e magnético. Depois daquele primeiro beijo, estivemos juntos sozinhos em vários passeios e principalmente no *Bagni della Regina Giovanna,* onde nos beijamos outras vezes. Um dia, meu pai definiu a data para minha festa de formatura e juntos organizamos tudo. A noite chegou e eu estava animada, dançando com Leonida que estava muito elegante.

Respirei profundamente, sentindo o mesmo que naquela noite; como se estivesse naquela noite.

Era inevitável não pensar no Marco e em nosso primeiro beijo, porém não tive notícias dele e já havia se passado muitos anos. Resignei-me a dura realidade: ele jamais mais voltaria. Durante o período da faculdade, havia paquerado e beijado um ou dois rapazes, nada sério. Contudo o beijo de Leonida era diferente, tinha dominação e ao mesmo tempo em que me atraía, me amedrontava. Sentia-me como uma estrela sendo engolida por um imenso buraco no espaço. Terminamos de dançar, Leonida chamou meu pai para conversar e eles se dirigiram ao escritório.

Um homem alto e forte se aproximou de mim pedindo-me uma dança. Ele tinha lindos olhos verdes ambarados e farta cabeleira castanha escura, suas compleições robustas e seu rosto belo. Meu Deus, eu não podia acreditar no que meus olhos viram. Era o Marco, depois de tantos anos, ele finalmente regressara.

— Marco — balbuciei incrédula.

Ele nada respondeu, apenas envolveu-me em seus braços e juntos dançamos a música I just died in your arms tonight. Eu estava encantada por vê-lo novamente. Tinha tanta coisa a dizer, tanto a compartilhar. Sorri e falei:

— Marco, precisamos conversar, mas não aqui, não hoje. Encontre-me no Bagni della Regina Giovanna, amanhã às 13h — falei tão rapidamente, atropelando as palavras, que tinha medo de que ele não tivesse compreendido. A música acabou e nós nos separamos com a promessa de nos ver no dia seguinte.

Ele circulou pela festa por mais algum tempo, seu olhar sempre recaindo sobre mim, depois partiu.

Aproveitei a festa, conversei com mais algumas pessoas e me diverti bastante. Ao fim da noite, um pouco antes de eu me preparar para dormir, meu pai veio ter comigo. Estava feliz que a festa foi um sucesso e disse se surpreender com o meu entrosamento com Leo, afirmando que daríamos um excelente casal. Então era isso. Comecei a montar o quebra-cabeça e então entendi as intenções de meu pai: ele queria que me casa-se com Leonida Lombardo. Meu pai havia me vendido.

Eu adorava Leo, achava-o um homem muito bonito e ele mexia comigo, porém não tolerava a ideia de que meu casamento fosse uma espécie de contrato, como na Idade Média e além do mais, à volta do Marco mudava tudo.

Meu pai confessou ter contraído muitas dívidas, disse que Leonida ajudou a quitá-las e que em troca, havia oferecido minha mão em casamento a ele.

Nunca senti tanto ódio e repulsa por meu pai como naquela noite. Estava furiosa, no entanto, não podia demonstrar. A solução, por ora, era fingir concordar. Após isso me retirei para dormir, contudo a noite foi insone. No dia seguinte, encontrei-me com Marco e ao primeiro toque dos nossos lábios, me desmanchei. Permiti que seus beijos rompessem anos de solidão.

Contei-lhe tudo o que se passou desde a sua partida até a última noite quando descobri que meu babbo havia me prometido a Leonida. Ao ouvir o nome dele, Marco atordoado, contou que o havia conhecido na infância, que eles tinham sido amigos e que Leo o havia ajudado em momentos de adversidade; que ele era muito grato a Leonida. Eu fiquei extremamente angustiada. Nunca imaginei que o destino pudesse pregar-me uma peça assim, colocando-me entre dois amigos.

Chorei entristecida e Marco me consolou com seu abraço acolhedor, e seu carinho. Como senti falta dele. Agora ele estava ali e eu não o perderia por nada. Depois de um tempo, me acalmei e tracei um plano. À princípio, seguiria como meu pai propusera, sairia com Leo e me permitiria conhecê-lo mais. Faria aquilo, na esperança de que poderia conquistar sua afeição e ajuda sincera, para confessar a ele meu amor por Marco e conseguir seu apoio.

Contudo, o tempo foi passando e eu fui me apegando a amizade que tinha com ele, tornando tudo mais difícil. Seria uma tarefa árdua contar-lhe a verdade e tive muito medo de magoá-lo. Decidi recorrer ao meu babbo e confessei-lhe toda a verdade. Meu pai me esbofeteou, me chamou de mundana, proibindo-me de sair de casa.

— Fiquei furioso com seu pai. Quando soube, não pude me controlar — Leonida me interrompeu, indignado, lembrando-me que eu narrava minhas lembranças para todos, no lar que construí com meu marido.

Encarando-o, retruquei:

— Sim, por isso que no dia seguinte, assim que ele saiu, eu também escapei e contei o que aconteceu a Marco. Foi então que decidimos fugir. Passamos parte da manhã planejando tudo e depois voltei para casa. Meu pai ainda não havia retornado, aproveitei sua ausência e separei apenas o necessário, aquilo que coubesse em uma mochila. Durante a madrugada, sorrateiramente deixei aquela casa, meu lar pelo qual havia lutado tanto, ficou para trás. Meu lar seria onde Marco estivesse.

Meu olhar foi para Marco.

— Assim que chegamos a Portugal e nos instalamos, procuramos uma igreja para nos casarmos. Marco queria oferecer uma cerimônia tradicional, comprar-me um belo vestido de noiva. Eu não quis, tinha pressa para ser dele e não precisava de mais nada a não ser o homem que eu amo ao meu lado. Vesti o mesmo vestido verde que usei na festa em minha casa e cheia de esperança, entrei na igreja como Regina Giardino e saí Regina Mancini. Nossa noite de núpcias foi linda e passamos nossa lua de mel viajando pela Península Ibérica. Alguns meses depois, de volta e estabelecidos em Portugal fui acometida de um mal-estar. Marco muito preocupado, insistiu que eu fosse ao médico e me acompanhou na consulta. Chegamos à clínica, fiz os exames e descobri que estava grávida. Não nos contínhamos de felicidade, foram meses lindos, cheios de descoberta. Dei à luz ao Marcelo em um parto longo e sofrido, porém quando vi o rostinho dele, soube que valeu a pena. Ali estava a concretização do nosso amor, você, *figlio*.

Olhei para Marcelo com o coração pleno de felicidade e sorri.

— Alguns meses depois, Marco e eu conversamos muito e decidimos voltar a Nápoles e apresentar Marcelo ao avô. Meu pai nos recebeu, estava com a saúde debilitada, chorou de emoção ao ver o neto, se arrependeu muito de tudo o que fez e ficou maravilhado ao ver Marcelo. Perguntei ao *babbo* se tinha notícias de Leo. Ele contou que Leo ficou transtornado com minha fuga, disse que ele jurou vingança e partiu. Ninguém mais teve notícias dele. Fazia apenas alguns dias que estávamos de volta e Leo nos encontrou fazendo piquenique. Em seus olhos tinha decepção, mágoa e muito rancor. Marco tentou conversar com ele, explicar a situação, ele não o ouvia e então implorou para que eu deixasse Marco e ficasse com ele. Leo não se importava que eu já fosse mãe do Marcelo, prometeu cuidar dele como de um filho. Não aceitei, jamais aceitaria.

Sim, eu nunca aceitaria tal absurdo!

Minha certeza, coração e todo meu amor sempre foram do Marco. Tentei consolá-lo, porém ele estava irredutível, furioso e ressentido, jurou, que um dia faria Marco pagar por tudo, jurou que o tempo até poderia passar, mas que a vingança viria e seria implacável. Os anos se passaram e Leo e Marco foram se tornando grandes em seus negócios. Depois de uns alguns anos, soube que Leo se casou com uma condessa. Além disso, havia se tornado um Capo da Camorra. Quando Luigi tinha quase dois anos, Marcelo tinha seis e eu estava grávida de Bruno, recebi uma carta selada com um brasão. Ao abri-la vi que se tratava de Leo, ele pedia que eu o encontrasse em Bagni della Regina Giovanna. Eu aceitei e lá nos encontramos. Leo se comoveu quando me viu grávida e mais uma vez pediu que eu fugisse com ele.

Ele assumiria meus filhos como se fossem seus. Ele me suplicou que partíssemos juntos. Aquilo tudo me abalou, eu não era indiferente a dor de Leo, queria, desejava que ele fosse feliz, que tivesse encontrado o amor em sua esposa. Porém não foi assim. Ele não a amava, embora por algum tempo ela tenha o fascinado, não havia amor. Compadeci-me, contudo, nada podia fazer. Reafirmei meu amor por Marco e mais uma vez Leo reafirmou sua vingança.

Ao longo dos anos sempre nos vimos, ao menos uma vez por ano, no dia do aniversário dele ou em alguma outra ocasião. Em uma delas, vi Lara, ainda pequena com seis anos, em sua roupa azul de borboletinha. Uma linda menina, que eu tanto desejei e que nunca veio. Sempre fui feliz com meus ragazzi, entretanto, sentia falta do carinho e do olhar doce de uma bambina. Leo sempre lutou por mim e eu sempre esperei que ele se apaixonasse pela esposa e valorizasse a família que construiu. O tempo passou, anos e eu esqueci sua promessa de vendetta, no entanto, algumas coisas estranhas começaram a acontecer. Primeiro: a morte da esposa do Marcelo. Nunca gostei de Norma, ela simplesmente não era a mulher talhada para Marcelo. Era exótica demais, nunca teve o brilho no olhar nem o corar das feições que uma mulher apaixonada de verdade possui. Ela nunca sequer dirigiu um olhar como os que a Donna, ainda jovem, dirigia a Marcelo toda vez que meu filho entrava em um ambiente.

Fui surpreendida quando Marcelo anunciou o casamento com aquela moça. Sempre fui uma mãe afetuosa, nunca invadi a intimidade dos meus filhos. Aconselhei Marcelo, porém não podia tomar decisões por ele. Marcelo e Norma se casaram e pouco tempo depois, Marcelo a encontrou morta com o amante. Aquilo não era aleatório, não era apenas mais um mero caso de infidelidade, estava certa de que aquilo tudo tinha um propósito. Os anos passaram, Donna e Marcelo se casaram, e ocorreu o incidente em Havana, que meus filhos tentaram me esconder. Não tive dúvidas que se tratava de Leo executando finalmente sua vendetta e bom, acredito que todos aqui saibam o que vem acontecendo.

Era impossível não voltar ao passado e ver como tudo se deu enquanto eu falava, porém lutei para me manter aqui para concluir minha história.

Olhando para cada um na sala, segui:

— Há coisas que Leo, Marco e eu já discutimos recentemente e já nós resolvemos, porém há algumas que acredito, sejam revelações tanto para Marco quanto para você, Leo.

Ambos, meu esposo e Leo, estavam muito comovidos com aquela viagem a nossa trajetória. Todos na sala ouviram atentamente. Leo se levantou de onde estava, cruzou o escritório e parou na diante de Lara e Bruno.

Bruno, na defensiva, colocou-se à frente de Lara.

— Acalme-se, já entendi que você se apaixonou pela minha filha, apenas quero dar uma palavrinha com ela.

Bruno ficou reticente, porém recuou e Leo encarou a filha. Lara estava emocionada e sustentou o olhar do pai com a expressão branda.

— *Figlia*, de antemão me perdoe pelo que você vai ouvir nesta sala. Prometo que será a última vez que falaremos sobre isso.

Lara, silente, anuiu com a cabeça.

Leo se levantou e, colocando-se ao lado de meu esposo, começou a contar sua história.

Capítulo 33

"Durante anos eu te implorei
Apenas me leve em seus braços
Você não o fez. Não podia."
Lana del Rey

Leonida

— Nada, nada em minha vida foi fácil. Minha *mamma* morreu apenas algumas horas depois de dar à luz ao quarto filho, Antonio. Meu pai, Iacopo, se negou a viver sem ela por isso, se suicidou. O bebê, meu irmão caçula, morreu também uma semana depois. Tinha sete anos quando vi essa tragédia toda acontecer e tudo o que eu tinha era meu irmão Breno, minha irmã Rosetta e um tio, que foi quem não nos deixou morrer de fome. Porém, tudo nessa vida tem um preço e eu aprendi rápido, muito rápido...

Rafaelle Lombardo era um bandoleiro e ensinou tanto meu irmão como eu, a bater carteiras pelas ruelas e vielas imundas e cheias de lixo de Nápoles, transformando Breno e eu em dois delinquentes juvenis e Rosetta em uma mera empregada. Era fácil, divertido e perigoso, muito perigoso. Certo dia, Breno e eu presenciamos um outro magricela que andava conosco, ser pego ao tentar roubar um figurão. Ele apanhou tanto que chegou a perder a visão. Foi quando decidi com meu irmão, romper com aquele mundo. Ele conseguiu emprego em um açougue, ajudando as pessoas a carregarem suas compras e eu no cais, transportando fardos de tecido que chegavam para as confecções do povo da alta roda. Lá, conheci Marco.

Ele mal sabia ler, não tinha muita escolaridade então eu ensinei um pouco de tudo o que eu sabia, nós nos tornamos amigos rapidamente. E assim fomos por um bom tempo.

Infelizmente um dia, dei um passo em falso. Você sabe, quando nos deixamos seduzir pelo mundo do crime algumas ações se tornam viciantes. Fui pego ao tentar aliviar os bolsos de um sujeito. Ele percebeu, mandou me segurar e me levou para um lugar, uma espécie de calabouço. Depois de dois dias presos ali me levaram até sua presença, ele tinha uma proposta para mim, queria que eu trabalhasse para ele, ajudando-o a interceptar informações importantes na Polônia. Eu tinha que tomar a decisão: trabalhar para ele ou o sujeito me entregaria aos carabinieri e eu seria enviado a um reformatório. Aceitei a proposta e fui para Varsóvia com Salvatore.

Queria ter me despedido de meu amigo Marco no mercado, porém não tive opção.

Passei uns bons anos em Varsóvia e alguns anos depois, voltei a Nápoles. Procurei meu irmão Breno que seguia trabalhando no açougue, passou de carregador para açougueiro. Meu irmão ficou surpreso ao me ver. Minha irmã, Rosetta havia sumido no mundo sem deixar rastros. Eu estava com dezessete anos e em breve completaria dezoito, bem-vestido, a moda de Milão, uma figura arrojada e com algum dinheiro.

Em seguida fui a via da moda em Nápoles onde trabalhei à procura de Marco, porém ele não estava e foi ali que eu a vi pela primeira vez.

Linda, caminhava olhando para um lado e outro até que nossos olhares se encontraram. Em toda minha vida, jamais tinha visto uma criatura tão bela. Eu detestava a igreja e tudo o que ela representava, porém quando vi aquela moça pela primeira vez, acreditei em Deus, na Virgem nos Santos, nos milagres e em tudo.Com estatura média, olhos claros, esverdeados e longos cabelos escuros, que com os últimos raios de sol da tarde napolitana, ganha nuances douradas.

Ela sorriu para mim e foi como se Deus falasse: "Sim, eu o absolvo de todos os seus pecados, Leonida. Eu o perdoo por não crer em mim".

Parei minha narrativa e encarei Regina.

— Você possuía o frescor da juventude, deveria ter uns quatorze anos...

Ela estava à procura de alguém, provavelmente de Marco, eu ouvi enquanto ela perguntava por um rapaz. Aproximei-me, cumprimentei-a e perguntei o seu nome. Antes que ela pudesse responder, seu pai nos surpreendeu conversando e me reconheceu. O homem tinha negócios com o Salvatore e inclusive já havia nos visitado na Polônia. Ele perguntou sobre Salvatore e eu disse que não sabia, eu estava só na cidade e de passagem.

"Então, aquele senhor era o pai daquela jovem linda?"

Eu sabia tudo sobre a vida dele, seu patrimônio, suas finanças, o conhecia profundamente e sabia a natureza dos negócios dele, porém nada sobre sua família. Era um homem honesto, porém arrogante e suas finanças já estiveram melhores. Ele havia pedido um empréstimo a Salvatore, o qual ainda estava pagando, sua família, é claro, não sabia de nada.

Sem encontrar Marco, tive de ir embora, porém o rosto da jovem jamais deixou meus pensamentos. Voltei à Polônia e comecei a planejar uma forma de me aproximar dela. Mais tarde, após algumas investigações, descobri que seu nome era Regina, nada mais apropriado, pois ela reina em meu coração desde que a vi. Planejei construir meu próprio patrimônio e voltar à Nápoles e assim o fiz. Salvatore ajudou-me, ensinando-me tudo o que sabia. Ele não tinha filhos e me adotou como tal. Alguns anos depois, infelizmente ele morreu e mais uma vez eu estava só. Salvatore deixou-me todo seu patrimônio, seus contatos e eu fiquei mais algum tempo em Varsóvia. Depois de alguns meses, decidi voltar para Nápoles e a primeira coisa que fiz ao chegar na cidade foi procurar o pai de Regina e contar-lhe sobre a morte de Salvatore.

Ele lamentou a perda do amigo e se preocupou, pois, sua dívida agora estava em minhas mãos. Eu perguntei sobre sua filha e ele disse que ela estava em Roma fazendo faculdade de Belas Artes, justamente o curso que no qual me graduei em Varsóvia. Tínhamos uma ligação em comum: a arte.

Pedi o endereço dela em Roma, o da faculdade, seu pai, constrangido me deu e eu parti com destino à Roma. Costumava observá-la à distância, estudando, sempre focada e dedicada. Ela estava mais bela do que eu me recordava. Seu corpo juvenil, havia ganhado curvas e proporções, seus cabelos agora estavam em um corte a la Ava Gardner, Regina era a mais bela obra de arte.

Quando não estava na universidade ou em sua casa estudando, estava na Galleria Borghese, admirando a escultura de Perséfone e Hades, sua obra de arte favorita, Gian Lorenzo Bernini era seu artista favorito. Regina amava aquela escultura de forma quase obsessiva e assim eu passei a amar, a mulher e a escultura. Voltei à Nápoles e falei com Manfreddo sobre seus negócios. Ele devia muito, havia deixado de pagar parcelas de seu empréstimo a Salvatore por 2 anos. Eu o atualizei sobre a situação, contudo, sabia que ele não tinha condições reais de pagar seu débito. Até sua imponente casa estava em alto grau de deterioração.

— Tudo o que tenho nessa vida é minha filha — disse o homem consternado.

Nunca soube se ele disse aquela frase ingenuamente ou de caso pensado, contudo um pensamento ganhou forma em minha mente. Deixei a casa e no dia seguinte, retornei com uma proposta: esperaria Regina se formar e quando ela voltasse para casa, Manfreddo nos apresentaria e facilitaria meu caminho para o coração da filha. Eu confiava em mim mesmo e no meu tato com as mulheres, acreditava que poderia envolver Regina, fazê-la se apaixonar por mim e eu a pediria em casamento. Prometi a Manfreddo que em troca, perdoaria toda a dívida para sempre, além de dar uma quantia em dinheiro para ele.

Manfreddo imediatamente aceitou, mas ainda assim teve receio de que sua filha não quisesse se casar comigo. Tranquilizei-o e sugeri que deixasse tudo em minhas mãos. Garanti que quando Regina me conhecesse lançaria mão de todo meu charme e conquistaria sua afeição. É assim o foi. Regina se formou e voltou para casa. Em um jantar Manfreddo me apresentou a ela. Regina não me reconheceu da tarde na via do mercado. Conversamos bastante e fizemos amizade. Ela se mostrou muito além de uma linda jovem. Era alegre, agradável e inteligente. Irresistível! Naquela mesma noite ao me despedir dela, roubei-lhe um beijo. Aquele fora o nosso primeiro de vários. Lembro-me da timidez e de como foi senti-la entre meus braços. Estava ansioso para fazê-la minha. Regina Lombardo, gostava de balbuciar o nome dela com meu sobrenome, deliciar-me com como soava.

Passei a visitá-la em casa constantemente, ganhando sua confiança e afeto. A convidava para sair, tomávamos gelatos e conversávamos sobre arte. E eu sabia que minhas chances com ela cresciam a cada dia. Ela se sentia atraída por mim e eu me controlava o tempo todo para não me jogar em cima dela como leão em cima da corsa, afinal ela não era as prostitutas com as quais eu costumava me refestelar nas ruas de Varsóvia. Regina era uma moça de família, com valores e decência, pura e meu anjo.

Suspirei relembrando aqueles dias, olhando para todos ao meu redor.

— Cada vez que meus lábios roçavam os dela, havia uma demanda silenciosa e imperativa para que ela os abrisse e eu pudesse dominá-la. Sua boca se movimentava com a minha, instintiva. Ela sabia como beijar, não era de todo ingênua, no entanto, temia as consequências de um beijo. Eu sabia pela tensão que corria seu corpo, que ela nunca esteve com um homem mais intimamente e a respeitei...

Fazia um tempo que já estávamos bem íntimos, quando Manfreddo anunciou uma festa. A festa que mudaria tudo. Foi uma noite maravilhosa, dancei várias músicas com Regina em meus braços e todos compreenderam o que se passava ali: Ainda que nada fosse oficial, Regina já não era uma jovem disponível. Já a considerava minha e em breve seria minha esposa.

Quando cheguei a Nápoles, minha fama se espalhou logo e todos me temiam e respeitavam, ninguém se atreveu a me desafiar. Nosso noivado, embora não houvesse sido formalizado, era tido como certo. E seguimos da mesma forma, eu jantava quase todas as noites com ela e o pai, saíamos para passear por toda a cidade. Após aquela noite, Regina seguia gentil e doce comigo, entretanto eu notei que ela estava diferente, algo mudou.

Passaram-se alguns meses e ela foi se tornando cada vez mais esquiva, já não vibrava ou se entusiasmava quando eu a beijava, já não suspirava ou arfava com minha presença. Um dia cheguei para o jantar e seu pai estava desesperado porque havia discutido com a filha e a esbofeteado. Eu fiquei furioso. Manfreddo não tinha o direito de tocá-la, ninguém tinha. Qualquer um que se atrevesse a tocar Regina, sentiria o peso da minha ira.

Esmurrei o pai dela ali mesmo no escritório, o fiz jurar que jamais encostaria um dedo na filha e saí da lá, carregado pelos mil demônios. Dois dias depois, sem notícias de Regina, apareci para jantar e seu Manfreddo estava completamente bêbado, chorando como um louco. Regina havia fugido.

Não me lembro de outra vez na vida ter ficado tão nervoso. Bati, chutei e chorei com ele. Manfreddo contou-me que a filha estava apaixonada por um tal de Marco Mancini. Quando eu ouvi o nome eu não acreditei. Não podia ser verdade. A vida não podia ser assim tão injusta. Por anos, não soube nada de Marco, procurei-o por tanto tempo, para depois saber que ele era justamente o homem que havia me roubado a mulher que estava destinada a ser minha!

Corri por toda a Nápoles à procura de informações sobre ele e descobri que fazia pouco ele havia regressado e estava muito bem de vida, porém não soube muito mais do que isso. Ninguém nunca soube nada entre ele e Regina até que eles fugiram.

Eu usei toda minha influência para rastreá-los, contudo, eles pareciam ter sido tragados pela terra. Fui para o Norte, na tentativa de descobrir notícias sobre os dois e nada. Foram dias, meses miseráveis da minha vida. Meses sem notícias e quando as recebo não poderiam ser piores: Regina regressara a Nápoles, como Regina Mancini. Marco e ela se casaram e eles já tinham um filho.

O pior foi vê-los em Bagni della Regina Giovanna, juntos, a família feliz. Marco usurpando meu lugar como esposo de Regina, no nosso lugar, o lugar ao qual eu a levei tantas vezes, no qual, nos beijamos. Onde eu fazia vários planos para o nosso futuro. Ela estava ali, com o maledetto que um dia eu chamei de amigo. Marco tentou conversar comigo e explicar, porém, eu estava irascível, furioso, não queria ouvi-lo e jurei vingança. Depois disso deixei Nápoles indo para o Norte do país.

Algum meses depois, em uma apresentação no La Scala, conheci Alexandra. Deus, que bela jovem ela era! Era apenas alguns anos mais velha que você, Regina e uns dois anos mais nova que eu.

Caminhei pelo escritório e parei em frente à minha filha e segurando suas mãos disse:

— Lara, *figlia*, eu fiquei fascinado por Alexia. Acreditei *veramente* que com ela, eu tinha a chance de esquecer Regina e começar uma nova vida. Sua mãe era alegre, doce, lindíssima e extremamente cobiçada, não imaginava que entre tantos poderosos, ela escolheria a mim, como alvo de sua afeição. Fiquei lisonjeado e fiz de tudo para conquistá-la. Em menos de três meses nos casamos. Tivemos uma linda lua de mel, porém ao voltar a Nápoles, voltei a ser engolido por minha obsessão por Regina. Sua mãe demorou a ter filhos, somente anos depois teve Messi e por fim você, Lara.

Não seria fácil admitir, mas eu precisava confessar. Com longo expirar, prossegui:

— Eu amava te odiar, achava você uma espécie de aberração. Filha de Alexia e, no entanto, tão parecida com Regina. Estava ali, o tempo todo me lembrando do que eu não tinha, você não era filha dela, nunca seria. Nos negócios, as coisas corriam muito bem, eu entrei para a Camorra e em alguns anos me tornei um *don* importante e mais adiante, Capo do clã napolitano. Parte do meu dinheiro investi em obras de arte: livros raros, quadros e esculturas, tudo que eu sabia, Regina é apaixonada, construí um castelo para minha rainha, eu achava ser uma fortaleza, imponente como o mármore, contudo meu palácio dos sonhos desvanecia a cada dia, meu mundo se desmanchava tal qual castelo de areia, afinal os anos se passaram e ela nunca aceitou abandonar Marco e fugir comigo.

Eu morri um pouco a cada recusa, mas isso eu não diria.

— Quando ordenei o roubo da escultura de *Il Rapto di Prosérpina,* na Galleria Borghese, foi mais uma tentativa desesperada de ter um pedaço de Regina comigo, a Regina dos dias que Marco ainda não havia roubado de mim. Lembro-me de quando ela estava nos últimos meses na universidade, eu voava até Roma apenas para vê-la namorar aquela escultura e me sentia o próprio Hades, espreitando-a. Regina, tão alheia a sua beleza e a tudo, como a própria Perséfone caminhando pela terra.

— E onde Norma se encaixava em seus planos? — Donnatella Mancini me interrompeu com sua indagação, seu olhar feroz.

— Quando jurei me vingar dos Mancinis, eu não estava brincando. O ódio e o rancor foram fermentando dentro de mim e tive bastante tempo para arquitetar minha *vendetta*. Norma Benevuto era a filha de Roberto Benevuto, ele me devia dinheiro, muito dinheiro, tinha uma filha belíssima e muito ambiciosa e eu não tive trabalho algum em torná-la minha amante e usá-la em meus planos. A ideia era que ela seduzisse Marcelo e se casasse com ele, para depois assassiná-lo. No entanto, ela acabou se apaixonando por Luigi, atrapalhando todos os meus planos. Além disso, tinha o primo dela, Iago, de quem ela também foi amante.

Naquele instante, vi as feições de Marco e Regina tensionarem ao tomar conhecimento daquilo, ambos, encararam Marcelo, Luigi, suas respectivas esposas, e ambas anuíram com a cabeça, demonstrando conhecer tais fatos.

Segui com meu relato:

— Bom, Norma não era mulher de um homem só, quando não conseguiu convencer o cunhado a se tornar seu amante, começou a sair com um tal Lorenzo Gabardini, com o qual ela contava para pôr o outro plano em prática: ela queria que o sujeito assassinasse Marcelo, como combinamos, para que ela não sujasse as próprias mãos de forma que se tornaria a viúva de Marcelo e assim teria sua chance com Luigi. Todavia, ela estava se atrapalhando demais com seus inúmeros casos, então eu ordenei a seu primo, Iago, a quem eu havia chantageado para ser um dos meus homens de confiança, que matasse Norma. A oportunidade surgiu: Marcelo partiu em viagem, Iago mataria Norma e com a morte dela, de um jeito ou de outro, eu teria minha *vendetta*, o faria sofrer ao perder algo que tanto amava. Apenas não contava que uma jovem intrépida e apaixonada, atravessaria a história: Donna assassinou Norma e o amante e Iago, oculto, presenciou tudo.

Todos se encararam perplexos diante da informação. Luigi, Estefania, Bruno e Lara estavam chocados e, com Marco e Regina, encararam Donna. Todos atônitos.

— Eles planejavam matar Marcelo. De forma alguma permitiria isso — confessou Donna. Sempre amei Marcelo. Jamais permitiria que alguém, quem quer que fosse, lhe fizesse mal.

Marco e Regina se levantaram e seguiram em direção a nora, abraçando-a com carinho.

— *Figlia*, eu não consigo mensurar o quanto você sofreu e que fardo carregou por esses anos — Regina disse, compadecida.

— Apenas anos depois contei a verdade a Marcelo e foi aí que nossa história começou — Donna completou e se permitiu ser confortada pela sogra.

Marco também abraçou a nora e todos nós presenciamos aquele momento.

— Quer dizer que devemos não apenas a felicidade do nosso filho, mas a própria vida dele a você, Donna! — Marco comentou.

Marcelo também se levantou e os quatro dividiram um abraço repleto de comoção. Após alguns minutos, eles se sentaram novamente e dei continuidade a minha narrativa.

— Iago não precisou matar a própria prima e foi com alívio e dor que narrou o ocorrido a mim. Norma já não era uma ameaça aos meus planos. Porém, Donna, anos depois, atravessou novamente meu caminho, dessa vez com Marcelo, Luigi e companhia, roubando com a ajuda de Iago, a escultura que o próprio roubou a meu comando e o de Romano. Para executar meu plano de vingança, queria Marcelo morto o mais rápido possível, queria destruir o lindo clã Mancini, queria que Marco sentisse como era perder parte de si, da mesma forma que eu perdi Regina. Anos, décadas haviam passado, no entanto, nada aplacava minha dor pela traição de quem um dia eu considerei um amigo. Marco e eu vivemos o pior e o melhor nas vielas imundas, mercados, na beleza caótica de Nápoles. Marco era como um irmão para mim, saber que anos depois de buscá-lo incessantemente o encontrei nos braços da única mulher que eu amei foi brutal demais, queria lhe causar uma dor atroz, sem fim, e foi com prazer que planejei assassinar Marcelo em sua lua de mel. Romano seguiu-os até Havana e lá, quando estava tudo certo, uma vez mais, Donna frustrou meus planos, atirando-se na frente da bala.

— Por que você foi vê-la no hospital? Você queria matá-la também, não é? Assim como desejou fazer com Norma? — Fanny inquiriu.

— Na verdade, não. Fui me desculpar pessoalmente. Simpatizava com Donna, mesmo que ela sempre atravessasse meu caminho. Nutria uma admiração por ela desde que tão corajosamente matou Norma e Lorenzo. Contei-lhe que sabia de seu grande segredo e mostrei a ela como acabam aqueles que atravessam meu caminho. Mostrei-lhe o vídeo, no qual Romano e meus capangas torturavam Iago até a morte.

— Foi por sua causa então que Donna passou mal e quase morreu? — Lara indagou soltando minhas mãos, que segurava até então.

Ela estava tomada de horror, encarando-me, a decepção estampada nos olhos violeta. Uma lágrima rolou por sua bochecha e eu levantei a mão, no intuito de secar o rosto, porém Lara me deteve, balançou a cabeça, confusa. Suas mãos foram até os ouvidos, tapando-os enquanto sacudia-se de forma agitada.

— Eu não aguento mais isso, não posso mais...

Em disparada, Lara saiu do escritório. Bruno em seguida se levantou, colocando-se diante de mim, encarou-me.

— Ouça-me bem. Essa é a última vez que você faz Lara chorar. Fique longe dela, fique longe da minha família ou eu juro, por tudo o que é mais sagrado, que vou matá-lo!

O caçula Mancini seguiu correndo em busca de Lara e eu permaneci ali, perdido entre seguir com meu relato, ou parar.

— Continue — Marcelo pediu.

Marco aprovou o pedido do filho e então eu continuei:

— Alguns dias depois do que aconteceu com Donna, recebi um telefonema que há muito eu ansiava com ardor: era Regina, pedindo um encontro.

Marco trocou um olhar intrigado com Regina, que seguiu em silêncio.

— Eu imediatamente concordei e logo ela me deu as coordenadas e nada fazia mais sentido que nos vermos na Galleria Borghese. Cheguei bem antes do horário marcado, tomando meu tempo rememorando o tempo em que uma linda jovem de cabelos castanho-escuros e fascinantes olhos verde amendoados passava suas tardes ali em adoração a escultura que estava de volta, graças as sua nora e sua prole. Quando ela chegou, senti como se os anos não tivessem passado. Algumas vezes nos vimos durante todos esses anos, eu na ânsia de convencê-la abandonar Marco e ela, na tentativa de aplacar minha ira e deixar os Mancinis em paz. Contudo desde o casamento de Donna e Marcelo não nos vimos e mesmo naquela ocasião, não tivemos uma oportunidade para conversarmos a sós. Nossa conversa foi rápida e pouco amistosa. Regina, de alguma forma, sabia que eu vinha perseguindo Bruno na intenção de matá-lo, muito antes de Marcelo até. Era para ele ter morrido no dia do casamento de Riccardo e Elena Matarazzo, contudo algo deu errado.

— Sua filha salvou Bruno — Donna disparou.

— Lara...

— Bem, já chega de tudo isso! Fanny, vamos! — Luigi me interrompeu e possessivamente segurou a mão da esposa.

— Sim, vamos, *amore mio. Ciao a tutti. Arrivederci, Leonida!* — Estefania se despediu de mim com um olhar complacente.

Como se dissesse que, de alguma forma, me compreendia. Na sala restavam apenas Marco, Marcelo, Donna e Regina.

— Leo, como tudo já ficou esclarecido. Não faz sentido ficar remexendo no passado. Devemos concentrar nossos esforços em encontrar Romano — Marco argumentou.

Marcelo se levantou com Donna, ambos se colocando ao lado de Marco, e disse:

— Devemos encontrá-lo e fazê-lo pagar por tudo o que fez. Eu, como futuro Capo do nosso clã, conversarei com Luigi e Bruno, me reunirei com nossos homens e seguiremos numa busca implacável por esse maldito facínora e quando o encontrarmos, ele pagará por cada um de seus crimes. Quanto a você, Leonida...

— Marcelo, *vita mia,* não faça nada — intercedeu Donna, segurando o pelo braço. — Acredito que Leonida, nesses últimos dias, teve a chance de...

— Sim, *cara* Donna, sei que estou colhendo aquilo que plantei, como "Águas passadas podem causar tempestades" e infelizmente estou vivendo no meio da tempestade que eu mesmo criei. Perdi minha esposa, meu filho, agora preciso reparar todo o dano causado por Romano, um sobrinho que quando o pai dele, meu irmão Breno, morreu, eu prometi cuidar e acabei transformando em um psicopata. Sem mencionar em todos os anos de negligência com os quais tratei Lara, minha única filha.

— Há coisas, Leonida — disse Donna, hesitante —, que não podem ser reparadas. Algo no jeito que ela falou, soou um alerta, meu instinto me dizia que algo mais nefasto ainda estava por vir.

Marcelo também a encarou, em seu olhar o questionamento. Donna balançou a cabeça e não respondeu o esposo, dirigiu-se ao sogro e a sogra, despedindo-se deles, levando consigo Marcelo.

E mais uma vez estávamos os três nessa sala: Marco, Regina e eu.

O passado e o presente, revoltos pelas revelações daquela tarde e o futuro, como uma janela aberta de forma violenta pelo vento impetuoso da *vendetta* que em breve fustigaria.

Capítulo 34

Eu te verei de novo
Você de fato nunca se foi
Te sinto caminhar a meu lado
Eu sei que eu te verei de novo

I'll see you again - Westlife

Bruno

Deixei a sala, percorrendo a casa em busca de Lara até que a encontrei no jardim, sentada sob um caramanchão, ambas as mãos segurando a cabeça. Ela estava inconsolável.

Aproximei-me devagar e sentei-me ao seu lado. Seu corpo inteiro estava tomado por tremores, ela estava em choque. O teor do que foi dito naquele escritório essa tarde de fato era trágico, contudo apenas fez com que meu amor por ela apenas aumentasse. Segurei-a próximo de mim e trouxe-a para a proteção dos meus braços.

Lara se permitiu ser aconchegada e aos poucos senti sua respiração normalizar e seus batimentos acalmarem. Passamos minutos perdidos nesse abraço.

— Você devia me odiar. Deve odiar tudo o que represento — murmurou, um monocórdio.

— Não vejo por quê. Nada do que aconteceu é culpa sua. Fomos enredados nessa trama por obra do acaso.

Lara se soltou do meu abraço, afastando-se, indignada.

— Não, não foi por obra do acaso. Leonida Lombardo em seu plano de vingança me colocou em seu caminho. Você era para ter sido o primeiro Mancini a morrer, de acordo com a *vendetta* de meu *babb*... Deus, nem sequer consigo mais chamá-lo de pai! Por causa dele, minha família acabou. Por causa dele e sua vingança injustificada, minha *Mamochka* e *mio fratello* não estão mais aqui. Não éramos a família perfeita, porém eles eram tudo o que eu tinha e agora... O que é que eu tenho?

— *Farfalla mia*, você tem a mim. Tens-me por inteiro. Eu sou seu, para sempre minha, para sempre seu.

Segurei suas mãos, porém ela as soltou e pondo-se de pé, seguiu:

— Não.

— Não, o quê?

— Não podemos. Agora que você sabe a verdade, nunca poderemos ficar juntos. Isso... Você e eu é impossível! Leonida tentou matá-lo, tentou assassinar seu irmão, feriu sua cunhada e é o responsável por todos os infortúnios da família Mancini. Como... Como sua família, como você vai olhar para mim e não lembrar de todas essas atrocidades?

— Lara, *amore,* já disse, nada disso tem a ver com você! Entendo que nesse momento você esteja devastada e passando por um turbilhão de emoções conflitantes, mas eu peço: não desista de nós dois, por favor, *ti prego, Farfalla mia!*

Um silêncio desconfortável se abateu sobre nós. Alguns minutos depois, Lara corrigiu sua postura e me encarou.

— Acho... Acho que já fiquei tempo demais aqui... Preciso ir.

— Eu a acompanho.

— Não será necessário, posso ir sozinha.

— De maneira nenhuma deixaria você sair nesse estado, vou junto. Eu insisto.

Segurei suas mãos e ela consentiu.

Cruzamos o jardim no exato momento em que Marcelo e Donna deixavam a casa. Marcelo lançou um olhar sombrio sobre nós, um frio questionamento. A veia na testa pulsava, tenso e ele grunhiu. Donna apertou seu braço e vi meu irmão aos poucos se acalmar.

— Para onde estão indo? — indagou.

— Vou levar Lara para casa.

— Vocês... pretendem seguir com isso? — Marcelo questionou, lívido.

— Marcelo, agora não, por favor! — pediu Donna.

— *Fratello*, eu te amo e te respeito e isso nunca vai mudar. Porém, da mesma forma que eu não me meti em sua vida quando você resolveu enfiar a vadia da Norma na sua cama, nem quando você decidiu fazer dela sua esposa, tampouco quando se casou com Donna, te peço... Não se meta em minha vida! — sibilei.

— Mas ela é uma Lombardo! — Marcelo vociferou.

Agitei-me e voei em cima de Marcelo, sacudindo-o pela lapela.

— Ela é minha mulher, meu amor, e eu não vou deixar nada nem ninguém ficar entre nós! Você me entendeu? Se for necessário, romperei com tudo isso, pois nunca, nunca renunciarei a ela!

Soltei meu irmão e voltei a segurar Lara.

— Vamos, *amore*.

Caminhamos até meu carro. Desativei o alarme, acomodei Lara com todo cuidado, entrei me sentando no assento do motorista e dei partida.

Durante o percurso, Lara parecia calma, porém seguia em silêncio. Um silêncio que muito me preocupava. Seu semblante, uma máscara indecifrável. Assim que estacionamos na frente da *La Farfalla*, ela desceu do veículo.

— Bruno, muito obrigada por ter me trazido até aqui.

Seu tom de voz solene e distante. Tão diferentes dos dias anteriores aquela tragédia quando sua voz era quente e convidativa.

— Se você quiser, posso ficar e te fazer companhia — ofereci.

— Muito obrigada, porém nesse momento eu prefiro ficar só. Minha cabeça está dando voltas e voltas e preciso organizar minha mente depois de todos os acontecimentos.

— Sim, você tem razão. Contudo, se precisar já sabe, pode me ligar e eu venho imediatamente para cá.

Aproximei-me dela, envolvendo-a em meus braços. Ela não se esquivou, também me abraçou. Rocei meus lábios nos seus em um beijo que falava sobre muito mais do que paixão, falava de amor, mais que tudo. Seus lábios se descolaram e ela me fitou com um olhar melancólico.

— Você não está sozinha, nunca mais estará, *amore*.

Lara sorriu, porém, seu sorriso era de abnegação.

— *Addio*, Bruno.

— *Ciao, Farfalla mia. Ci vediamo presto.*

Observei enquanto Lara entrava na casa, seu palácio dos sonhos e o medo de que aquilo tudo desvanecesse surgiu. Mesmo que eu tenha acabado de afirmar que em breve nos veríamos, um mau pressentimento me acometeu, como se aquela fosse a última vez que eu a veria.

— Deus, por favor, não permita que a minha borboleta voe para longe de mim.

Outra vez.

Lara

Ao entrar em casa, Iago e Pinkerton estavam à minha espera.

— Lara, como você se sente? — Iago perguntou enquanto Pinkerton correu em minha direção e me abraçou, em um gesto de carinho e solidariedade.

Ela e Iago acompanharam de longe os serviços fúnebres.

— Como se um tanque de guerra tivesse passando em cima de mim durante horas.

Estava exausta.

— Você precisa descansar — Sugeriu Pinkerton preocupada.

— Não, não temos tempo. Pinkerton, por favor, acione Valerio e peça para estar com o helicóptero pronto. Partirei para Moscou imediatamente. Iago, você tem alguma pista sobre o paradeiro de Romano?

— Lara... Tem certeza de que quer falar sobre isso agora?

— Você tem ou não alguma pista? — redargui.

— Ainda não. Nosso contato nos informará assim que souber.

— Ótimo!

— Lara, eu posso pedir algo?

— Claro, Iago.

— Você sabe por que estou aqui, não é? A seu serviço e com qual propósito? Na última vez, eu estive tão perto de acabar com Romano. Dessa vez não falharei.

Respirei fundo, Angela olhou de Iago para mim, parecendo aflita.

Ponderei por alguns segundos e disse:

— Ele é todo seu. Tenha a sua vingança contra ele.

— Terei. Lara, tem mais uma coisa. Tentei falar com você na noite da festa, para avisar sobre os planos de Romano e depois me inteire da tragédia... Enfim, como não a localizei, segui seu conselho: procurei Donna. E, bem... Marcelo e ela sabem sobre mim.

— Está bem. Donna é de minha inteira confiança, como você sabe. Eu conversarei com ela, quando chegar a Moscou, tenho várias instruções para passar. Você pode confessar tudo a ela, Donna também sabe sobre o que Romano me fez. É uma amiga leal, assim como você e Angela têm sido.

— Lara, garanto que farei Romano sofrer tanto quanto merece. Esse maldito vai pagar caro por cada crime. Terei minha vingança e você também.

— Iago, muito obrigada por estar comigo todos esses anos. Você provou ser um amigo verdadeiro nos tempos mais sombrios.

— E sempre serei. Agora vá, arrume o que precisar para sua viagem. Estaremos em contato. *Do svidaniya?*

— *Arrivederci*! — disse dirigindo lhe um sorriso triste enquanto subia a escada.

Adentrei meu quarto, cheio de lembranças do amor que vivi ali com Bruno, dos dias de felicidade que experimentei em seus braços.

Deitei-me na cama e fechei os olhos, rememorando os beijos e carícias trocadas de modo tão apaixonado. Queria reter aqueles momentos em meu âmago para sempre.

Era recente, mas parecia que décadas haviam se passado entre aqueles doces momentos a brutalidade que nos assolou nos últimos dias.

Mais uma vez a vida se impôs de maneira intransigente entre nós e calamidade atroz nos abateu.

Eu precisava partir.

Eu não sabia por quanto tempo daquela vez, afinal, tenho o hospital e a ONG para gerir, porém precisava me distanciar daquilo tudo, precisava de um tempo para mim, para me desintoxicar de todo aquele horror de tudo aquilo que tanto mal me fazia.

Eu voltaria, sim. No tempo certo eu voltaria.

Mais uma vez, como a fênix.

Como o *zhar-ptitsa*, como o pássaro de fogo.

Eu retornarei.

Capítulo 35

"Enquanto tivermos fé em nossa causa
e uma força de vontade indômita,
a salvação não nos será negada."[11]
Winston Churchill

Marcelo

— Você precisa se acalmar, não pode discutir com Bruno desse jeito — Donna intercedeu mais uma vez em tom pacificador.

Desde que deixamos a mansão Mancini, dois dias atrás, ela tentava me acalmar.

Nos últimos dias, Donna vinha argumentando o mesmo. O clima estava insustentável, então pedimos a Luigi e Estefania para ficarem com Nat por uns dois dias. A menina os acompanhou, empolgada, pois amava o *zio* Luigi e *zia* Fanny e tinha a oportunidade de ficar com o priminho Pietro, a quem Nat mimava com zelo. Sheila e Fabrizio passaram a tarde conosco e se despediram de nós há pouco. A noite estava quente e logo o verão daria as caras de vez. Estávamos na varanda aproveitando um pouco da noite enquanto discutíamos mais uma vez o assunto.

— Bruno simplesmente não pode seguir com o relacionamento com aquela moça!

— Marcelo, Lara não tem culpa de ser filha de Lombardo. Ela não pediu por essa situação toda, não pediu para se apaixonar por seu irmão. Aconteceu.

— Donna, eu... Eu ainda não me conformo por você saber sobre quem na verdade era a condessa e não me falar nada!

— Esse segredo não era meu e como já expliquei, descobri há pouco tempo.

— E há mais nessa história toda, não é? Eu sei, você disse que há mais.

— Sinto muito, *amore*, não posso dizer mais nada. Sou leal a Lara. Além do mais é algo... difícil, difícil de compartilhar.

Nesse momento, a campainha tocou e em seguida Lenora, a governanta, surgiu.

— *Signora*, um *signore* deseja vê-la — anunciou Lenora, lançando um olhar reticente para mim.

---

[11] História: discurso de janeiro de 1942

— E ele não disse o nome? — indaguei, suspeitando saber de quem se tratava.

— Não, *signore* Mancini. Apenas disse que vocês são amigos, que se conheceram no Chipre.

— Iago! — Donna disse, sua voz subindo uma oitava. — Por favor, Lenora, faça-o entrar...

— Não, Lenora.

— Lenora, faça o que eu disse — Donna ordenou, seu tom imperativo não abria espaço para questionamentos.

Anuí com a cabeça e Lenora saiu, em seguida voltando acompanhada por Iago.

— Boa noite! — ele cumprimentou.

Donna foi até o sujeito, abraçando-o, fazendo meu sangue ferver de raiva, porém me contive. Não discutiria com Donna por causa daquele *maledetto*. Não daria chance para ele pensar que nosso casamento estava com problemas.

Donna o segurou, guiando-o até o escritório e eu os segui de perto. Chegando lá, ela acomodou-o em uma poltrona, sentou-se na outra e eu postei-me ao seu lado, como um cão fiel.

— Iago, ainda... Ainda não consigo acreditar que está vivo! Como conseguiu? Como sobreviveu? Onde esteve esse tempo todo? Por que não me procurou antes? Sofri tanto quando Lombardo me mostrou o vídeo me fazendo crer que você estava morto.

Iago se acomodou melhor na poltrona e olhou de Donna para mim. Grunhi, demonstrando meu descontentamento por sua presença. Iago, contudo, não se intimidou, olhou fixamente para Donna e disse:

— Donna, *cara mia*, é uma longa, sangrenta e feia história.

— Ótimo, temos bastante tempo até o jantar. Aliás, faço questão de que jante conosco. Marcelo, por favor, avise a Lenora que temos um convidado para jantar.

Saí do escritório, busquei Lenora e informei conforme Donna havia solicitado. Dei uma volta pela casa, oxigenando minha cabeça. Foram muitos acontecimentos nos últimos dias e ter aquele sujeito de volta, ali em nossa casa, representava que as coisas estavam longe de se acalmarem.

A chuva havia passado, mas sentia que a tormenta de verdade ainda estava por vir. Respirei fundo e voltei ao escritório. Quando entrei, Donna chorava abraçada a Iago.

Deus, eu vou matá-lo!

Seus braços seguiam em torno da cintura da minha mulher. Minha vontade era arrancá-los a dentadas.

Pigarreei, chamando a atenção deles. Iago corrigiu a postura, esboçando um sorriso sardônico. Ele estava me provocando, fazia de propósito. Donna levou as mãos ao rosto dele, tocando a fina cicatriz que descia do meio da testa, cruzando a sobrancelha, olho e terminando no canto da face.

— Meu Deus, seu rosto! Lembro-me de que mal conseguia distingui-lo no vídeo. Estava inchado e banhado em sangue. É um milagre apenas restar essa fina cicatriz.

— Eu estou vivo, sobrevivi isso é o que importa.

— E o que pretende? Por que está aqui? Por que voltou? — disparei as três perguntas, uma atrás da outra.

Donna me encarou, seus olhos continham um pedido que eu não sei se soube interpretar. Um silêncio desagradável se fez, a atmosfera carregada de tensão.

— Vingança. Eu voltei para me vingar.

Donna se levantou abruptamente, seguindo em direção a ampla janela, olhando para o mar.

Respirou fundo.

— Vingança... Eu não aguento mais ouvir essa palavra! Ela é como um câncer. Tudo, absolutamente tudo o que estamos vivendo, todo esse enredo sangrento é por causa de vingança. E o que ela trará de volta? O que adiantará? — inquiriu minha esposa, inconscientemente passou a mão no ventre, ainda liso.

O olhar de Iago seguiu seu gesto assim como o meu, engoliu em seco e disse:

— Donna, eu queria ter o coração nobre que você tem, porém não tenho e não posso esquecer o inferno que eu vivi, no qual eu fui lançado. Você sabe, essa é uma história muito mais antiga. É sobre Milena, minha mulher, é sobre Allegra, é sobre a vida que foi tirada de mim. É sobre tudo o que foi tirado de nós.

— Vingar-se de Lombardo não as trará de volta, Iago.

— Lombardo, já sofreu o bastante, não precisarei puni-lo. Já Romano... É outra história.

— Iago, por favor. Deixe essa ideia de lado, não se meta com esse facínora! Marcelo, por favor, impeça-o.

— Não posso, Donna.

— Iago, não faça isso, por favor! — Donna suplicou.

— Donna, eles me torturaram. Romano e seus capangas se divertiam, infligindo em mim as mais sádicas formas de tortura. Você não faz ideia do que esse... verme é capaz de fazer! Ele me quebrou, por dentro e por fora. Você vê essa cicatriz no meu rosto? Quisera eu, que fosse a única que eu tenho. Trago cicatrizes na alma, essas, talvez jamais desapareçam. Aquele maldito, não apenas matou minha mulher e filha como as estuprou. Estuprou minha esposa e minha filha, uma menina, uma criança. Romano ainda tinha as gravações me fez ver aquele horror. Ele me fez ver as cenas sucessivamente. Servir Lombardo, sabendo que ele tinha sido o responsável pelas mortes delas foi terrível, porém saber que Romano as profanou é imperdoável, ele tem de pagar. Tem de pagar!

Donna ouviu tudo, atônita, seu rosto se contorceu em uma careta de asco. Ela voltou a se sentar e respirou fundo novamente.

— Iago, entregue Romano à justiça — Donna sugeriu.

— Justiça? Você deve estar brincando? Eu quase o matei anos atrás, ele sobreviveu, foi preso, saiu e qual foi a primeira coisa que ele fez? Caçou Bruno e depois matou Alexandra e Messi. Ele não vai parar, Donna, você sabe do que ele é capaz. Aquele monstro, aquele maldito, o que ele fez com La...

— Marcelo, por favor, não o apoie nessa loucura! — Donna me implorou.

— Loucura? Vou dizer o que é loucura? Loucura, é permitir que esse assassino e canalha, siga destruindo vidas e famílias. Ele acabou com a família de Iago e com a família do próprio tio. Romano não tem lealdade nem com quem tem os mesmos laços de sangue e princípios que ele. Não vou esperar que ele acabe com a minha família, com a *nossa* família. Iago, seja o que for que você tem em mente, conte comigo. Convocarei meus irmãos também, estou certo de que eles irão se juntar a você e todos nós, juntos, nos vingaremos desse crápula!

— Agradeço o apoio, vamos precisar de fato unir forças, para encontrar Romano, cercá-lo e exterminá-lo. Donna, por favor, entenda, é a única forma de acabar com esse tormento. Lara sabe e está de acordo.

— O que Lara tem a ver com tudo isso? — indaguei.

Donna também parecia confusa com a informação.

— Lara me ajudou. Através de Angela, eu a conheci e ela tem me ajudado. Ela sabe... tudo sobre mim, dos meus planos de vingança, nós nos ajudamos mutuamente há algum tempo. Lara sempre me apoiou. Planejei pegar Romano, ter minha vingança e quase consegui, alguns anos atrás. Eu o persegui e quase o matei, contudo Angela me ligou, avisando que Romano havia atirado em Regina Mancini, então eu voltei para a cidade, abandonando-o na estrada. Ele conseguiu, com a ajuda do diabo só pode, sair dali vivo e dias depois foi preso.

— Você viu Lara hoje? Falou com ela? Como que ela está? — Donna perguntou.

— Lara foi embora.

— Como assim, foi embora? — Donna se levantou de um salto.

— Eu achei que ela tivesse entrado em contato com você, ela disse que o faria.

— Não, ela ainda não me ligou e eu preferi deixá-la descansar e dar esse tempo para se refazer, mas jamais imaginei que ela deixaria a cidade.

— Foi preciso. Lara necessita de um tempo de tudo o que houve.

— Foi o melhor — opinei.

— Marcelo, não foi o melhor! Ela precisa de nós, seus amigos. Deus, não acredito que ela foi embora!

Donna se pôs a caminhar aturdida, quando Bruno surgiu no escritório inesperadamente.

— Quem foi embora? — perguntou.

Donna me encarou, aflita.

— Quem é ele? — Bruno indagou gesticulando para Iago.

— Um amigo — Donna respondeu.

— Acredito já tê-lo visto antes, porém não me lembro onde.

— Ele é primo de Norma.

— Norma Benevuto? Então, você é...

— Sim, sou Iago Benevuto.

Bruno se aproximou de Iago, acertando um soco em sua cara.

— Bruno, por favor! O que é isso? — Donna interveio, tomada de horror.

— Luigi me contou sobre quem você é! — Meu irmão bradou. — Marcelo, como você permite que esse homem se aproxime de Donna?

— Bruno, por favor, acalme-se! Pelo jeito Luigi não contou toda a história — Donna constatou.

— Ele disse que esse sujeito roubou a escultura da Galleria Borghese, que tentou seduzi-la e... Mas ele não estava morto?

— Eu pareço morto para você? — Iago perguntou, sarcástico, limpando sangue do rosto com um lenço.

— Ao menos deveria — Bruno disse, resolvendo ignorar Iago e depositar um beijo fraternal em minha mulher.

— Donna, *sorella*, não sei por que esse cara está aqui, porém quando entrei você disse que não acreditava que ela foi embora. Quem?

Donna emudeceu, ela olhou para um lado e para o outro. Alguns instantes depois, respondeu:

— Lara. Lara partiu, deixou Nápoles.

Bruno atravessou a sala intempestivamente e eu o segui.

— Bruno! Bruno, aonde você vai?

— Atrás dela. Vou atrás de Lara.

— Bruno, por favor, dê um tempo a ela. A *ragazza* acabou de perder a mãe o irmão. Ela precisa dar um tempo dessa tragédia — aconselhei meu irmão.

— Não! Não, venha tentar me convencer, fingindo um falso altruísmo, sendo que há dois dias você estava colérico comigo por eu amá-la. Não achei que fosse me desapontar tanto com você, Marcelo.

— Sinto muito que pense isso a meu respeito, *fratello*. Infelizmente, talvez eu seja o culpado por alimentar tal pensamento, contudo, não estou fingindo — disse. — Acabei de escutar coisas naquela sala, coisas que me fizeram perceber que nem tudo o que parece, é.

— Você não entende? Eu não posso viver sem ela, eu já não existo mais sem Lara. Ela é tudo para mim. É meu sopro de vida, meu ar, o sangue que corre em minhas veias, a própria vida. Passei anos buscando, esperando essa mulher, não vou deixar, clãs, famílias, céu, inferno nada se interpor entre nós.

— Eu te entendo melhor do que ninguém, *fratello*.

— Eu simplesmente não acredito, não acredito que ela fugiu de novo — Bruno desabou, correndo os dedos nos cabelos, a dor em seu rosto me comoveu.

Ele realmente ama Lara Lombardo.

— Preciso ir.

Acompanhei meu irmão até a frente da casa. Ele entrou no carro e saiu, cantando pneu. Donna se aproximou seguida de Iago.

— Preciso ir, acabei de receber uma ligação importante, talvez seja alguma informação sobre o paradeiro de Romano.

— Por favor, nos mantenha informado. Amanhã mesmo falarei com Luigi e assim que Bruno estiver com a cabeça mais fria, também falarei com ele.

— Pode deixar, qualquer informação que tiver, eu os avisarei. Boa noite, Donna, Marcelo!

Iago entrou em seu jipe e pegou a estrada.

— Marcelo, *amore*, venha, vamos jantar.

Donna se aproximou, tocando-me. Seu toque, sentir o calor de seus dedos em mim, sempre trazia paz para meu coração, uma paz que excede tudo.

Donna se aproximou mais, o rosto a milímetros do meu. Rocei meus lábios nos dela. Era para ser um beijo leve, singelo e carregado de ternura, mas meu Hades interior se agitou e, quando dei por mim, minhas mãos agarram suas nádegas, enquanto minha língua varria sua boca apetitosa. Sentir Donna em meus braços, tê-la junto de mim, era tudo o que eu precisava.

Entramos na casa e, em vez de irmos para a sala de jantar, aos beijos, subimos para o piso superior, o jantar esfriando no piso abaixo. Assim que entramos no nosso quarto, tranquei a porta e Donna me agarrou, lançando-me à cama.

Em movimentos rápidos e ansiosos, tirei minha roupa e livrei-a de seu vestido e roupa íntima e meus olhos percorreram minha esposa vestida apenas pela luz difusa do abajur. Aquele corpo perfeito cantava e eu, hipnotizado, ouvia-o.

Deixei toda a preocupação, todo o caos lá fora e tornei a colar meu corpo e meus lábios aos daquela mulher. Da mulher da minha vida, da minha Donna.

Capítulo 36

Eu não quero que você se vá
Então fico em seu caminho
Eu nunca precisei de ninguém
Como estou precisando de você hoje.

Do I have to say the Words?
Bryan Adams

Bruno

Moscou, Bolshoi, quatro meses depois...

Eu finalmente a havia encontrado. Depois de meses de hiato, eu estava ali a poucos minutos de encontrá-la.

Meu coração parecia a ala dos músicos de uma escola de samba brasileira no Carnaval. O batuque era retumbante e pulsava até em meus próprios ouvidos.

Eu estava ali, em um dos luxuosos camarotes do Teatro Bolshoi, apenas aguardando o momento certo para ir até ela.

Como meu irmão e Donna aconselharam, eu dei o tempo que ela precisava, porém já não aguentava mais estar longe dela. Foram meses de distância.

Enquanto aguardava o espetáculo começar, recapitulei meus últimos meses e vi cada um deles passar por mim. Um mês, dois e eu segui paciente, aguardando-a, esperando que Lara retornasse. Três, quatro meses se passaram, entrou estação, saiu, porém Lara não regressou, não atendia meus telefonemas. Sei que ela falava com Donna, pois minha cunhada assumiu em tempo integral as atividades da ONG, inclusive Estefania passou a ajudá-la e foi assim que descobri seu paradeiro.

Dias atrás, fui a casa de Marcelo, porém ele não estava. A casa silenciosa, a porta do escritório fechada, contudo havia alguém ali. Movi com cuidado a maçaneta, percebendo que não estava trancada e sutilmente entrei no escritório.

Donna e Estefania conversavam com alguém no computador.

— Por aqui está tudo bem, o bebê segue crescendo — Donna comentou sorrindo e notei que ela acariciava sua barriga oblonga. Quando você pensa em voltar? — indagou.

— *Eu não sei...*

Dio, aquela voz...

Lara!

Elas estavam conversando com ela, sabiam onde Lara estava. Fiquei em silêncio para ouvir mais.

— *Lara, sentimos muito sua falta. As pessoas no hospital, na ONG, todos sentimos saudades de você — Donna declarou.*

— *Eu também. Sinto falta de tudo e de todos. Queria tanto estar aí e ajudá-la com o bebê... Mas estou bem aqui. Alex tem me ajudando...*

Quem diabos é Alex?

— *Você não sente falta dele? Não sente falta de Bruno? — Fanny perguntou sua voz subindo uma oitava.*

— *Mas do que da própria vida. Ele é meu primeiro pensamento na manhã e o último quando fecho meus olhos à noite. Eu o amo como nunca amei ninguém e nem jamais amarei. Sou totalmente dele, para sempre.*

— *Então, volte Lara! Volte e acabe com esse sofrimento para ambos!*

Fanny se levantou-se e naquele instante me viu, nossos olhares se encontraram, contudo ela não me delatou, ao contrário, voltou a se sentar em frente ao computador e acrescentou:

— *Bruno, parece a sombra do homem que é e eu sei que você também não está bem, por mais que afirme o contrário. Volte e dê um ponto final a esse sofrimento. Volte e se abra, permita-se ser feliz.*

— *Tenho medo. Tenho muito medo. Leonida Lombardo e os Mancini podem estar em paz. Meu... babbo pode ter resolvido sua situação com Regina e Marco, no entanto, ainda existe Romano. Iago segue buscando-o, mas ele parece estar escondido no próprio Tártaro.*

Então ela realmente conhece o tal Iago...

Em todos esses meses, eu não voltei a topar com o sujeito que parecia ter sido tragado pela terra, assim como Romano.

— *Os homens de Papà Mancini e Lombardo estão investigando seu paradeiro, ainda não o encontraram. Aquele assassino e maldito está escondido, apenas esperando para dar o próximo passo. — Fanny comentou.*

— *Entendem por que eu não posso voltar? — Lara confessou com pesar na voz e eu ouvi lágrimas.*

— *Lara, amiga. Não chore. Muito mais rápido do que você pensa isso vai acabar. — Fanny tentou consolar a amiga.*

— *Estamos seguras! — Donna enfatizou. — Tem segurança para todos os lados. Seu pai também segue protegido. Marcelo reforçou a segurança de todos, você o conhece, sabe como ele é superprotetor e está mais do que nunca, ainda mais com o bebê a caminho.*

Donna logo, logo daria à luz a um bebê, cujo sexo Marcelo e Donna se recusaram a saber até o parto. Havia um clima de alegria e paz entre nós, no entanto, ao mesmo tempo, essa paz parecia ser um leve e diáfano tecido que a qualquer momento poderia ser rompido e dilacerar a todos.

Voltei a prestar atenção na conversa e Fanny até parecia ter esquecido que eu estava ali.

— Lara, se você tivesse a chance de ver Bruno, o que diria? — Fanny indagou.

O computador ficou em silêncio. E de repente ouvi a voz rouca de um homem dizer algo em russo e em seguida falar em italiano.

— Ciao, ragazze! Como estão? — O sujeito disse em um italiano carregado de sotaque.

— Ah, olá, Alex! — Donna cumprimentou, animada.

Animada demais para o meu gosto.

— Estamos bem. E como estão as coisas por aí?

— Estão bem. Um pouco mais frio do que o costume para essa época do ano, escurece mais cedo também. Pensando nisso, vim para levar essa moça bonita para jantar.

Maldito! Maldito! Maldito!

Quem aquele tal Alex pensava que era? Ele estava de olho no que era meu! Filho da puta!

Eu não o tinha visto, mas conhecia esse tom de voz. Ele estava apaixonado por Lara.

Caspita!

Ele começou a falar de novo.

— Bom, vou deixá-las terminar a conversa. Ciao, ragazze!

Alex enfim saiu. Estefania lançou outro olhar rápido em minha direção e sorriu cinicamente.

— Esse Alex é um gato, hein, Lara? Você nunca pensou em dar uma chance a ele, já que aparentemente não deseja voltar para Bruno?

— Não. Alex é um bom amigo. Um amigo muito querido e só! Fanny, antes de ele entrar, você me perguntou se eu tivesse a chance de ver Bruno, o que eu diria. Eu diria que eu sigo amando-o, que nunca deixei de amá-lo, que ele me deu os momentos mais felizes de toda minha existência e que a mera lembrança dos seus beijos é meu bem mais precioso, que se eu pudesse abraçá-lo agora, jamais o soltaria. Infelizmente há toda essa maldita história do passado. Babbo alimentou um monstro e tanta coisa já aconteceu. Tenho medo de que Romano tente matar Bruno e dessa vez

consiga. De todo mal que aquele maldito, canalha já me fez, temo que de algo assim eu jamais me recuperaria.

Senti todo o amor, paixão e angústia em sua voz. Era quase como materializá-la ali, na minha frente.

Em um impulso corri para frente do computador e dois grandes olhos safiras arregalaram.

— *Lara, Farfalla mia. Que saudades!* — Toquei a tela do computador e chorei.

Donna ficou confusa e Estefania ajudou a se levantar e dar espaço para eu me sentar em uma das poltronas.

— *Bruno...* — *Lara balbuciou.* — *Oh, Deus! Bruno... Adeus!*

— *Lara, não. Non, ti prego. Parla con me, amore. Parla con me, vita mia.*

— *Do visdanya.*

— *Lara, não! Por favor, fica!*

Lara de repente sumiu da tela, no entanto seu microfone segui-a ligado e eu a ouvi chorar. Seu pranto uma lamento doído, dilacerando minha alma. *Ela me amava.*

Ela ainda me ama!

Ouvi a porta abrir novamente, passos e a voz rouca novamente.

— *Querida, o que houve? Algum problema com suas amigas?*

Era o tal Alex novamente.

— *Na-na-não.* — *Lara gaguejando, prosseguiu:* — *Está tudo bem. Apenas sinto saudades... Saudades de todos.*

— *Talvez você deva visitá-las* — *sugeriu o sujeito.*

Começava a gostar dele.

— *Não posso. Você sabe...*

— *O tal Mancini. Por que você não fala com ele? Por que não volta para ele?*

O tal cara sabia sobre mim. Então ela contou a ele sobre nós. Bom, assim ele não se mete com minha *ragazza*.

— *Não posso! Você sabe, é muito perigoso! A partir do momento que assumir algo com Bruno, o torno um alvo duplo para Romano. Ele nunca vai nos deixar viver em paz, nunca deixará de lado o que aconteceu. Nunca vai me perdoar por desobedecer às ordens dele anos atrás para assassinar Bruno. Naquela noite ele ficou furioso e eu paguei o preço.*

— *O que você está dizendo então é que não vai voltar para Bruno Mancini por mais que o ame?*

— *Não, não vou, não posso!*

— E não voltará para Nápoles, nem pelo seu pai?
— Muito menos por ele. Leonida Lombardo é a razão de todo meu sofrimento e eu tenho vergonha de usar o sobrenome dele.
— Lara Ilyena Stepanov te cai muito bem. Mas sabe qual outro sobrenome lhe cairia melhor ainda? Senhora Vassiliev.
— Ah, Alex, seu senso de humor sempre me fazendo rir.
— Isso não é uma piada, Tacita, querida!
Tacita, aquele oportunista estava colocando apelido carinhoso nela?

Eu. Vou. Matá-lo!

— Você disse que não voltará para Bruno.
— Não posso.
— Então, nada me impede de pedi-la em casamento, minha linda tocadora de balalaica. Afinal, nós nos conhecemos há tantos anos...
Que inferno! Como assim se conhecem há anos? Quem aquele imbecil pensava que era?
Ele não vai ficar com minha mulher! Naquela conversa tive pistas suficientes para descobrir onde ela estava. Para o restante eu precisava de ajuda e sabia exatamente a quem recorrer.

O áudio do computador seguia ligado e ouvi o tal Alex sorrir, dizendo:
— Você não precisa responder nada agora, Tacita. Temos todo o tempo do mundo. Agora venha, vamos jantar. Está na hora de colocar algo em sua boca.
Maledetto! Eu é que vou colocar algo em sua boca: meus punhos quando te encontrar!
Desliguei o computador e Donna seguia em um canto, confusa. Fanny sorria consigo mesma.
— Muito obrigada meninas. Arrivederci!
— Bruno, aonde você vai? — Donna perguntou.
— Atrás do meu amor.
— Mas você não sabe onde ela está!
— Descobrirei.

Outro teria desistido. Eu não.
Lara era minha vida, meu destino, sempre foi e eu não permitiria que nenhum revés, que nada nem ninguém nos atrapalhasse. Nada mais nos impediria de viver esse amor.
Recorri a única pessoa que poderia me ajudar: Sam.
Falei com Marcelo e Luigi e dois dias depois, estava em Sidari. Conversei com Sam e ela aceitou me receber, expliquei tudo a ela que me encarava fixamente, enquanto eu lhe detalhei todos os acontecimentos, desde que conheci Lara, há quase dez anos, até agora.

Sam ouviu, paciente, não fez nenhuma interrupção. Quando cheguei ao fim do meu relato, a mulher se levantou, caminhou até um altar que tinha na sala, curvou-se respeitosamente e disse:

— Santa Sara, como esses Mancinis são complicados em assuntos do coração! — Em seguida virou-se para mim. — Bruno, eu vou te dizer onde Lara está. Melhor: vou levá-lo até ela.

E assim vim parar em Moscou. Sam, Silas e dois membros da equipe, Sarah e Ilya, me acompanharam e agora estava ali, sentado no assento centenário do Bolshoi, consultando meu *Greubel Forsey Invention Piece** ansioso para vê-la. Meu celular vibrou com uma mensagem de Ilya:

Ela acabou de entrar no camarote 13, à esquerda, 1° andar.

Eu estava no 2° andar, lado direito, camarote 6. Imediatamente peguei meu binóculo e então a vi. Ela estava se sentando, seus cabelos ébanos presos em cachos, cascateando por seu ombro direito. O decote do vestido bordô ressaltando a palidez alabastrada de seu colo, destacado pelo colar que à distância, parecia feito de rubis, topázios e brilhantes. Na cabeça, trazia a mesma coroa usada na festa de Lombardo, a coroa que herdou da mãe. Estava lindíssima, uma beleza ímpar e majestosa.

Houve um burburinho na plateia, voltei minha atenção para ver o que havia acontecido e me deparei com vários cavalheiros, virando suas cabeças para admirar a jovem do camarote 13 à esquerda, Lara, *Farfalla mia, Regina del mio cuore*.

Segurei novamente o binóculo voltando minha atenção para ela que seguia alheia a tudo. Estava acompanhada por Ilya, um senhor e uma senhora. Ilya sentou-se ao seu lado, comentou algo no ouvido. Ela sorriu, era um sorriso alegre, contudo eu já havia visto Lara sorrir, e não era aquilo. Aquele foi um arremedo de sorriso. Eu já a vi sorrir e era um espetáculo, seu rosto inteiro se iluminava e seus lindos olhos safiras riam junto, aquela boca naturalmente corada, lembrando frutos doces implorando para serem degustados. A campainha soou anunciando o início do espetáculo e me tirando do saboroso devaneio que era beijar Lara novamente.

Esperava fazê-lo ainda esta noite...

Não podia dizer que acompanhei com entusiasmo, mesmo que a montagem de *I Capuleti e I Montecchi*, remetesse a minha história com Lara. Estava farto de intertextualidades sobre o nosso amor, eu queria vivê-lo visceral e plenamente. Quando o primeiro ato acabou, soube que era o momento certo. Ilya havia saído acompanhado pelos senhores e Lara permaneceu no camarote, aquela era a minha deixa.

Saí determinado de meu lugar, desci a escada em direção ao primeiro andar e segui para o camarote 13. Abri a cortina vermelha aveludada com cuidado e me permiti contemplá-la por um instante. Sua postura ereta, seu olhar, permanecia nas cortinas do palco. Dei um passo à frente e entrei, deixando que o tecido atrás de mim nos desse a privacidade necessária. Segui admirando-a em silêncio, até que, ela ainda de costas se moveu, virando sua cabeça para trás e nossos olhares se cruzaram.

Por um momento, todo burburinho, todas as vozes agitadas, todos os ruídos cessaram e naquele camarote, naquele teatro, estávamos apenas Lara e eu, e aquela era a ópera de nossas vidas.

— Bruno... — Sua voz não passou de um sussurro, seus olhos cintilaram, uma represa de lágrimas.

Precipitei-me, em sua direção, ajoelhando-me ao seu lado.

— Lara, *amore! Lara, Farfalla mia*!

Segurei suas mãos, senti a vibração percorrendo pela ponta de seus dedos, levantamo-nos os dois ao mesmo tempo. Ela me fitou encantada e eu embevecido pela beleza em bordô que estava diante de mim.

— Lara, *vita mia.*

— Ah, Bruno, o que faz aqui? Como me encontrou?

— Com muita persistência, com o favor do destino e com ajuda de Santa Sara.

— Sam? Foi através dela que você me achou?

— Sim, ela se compadeceu de mim. Tanto que me trouxe até aqui...

— Sam está aqui, em Moscou?

— Não, partiu com Silas assim que me deixou e pediu que eu lhe entregasse isso. — Retirei do bolso uma carta de tarô e entreguei a ela. — Sam, disse que você saberá o que fazer.

Lara segurou a carta em suas mãos e permaneceu em silêncio pelo que me pareceu ser uma eternidade.

— Bruno, precisamos conversar, mas não aqui. Eu...

— *Tacita, dorogaya*[12].

Lara imediatamente se retesou.

Reconheci a voz...

Eu. Não. Podia. Acreditar.

Porra!

O cara simplesmente atravessou o camarote ignorando-me propositalmente, colocou-se de frente com Lara e a beijou na boca.

— *Dobryy vecher, lyubov' moya*[13]*!*

Maldito! Teria que matá-lo!

Eu não entendi muito de russo, no entanto entendi o suficiente para compreender quando ele a chamou de *meu amor*. Apenas quando o inferno congelasse, seu metido! E o maldito a beijou. Precisei me controlar para não o surrar ali mesmo.

Lara interrompeu o beijo e pigarreou para o sujeito, indicando que não estavam sozinhos.

Ele começou a falar em russo rapidamente quando ela o interrompeu, dizendo:

---

[12] Russo: Tacita, cara.

[13] Russo: boa noite, meu amor! (ao entrar em um ambiente)

— Alex, por favor, em italiano.

— Perdão, não sabia que não era nosso compatriota. Achei que a estava livrando de um desses bajuladores, como sempre.

Nosso compatriota! Ele a tratava como se ela fosse russa!

Bem, em partes era.

— *Lyubov' moya,* não vai me apresentar seu amigo?

O tal muito convencido voltou a chamá-la de meu amor, segurando possessivamente sua cintura.

— *Lara, Farfalla, ti prego, chiedi a lui di smetterla di chiamarti amore mio, o dovrò dargli un pugno in faccia!*

O imbecil me encarou, soltando-a finalmente e já estávamos prestes a iniciar a sessão de socos, quando Lara se colocou entre nós e disse.

— Aleksander Vassiliev, eu lhe apresento Bruno.

O sujeito imediatamente se afastou e encarou Lara.

— *Il tuo Bruno? Il Bruno Mancini?*

Ao menos ele me reconhece como sendo o Bruno dela

— *Sí!*

— Bem, um prazer finalmente conhecê-lo. Convivo com sua sombra há pelo menos sete anos, *cara*!

Merda! Aquilo era muito pior do que eu imaginava! Lara conhecia o talzinho a todo esse tempo.

Era provável que tivessem uma história.

Dio!

— Lara nunca me falou sobre você — afirmei.

— Que pena, pois eu sei tudo sobre você. Aliás, agora não me perdoou por não tê-lo reconhecido. Sabe, Lara fez umas descrições bem detalhadas sobre você, não é, *Lyubov' moya?*

— Alex, pare, ok? Por favor! — Lara pediu. — Bruno, como lhe dizia, antes de Alex entrar, precisamos conversar e...

— Ah, isso precisam, sim. Vocês precisam resolver essa situação o quanto antes. Se não, como vou fazer quando nos casarmos? Não quero levar esse cara na nossa lua de mel, não?

— Albert...

— Aleksander.

— Albert, Alec, Aleksander, não me importa como se chama. Saia daqui imediatamente ou eu vou partir sua cara! — gritei.

— Se você acha que eu vou deixar Tacita com um louco, selvagem e incivilizado como você, está muito enganado! A mim pouco importa que você seja Camorra, Mancini ou o que quer que seja, você está em Moscou agora, cara. Comporte-se e não aja como um bárbaro romano.

— Alex, Bruno, por favor, parem. Eu...

Naquele instante, Ilya voltou com os senhores, encarou-me brevemente, viu Alex e parece ter entendido o que aconteceu.

— Boa noite a todos. Prima, está tudo bem?

Prima? Então Ilya é primo de Lara.

— Sim, está. Estava apenas apresentando. Bruno a Alex.

— Ah, que ótimo. Excelente! — Ilya disse irônico. — Bem, Alex você já os conhece. Bruno, permita que eu apresente, Ivana e Boris, tios de meu falecido pai, esse é Bruno Mancini.

— Mancini? Dos Mancini de Nápoles? — O senhor chamado Boris perguntou.

— Sim, de Nápoles.

— Então você deve ser parente de Marco Mancini.

— Na verdade, sou o filho mais jovem deles.

— Excelente! Camarada excelente é Marco Mancini. Eu o conheci há muitos anos, quando estava em Genova, depois de algum tempo ele voltou para sua terra natal, Nápoles. Espero que esteja bem.

— Está sim, muito bem. Direi a ele que encontrei um camarada seu em Moscou.

O homem sorriu, segurou a mão da senhora, sua esposa e conduziu-a até a poltrona. O sinal novamente soou, indicando o início do segundo ato.

Alex sorriu sardônico, tomando Lara pela mão e acomodando-a em uma poltrona, sentando-se ao seu lado.

— É parece que o senhor Vassiliev não retornará ao camarote dele — Ilya disse sarcástico.

Puxei-o mais ao fundo próximo da cortina e perguntei:

— *Caspita*, por que não me disse que você e Lara são primos?

— Você não perguntou. Somos primos em segundo grau.

— Não me importa, você deveria ter me dito que tem algum grau de parentesco com Lara, na verdade você deveria ter me dito muitas coisas, como, por exemplo, sobre esse Alex. Quem é esse vampiro que está sempre tão perto dela?

— Cuidado, Mancini. Se quer um conselho para não perder Lara para sempre? Não se indisponha com Alex. Eles têm uma relação antiga.

— Como assim, relação?

— Calma, calma, eu me expressei mal. O que eu quis dizer é que eles se conhecem há bastante tempo e que ele cuidou da Lara quando ela veio para Moscou anos atrás e não podia falar.

— Como assim, não podia falar?

— Ah, Deus, ela ficou quase dois anos muda depois que saiu da casa de Lombardo. Você não sabia?

— Não, claro que não. O que causou isso? O que houve?

— Meu caro, aí você vai precisar perguntar a ela. Alex foi seu psicólogo e embora jovem, é um dos melhores da Rússia. Foi ele que conseguiu fazer com que Lara saísse do casulo no qual estava e voasse.

— *Farfalla mia...*

— Sim, ela chegou aqui como uma lagarta em um casulo. Com trabalho duro e dedicação, Alex fez com que Lara progredisse e voltasse a se comunicar através das palavras. Aos poucos, sua confiança foi voltando e então, ela soube o que fazer, queria ajudar outras mulheres a vencer e foi aí que ela teve a ideia da ONG. Alex é o responsável pelos trabalhos aqui em Moscou e eles se tornaram inseparáveis, até o momento que ela decidiu que estava forte novamente para voltar a Nápoles e lá montou outra ONG e teve a ideia de construir o hospital voltado para atendimento principalmente feminino. Por isso, caro Mancini, conselho de amigo: mantenha seu gênio sob controle e haja de forma racional. Eu sei o que houve com Lara em Nápoles, sei por que ela voltou para cá, sei sobre vocês. Ela te ama, muito, entretanto, teme essa guerra entre Romano e sua família e... Posso ser sincero? Acho que ela não voltará para a Itália tão cedo.

Corri os dedos pelo cabelo em um gesto exasperado, tentando organizar a quantidade de informação recebida em tão pouco tempo.

— Venha, sente-se, a récita vai recomeçar.

Ilya sentou-se ao fundo, permitindo que eu me sentasse ao lado esquerdo de Lara. O lado direito, já estava ocupado por Alex.

Quando me sentei, Lara corrigiu sua postura. Alex seguia segurando sua mão enquanto eu me controlava para não arrancar o canivete em algum lugar de meu traje e decepar a mão daquele abusado.

Lembrei-me das palavras de Ilya. Lara tinha uma conexão e toda uma história muito grande com aquele sujeito e eu não poderia magoá-la. Conscientemente nunca faria algo que a machucasse.

Então, resignado, segurei sua mão esquerda. Lara virou o rosto para mim. Estava ligeiramente tensa, mas sorriu. Esse era um sorriso. Era disso que eu falava no início da noite. Seu sorriso tomou conta de seu rosto, alcançando o canto das orelhas. Aproximei meu rosto do seu, encantado.

— No fim desta noite, quero esse sorriso para mim, só para mim — balbuciei, meus lábios se demoraram um pouco mais na suave curva de sua orelha, desci minha boca, deslizando pelo delicado pescoço.

Senti-a estremecer. Lara virou para mim, arfando e disse:

— Meus sorrisos são sempre seus.

— Eu sou para sempre seu — sussurrei.

Olhos nos olhos, eu poderia me afogar, poderia morrer naquele instante, pouco me importava, mas queria uma vida toda com a minha borboleta. Senti seus dedos acariciarem lenta e provocantemente meu pulso. Meu pau se agitou dentro da calça, desejando a mão dela nele. Seus olhos sustentaram meu olhar, cheios de algo tão forte que eu não soube interpretar.

Lara umedeceu os lábios e sussurrou:

— E você é para sempre meu.

Capítulo 37

E todo o medo, o desespero
E a alegria, e a tempestade, a falsidade
A calmaria e os teus espinhos
E o frio que eu sinto, isso vai passar também

Tempo - Sandy

Lara

Quando deixei minha cobertura para ir a ópera esta noite, jamais imaginei o que estaria por vir.

Ver Bruno novamente despertou em mim todo o sentimento que eu lutei para manter adormecido, pois um futuro entre nós seria impossível. Romano não nos permitiria viver em paz. Um relacionamento entre nós resultaria em morte. Minha ou dele e era isso que eu tentaria evitar a qualquer custo.

No entanto, quando nos sentamos para assistir o segundo ato, tê-lo ao meu lado, segurar a mão dele, tudo aquilo parecia tão natural.

Por alguns minutos relaxei, até refletir sobre a ópera que assistimos. *I Capuletti, I Montecchi* e o peso da realidade me despertou. Infelizmente, por mais amor que eu tenha por Bruno, tudo o que temos é efêmero, jamais poderá ser etéreo.

Assim que a récita terminou, Ilya se aproximou de nós.

— Lara, preciso ir. Tenho de levar os tios para casa. Você ficará bem?

— Claro! Vá tranquilo.

— Ilya, não se preocupe, eu levarei Lara até seu apartamento — Alex sugeriu.

— *Farfalla*, eu posso levá-la — Bruno se ofereceu, segurando minha mão.

Eu respirei fundo e me lembrei da carta que Sam enviou. O julgamento. Deus, eu teria que fechar esse ciclo. Teria de fechar aquela página da minha vida que envolve Bruno.

Deus, como eu amo esse homem!

— Alex, pode me dar um minuto a sós com Bruno?

— Claro, Tacita. Espero-a na escadaria.

Alex depositou um beijo em minha fronte e saiu.

— Lara, ah, Lara *amore*! Tenho tanto o que te dizer, tanta coisa para compartilhar com você. Esses meses de ausência quase me mataram!

— Bruno, eu sei que precisamos conversar. Contudo, esta noite foi uma surpresa. Vê-lo aqui, ao meu lado, foi tudo muito forte e eu estou emocionalmente abalada. Posso te pedir para nos encontrarmos amanhã?

Bruno franziu a sobrancelha em um questionamento silencioso, no entanto, assentiu.

— Apenas me diga onde podemos nos encontrar — pediu

— No salão de chá russo — sugeri. — De lá, se não estiver chovendo como hoje, podemos andar pela Praça Vermelha enquanto conversamos.

— Ótimo, *vita mia!* Não vejo a hora! Tenho muito a lhe confessar. Eu te amo, *amore mio*. Você não sabe, porém a primeira vez que você me salvou, não salvou apenas o corpo, salvou a alma deste homem. Bom, deixemos esse assunto para amanhã. É melhor te levar para casa.

— Irei com Alex — respondi rapidamente.

Vi nos olhos de Bruno a pergunta não feita, porém, ele sorriu, me deu a mão e descemos a escada, encontrando Alex.

— Então, nós nos vemos amanhã, *amore* — Bruno disse e em seguida inesperadamente se apossou de meus lábios.

A sensação de calor reverberou por todo meu corpo, não importava quão gélido o vento russo soprasse. Aquele homem é quente e seu calor provem de corpo e de alma. Sua língua invadiu a minha boca despudoradamente enquanto ele me estreitava mais em seus braços, quase implorei para que ele me tomasse e me fizesse dele ali mesmo. Bruno sempre me deixa desnorteada. Meus dedos percorreram seus cabelos, imiscuindo-se nas mechas como se quisesse gravar o DNA de cada fio.

Senti seu pau pulsar entre as pernas, aproximei-me de seu ouvido e disse:

— Melhor pararmos ou seremos presos.

— Se pudermos dividir a mesma cela, por Deus, nos tranquem e joguem a chave fora — Bruno sussurrou, fazendo-me rir, como só ele é capaz.

— *Ci vediamo domani mattina*.

— *Domani mattina,* no salão de chá russo.

E assim soltei a mão dele, segurei a mão de Alex que placidamente me aguardava, para levar-me até em casa.

— Lara, o que você fará em relação ao Mancini? — Alex indagou, assim que entramos na cobertura, trancado com cuidado a porta.

— Amanhã nos encontraremos no salão de chá russo e eu pedirei que ele volte para Nápoles.

— Você nunca contará a verdade para ele, não é?

Respirei pesado, jogando-me ao sofá lutando contra as lágrimas que eu não queria derrubar. Alex se aproximou, sentou-se na ponta do sofá e tomou minha mão.

— Lara, não posso mais falar como seu psicólogo, coisa que já não sou há algum tempo, você sabe, por conflito de interesses. Porém sigo sendo seu amigo há quase uma década e se puder te dar um conselho... Conte a verdade a ele. Bruno precisa saber.

— Eu sei, eu sei, apenas... Apenas não sei como fazê-lo sem causar mais dor e tragédia. Se ele souber toda a verdade, vai buscar Romano de forma implacável até os confins da Terra e irá matá-lo, eu não tenho nenhuma dúvida disso.

Alex fitou-me, engoliu em seco e falou:

— Não posso dizer que no lugar dele não faria o mesmo. Porém, você entende que, quanto mais tempo passar, mais essa situação toda pode piorar? Você precisa dar um fim nisso. Só assim vai conseguir se livrar de todo o tormento, virar definitivamente essa página tão dolorosa em sua vida e começar um novo capítulo.

Alex deslizou pelo sofá, aproximando-se mais, reduziu a distância entre nós.

— Lara, *Tacita moya*, você é a pessoa mais forte que eu já conheci em toda a vida. Você é muito mais do que uma bela e frágil borboleta e sabe disso! Você é um pássaro de fogo, cheio de energia, a fênix que renasceu das cinzas. Sei que ainda há muita força dentro de si e quero que saiba que independente da decisão que você tomar, eu vou estar ao seu lado, sempre estarei.

A verdade contida nas palavras de Alex mexeu demais com o meu emocional, deixando-me confusa. O homem ao meu lado era lindo, tanto por dentro como por fora. Devia muito a ele, aliás, tudo o que sou, devo a ele, Aleksander Vassiliev.

Aproximei-me eliminando o resto de distância. Minha mão subiu em direção ao seu rosto, tocando-o.

Alex era o extremo oposto a Bruno. Farto cabelo loiro acobreado, a tez mais clara, os olhos azuis, ora acinzentados, ora azuis, límpidos e ternos como agora. Alex segurou minha mão em seu rosto por um tempo sentindo-a, em seguida baixou-a até a altura de seus lábios para um beijo cavalheiresco.

Ou...

Ou era o que parecia.

Alex virou minha mão e com os lábios, tocou a pele sensível do meu pulso. Senti uma corrente elétrica percorrer meu corpo e de repente percebi a iminência do que havia acontecido ali.

Eu. Desejava. Alex. *Isso não é possível!*

Todos os meus sentimentos de paixão sempre foram por Bruno. Quando aquilo havia mudado? O que aquilo significava? Será que tenho alguma patologia ou sou apenas inescrupulosa?

Pensava tudo isso enquanto Alex seguia com seu gesto e eu sentia-me totalmente incapaz de demovê-lo. Seus olhos fixos em mim enquanto seus lábios roçavam meu pulso.

Eu sorri, nervosa.

— Aleksander Vassiliev, o que está fazendo? — balbuciei a pergunta tão baixinho que tenho dúvidas se fui ouvida.

Ele não respondeu, porém com um gesto rápido e gentil me colocou em seu colo e eu me vi sentada sobre ele e o medo me acometeu. Não de Alex, o conhecia muito bem. Sentia medo de mim. O que estava acontecendo comigo?

A sensação de estar em seu colo era boa, agradável.

Mentirosa.

Era mais do que boa.

Alex me olhava tão profundamente, aquele homem sabia tudo sobre mim e ainda assim, parecia ser capaz de desvendar mais como naquele momento.

Eu estava sentada em seu colo, sentindo seu calor, seus braços me envolvendo, como um casulo protetor e seus olhos, aqueles lindos olhos encarando-me. Eu sentia, Alex travava uma batalha consigo.

— Sei que isso não é nada justo com você, conosco, *lyubov moya.* — Suspirou vencido e seguiu: — Só quero que você saiba que tem outras opções. O mundo não se resume a doce ou salgado, sim ou não, água ou chá. O que eu estou tentando dizer é, que há mais homens no mundo além de Romano ou Bruno. Esses dois monopolizaram seu corpo, mente e sua vida. Mas você já parou para pensar que tem vida além deles? E se tiver alguém mais que pode te dar um futuro calmo, cheio de amor e serenidade. Alguém que cesse o caos que esses dois instauraram em sua vida?

— Alex... Eu já cogitei essa possibilidade. Já tentei imaginar outro alguém em meu coração e tirar o que sinto por Bruno daqui de dentro. Minha vida seria tão mais fácil.

— Você já tentou? Já se permitiu ser tocada por outro alguém?

— Você sabe que não — respondi.

Alex me estreitou ainda mais em seus braços, seu rosto tão próximo ao meu, que sentia a carícia de seu hálito resvalar minha pele. Seus lábios se aproximaram dos meus, estavam a centímetros, depois milímetros. Seu olhar varreu meu rosto em busca de qualquer sinal de negação, não havia. Eu estava presa a aura, a sensação que experimentava de segurança e paz. Sempre me senti segura ao lado de Alex, mas nunca havia sentido aquele acalanto.

— Permita que seja eu a tocá-la — pediu em um sussurro sedutor.

Busquei minha voz, para dizer sim, não ou talvez. Busquei minha voz para manifestar qualquer vontade e não a encontrava, estava rendida por uma força invisível. Bruno havia sido o primeiro homem a me beijar, fazendo-me conhecer um sentimento que eu só vi nas páginas dos livros de romance e dos contos de fada que li. Romano me mostrou a face mais brutal e cruel do homem. Sim, eu sou filha de um *don* da Camorra, isso não significa que eu soubesse quão torpe o ser humano pode ser. Isso eu apenas descobrir quando fui brutalmente estuprada por Romano.

Nós mulheres e filhas de mafiosos, de certa forma, éramos como pássaros em gaiolas de ouro, e de certa forma estávamos alheia da real violência e truculência que envolvia aquele universo, apenas a opulência e riqueza nos era mostrado. Minha experiência com os homens se resumia a Bruno e Romano e aquilo me fez refletir nas palavras de Alex...

E se tiver vida além deles? E se tiver alguém mais que pode te dar um futuro calmo, cheio de amor e serenidade, alguém que cesse o caos que esses dois instauraram em sua vida?

Caos.

Qual era o contrário de Caos?

Era isso que eu precisava descobrir.

Precisava ao menos me permitir experimentar o que seria estar em um relacionamento que não estivesse envolto por ódio, vingança e assassinato.

E então, ali, no colo de Aleksander Vassiliev, com seus lábios tão próximos aos meus, seus braços a circundar meu corpo, com seu calor a se infiltrar em minha pele que eu tomei uma decisão.

E senti os lábios de Alex tocar os meus.

Diferente do roçar de lábios no camarote do Bolshoi, Alex *realmente* me beijou. Seus lábios experientes, deslizaram nos meus, provocantes e ao mesmo tempo sensíveis. Ele ia com calma, devagar, dando-me espaço para recuar, se assim eu o quisesse.

Mas eu não queria.

O beijo foi se tornando mais íntimo e sua língua tocou o interior da minha boca, acariciando-o. Aquele beijo mais parecia uma xícara de chocolate quente após uma tarde na neve. Era reconfortante, quente e aveludado. Meus lábios estavam totalmente envolvidos e eu estava inebriada com o gosto e o cheiro dele. Incrível como estava fora de mim, e ao mesmo tempo tão desperta a cada gesto e toque. Alex enfiou os dedos nos cachos dos meus cabelos, aprofundando mais o beijo. Remexi-me em seu colo e senti como aquele beijo o estava afetando. Era estranho, convivendo com ele por tantos anos, apenas percebê-lo como um homem apaixonante e cobiçável somente hoje, esta noite. Passei meus braços ao redor de seu pescoço, exigindo mais contato, mais dele.

Seu beijo então evoluiu, tornando-se mais voluntarioso, com requintes de um desejo avassalador e eu simplesmente segui ouvindo meu corpo, cada vez mais consciente do que compartilhávamos. Ele interrompeu o beijo e suas mãos ainda em meu cabelo, retiraram a coroa, que eu seguia usando, relegando-a a um canto distante no sofá e se dedicou a desmanchar o elaborado penteado, espalhando as madeixas em torno do meu rosto. Alex se deteve e passou alguns minutos apenas fitando-me fixamente, mergulhou suas mãos nos fios e depois de algum tempo, suas mãos deixaram meu cabelo e passaram a acariciar meu pescoço, tocando meus ombros, descendo em direção às costas desnudas no vestido tomara que caia, seu toque era hipnótico.

Suas mãos percorreram meu corpo, detendo-se em meu quadril. Alex beijou-me novamente e eu mais uma vez me permiti saborear da maciez de sua língua invadindo-me com volúpia e calidez. Alex se revelou um homem ardente como eu jamais imaginei. Estremeci com a força dos sentimentos despertados. Interrompi o beijo arfando. Alex esboçou um sorriso, um misto de alegria e triunfo.

Sua testa colou-se a minha e ele disse em voz baixa:

— *Tacita, moya,* não posso acreditar no que fizemos... Que compartilhamos esse momento. Depois de tanto tempo desejando-a, querendo-a. Achei que isso jamais seria possível.

— Alex... Eu não sei o que dizer. Só sei que me senti bem e que quero mais do calor, da paz que senti em seus braços.

— Você terá o que quiser de mim, *lyubov moya.* O que quiser — Alex afirmou e seus olhos brilhavam.

A certeza e a confiança que suas palavras transmitiam, reforçaram ainda mais a decisão que eu tinha tomado. Tomei a iniciativa e abracei-o beijando e mais uma vez fui invadida pela sensação de paz.

A prometida paz em meio ao caos.

Estava vivendo algo novo, diferente de tudo o que já havia sentido até então. Alex me oferecia a promessa de uma vida serena e tranquila, algo que na vida eu nunca havia tido.

Paz.

Alex e seu beijo seguiam me envolvendo em sua atmosfera de calidez e harmonia, convencendo-me de que eu poderia ser feliz e ter paz.

Paz.

A frase dita por Frei Lourenço em Romeu e Julieta, flutuou em minha cabeça: *Esses prazeres violentos, têm fins violentos.*

Basta de violência. Chega!

Alex interrompeu o beijo, devolvendo-me castamente ao sofá. Eu corrigi minha postura.

— Está tarde — disse.

— Está. Vou deixá-la para que descanse. Nós nos vemos amanhã?

— Será um prazer.

— Podemos jantar. O que acha?

— Às vinte e uma está bom para você? — indaguei.

— *Da*! Perfeito! *Spokoynoy nochi, lyubov' moya*[14] — Alex disse e uma vez mais, nossos lábios se provaram.

Acompanhei-o até a porta e em seguida a tranquei encostando-me, ainda envolta pela atmosfera de paz e certa da atitude que tomaria no dia seguinte. Amanhã me encontraria com Bruno e fecharia aquela página da sua vida.

Diria adeus. Adeus ao passado. Adeus ao meu babbo. Adeus à Itália.

E o mais doloroso de todos, adeus ao Bruno, mas era necessário.

Depois de perder minha mãe, meu irmão e ter minha vida devastada, chegou o momento de pensar em mim e ser feliz.

Ao menos tentar.

---

[14] Russo: boa noite, meu amor!

Capítulo 38

O prazer do amor dura apenas um momento
E mágoapor toda a vida

Plaisir d'Amour - Jean Paul Égide Martini

Bruno

Perlov Tea House

Entrei na casa de chá e ansioso aguardei no *parlour* pela chegada de Lara.

Passei a noite em claro no meu quarto de hotel tomado pelo entusiasmo. Lara e eu retomaríamos de onde paramos, ela voltaria comigo para Nápoles, ou ao menos eu esperava.

Minha cabeça estava repleta de planos para o nosso futuro juntos, fechava os olhos e podia ver claramente nossa vida, nossa casa, nosso jardim, nós dois sorrindo de mãos dadas andando, descalços pela grama macia.

Barulho de saltos no piso chamou minha atenção e anunciou sua chegada.

Linda, Lara vestia em um conjunto de terno e saia azul-escuros, os cabelos soltos em leves ondas. Uma maquiagem suave, apenas um batom ressaltando o colorido natural de seus lábios. Discreta e elegante. Meu coração batia tão forte que eu tive que pôr a mão no peito, como se aquilo pudesse contê-lo.

Lara sorriu, contudo, havia algo de errado, eu sabia. Aquele não era o sorriso que eu esperava, ela estava séria. Por quê?

— Olá, Bruno! — cumprimentou.

O gélido cumprimento caiu como um balde de água fria e se equiparava a temperatura lá fora, de um outono rigoroso.

— Lara. — Aproximei-me, reduzindo a distância.

Minhas mãos pousaram em sua cintura. Meu rosto estava próximo do dela e meu olhar rastreou-o em busca de alguma pista.

— Lara, o que houve depois que nos despedimos ontem à noite? — indaguei, intrigado, em seus olhos, vi um brilho tremeluzir.

— Você não gostaria de sentar e tomar um chá? — perguntou.

Sorri e me lembrei de minha mãe e seus chás e ervas. Anuí com a cabeça e com uma das mãos em sua cintura, atravessamos o *parlour* e entramos no salão. Localizei uma mesa em um canto mais discreto e conduzi-nos até lá.

Assim que nos sentamos de frente um para o outro na mesa circular, Lara fez o pedido.

— Bruno, primeiro de tudo, quero dizer quão surpresa e feliz fiquei ao vê-lo no camarote ontem à noite.

— Sério? Bem, não é o que está parecendo.

— *Zingaro*... Por favor, tente entender. Não tem sido fácil para mim, digerir tudo o que aconteceu. Nem mesmo o tempo ou a distância ajudaram e...

— E você acha que tem sido fácil para mim todos esses anos? Lara, eu vivi por quase uma década obcecado por uma mulher que simplesmente não podia ser encontrada. Ano após ano, refém de um sentimento e de uma sensação de que, a qualquer momento em um casamento, noivado, bar mitzvah, show, de que em qualquer esquina ou aeroporto eu a encontraria. Você acha que foi fácil?

— Eu não disse isso. É só que... Bruno, não existe dúvidas em meu coração com relação ao que eu sinto por você. Eu te amo! Porém, você e eu... nunca poderemos ficar juntos.

— Por que não? Diga-me de uma vez de forma clara e objetiva!

Eu estava exasperado, não podia acreditar que Lara, mais uma vez desistia de nós.

— Porque nunca teremos paz! O fato de nos amarmos não muda nada. Eu continuo sendo uma Lombardo e você um Mancini!

— Eu preciso deixar claro que você ser filha de Lombardo não muda meus sentimentos por você, *vita mia.*

— Mas muda completamente nosso destino.

— Lara, eu não entendo por quê. Se nossos pais já resolveram suas diferenças e até se frequentam, não vejo por que não podemos viver nosso amor livremente.

— Isso não é sobre nossos pais — redarguiu ela, aumentando a minha desconfiança do porquê de tudo aquilo.

— É sobre o que então?

Naquele momento uma jovem garçonete se aproximou e serviu nossas efusões.

Observei Lara segurar o conjunto de porcelana e sorver um gole da bebida fumegante e em depositando a xícara no pires. Fiz o mesmo, contudo mais rápido e sem tanta elegância.

Mamma Regina me repreenderia se visse como me portava.

— É sobre o que então? — Retomei a questão.

— Romano.

— Romano logo será capturado e nós acabaremos com ele. Se é essa a sua preocupação, podemos passar para o próxima?

— Não há próxima.

— Então, tudo se resume a Romano?

— E se vocês não conseguirem? E se não conseguirem quem mais ele vai matar? Bruno, por Deus, ele está sequioso de vingança!

— Ele não vai mais se aproximar de nós. Os *dons* dos importantes clãs de Nápoles e da Sicília estão no encalço dele, até a *Cosa Nostra*! Logo o localizarão e acabaremos com ele.

— Não. Sinto muito, Bruno, não posso arriscar sua vida. Se Romano souber que estamos juntos, ele o matará, entende?

— Eu corro o risco, Romano não me pegará.

— Mas eu não! Não aceito arriscar. Sua vida é importante demais, preciosa demais para mim.

— Lara, não. Minha vida não vale nada sem você nela. *Você* é a minha vida. Sem você sou um vulto, um andarilho sem rumo. Sem você não há existência alguma para mim — confessei, enquanto afastei as xícaras e minhas mãos buscaram as suas na mesa.

Segurei-as durante segundos, até Lara se desvencilhar do meu toque, não sem antes ser afetada por ele.

Eu senti. Ela queimava por mim, tanto quanto eu por ela.

— Sinto muito, Bruno. Eu...

— Sente muito? Se você realmente sente é muito simples: esqueça essa ideia de nos separarmos e volte comigo para Nápoles!

— Não. Minha casa é aqui agora. Voltarei apenas com o intuito de nomear alguém para o hospital e a ONG...

— Há algo mais. É isso! Há algo mais nessa história toda e você não está querendo me contar. Tem a ver com Romano, não é? Lara, *Farfalla, amore mio fidati in me.* Confie em mim. Conte-me o que está acontecendo?

Lara ficou pálida e todo o sangue se esvaiu de seu rosto. Seus olhos demonstraram tanto pavor que eu deixei meu assento colocando-me de joelhos diante dela.

— Lara, *vita mia, che cosa è?* Pelo amor de Deus, fale comigo!

— Bruno, por favor, não insista, já chega! Acabou. Voltarei à Itália apenas para nomear uma diretora para a clínica e para a ONG.

— Mas você ama a ONG! Ama ajudar as mulheres. Eu vi tudo o que você fez, o que foi capaz de enfrentar para ajudar as pessoas. Como pode abandonar tudo assim? Do que você está fugindo?

— Minha vida agora é aqui. Não quero voltar a um lugar que só me trouxe dor e mágoa. Além do mais, eu também mantenho uma ONG aqui, na qual, Alex me ajuda e...

— Você está me chutando por aquele cara, não é? Eu soube assim que ouvi a voz dele que ele está apaixonado por você. Mas você garantiu que me ama, que nunca daria uma oportunidade a ele nem a ninguém. Lara, por Deus, o que você está fazendo com a gente?

— Bruno, por favor... — balbuciou a voz embargada, quase inaudível.

— Não negue! Eu o ouvi no dia em que conversava com Donna e Estefania, no dia em que nos falamos pelo computador. Você se esqueceu de desligar o microfone e ouvi toda sua conversa com o tal Alex.

Lara olhou-me, espantada.

Um alarme despertou em minha cabeça, recordando o que ela disse na conversa que ouvi entre ela e Alex:

— *Não posso! Você sabe, é muito perigoso! A partir do momento que assumir algo com Bruno, o torno um alvo duplo para Romano. Ele nunca vai nos deixar viver em paz, nunca deixará de lado o que aconteceu. Nunca vai me perdoar por desobedecer às ordens dele de anos atrás para assassinar Bruno. Naquela noite ele ficou furioso e eu paguei o preço.*

Lara de repente, levantou-se e disse:

— Preciso ir, tenho trabalho a fazer. Ela deu um passo, porém eu me coloquei a sua frente, bloqueando sua saída.

— Lara, O que aconteceu naquela noite em Roma quando me salvou de Romano? Você disse que pagou um preço. Do que você estava falando? Foi o estupro, não foi? Contudo há algo mais que você não está me contando, *Farfalla mia*. Diga-me, *ti prego*!

— Não posso mais, juro que não posso mais, Bruno, *do svidaniya.*

— Lara, espere...

— Por favor, Bruno, não me procure mais.

Lara correu, fugindo. O barulho dos saltos ecoando no piso era o som de um réquiem em minha alma desolada. Mais uma vez, Lara voou, mais veloz do que a luz, tão depressa quantos suas diáfanas asas a permitiram.

E assim a mulher da minha vida, minha eterna e única borboleta se foi deixando um imenso vazio em mim que eu sabia, jamais seria preenchido.

Saí do salão de chá, inconsolável. O frio cortante das ruas secou as lágrimas em meu rosto.

Peguei o celular, liguei para Ilya.

— Estou dando o fora de Moscou.

— *Por quê? O que houve?* — Ilya questionou.

— Sua prima me chutou. Não tenho mais nada para fazer aqui.

Ilya suspirou do outro lado da linha.

— *Achei que vocês conseguiriam se acertar...*

— Infelizmente não.

— *Bem, Sarah e eu estamos partindo para Sidari, você pode nos acompanhar, se quiser*.

— Eu aceito. *Grazie*.

— *Partimos em três horas, esteja pronto, passaremos em seu hotel para te pegar.*

— Ótimo! E Ilya, mais uma vez, obrigado!

— *Cara, se serve de consolo, você não é o único a ter um coração quebrado. Bem-vindo ao clube dos fodidos e de coração dilacerado.*

— Agradeço as boas-vindas! — Sorri um riso triste. Nos vemos a tarde então.

Ao desligar o celular, olhei ao meu redor: tudo branco resultado da neve que chegou mais cedo fazendo com que as temperaturas na capital moscovita despencassem. A imagem a minha frente era desoladora, puro reflexo de como eu me sentia por dentro.

Sim, eu voltaria para a *Bella Itália*, para minha caótica, caudalosa e luxuriante Nápoles. Seguiria adiante com minha vida, lançar-me-ia ao trabalho arduamente até me esgotar a tal ponto de adormecer por horas seguidas para amainar aquele sentimento de perda lancinante.

Embora eu desconfiasse que aquilo jamais passasse.

Lara, foi, é e sempre será meu tudo.

Sempre e para sempre.

Capítulo 39

Oh, cantarei meu réquiem
A um amor que machuca a cada respiração
E assim e eu sigo adiante e vivo sem seu amor
Cantarei meu réquiem, meu réquiem a você.

Requiem – Three Graces

Lara

Nápoles, dois meses depois...

Parecia uma vida desde a última vez em que eu estive ali.

Agora reunida com a Dra. Rosso e Angela, discutíamos tudo para agilizar o processo de transição delas para os cargos que assumiriam. Apenas avisei a Donna de minha presença na cidade quando já estava em Nápoles, assim ela não teria tempo de avisar o cunhado sobre minha presença.

Bruno...

Sei que minhas memórias daquela cidade deveriam ser dolorosas sobre minha mãe e irmão mortos, porém desde que aterrissei em terra napolitana, estava presa em um *looping* de cada sorriso, cada, beijo, cada abraço e das noites nas quais provei do amor do meu Zingaro.

Dio!

Tantas promessas espalhadas ao vento, tantas lembranças estilhaçadas pela ameaça iminente de Romano.

Romano...

Iago e Angela seguiam investigando-o, entretanto, ele parecia estar muito bem escondido e com apoio de gente importante, do contrário, já teria sido encontrado. Os clãs, tampouco tinham notícias dele.

— *Tacita*, você está bem?

A voz de Alex trouxe-me de volta ao presente.

Ele se ofereceu para me acompanhar na viagem, apoiando-me e ajudando na organização com relação a tudo o que se referia ao setor de psicologia.

Desde a noite da ópera começamos a sair juntos oficialmente, como namorados. Alex conhecia tudo sobre mim, pois foi meu psicólogo, compreendeu-me e respeitou meu período de mutismo, e no momento certo, mostrou-me que eu poderia usar minha voz e trabalhar para ajudar a salvar pessoas, que também passaram por situações traumáticas. Nunca esquecerei a primeira vez que ele me visitou em Moscou.

Quando cheguei à Rússia, fui para a casa que minha mãe e eu ocupávamos quando vínhamos para a cidade. Cheguei de forma intempestiva, sem dar uma palavra com ninguém. Uma semana depois, o mordomo, estranhando meu comportamento, veio até mim e disse que precisaria entrar em contato com minha mãe e informá-la sobre o que estava acontecendo. Eu escrevi pedindo, implorando, que ele não falasse com ninguém, assegurei que apenas precisava de tempo. Passei a me comunicar com os empregados da casa através de bilhetes e somente daquela forma.

O tempo passou e eu seguia igual: muda, incapaz de pronunciar uma palavra. Tudo o que fazia era ler meus livros e tocar minha balalaica extraindo de suas cordas as notas mais tristes e melancólicas possíveis.

Um dia, Ilya, meu jovem primo em segundo grau, surgiu no meu quarto na mansão Stepanov. Nós tínhamos a mesma idade e dividíamos a paixão pela balalaica. Na infância, quando passava as férias na *datcha** da família em São Petersburgo, estávamos sempre juntos. Com o tempo, passei a ficar mais na Itália e as visitas a Rússia se tornaram esporádicas, contudo, não perdemos o contato.

Ao me ver, sua expressão sempre alegre, se entristeceu.

— *Moy Bog, kuzen!* O que aconteceu com você?

Eu balancei a cabeça, incapaz de falar, larguei a balalaica e me entreguei as lágrimas. Ilya me abraçou e não falou nada, apenas me ofereceu seu conforto. Ele e eu sempre fomos próximos de uma forma que eu nunca fui de meu irmão Messi, tampouco de Romano.

Daquele dia em diante, Ilya dia sim, dia não, passou a me visitar, lia para mim meus contos de fada russos favoritos, tocávamos balalaica, ora eu tocava e ele cantava, ora tocávamos o dois juntos e passamos pelo menos dois meses assim.

Certo dia, Ilya, apareceu trazendo um homem com cerca de vinte e cinco anos, alto, cabelos loiros acobreados com alguns fios mais claros mesclados a fios dourados. Seus olhos pareciam cinzas através das lentes dos óculos: Alex. Meu primo, fez as apresentações, pediu que eu não me zangasse com ele, disse que eu precisava de ajuda profissional para voltar a falar, que ele não fazia ideia do tipo de trauma que eu havia sofrido, contudo, tinha certeza de que eu superaria se fizesse o acompanhamento psicológico correto.

Como meu psicólogo, Alex se mostrou extremamente compreensivo, respeitou meu período de mutismo e não me pressionou para que eu falasse, contudo, conversava comigo. A forma como ele se comunicava, paciente, cheio de energia e benevolência foi ganhando minha confiança e com o tempo, ele me fazia entender que minhas palavras faziam falta no mundo, que uma pessoa como eu, poderia usar minha voz e trabalhar para ajudar a salvar pessoas que também passaram por situações traumáticas. E então um dia eu me abri com ele.

— *Alex...* — chamei-o, pronunciando seu nome pela primeira vez em meses de tratamento.

— *Tacita, moy Bog!* — Alex me encarou e se espantou ao ouvir minha voz.

— *Alex, eu quero te contar tudo... tudo sobre mim, porém por favor, me prometa, isso jamais sairá daqui e que nunca, nunca mais retomaremos esse assunto.*

— *Eu prometo, Tacita. Você sabe que pode confiar em mim, não é pequena?*

E então eu me derramei em lágrimas e palavras, contei tudo, absolutamente tudo. Alex acolheu cada palavra em um respeitoso silêncio.

— *E foi isso. Esse é o motivo de eu estar assim. Quebrada e estilhaçada. Sinto-me desforme, uma pedra mármore fria. Pior que isso, sinto-me tão reduzida a pó. Acho que jamais serei capaz de me remodelar.*

— *Bom, já que você fez a analogia ao mármore, permita-me fazer uma a mitologia grega. Eu vou ser uma espécie de Pigmalião, conhece o mito?*

— *Sim.*

— *Lara, você não apenas fala, como tem um dom. Sua voz é linda, instigante e convincente. Imagine quantas pessoas você pode influenciar com sua voz e seus argumentos? Você pode usar isso para o bem, para ajudar a fazer a diferença, mudar a vida de outras pessoas. Permita que eu seja seu Pigmalião, que eu ajude-a dando a forma que você desejar ter, vamos remodelá-la, juntos. Vou esculpi-la, se quiser e você pode assumir seu lugar no mundo, escolher seu propósito de vida, pense nisso.*

Meu propósito de vida...

Ali, estava meu propósito de vida.

Naquela sala, falando sobre como melhorar a vida daquelas mulheres. Com o hospital, a ONG Pássaro de Fogo e Galathea, eu usei não apenas minha voz, como minha fortuna pessoal para ajudar a reintegrar todas aquelas mulheres, vítimas de alguma violência e lhes dar um propósito maior.

— Lara, *Tacita moya*? — Alex indagou novamente.

Minha mente novamente se perdeu em lembranças. Sorri sem jeito.

— Perdão.

— Lara, se quiser, podemos dar uma pausa para o café — Sugeriu Angela.

— Pode ser.

Naquele instante, o celular de Alex tocou.

— Tacita, isso vai levar alguns minutos. — Alex desculpou-se.

— Fique tranquilo. Vamos descer na cafeteria e em alguns minutos estaremos de volta.

Alex, roçou seus lábios macios nos meus em um beijo casto e em seguida, atendeu o telefone, enquanto Dra. Rosso, Angela e eu fomos em direção a cafeteria. Quando chegamos lá, escolhemos uma mesa em um recanto mais tranquilo, sentando-nos e fizemos nosso pedido.

— Aproveite que estamos a sós e conte-nos mais a respeito do Dr. Vassiliev, Lara — Dra. Rosso sugeriu.

— Ah, Alex e eu nos conhecemos já faz um bom tempo. Ele me ajudou em um período muito difícil da minha vida e se tornou de minha extrema confiança. Foi dele a ideia de fundar uma ONG para mulheres vítimas de violência e então começamos com Galathea em Moscou.

— Então ele foi seu Pigmaleão?

Ri, lembrando novamente a primeira vez que ele mencionou o mito.

— Sim.

— E então você já superou a situação toda com Bruno Mancini? — Dra. Rosso indagou, curiosa.

Minha confiança na Dra. Rosso era plena, portanto, meses antes, conteilhe sobre minha identidade, sobre meus laços de sangue com Leonida Lombardo e sobre minha história de amor impossível com Bruno Mancini. Angela, já conhecia todos os pormenores. Para Dra. Rosso, deixei de fora apenas meus problemas com Romano.

— Não — Angela respondeu antes mesmo que eu tivesse a oportunidade de falar. E seguiu: — Olhe só para ela, apenas de ouvir seu nome se transporta a outra dimensão. Aposto que enquanto estávamos discutindo as alterações lá na sala, era nele que você estava com o pensamento fixo. — Angela comentou assertiva.

— Isso não é verdade! — Neguei. — Não totalmente. Pensava também em Alex e...

— Lara!

Donna surgiu, caminhando devagar a barriga oblonga e grande. Ao seu lado, Marcelo seguia com expressão preocupada.

— Lara! Que saudades! — Donna disse um tanto chorosa.

— Também senti muito sua falta, minha amiga!

— Sei que nos falamos constantemente, mas sentia falta de abraçá-la — Donna completou e em seguida se curvou e deu um gemido. Notei então que algo estava acontecendo.

— Marcelo, o que há com Donna? — perguntei, preocupada.

— Lara, acho que Donna está pronta para dar à luz.

— Donna você está tendo contrações? — A Dra. Rosso se precipitou em direção a Donna perguntando.

— Sim, doutora.

— Há quanto tempo?

— Eu não sei ao certo, mas assim que percebi, pedi a Marcelo que me trouxesse.

— Venham comigo — Dra. Rosso pediu e todos saímos da cafeteria e fomos para a ala da maternidade.

Angela, Marcelo e eu aguardávamos do lado de fora de uma sala. Marcelo seguia em seu canto, reservado e taciturno, encarando-me, examinando-me. Por alguns instantes, achei que ele fosse se aproximar e dizer algo.

Alguns minutos depois, Alex surgiu.

— *Tacita, moya,* o que houve? — perguntou. — Recebi sua mensagem.

— Donna está na sala com a Dra. Rosso, parece que está com contrações.

— Talvez esteja na hora. A última vez que conversamos, ela estava para completar nove meses.

— E quem é você? — Marcelo indagou imperativo.

— Marcelo... Esse é o Dr. Aleksander Vassiliev, meu namorado.

Marcelo encarou Alex em um escrutínio.

— Namorado? Ha! Essa é boa!

Alex abriu a boca na intenção de responder o comentário mordaz de Marcelo, porém a porta se abriu e a Dra. Rosso saiu.

— Marcelo, está na hora. A bolsa acaba de romper, a dilatação está boa e está tudo sob controle. Donna está bem, perfeitamente saudável, vai dar tudo certo. Vamos torcer para um parto rápido e ao que tudo indica será.

— Que Deus te ouça, doutora — Marcelo respondeu em expectativa, porém angustiado.

Alex me abraçou, colando seus lábios em minha testa em um beijo terno.

Marcelo grunhiu e se afastou pegando o celular discou um número. No fundo, eu sabia para quem ele estava ligando e me vi na inevitabilidade do que aconteceria: Bruno, a qualquer momento apareceria e o reencontro que eu estava evitando que acontecesse, estava fadado a se cumprir. Donna era minha amiga, de forma que eu não poderia me retirar de um hospital que eu mesma era fundadora em dos momentos mais importantes da vida da minha amiga-irmã.

Ficaria ali e enfrentaria a iminência do destino que mais uma vez, colocava os Mancini em meu caminho.

Bruno

Estava no meio de um agradável almoço entre amigos.

Há meses eu não me divertia tanto. Tentei relaxar e superar a dor que me assolava todas as noites, desde que Lara me disse adeus.

Quando retornei à Nápoles fiquei uma semana trancado sem atender ao telefone nem falar com ninguém. Havia encontrado a casa perfeita. A casa que eu queria mostrar para Lara, dividir com ela.

Nada daquilo fazia sentido mais.

Em um sábado à tarde. Um barulho infernal soou na pesada porta de madeira no térreo da casa vazia, ribombando infernalmente ao meu ouvido.

Saí da cama relutante e ao abri-la dei de cara com Luigi.

— Achei que estava passando um recado claro quando não atendi suas ligações. Não desejo falar com ninguém — disse irritado, dando passagem para meu irmão entrar.

— Bruno, mamma está preocupada, Marcelo está preocupado. Todos estamos. O que há com você, cara?

— Lara...

— Sim, eu sei que tem a ver com ela. Fanny me contou que você foi vê-la, também me contou que conversou com Lara e que vocês não se acertaram. O que aconteceu, fratello?

— Aconteceu que ela não quer arriscar. Tem medo de que nosso amor desperte a ira de Romano e ele volte a nos atacar por ela ser uma Lombardo.

— Não posso dizer que seja impossível. Romano é um miserável! Não vejo a hora de encontrá-lo e fazê-lo pagar por tudo o que fez a Fanny.

Olhei para meu irmão, lembrando-me de como ele e Estefania sofreram por causa do maldito Romano.

Na verdade, olhando melhor para Luigi, notei que havia algo mais naquela história toda. Meu irmão ocultava algo.

— Luigi, há coisas que aconteceram entre você, Romano e Estefania que você não me contou.

— Bruno, acredite em mim quando digo que esse não é o momento. — Foi tudo o que meu irmão do meio me disse.

Eu não o pressionei, contudo, sabia que havia algo grave.

— Bom, cara, eu vim lhe fazer sair dessa... Meu Deus! — Luigi olhou ao redor e percorreu parte da casa rapidamente.

— Isso aqui está desolador! Há mais alguma coisa nessa casa além da cama e da geladeira?

— Eu comprei a casa esperando que pudéssemos Lara e eu juntos escolhermos os móveis...

— Ouça, ficar curtindo fossa não solucionará nada. Você precisa voltar à vida. Assumir o controle de tudo. Uma história de amor como a de vocês que vem ultrapassando anos não pode acabar assim. Bruno, você não é assim! Não é você que sempre me disse que a sorte...

—... Favorece os audazes. Eu sei que sempre disse isso. Acontece que ser rejeitado pela mulher que se ama não me faz sentir exatamente audaz.

— Mas ela o ama, cara! É só uma questão de tempo. Com ou sem o Romano como empecilho, ela não poderá passar o resto da vida, passando por cima de um sentimento tão forte como o amor.

— O amor... foi justamente ele que começou tudo isso. Veja o triângulo: Marco- Regina-Leonida. "Esses prazeres violentos, têm fins violentos" — citei.

— Ha, não me venha com essa baboseira shakespeareana, não estamos mais no século XVI! Nem você nem Lara vão morrer em nome do amor, portanto, seja forte, saia dessa fossa e preparasse para quando chegar o momento certo.

Refletia a cerca de tudo o que Luigi me disse e tentei colocar minha vida novamente nos eixos. Trabalhava com afinco e aproveitei todas as oportunidades de viajar e fechar novos contratos, tornando os negócios mais lucrativos. As noites, eu passava rememorando cada detalhe de tudo o que vivi com ela. Passei a mobiliar a casa sozinho, pedindo algumas sugestões a Donna e Fanny de coisas que elas sabiam, seria do agrado de

Lara. Eu não desistiria dela, não. Como meu irmão Luigi sugeriu, estava apenas aguardando o momento certo.

Voltei ao presente e ao riso alegre das minhas amigas, enquanto tomávamos suco de cupuaçu, feito por uma delas quando meu celular tocou. Atendi-o imediatamente, sem sequer olhar o identificador, pelo toque sabia quem era.

— Marcelo!

— *Bruno, fratello. Estou ligando para avisar que Donna vai dar à luz.*

— Sério?

— *Sim, ela já está na sala de cirurgia.*

— E a Nat, onde está?

— *Pedi que a mamma fosse buscá-la na escola.*

— Já avisou Luigi? — indaguei.

— *Sim, porém ele e Estefania estão em Carrara. Virão assim que possível.*

— Bom, estou com visitas aqui, porém vou conversar com elas, explicar e vou imediatamente para o hospital.

— *Bruno, outra coisa. Lara está aqui.*

Emudeci.

Lara...

Em um átimo de segundo, fui lançado aquele maldito dia, meses atrás, quando ela me abandonou no salão de chá Perlov.

— *E está com o namorado.*

Cazzo!

A coisa só piorava.

— Estou a caminho. — Foi tudo o que respondi e olhei para minhas amigas.

— Sinto muito, preciso ir. Donna está no hospital, vai dar à luz.

— Bruno, querido nós iremos com você. Vamos avisar aos meninos, tenho certeza de que eles vão querer notícias também.

— Perfeito, vamos então.

Capítulo 40

Amar você, não é a coisa certa a se fazer.
Mas como posso mudar aquilo que sinto?

Go your own way - Lissie

Lara

Marcelo andava de um lado para o outro da saleta, impaciente, a preocupação assolando-o.

Depois da enésima volta, levantei-me do sofá, soltei a mão de Alex e fui até ele.

— Marcelo — chamei-o.

Ele pareceu nem sequer ter me ouvido.

— Marcelo. Marcelo, acalme-se, por favor! — insisti.

— *Dio*! Eu sei que faz pouco tempo que Donna entrou para a sala de cirurgia, porém eu não consigo conter minha angústia. Se algo acontecer com ela eu...

— Vai dar tudo certo, você vai ver. O parto de Nat foi tranquilo e esse também será. Venha, vamos a capela rezar um pouco.

Caminhamos em direção a porta, quando Marcelo retrocedeu reticente e encarou Alex insistentemente. Era óbvio que havia antagonizado com ele.

— Seu *namoradinho* não vai se importar? — perguntou, sarcástico.

Movi a boca no intuito de responder, quando a porta se abriu e meu coração errou uma batida ao vê-lo.

Bruno...

Acompanhado por duas lindas mulheres.

Uma delas eu já conhecia era alta, voluptuosa, olhos escuros e cabelos cacheados igualmente escuros. A pele bronzeada, daqueles tons de pele incríveis e belíssimos que só se vê em um lugar do mundo: Brasil.

A outra mulher era um pouco menor, de corpo curvilíneo, longas madeixas escuras, olhos castanhos cintilantes e um sorriso radiante. Não deixei de notar que entrou de mãos dadas com Bruno e ambos pareciam muito próximos.

Bastou poucos segundos para eu compreender quem era aquela linda mulher. Tratava-se de Kat, por quem Bruno foi apaixonado.

— Kat!

— Marcelo! — Kat soltou as mãos de Bruno e abraçou Marcelo, cumprimentando-o.

— Como você está? Tem notícias de Donna?

— Não, desde que ela entrou na sala de cirurgia.

Kat abriu a boca para dizer algo, mas seu celular tocou.

— Perdoem-me, é o Giani. Preciso atender. Com licença!

Nunca imaginei que me sentiria tão enciumada e ameaçada por alguém, como me senti ao ver Bruno e ela tão à vontade na presença um do outro, no entanto, Kat seguia casada com o barítono do *Il Ragazzi,* primo de Donna. Isso trouxe certo alívio para meu coração.

Bruno caminhou determinado em minha direção e somente depois, notou a presença de Alex que acompanhava cada interação em um silêncio analítico.

— Olá, Lara...

— Oi, Bruno. Como tem passado?

Ele sorriu sardônico e respondeu:

— Seguindo. Permita que eu lhe apresente a *signora* Ramiles Santos Cavaglieri. Ela é professora de literatura italiana na *Università di Firenze*.

— Bruno, Lara e eu já nos conhecemos. Eu fui convidada para ministrar alguns workshops na ONG Pássaro de Fogo. Como você está, Lara? — saudou-me Ramiles.

— Estou bem, *grazie*. Estou de passagem. Vim apenas para organizar a nova diretoria do Franca Viola e da ONG. Decidi viver permanentemente em Moscou.

Bruno retrocedeu um passo, a expressão incrédula. Em seus olhos, vi todo o sofrimento que tanto queria evitar a nós.

— Ora, mas isso é uma pena! — lamentou Ramiles. — Você faz um trabalho incrível aqui. Não vai sentir falta de atuar como filantropa?

— Em Moscou tenho outra ONG, na qual resgatamos mulheres de situações de vulnerabilidade e violência doméstica e viabilizamos cursos de música e dança. Chama-se Galathea.

— Então, é você quem gerencia essa ONG? Verão passado estivemos Igna e eu em Moscou e vimos um espetáculo de dança da ONG no parque Gorky ao som do grupo *Scorpions* e me emocionou tanto! No momento da apresentação de *Wind of Change*, comovi-me ao ver mulheres mais velhas, crianças e jovens dançando e através da dança, descobrindo seu propósito. Foi incrível. Parabéns!

— Obrigada Ramiles, estendo meu convite a vocês para conhecerem nossas instalações e os trabalhos que desenvolvemos lá. Será um prazer recebê-la.

— O prazer será todo meu. Acredite! Vou encaixar na agenda dos meninos e combinarei algo com Kat, aposto que ela adorara a oportunidade.

Ao ouvir o nome da mulher, a insegurança me assolou. Tencionei responder, contudo a própria Kat se aproximou, exultante.

— Giani já está a caminho. Ele e Ignazio.

Um silêncio incômodo se instalou.

— Kat, que tal irmos à cafeteria, enquanto Bruno e Lara colocam a conversa em dia?

Kat olhou para Bruno depois para mim e em seguida para Ramiles, e sorriu.

— Claro. De repente, senti uma vontade de um *espresso* — Kat disse

E ambas saíram da saleta, enquanto Bruno e eu nos fitávamos. Estava ciente da presença de Alex, sentado, do outro lado da sala observando tudo, como espectador ávido pelo desfecho daquele encontro. Fosse ele qual fosse.

— Então, você não pretende viver mais em Nápoles? — Bruno indagou.

Cada palavra vertendo amargura e uma tristeza que me destroçava por dentro.

— Nápoles não é mais meu lugar e nunca foi um lar para mim — respondi, tentando conter as lágrimas que ameaçavam me tomar.

— E você encontrou um lar em Moscou? Ao lado desse... — Bruno indicou Alex, que permaneceu sereno.

— Ele me pediu em casamento...

— *Eu* pedi você em casamento, *caspita*! — Bruno vociferou, chamando atenção de Marcelo e Alex; o último se levantou do sofá e se dirigiu a nós.

— Ouça, eu entendo que tenham coisas para resolver, porém esse não é o momento. Se não estamos aqui para apoiar Marcelo e tranquilizá-lo quanto a Donna e o bebê, é melhor que um de nós ou todos nós nos retiremos — Alex disse, direto.

Nós três nos encaramos. Mais uma vez a porta se abriu e Marco e Regina Mancini adentraram a saleta, que em breve se tornaria pequena para tantas pessoas.

Alex voltou a se sentar para, mais uma vez, observar as interações.

— Marcelo, *figlio*, como estão as coisas por aqui? Tem notícias de Donna, do bebê? — *Papà* Mancini perguntou.

— Nada e essa espera toda está me matando!

— Acalme-se *figlio*, vai dar tudo certo — *Mamma* Regina disse, convicta.

— Eu temo tanto por ela. Temo que se seu coração... Oh, Deus, me recuso a pensar que...

— Sua esposa é muito forte, filho. Tenho certeza de que tanto ela quanto o bebê ficarão perfeitamente bem.

— Donna é tudo para mim, *mamma*. Sem ela, nada faz sentido, nada.

Regina abraçou o filho, confortando-o.

Regina Mancini, sim, é uma fortaleza, um exemplo de mulher que lutou para viver seu amor, ainda que trouxesse um grande infortúnio para seu futuro. Ela se lançou a sorte do destino sem medo, pagou e paga o preço de suas escolhas, mas também ama e seu amor incondicional é a força motriz que move aquela família. Quisera eu ter a mesma determinação para lutar por Bruno, por nosso amor. No entanto, não faria isso. Fazer isso seria atrair a ira de Romano para toda a família e eu já estava farta de tanto derramamento de sangue. Basta de *vendetta*.

Por isso, considerei aceitar o pedido de casamento de Alex e viver minha vida bem longe de tudo aquilo, ainda que tivesse que passar por cima de mim mesma, seria melhor assim.

Regina soltou Marcelo, deixando aos cuidados do pai e foi até Bruno e a mim.

— Lara, querida, que bom revê-la!

— *Mamma* Regina, é sempre muito bom vê-la. Como está?

— Ansiosa pela vinda do meu novo neto ou neta, e feliz de ver vocês dois juntos!

— *Mamma*, nós não estamos juntos — disparei.

— Lara está comprometida com o *Freud* ali no canto da sala — Bruno indicou.

— Lara, por favor, não faça nada de que possa se arrepender depois. Uma vida sem amor é muito triste querida — *mamma* Regina aconselhou.

— Alex me ama, *mamma.*

— Mas *você* não o ama, querida. Essas coisas só funcionam entre dois. É necessário um amor verdadeiro, bilateral e forte. Por favor, não siga o exemplo de seu pai.

— E qual exemplo eu devo seguir? O seu? — indaguei, soando ríspida.

Não foi a intenção, contudo não me contive e quando notei, as palavras já haviam deixado meus lábios.

— Exatamente. Vocês dois, olhem bem para mim — ordenou *mamma* Regina. — O que pensam que estão fazendo? Isso não é uma queda de braço! Lara, seja o que estiver te afastando de Bruno, você não pode deixar isso se sobrepujar ao amor que vocês sentem um pelo outro. Não estou subestimando seus motivos para afastá-lo de você, *figlia mia*, apenas trago à baila que nenhum deles pode ser tão forte como esse amor. Vocês venceram anos de distância e um antagonismo entre clãs, o que agora pode separá-los?

— Romano Lombardo... — Alex disparou.

Eu nem me dei conta do momento no qual ele se aproximou e nem estava ciente de quanto ele ouviu da conversa.

— Romano logo será encontrado. Marco, Leo, Armando Cosa Nostra e vários capos estão em seu encalço e ele terá seu merecido fim — respondeu Regina.

— Não podemos arriscar. Esse homem já fez muito mal a Lara — Alex argumentou e encarou Bruno.

Ambos se olhavam fixamente a tensão no ar tão cortante como um machado.

— E você é...? — *mamma* indagou, analisando Alex.

— Esse é o Sr. Freud...

— *Mamma* Regina, eu lhe apresento meu namorado, Dr. Aleksander Vassiliev.

— Um médico? — *Mamma* Regina inquiriu.

— Psicólogo — respondeu Alex. — *Molto Piacere, signora*.

— Encantada.

E mais uma vez o clima ficou carregado no ambiente. *Mamma* analisou a cada um de nós, depois de um tempo, sorriu. Quando me preparei para perguntar o motivo, a porta se abriu e a médica surgiu.

— Marcelo! — Dra. Rosso o chamou.

— Doutora, como está minha esposa? Por favor, diga, dê fim a esta minha angústia.

Papà segurou a mão do filho, no intuito de transmitir seu apoio e confiança.

Lana encarou a todos, o suspense pairando no ambiente. Depois de alguns segundos, disse:

— Parabéns, Marcelo! Você é pai de um lindo e saudável menino.

Marcelo, porém, não esboçou nenhuma reação. Seguiu petrificado.

— E Donna? Como está minha *principessa*?

Lana se aproximou de Marcelo calmamente, trouxe um celular na mão e mostrou algo. Aos poucos, a expressão sombria de Marcelo se transformou em um sorriso que rompeu em seu rosto. Lágrimas e risos se misturavam.

— Donna está muito bem com o filho de vocês no braço, como pode ver. Ela mesma me pediu para fazer a filmagem. Ambos estão com excelente saúde, Dr. Caribone já avaliou Donna e seu coração segue batendo saudável, nenhuma batida errática, agora ela está dormindo. Assim que despertar, eu lhe aviso. O bebê está no berçário e você já pode vê-lo

— *Grazie Dio*! *Grazie*! Irei vê-lo, porém antes, eu preciso... Preciso ir à capela agradecer, agradecer a Deus. Lara, você pode vir comigo, por favor?

O pedido surpreendeu a todos e principalmente a mim. Eu não era o santo da devoção de Marcelo Mancini graças a meu pai e ele nunca aprovou meu envolvimento com Bruno, no entanto, não me negaria a acompanhá-lo à capela, quando minutos antes, eu mesma havia me oferecido para ir com ele. Sorri então e concordei.

Minha amiga e irmã Donna estava bem e seu bebê também. Afinal, tinha muito a agradecer. Fitei Bruno mais uma vez e em seus olhos vi a felicidade por seu novo sobrinho, também vi algo mais: esperança. Meu bobo coração também sorria por dentro. Alex me encarou, com a cabeça gesticulou uma afirmativa e eu sorri agradecendo sua compreensão.

Deus...

Bruno e Alex permaneceriam na mesma sala e eu torcia para que não se engalfinhassem. Mais uma petição que entregaria aos pés de Deus e esperava que ele ouvisse minhas preces.

Marcelo segurou minha mão em um gesto fraternal e deixamos a saleta.

Marcelo

Deus mais uma vez me abençoou, embora eu soubesse não ser merecedor.

Estava ali com Donna ao meu lado e meu filho em meus braços.

Mal pude acreditar que segurava o roliço pacotinho de farta cabeleira escura envolto em uma mantinha verde e de olhos amendoados, como os da mãe.

— Ele é tão lindo e forte, não é? *Nostro piccolo, nostro bambino!* — disse, encantado.

— Sim, ele é. Puxou ao pai.

— Eu acho que puxou a mãe, a mulher mais doce e mais forte que eu já conheci. A minha força vem de você, *vita mia.*

Donna sorriu e eu me aproximei e beijei-a com todo meu amor. O bebê começou a protestar em meus braços choramingando. E interrompi o beijo.

Donna rindo, disse:

— Ciumento. Já sabemos de quem ele puxou o gênio.

— Ele está certo, desde tenra idade já quer tomar conta da *mamma* dele. *Principessa*, já pensou em algum nome para *il nostro bambino?*

— Pensei em deixar você escolher.

— Bom, eu tenho alguns, porém o que eu mais gosto até o momento é Massimo. O que acha?

— Significa "o maior de todos", seu futuro herdeiro nos negócios da família, é um bom nome.

— Eu não havia pensado por esse lado. Sim, se ele quiser assumir os negócios, contudo, gostaria de criar Nat e Massimo para serem o que eles almejarem, sem o compromisso com legado. Se eles quiserem assumir os negócios da família, terão meu apoio, claro, porém tudo o que desejo é que sejam felizes, trilhando seus próprios passos.

— Marcelo, meu Hades, que pai maravilhoso nossos filhos têm. Eu me orgulho muito de você, *amore mio.*

— E eu de você, *cuore mio.*

Beijamo-nos novamente, selando aquele momento feliz, um dos mais belos de minha vida.

Uma batida à porta interrompeu nosso interlúdio. E foi assim durante diversas vezes naquele dia, muitas pessoas queridas foram dar as boas-vindas a Massimo.

Eu não cabia em mim de felicidade assim como Donna. Lembrei-me da promessa que fiz na capela, algumas horas antes.

Custe o que custar, haja o que houver, protegerei minha família.

Para isso, fazia-se imperativo encontrar Romano e aniquilá-lo, só assim viveríamos em paz.

Todos.

Lara

Uma semana depois...

Minha estadia em Nápoles se estendeu mais do que eu previra.

Com o nascimento de Massimo, decidi ficar mais alguns dias para aproveitar e conhecer mais o bebê que considerava como um sobrinho.

Chorei de emoção ao segurá-lo nos braços a primeira vez, senti-me assim com Nat e Pietro também. Sempre amei crianças e aquelas, tinham um lugar especial em meu coração.

Todos os dias visitei Donna em sua casa e paparicava ela e o bebê. Marcelo deixou de lado seu antagonismo por mim, tratando-me com a uma amiga e com Donna, Nat e o bebê tivemos tardes muito agradáveis. Em uma dessas vezes, esbarrei com Bruno, Kat e Gianluca e tive a oportunidade de ver os três juntos.

A camaradagem e a amizade entre eles eram sinceras e eu recriminei a mim mesma por ter sentido ciúmes de Kat. Era visível que Kat e Gianluca se amavam verdadeiramente, o amor fluía do olhar de um para o outro, assim como o olhar de Bruno transbordava por mim.

Kat e eu trocamos algumas amenidades, enquanto Bruno e Gianluca conversavam. Enfim, nos despedimos todos.

Já estava de saída quando Bruno, puxou-me pelo braço, conduzindo-me ao escritório de Donna.

— Lara, precisamos conversar.

— Bruno, não temos nada para conversar.

— Temos sim. Lara, por Deus, você me deve isso, por favor, ti prego!

Respirei fundo e concordei.

— Está bem, está bem. Encontre-me em La Farfalla, sexta-feira às 21h.

— Stupendo! Você não vai se arrepender, bella mia!

E Bruno me beijou...

Aquele beijou me desestabilizou.

Provar dos lábios dele, ainda que fugazmente, evocou em mim, tudo o que eu lutava por enterrar.

Seus braços me envolveram estreitando o beijo, mantendo-me cativa por vontade própria, a prova irrefutável de que eu jamais deixaria de amá-lo.

Voltei ao presente com a voz da Estefania, chamando minha atenção.

— Lara, você está bem? O que há com você? Está distante.

— É verdade, Lara, você está muito distraída — comentou Angela. Podemos ajudá-la?

Com Donna de licença maternidade, Fanny e Angela estão me auxiliando a agilizar os trâmites para que eu pudesse voltar para Rússia o mais rápido possível.

Poucos dias depois de Donna dar à luz, Alex precisou retornar a Moscou e na próxima semana estaria de volta a Nápoles para me ajudar com minha mudança.

Transformaria o *La Farfalla* em um centro para abrigar mães em situação de abandono e seus bebês. Donna, antes de sair de licença deixou o projeto pronto e Angela supervisionaria tudo juntamente com Sheila que se encarregaria do *budget*. Aos poucos, mais um de meus sonhos se tornaria realidade.

Aquele era um projeto extremamente importante para mim. As mães que habitariam *La Farfalla*, teriam um abrigo, estudariam e se preparariam durante o dia, enquanto as crianças estariam na creche. Assim que cada mulher finalizasse seus cursos, as cooperativas associadas à instituição Franca Viola, se encarregariam de encaminhá-las aos processos seletivos de onde sairiam empregadas e prontas para aos poucos, conquistarem sua independência financeira e de homens abusivos.

Boa parte delas havia sido estupradas ou abandonadas pelos companheiros, muitos deles, membros de clãs menores. Os grandes clãs não admitiam aquele tipo de comportamento o estupro seguido de *matrimonio riparatore*, vigente até 1981 foi banido pela lei italiana. Violência sexual que outrora fora considerado contra amoralidade pública, tornou-se crime contra a pessoa em 1996, contudo não impedia que malditos canalhas de seguirem cometendo tamanhas atrocidades, por isso era tão importante para mim, abrigar essas mulheres e restituir-lhes a esperança de um futuro melhor, esse era meu propósito maior.

— Terra chamando Lara! — Fanny estalou os dedos em frente ao meu rosto, no intuito de trazer-me de volta a realidade.

— Ah, perdão meninas, me desculpem. Onde estávamos mesmo?

— Olha, sinceramente acho que você precisa de um café — sugeriu Angela.

— Está certo, vamos tomar um café — concordei.

Descemos as três até a cafeteria do hospital e terminamos nossa reunião lá mesmo, alinhando todos os próximos passos. Era sexta-feira e eu voltaria ali apenas mais uma vez na terça-feira para me despedir. A semana seguinte seria minha última semana em Nápoles.

Sabia que havia tomado a decisão acertada, contudo, meu coração seguia aflito. No peito, um sentimento agridoce me oprimia.

Havia vivido em Nápoles os meus piores, mas também os meus melhores momentos.

Fechei os olhos e minha mente se perdeu em lembranças da noite em que Bruno e eu fizemos amor pela primeira vez, aquela era a mais doce memória, a mais bela de toda a minha vida. Mesmo que me casasse com Alex, eu tinha certeza de algo: jamais sentiria nos braços dele ou de outro alguém a emoção, o prazer e o amor que provei nos braços de Bruno Mancini.

Bruno...

Nós nos veríamos hoje em minha casa, uma última vez, um último adeus.

Deixei o hospital às 19h, seguindo direto para *La Farfalla*. Subi para o quarto, preparei um banho relaxante com minha essência favorita de lavanda.

Em seguida, retornei ao quarto e vesti um longo e confortável vestido azul. Seu tecido esvoaçante a envolver meu corpo, uma tentativa de me fazer sentir a leveza que estava longe de sentir. Dentro de mais alguns minutos, Bruno estaria aqui, mais uma vez, em uma casa que estava impregnada de lembranças das vezes que fizemos amor e de como ele me salvou de mim mesma.

Penteei-me e perfumei-me com desvelo, e aguardei a hora marcada.

Meu celular soou indicando uma mensagem. Era Iago, informando que Bruno havia chegado e que sua entrada já havia sido liberada pela segurança. Enviei outra mensagem a Iago, pedindo que dispensasse a segurança e que ele mesmo fosse descansar. Iago seguia investigando o paradeiro de Romano, fazendo-se também responsável pela minha segurança.

Assim que Bruno partisse, iria dormir e preparar-me para um fim de semana movimentado, separar, guardar e empacotar coisas. Malas de memórias, umas que levaria, outras tantas que deixaria ali ao olvido.

Desci as escadas e segui para o hall, onde Bruno já me aguardava.

Bruno, meu *Zingaro*.

Tão lindo como nunca. Ele caminhou em minha direção parando a alguns centímetros

— Oi, Bruno... — cumprimentei-o sem jeito.

— Oi, Lara. Você está... esplêndida!

— Você também está muito atraente.

Notei que a pele dele estava mais bronzeada que de costume e me perguntei o que ele andou fazendo.

— Andei velejando. Fazia muito tempo que eu não velejava. Refugiei-me no mar em busca de um pouco de paz — contou, parecendo ler minha mente.

— E encontrou a paz que você estava buscando? — indaguei, dando mais um passo, reduzindo a distância entre nós, atraída por ele como um imã.

— A minha paz se foi desde o momento que uma borboleta azul a segurou entre suas asas e disse que voará para Moscou para sempre.

— Bruno, eu quero que entenda...

— Cale-se, mulher! — disse Bruno, agarrando-me em um supetão. — Se você vai mesmo me deixar para sempre, façamos desta noite uma noite que jamais esqueceremos.

Bruno me lançou sobre seu ombro em um gesto másculo, primitivo e subiu as escadas.

Quando chegamos ao quarto, com o pé Bruno chutou a porta e me colocou sobre meus pés, seus olhos percorreram meu corpo lentamente.

Meu peito descia e subia, meu coração batendo tão acelerado que temia que saltasse pela boca, a expectativa de tê-lo em meus braços me ensandecendo.

— Lara, *Farfalla mia*, venha, pouse suas asas azuis sobre mim, uma última vez. Só te peço isso, *vita mia.*

Deus, ele não devia estar aqui. Eu não devia ter permitido que chegássemos a esse ponto, contudo eu ansiava tanto por ele, tanto por aquele toque.

Sim, eu me permitiria ser tocada pelo amor.

Ainda que fosse pela última vez.

Dei um passo à frente, colando meu corpo ao dele, instigando-o a buscar o que queria.

Bruno com movimentos lentos levantou sua mão que se imiscuiu entre meus cabelos e pacientemente deslizou seus dedos por entre os fios. Depois de instantes massageando-os, sua mão esquadrinhou meu rosto, seus dedos acariciavam ternamente minha pele.

— Que esta noite se eternize em nossas mentes — balbuciou, sua voz rouca.

— Bruno... Ah...

— Não seremos afoitos ou apressados. Quero fazer amor com você bem lentamente — Bruno sibilou cada palavra, fazendo-me intuir seu propósito expresso nelas.

Algo dentro de mim, aquela determinação em partir, em deixar Nápoles se abalou.

Estaria eu tomando a decisão correta ao deixá-lo?

— Oh, *Farfalla mia*, por Deus, pare de pensar tanto e por favor sinta, apenas sinta! — pediu ele, mais uma vez lendo minha mente.

Sentir...

Bruno roçou os lábios dele nos meus e eu senti. Oh, Deus como senti!

Toda a paixão, o amor contido dentro de mim, como uma represa, rompeu e simplesmente não havia como retroceder, estava refém do meu sentimento por Bruno Mancini e se era para me afogar, que fosse nos braços dele.

Nos braços do homem que eu amava e amaria.

Por toda a minha existência.

Capítulo 41

Você me alegra quando estou triste
Me toca profundo, me toca da forma certa
Faz coisas que eu nunca fiz.
Você me faz sentir selvagem, me faz sentir rebelde
Porque meu amor, você é única

You're my number one - Enrique Iglesias

Bruno

A dádiva de beijar Lara era indescritível!

Rocei lentamente meus lábios nos dela, sem pressa alguma. Tinha aquela noite e eu a faria durar o máximo possível.

Senti que havia vencido a resistência de Lara, no entanto, precisava provar a ela, que um amor como o nosso não pode ser abandonado. Um amor como o nosso, merece ser vivido plenamente.

Lara arfou desejosa e aquele som despertou todos os meus sentidos. Minha língua adentrou sua boca, aprofundando o beijo e aos poucos nossos lábios dançavam um bailado indecente, um prelúdio do que viria.

Lara puxou com força a camisa arrancando os botões e expondo meu tórax, ávida, suas mãos me tocaram, deixando cada centímetro de pele em labaredas. Afoita, ela pousou suas mãos em minha calça, tentando abri-la, detive-a.

— *Amore, vita mia*, acalme-se. Não há motivo para pressa. Temos a noite toda.

— Bruno, *Zingaro mio,* tenho medo. Tenho tanto medo. Queria que a luz do dia nunca chegasse, queria que fôssemos envolvidos pelo véu do tempo, pela cortina ébano da noite e jamais víssemos a luz do dia.

— Eu também, *Farfalla mia,* pois toda a luz que eu preciso está aqui e vem desses seus lindos olhos que me fisgaram desde a primeira vez que a vi. *Ti amo,* te amo Lara Ilyena Stepanov Lombardo.

— E eu te amo, Bruno Mancini.

E mais uma vez nos beijamos, nós nos alimentando daquela carícia. Vagarosamente, nossos corpos dançaram até a cama. Parei, fitando-a e afastei-me apenas o suficiente para me despir da camisa e da calça, ficando apenas com a boxer.

Lara baixou o olhar naquela direção e seus olhos reluziam, a paixão flamejando neles. Sua mão pousou em meu membro intumescido. Estremeci.

Com um gesto sutil, porém rápido, Lara tirou a boxer deixando-me completamente nu. Seus olhos percorrem meu corpo e eu me sentia lisonjeado por tê-la me fitando com tamanho ardor. Queria admirá-la da mesma forma.

Minhas mãos buscaram a alça do vestido azul de tecido diáfano, como as asas de uma borboleta.

— Abra-as, abra suas asas para mim, *Farfalla mia.*

Lara abandonou os braços junto ao tronco, facilitando meus movimentos, deslizei as alças e aos poucos o busto, abdômen e todo o corpo dela se revelaram a mim.

O vestido jazia no chão e apenas pequenas peças de renda azul preservaram seu corpo da completa nudez.

Toquei as alças do sutiã e com apenas um gesto, libertei os seios da opressão da vestimenta. Admirei o lindo par coroado por bicos róseos, toquei-os, prestando tributo à beleza deles e em seguida, baixei minha cabeça abocanhando um mamilo, sugando-o entre meus dentes.

— Ah... — Lara gemeu e meu pau pulsou em resposta, estimulado pelo som.

Interrompi a carícia por um momento, segurei sua mão e deitei-a na cama, livrando seus pés das sandálias em pedrarias também azuis. Massageei seus pés e com minha boca percorri as longilíneas pernas até chegar ao recôndito entre suas pernas, oculto pela diminuta peça de renda. Com os dentes, rasguei-a e enfim, Lara se encontrava nua, meu olhar buscou o dela.

— Lara, ambos estamos despidos, fisicamente, isso revela nossos corpos. Contudo, quero que desnude sua alma, não necessitamos de nada entre nós, precisamos apenas um do outro e do nosso amor, *vita mia.*

— E eu... Eu preciso... de você.

— E você me tem, Lara, sou seu e sempre serei.

Com as mãos Lara me guiou novamente até sua reentrância e minha língua penetrou-a. Ela agitou-se na cama, ligeiramente estremecida pelo toque. Com movimentos indolentes, penetrava mais e mais, degustando-a, sentindo seu sabor em minha língua, provando-a.

Lara gemia e serpenteava sobre os lençóis, perdendo-se entre as sensações e eu seguia bebendo do néctar que ela benevolente me ofertava, provava do amor na fonte mais pura. Lambia, mordiscava e chupava-a, deleitando-me enquanto Lara arfava e sussurrava palavras desconexas, nada fazia muito sentido, a não ser nossos sentimentos. Investia fundo, audacioso, alcançando seu lugar mais secreto, tocando-a profundamente. Meus dedos também passaram a estimulá-la e notei sua respiração tornar-se errática, sua pulsação acelerada, a febre da paixão embotando os sentidos.

— Oh, Deus... Deus!

Lara arqueou-se, perdida no arrebatamento, seu corpo estremecendo acometido por espasmos, enquanto seu orgasmo reverberava de dentro para fora. Ela se derramou sob minha boca e eu bebi até a última gota de seu néctar. Encarei-a e vi o sorriso exultante em seu rosto, minha borboleta repousando languidamente na cama, desfrutando do prazer e pensei, em toda minha vida, essa foi a mais bela expressão que eu já vi: Lara em êxtase.

Sua expressão mudou de extasiada para determinada e com as pernas, ela puxou-me, trazendo-me em direção ao seu corpo. Nossos olhares se encontraram, ela arfou e balbuciou em seguida:

— Bruno, *Zingaro mio*, me abrace, me beije, me faça sua e me ame, em todas as formas de amor.

— Lara, *vita mia*, sem condições, sem limite e livre. Sempre vou te amar com absolutamente tudo o que sou, com todo meu corpo, alma e sentimento.

E ali, pele a pele, corpo a corpo, nossos corações batendo num mesmo e frenético ritmo, posicionei-me sobre ela, com meu membro em riste eu a penetrei e fui engolfado pela sensação de pertencimento. Lara e eu somos como uma lenda, a mais bela de todas. Seu interior quente e aveludado envolveu meu membro, abrigando-o.

— Bruno, eu tentei fugir... Tentei ser forte, tentei me afastar, te afastar de mim, mas... Não posso, não posso mais! — Lara sussurrou arqueando o corpo, estreitando nosso contato.

— Não adianta fugir, *Farfalla mia.* Isso que sentimos um pelo outro, essa força que sempre nos atrai sempre esteve fadada a se cumprir.

Arremeti e Lara se contorceu, gemendo, prossegui:

— É o destino. Não vê que estamos destinados um ao outro? — Investi novamente, lenta e apaixonadamente. — Quanto mais lutarmos contra, mais a vida insistirá em nos unir, apenas renda-se, *vita mia*, renda-se a isso que sentimos um pelo outro, chega de lutarmos, chega de fugas. Você é minha e eu sou seu.

Lara capturou meus lábios em um beijo que entregava e exigia ao mesmo tempo. Ainda que vivesse mil anos, jamais seria capaz de descrever como é estar nos braços dela, nos braços da minha amada.

Sua língua instigava a minha, provocando-me. Queria ir devagar, contudo ela, sua língua e seu corpo demandavam que eu me aprofundasse e eu obedeci varrendo sua boca, beijando-a alucinadamente até deixar-nos sem fôlego.

Ela sorriu e vi sua pele clara e translúcida ganhar cor, tingida pelo desejo que nos tomou. Investi, adentrando-a e mil sensações formigavam em mim. Suas mãos se cravaram em minhas nádegas, puxando-me incitando-me a ir mais fundo dentro dela, mergulhar em sua maciez e calor.

Não havia racionalidade alguma naquele momento, Lara tragou a si mesma e a mim no furacão de prazer. Não mais ditávamos o ritmo, nossos corpos assumiram o controle e apenas respondiam ao chamado da dança sensual que partilhávamos.

A cada gemido, a cada arfada de Lara, eu seguia mais e mais em chamas, consumido pela força da paixão que se alastrava incontrolável. Estávamos incontroláveis.

— Lara... Oh, Lara, *vita mia...* — sussurrei, minha voz embargada, não conseguia em palavras, exprimir o significado daquele momento.

Tudo o que eu podia fazer era com meu corpo, com meu toque, seguir adorando-a, demonstrando o quanto a amo.

— Bruno, *amore*... te amo, eu te amo e sempre vou te amar. Até o fim dos meus dias.

Nossos lábios voltaram a se encontrar, famintos. O atrito de nossas peles, eu a invadindo, suas mãos deslizando por todo meu corpo, o âmago de sua feminilidade me apertando, sugando-me mais e mais. Lara se perdeu, absorta nas sensações, a respiração ofegante, seu corpo orvalhado pelo nosso suor. Nós, dois rios convergindo para um mesmo sentido.

Lara pressionava o corpo contra o meu, enlouquecida e cada resquício de sanidade meu se esvaia à medida que eu mergulhava mais em seu corpo, perdendo-me entre a constelação de delícias. Seus gemidos ressoando em minha pele.

— *Dio*, Bruno, por favor, *Zingaro...*

E com aquelas palavras o corpo dela inteiro sacudiu e retesou. Senti o aperto em meu pau lançando-me a outra dimensão. Não pude me segurar mais e com uma última estocada, nossos corpos se fundiram em um só e juntos experimentamos um orgasmo voraz que nos arrebentou e meu corpo repousou sobre o dela, consumido pelo clímax.

Nunca me senti mais vivo do que naquele momento, com nossos suores se mesclando, nossos fluidos se misturando e minha semente se derramando dentro dela, selando nosso amor. Jamais haveria outra mulher, porque Lara é a mulher que eu amarei até o fim dos tempos, sem ela, eu não existo. A expressão fazer amor fazia todo sentido para mim, pois é exatamente isso que Lara e eu partilhamos, amor.

Durante um bom tempo permanecemos abraçados, meus dedos acariciando suas longas madeixas negras, seu rosto ainda afogueado, sua pele úmida, cintilava e seus lábios esboçavam um lindo sorriso, ela inteira brilhava iluminada pelo amor. Suas mãos acariciavam meu corpo, seu rosto aconchegado em meu peito.

— Oh, Deus! Deus, o que faremos? — balbuciou ela, levantando a cabeça e me fitando profundamente.

Nos seus olhos, vi a ansiedade refletida.

— Nada além do que já está reservado em nosso destino. Nasci para ser seu e você para ser minha. Cumpriremos nosso destino, não vou deixar Alex ou qualquer outro roubá-la de mim, *Lara, cuore mio*.

— Bruno, eu preciso dizer, preciso...

— Não, *vita mia*. Muitas vezes você já me afastou, fugiu de mim e do que tudo isso adiantou? Nada. Somos únicos, entende? Somos um para o outro e não vou deixar mais nada nem ninguém nos parar. Nada vai nos separar, nada mais vai nos deter. Eu te amo, você me ama e isso é tudo o que precisamos. Enfrentaremos o que for e quem for, juntos. Você me entende?

— Sim...

— Não vou perder você! Recuso-me a viver essa vida sem você ao meu lado, então esqueça essa ideia de voltar a Moscou.

— Preciso ter uma conversa com Alex. Ele merece uma explicação. É um grande amigo e eu não teria realizado tudo o que fiz se não fosse a ajuda dele.

— Entendo e concordo com você.

— Ele virá na semana que vem e eu explicarei tudo.

— Ótimo!

— Bruno, *amore* de verdade, há algo que eu realmente preciso te dizer. Se vamos começar um relacionamento para valer, preciso que saiba...

— Lara, se for algo que te cause algum tipo de dor trazer à tona, não precisa dizer. Como já disse uma vez, nada, absolutamente nada mudará meu amor por você. E agora que finalmente nos acertamos, tudo o que quero é viver com você todos os dias da minha vida. Prometo sempre amá-la e te dar centenas, milhares e milhares de motivos para sorrir, *Farfalla mia.*

— Assim como eu, *Zingaro mio.* Serei para sempre sua.

— E eu para sempre seu.

Meus dedos acariciaram seus lábios para em seguida prová-los. Nunca me cansaria do sabor dela, da avidez e da entrega. O beijo que começou casto, logo despertou novamente nossos instintos. Lara enlaçou meu tronco, incitando-me a montá-la e em segundos eu já estava duro, ardente por me deixar levar, por perder-me no corpo daquela borboleta, desejoso que ela fechasse suas asas acetinadas sobre mim e nunca, nunca mais me deixasse partir.

E assim passamos o restante da noite, amando-nos insensata e docemente até sermos rendidos pelo cansaço e com os corpos, extenuados, suados e exaustos, adormecemos.

Lara

O fim de semana voou e foi tão diferente do que eu havia imaginado.

Invés de empacotar e embalar coisas, passei o sábado e domingo fazendo amor com Bruno em cada canto daquela casa. Nosso apetite um pelo outro não parecia ter fim. Somos dois predadores.

Nunca imaginei que gostaria tanto do contato sexual. Bruno fazia tudo ganhar um significado diferente e quando me tocava, sentia que não era apenas algo avassalador nos devorando, sentia paixão sim, mas também sentia seu amor, sua devoção e adoração por mim e isso me envolveu e permitiu que eu me soltasse experimentando com ele uma união carnal que eu jamais pensei, sem inibições ou tabus.

Combinamos de nos ver novamente depois que Alex e eu conversássemos e embora sinta-me um pouco triste e sem saber como confessar tudo a Alex, não tinha como disfarçar minha alegria por finalmente viver algo que me neguei por tanto tempo.

Sim, seria feliz ao lado de Bruno Mancini.

Fechei os olhos e revivi cada pedaço do fim de semana, cada beijo, carícia, suas mãos deslizando pelo corpo, nosso vai e vem, cada estocada profunda fazendo me delirar, sua voz sussurrando doces promessas ao meu ouvido. Sentia-me completa.

Lembrar tudo que vivemos tornou minha segunda-feira cheia de energia e com essa vivacidade, fui ao Instituto Pássaro de Fogo.

E aquilo que eu achei que seria um adeus se tornou um bom dia. Cumprimentei cada uma das mulheres lá, conversamos, cantamos, dançamos e eu me inteirei a respeito das conquistas e realizações de cada uma, sentia-me também realizada por cada uma delas.

Estava de saída do instituto, quando esbarrei em Fanny chegando.

— Olá, Lara, como está? — cumprimentou-me.

— Estou bem, obrigada.

— Você parece mais do que bem — Fanny comentou. — E aí, vai me contar o motivo?

— Sim, vamos entrar, por favor.

Entramos e Fanny e eu fomos ao escritório e lá contei a ela tudo sobre meu fim de semana apaixonado com Bruno.

— Agora entendi o motivo de ele ligar tão cedo para Luigi. Bruno convocou os irmãos, disse que tinha algo importante a dizer. Provavelmente ia dar as boas novas. Eu também tenho boas notícias para te dar, na verdade para mostrar e... — Fanny tirou uma pasta e começou a folheá-la ansiosa.

— Droga! Acho que esqueci as folhas no carro. Lara, só me dê alguns minutos. Vou até o carro e já volto. Não saia daí, hein?

— Ok, esperarei superansiosa.

Passaram-se alguns minutos e eu estranhei a ausência de Fanny. Já estava prestes a sair da sala, quando meu celular tocou, aquele que somente Iago e Angela tinham acesso.

— Alô!

— *Lara... Ah, Lara... Merda!* — Angela se queixou.

— Pinkerton, o que houve?

— *Romano... Esteve aqui no Pássaro de Fogo.* — Angela arfou. — *Tentei impedi-lo, mas o maldito atirou em mim e...*

— Meu Deus, Angela! Onde você está exatamente? Vou até você agora...

— *Vou ficar bem, porém o maldito a levou...*

— Levou? Levou quem?

— *Estefania. Romano a levou e deixou um recado para você: disse para encontrá-lo perto de onde você brincava, próximo de umas ruínas ele disse que você sabe onde é.*

— Sim, sei. Sei exatamente onde é e irei até ele.

— *Já chamei a Dra. Rosso e estou tentando falar com Iago, mas o telefone dele está fora de área.*

— Angela, por favor, você está bem mesmo?

— Estou, as balas não fizeram tantos estragos, a única pegou de raspão. Já fiz um torniquete e estou esperando a Dra. Rosso chegar. Vá atrás de Estefania, ela precisa de você. Romano foi truculento com ela para derrubá-la.

— Deus, aquele monstro maldito! Eu sabia que ele jamais nos deixaria em paz. Angela, por favor, siga tentando falar com Iago e assim que conseguir, avise-o. Eu vou tentar de alguma forma entrar em contato. Não vou deixá-lo machucar Fanny.

— Lara, tome cuidado, por favor. Romano está louco, a sede de vingança dele é ilimitada.

— Tomarei. O importante é trazer Estefania de volta.

Saí apressada do instituto. Sabia exatamente em qual local Romano estava e em poucos minutos cheguei até ele.

Aquele lugar estava repleto de lembranças. De Leonida e Regina, Leonida e Marco e mais recentemente minha com Bruno. Eu costumava brincar ali, solitária, às vezes fingia que estava em alguma espécie de perigo e que meu príncipe encantado viria e me salvaria no último instante.

O tempo passou e o desgaste daquelas ruínas apenas aumentou. O tempo inclemente, que a tudo destrói foi impiedoso com o local. Caminhei cuidadosamente, atenta a cada ruído até que escutei os gritos de Estefania.

— Você está morto, Romano. Quando Luigi puser as mãos em você, seu destino estará selado.

— Ah, cale-se, sua estúpida! Acha que porque você está de barriga novamente vou me comover. Você é uma maldita vadia a quem eu fodia. Luigi apenas catou meus restos e...

Deus, Fanny está grávida! Preciso tirá-la dali urgente!

Entrei e imediatamente Romano me viu.

— Ah, *Cenerentola!* Aí está você. Veio depressa salvar sua *amiguinha*. Agora, em vez de uma, tenho duas cadelas comigo. Não sei quem eu traço primeiro. Não sei se penso em me divertir fodendo com vocês duas até meu pau esfolar.

Estefania estava amarrada em uma cadeira, tinha um enorme hematoma no rosto e sangue em seus lábios. Aquele canalha bateu nela.

— Romano, por favor, era a mim que você quer. Já estou aqui, agora liberte Estefania.

— Por que eu libertaria Estefania se posso me divertir em dobro?

— Romano, Bruno vai matá-lo se fizer algo com a namorada dele. Não seja imbecil. Se tocar nela vai atrair a ira de todos os Mancini — Estefania ameaçou e na mesma hora Romano gargalhou, sádico.

— Lara, *Cenerentola,* namorada de Bruno Mancini? Ah, agora eu entendo tudo. E eu pensando que você fosse uma puta estúpida quando sempre esteve por trás de tudo não é, sua vadia? Esteve ao lado dele e contra sua família, sangue do seu sangue, por isso você o ajudava, deixando Bruno escapar, quando eu planejava matá-lo e foi você com certeza, que deu um jeito de ajudá-lo dessa última vez também. Esse tempo todo era você, e ainda fica de quatro sendo a cadela de um Mancini. Eu não sei qual das duas é a mais puta!

— Romano, solte Fanny, por favor. Você já me tem aqui, faça comigo o que quiser, mas não machuque Fanny e o bebê, por favor!

— Está certo, vou soltá-la. No entanto, vou mandá-la como isca para Luigi e assim atrair aqueles irmãos idiotas e acabar com os três de uma vez.

Romano empunhou a arma e mirou na minha direção

— Vá até Estefania e a desamarre — ordenou

Obedeci e fui até Estefania. Tentando manter o controle de minhas mãos trêmulas e comecei a desamarrá-la e lembrei de algo. Uma ideia se formou em minha mente.

— Estefania, me ouça com atenção. Meu carro está aí fora. Você vai entrar nele, vai sair daqui. Quando estiver distante você vai procurar meu celular e vai ligar para a Angela e explicar exatamente onde estou. Ela saberá o que fazer.

— O que as vadias tanto conversam aí? Depressa, Lara! — Romano gritou.

Desamarrei Fanny, segurei-a, abraçando-a.

— Lembre-se do que eu disse, por favor. Agora vá!

Estefania caminhou indo embora, não sem antes parar na frente de Romano, cuspir na cara dele e dizer.

— Em menos de horas, eu terei prazer em saber que os urubus vão se refestelar com sua carne podre, seu maldito estuprador!

— Ou talvez seja os restos do seu marido, sua idiota. Agora suma antes que eu me arrependa e a foda na frente da sua amiguinha.

Estefania se foi e agora eu estava ali em frente aquele monstro do qual por anos eu fugi.

Ele se aproximou de mim, lentamente, olhos injetados o ressentimento insuflando-o.

— Agora, sua puta ítalo-russa, você vai me pagar pelo tiro que me deu — Romano sibilou e em seu ódio seu punho atingiu meu rosto em cheio.

E isso é tudo de que me lembro antes de ir ao chão.

Estefania

Dirigi alucinada me afastando o máximo que pude e quando já estava distante o suficiente estacionei o carro procurando o celular de Lara.

Assim que eu achei o aparelho liguei para Angela que atendeu rapidamente.

— *Lara!*

— Não, Angie sou eu, Fanny.

— *Fanny, Deus do céu, como você está?*

— Bem, porém preocupada com Lara, precisamos salvá-la daquele crápula. Ele a aprisionou em meu lugar. Tenho medo do que possa fazer com ela agora que Romano sabe que Lara está com Bruno.

— *Como assim, ela e Bruno?*

— Eu muito estupidamente, cometi uma indiscrição...

— *Deus, do céu. Estou tentando localizar Iago. Não consigo falar com ele de forma alguma, Caspita! E você onde está?*

— Vou direto para o Franca Viola. Estou muito próximo já. Em dez minutos chego.

— *Eu também estou aqui. Estou no 3° piso, quando chegar conversamos melhor.*

— Certo. Até daqui a pouco.

Desliguei o telefone, contudo minha mente alucinada, girava em busca de alguma ideia de como salvaria Lara das garras daquele maníaco. Fiquei parada por minutos sem chegar a nenhuma solução, não queria envolver Luigi e meus cunhados, porém não tinha outra opção.

Pensei em acionar a equipe, ligar para Sam, entretanto, isso demoraria muito e tempo era algo que nós não dispúnhamos. Cada segundo que Lara passava nas mãos daquele maldito estuprador era mais um tormento.

Liguei o veículo colocando o novamente na estrada e não parei até chegar ao França Viola.

Assim que desci, para o meu alívio, dei de cara com Alex que me olhou espantado.

— Meu Deus, Estefania o que houve?

— Alex, *Dio*, que bom vê-lo! Ouça-me com atenção, não temos tempo a perder. Romano a pegou.

— Romano pegou? Pegou quem?

— Lara, ele a tem como prisioneira. Ela foi até lá me resgatar e ele ficou com ela em meu lugar.

— Estefania, acalme-se, não estou te entendendo.

— Não há tempo para ficar calma. Você precisa salvá-la. Tem de ajudar Lara!

— Onde eles estão? — Alex perguntou.

— No *Bagni della Regina Giovanna.* Você tem uma arma?

— Não.

— Venha comigo.

Voltei até o carro de Lara, vasculhei o porta-luvas e encontrei o revólver que Lara sempre mantinha ali como reserva e entreguei a Alex, que imediatamente correu até seu carro e entrando no veículo saiu cantando pneu.

Entrei no hospital e recebi os cuidados da médica e da obstetra certificando-me de que estava tudo bem comigo e com meu bebê. Depois falei com Angela que também já havia feito o curativo. Romano havia atirado nela quando me levou. Graças a Deus o tiro passou de raspão.

— Fanny, você não pode esconder o que houve, precisa falar com Luigi — Angela aconselhou e nesse momento, meu cunhado Marcelo e justamente meu esposo entraram na sala.

— Fanny, *cuore mio*, o que houve? Dra. Rosso me ligou pedindo que eu viesse aqui vê-la. O que aconteceu? — Luigi preocupado, abaixou-se e começou a acariciar meu rosto.

Mordi o lábio e encarei meu marido indecisa.

— Vamos, *rosa mia*, diga, *che cosa è?*

— Ah, Luigi, ele está com ela. Com Lara.

— Ele? Ele quem, *cuore mio*? — Luigi indagou, confuso.

— Romano! — Marcelo disse derrubando uma cadeira, possesso. — Aquele demônio, desgraçado! Foi ele que fez isso na sua cara, não foi, Fanny?

Balancei a cabeça anuindo.

— Aquele amaldiçoado vai me pagar, eu vou acabar com a raça dele! — Luigi se levantou gritando e furioso derrubou algumas coisas no consultório.

— Onde? Onde ele está? Eu quero o sangue desse desgraçado mal-nascido!

— Alex... Alex já foi atrás dele, para resgatar Lara.

— O quê? O que aquele *fighetto* russo foi fazer lá? Vai ser massacrado por Romano.

— Quando cheguei aqui ele foi a primeira pessoa que vi. Mandei-o salvar Lara. Romano está endemoniado. Temo pelo que possa fazer com ela.

— Aquele bastardo... Fez mais alguma coisa com você? Ele por acaso tentou te...

— Não, graças a Deus ele não teve tempo. Lara chegou e me salvou. Corram! Por favor, corram, salvem-na!

— Vamos, precisamos ir o quanto antes. Luigi ligue para Fabrizio e peça para acionar a segurança. Avisar os outros clãs de que sabemos o paradeiro de Romano.

— E quanto ao Bruno? — Luigi perguntou

— Melhor não envolver Bruno desta vez.

— Me envolver em quê? — Bruno entrou sem que percebêssemos.

— Bruno, o que faz aqui? — perguntei.

— Sou eu que pergunto o que todos vocês fazem aqui. O que houve com o seu rosto, Fanny?

Marcelo e Luigi se entreolharam e os dois olharam para mim em seguida.

— *Cazzo*! Alguém por favor, diga o que está acontecendo?

O celular de Angela tocou, ela olhou para os três irmãos à frente e atendeu o aparelho.

— Iago, Deus do céu, finalmente! Temos uma emergência. Lara foi aprisionada por Romano.

Assim que ouviu o que Angela disse, Bruno balançou a cabeça de um lado para outro, incrédulo, em seguida olhou para seus irmãos e para mim que confirmamos tudo.

— Eu vou atrás daquele desgraçado e dessa vez ele vai ter o que merece, vou matá-lo!

— Não sozinho. Nós iremos com você, *fratello* — Luigi afirmou.

Os três começaram a sair quando Angela gritou:

— Ei, esperem! Aonde vocês vão se nem sabem onde é o local?

— Então nos diga! — Marcelo ordenou firme.

— Estão no *Bagni della...*

— Ok, ok, ok... Sei onde fica — Marcelo respondeu exasperado. — Vamos.

— E mais uma coisa. Iago vai esperar vocês na ponte antes de chegar ao local.

— E por que devemos encontrá-lo? — Marcelo perguntou.

— Porque Benevuto é o homem de confiança de Lara.

— Iago? Iago Benevuto? — Luigi perguntou, incrédulo. — Mas ele não está morto?

— Não só não está morto, como está mais vivo que nunca. Eu o vi um dia desses — Bruno respondeu e Marcelo confirmou.

— E por que não me contaram? — Luigi se queixou.

— Vocês podem deixar essa discussão sem sentido para depois? *Porca miseria!* — Bruno impaciente saiu em disparada sem sequer esperar os irmãos.

— Luigi, Marcelo, vão atrás dele, por favor! — pedi.

— E não se esqueçam de encontrar Iago — Angela lembrou mais uma vez.

Marcelo e Luigi saíram e a porta se fechou com um estrondo alto. Como se fosse o prelúdio de uma tempestade.

— E nós Angie, o que nós faremos agora?

— Querida, estamos fora do combate, faremos a única coisa que podemos fazer por hora: rezar para que salvem Lara, matem esse demônio de Romano e acabem com esse pesadelo de uma vez por todas.

Capítulo 42

"— Lucrécia! — exclama — devo esta noite possuir-te
Se te negais a força minha far-te-ei."

O Estupro de Lucrécia - William Shakespeare

Bruno

Aquilo não pode ser real.

Não. Não pode ser!

Como um fim de semana que foi tão maravilhoso pode ser seguido de um dia tão surreal?

Romano aprisionou Lara e eu temia pelo que aquele psicopata possa fazer com ela.

Estávamos quase chegando ao local onde Angela nos disse que Iago estaria e o meu desespero apenas aumentava.

Ao ver o carro estacionado, paramos a certa distância.

Iago assim que nos viu desceu do veículo uma atmosfera perigosa o acompanhava. Em seguida Marcelo, Luigi e eu descemos do carro e fomos ao seu encontro. Sem rodeios, Iago disse:

— Vamos cercar a construção. Marcelo você fica comigo em frente às ruínas. Bruno e Luigi vão pelo fundo. Angela me disse que tem mais gente chegando, porém por enquanto, vamos nos dividir assim. A prioridade será salvar Lara, no entanto, Romano não pode escapar. Dessa vez ele terá que pagar por tudo o que fez.

— Concordo — disse. — Ele não sai dessa com vida. Vai se arrepender por tudo o que nos fez.

— Às vezes, em sonho, ainda o vejo atirando em nossa mãe no dia do batizado de Pietro e lembro de tudo que esse desgraçado fez a Fanny — Luigi confessou, perturbado.

— E quando ele atirou em Donna? Achei que a tinha perdido para sempre em nossa lua de mel — Marcelo desabafou atormentado.

— Imaginem vocês voltarem para casa e descobrirem que sua esposa e sua filha foram brutalizadas e mortas. Sua filha de cinco anos? O horror que Romano causa não tem limites. Por isso precisamos trabalhar em equipe. Senhores, coloquemos nossos egos e discussões de lado e vamos salvar Lara, vamos evitar que ela se torne mais uma vítima desse facínora.

— Se ele sequer tocar nela, eu asseguro a vocês: não haverá lugar no inferno que eu não busque para matá-lo — vociferei enfurecido e recebi um olhar enigmático de Iago.

— Vamos, não percamos tempo. Cada minuto é vital para Lara. Sigam-me! — Iago disse e entrou em seu veículo.

Voltamos para o nosso carro e seguimos até estacionarmos um pouco afastado das ruínas. Havia outro carro ali.

Alex.

Ele deveria estar lá ainda, isso me tranquilizava um pouco. Ele também lutaria para que Romano não fizesse nada de mal a Lara.

Nós nos dividimos como Iago planejou. Fabrizio chegou e Iago indicou que ele fosse com Luigi e eu, para a parte de trás da construção. Ouvimos alguns disparos, aquilo me desesperou.

Caminhei o mais rápido que minhas pernas permitiam tentando fazer o mínimo de barulho possível. Romano teria que ser surpreendido. Se perdêssemos o elemento surpresa, tudo estaria perdido.

Chegamos ao fundo do local e de relance, vi Alex caído no chão alvejado e temi. Romano estava muito próximo de Lara se insinuava para ela.

Lara estava com a roupa em farrapos e um filete de sangue escorria pelo canto da boca. Aquele endemoniado a agrediu.

Maldito! Ele pagará por isso!

Lara seguia com a expressão indiferente, distante. Romano parou a frente dela, com a arma em punho o cano deslizou pela perna subindo pela coxa depois apontou para Alex desacordado e disse:

— Esse pobre coitado achou que poderia me impedir de comer você. O imbecil achou que poderia me deter de foder você como fiz anos atrás. Foi por isso que você fugiu de Nápoles, não foi?

O. Que. Aquele. Desgraçado. Estava. Dizendo?

Minha mente em frangalhos tentava processar o horror do que aquele bastardo confessou.

Aos poucos um quebra cabeça macabro se formou em minha cabeça. O jeito esquivo de Lara, às vezes que ela se afastou de mim, do meu toque e como demorou a se permitir sentir algo, sentir desejo, quando ela confessou que havia sido estuprada, porém não mencionou por quem.

— Bruno, há algo que eu realmente preciso dizer... A pessoa que me fez isso, esse... monstro é da minha própria família, estava acima de suspeitas. Nunca ninguém soube o que houve. Não contei nem para minha mãe, nem para o meu pai.

E ela tentou... Mil vezes tentou e eu a silenciei, não a ouvi.

Deus!

Aquele maldito. Foi ele quem a estuprou, justo na noite em que ela me salvou. Lara salvou e poupou minha vida, contudo em troca foi saqueada por aquele degenerado e estuprador. Meu sangue latejava em minha cabeça. Não aguentaria ficar ali parado.

— Ah, *Cenerentola.* Você fugiu assustada e fragilizada, por quê? Tudo o que eu queria era me casar com você e ter o controle dos negócios do tio. Queria me casar com você, mesmo você sendo uma puta e estúpida que sabotou meus planos me desobedecendo quando se recusou a matar aquele babaca Mancini em Roma! Sua imunda, você me desobedeceu, não uma, mas duas vezes e eu tive de puni-la por isso. Ah, lembro-me com prazer de quanto sangue tinha naquela cama. Nunca vi uma virgem sangrar tanto, parecia um batismo de sangue, nem Estefania sangrou tanto. Você se lembra de como eu a comi? De como estoquei e fodi você como um louco e fiz isso até não aguentar mais. Eu a enchi com minha porra. Minha porra misturada com seu sangue. Nunca vi nada mais erótico. E agora, que te tenho aqui novamente, nas palmas de minhas mãos, vou fodê-la e usá-la, quantas vezes eu quiser e mandar um recado ao *zio* Lombardo e aquele Mancini idiota...

— Desgraçado!

Movido pela fúria, corri lançando-me sobre Romano. Sua arma disparou e o ruído do tiro cortou o ar enquanto ambos caímos, rolando pelo chão. Esmurrei-o e soquei sua mão várias vezes, até desarmá-lo e continuei a esmurrá-lo. Ele, sádico, sorria como enlouquecido.

— Finalmente terei meu acerto de contas com você, Mancini.

Não sei como, o crápula conseguiu se levantar e me acertar um soco. Em seguida lancei-me novamente contra ele, não havia racionalidade em mim, apenas espírito de vingança me movia e eu segui socando, esmurrando, chutando e agindo como um animal. Queria que aquele maldito se esvaísse em sangue até morrer, e nem assim ele pagaria por todos os crimes que cometeu por tudo o que fez com Lara. Só depois de uma sucessão de muitos socos, murros e chutes, depois de ver que o sangue em minhas mãos já não era dele, sim, o meu, parei, deixando-o um saco humano disforme e desacordado.

Depois disso corri em direção a Lara que em algum momento de tudo aquilo desmaiou.

— Lara, Amore! Lara, Farfalla, svegliati, cuore mio!

Seus cílios piscaram e aos poucos ela abriu os olhos.

— Ah, *grazie Dio, amore*! Eu vou desamarrá-la. Vai ficar tudo bem.

Lara não disse nada, apenas anuiu com a cabeça.

Rapidamente eu a desamarrei, tirei meu casaco cobrindo-a. Seu primeiro gesto foi acariciar meu rosto, seus olhos brilhavam, havia muita dor e muito amor neles.

— Desculpe-me...

— Não há do que se desculpar, *vita mia.* Nunca se desculpe. Estou aqui. Vai ficar tudo bem. Vou te tirar daqui.

— Alex... Ele precisa de nossa ajuda. Está ferido. Ele tentou... Tentou me soltar e... — Lara balbuciou.

Virei-me na direção do russo. Não percebi em qual instante Fabrizio e Luigi entraram. Fabrizio tentava acordá-lo e Luigi ligava para alguém enquanto Iago e Marcelo se ocupavam de amarrar a matéria inerte em que se transformou Romano. Fomos até meus irmãos, Lara trôpega e eu com minha respiração ofegante.

— Angela já acionou a ambulância para socorrer Alex — Luigi informou.

— Pobre Alex, tentou lutar contra Romano para me defender. Sinto-me tão culpada por tudo isso. — Lara desabou em lágrimas.

— *Amore*, por favor, não chore você não tem culpa de nada — assegurei. Esse maldito sádico é o único culpado de todas as desgraças que nos rodeiam. Mas ele vai me pagar, vai nos pagar.

— Bruno, *Zingaro*, o que você pensa em fazer?

— Dar a ele exatamente aquilo que ele merece e já passou da hora de receber. Por você, por Donna, por Fanny, pela minha mãe, pela sua mãe e irmão, pela esposa e filha de Iago. *Vendetta*!

— Lara, você seguirá na ambulância também. — Luigi indicou. — Sheila encontrará com você no hospital.

— Não, eu estou bem de verdade. Felizmente *dessa vez* não aconteceu nada de pior.

— *Farfalla*, você precisa de cuidados médicos, sim. Vá! Em breve eu estarei com você, *vita mia,* não se preocupe.

Abracei-a, permitindo-me mais uma vez o alívio de tê-la em meus braços e saber que Romano jamais voltará a tocá-la.

A ambulância chegou e imediatamente fizeram os primeiros socorro em Alex.

— Agora vá, *Farfalla mia*, temos um trabalho para terminar aqui. Fique calma, tudo dará certo. Eu te amo, meu amor.

— Bruno, *amore,* te amo mais do que minha própria vida.

Aproximei o rosto do dela, meus olhos escaneando-a. Ela estava exausta, e ainda assim conservava a doçura naquele rosto martirizado e em seus olhos meigos. Beijei-a sentindo o gosto de ferro do sangue coagulado, contrastando com sua tez clara. Seria a primeira e a última vez que provaria aquele gosto.

Nossos lábios se desgrudaram e um dos paramédicos a segurou, levando-a até a ambulância. Assim que o veículo deixou o local. Armando Cosa Nostra, Leonida e Papà Mancini chegaram. Com desprezo olharam para Romano amarrado que seguia desacordado.

Armando Cosa Nostra fitou-nos e disse:

— Não quero mais ouvir falar desse sujeito, ele fez muita merda e tem chamado a atenção demais sobre os nossos negócios. Livrem-se dele!

— Com certeza o faremos — afirmei, decidido.

— Sei de um lugar perfeito onde podemos dar a esse verme o fim adequado — Iago sugeriu determinado. — Teremos nossa *vendetta*.

— Onde está minha filha? — Leonida perguntou.

— A ambulância acabou de levá-la — respondi tentando controlar meu ressentimento por aquele homem.

— Ambulância? O que esse desgraçado...

— Lara está bem. Machucada, porém viva. Ele a feriu, porém não mais do que fez no passado quando a estuprou — disparei, colérico.

Marcelo e Luigi me encararam, atônitos diante da revelação, porém não mais do que Lombardo.

— E tudo por culpa desse maldito. Tudo por sua culpa, Lombardo. E então, satisfeito com a cobra que você alimentou? Está satisfeito com seu grande plano de vingança? — acusei-o.

— Bruno, por favor! — Marcelo intercedeu por Leonida, cujo sangue esvaiu do rosto frente à revelação.

— Não, Marcelo! Não peçam para poupar este senhor, quando toda essa imundície começou com ele e sua vingança desmedida. Veja, contemple o infortúnio que isso atraiu para você!

— Bruno, já chega! — Luigi exigiu.

— Não, não, deixem-no falar — Leonida pediu. — Seu irmão tem razão e fico feliz que minha filha possa contar com o amor e a proteção de um homem como o irmão de vocês, já que eu nunca soube cuidar e proteger *mia farfallina.*

— Leo, venha. Armando, você e eu temos coisas a tratar. Deixe os jovens resolverem o que farão com Romano — Papà Mancini pediu e em seguida veio a mim, abraçou-me e disse.

— Faça o que tem que fazer, *figlio*.

Cosa Nostra se aproximou de Iago. Os dois conversaram, contudo, não pude ouvir o teor da conversa, mas notei a expressão intrigada de Iago quando Armando lhe entregou um cartão e reticente, Iago o guardou assim que os três capos dos grandes clãs saíram, Iago veio ter conosco.

— Cosa Nostra acaba de nos ceder o lugar perfeito para o nosso acerto de contas com Romano.

Marcelo, Luigi e Fabrizio me encararam, aguardando uma resposta.

— Vamos então arrastar esse monte de lixo para esse lugar e acabar com isso de uma vez.

Bruno

Tive o prazer sádico que jamais senti ao ver os olhos de Romano mal abrirem e seu rosto arroxeado e inchado pelos sucessivos golpes.

Estávamos no *Palazzo degli Spiriti*, um local cercado de lendas macabras, ideal para despachar Romano com o destino ao inferno.

O maldito seguia estirado no chão, seus olhos roxos e o rosto coberto de hematomas me encaravam desafiantes.

— Nem em meus planos mais mirabolantes, poderia imaginar esse confronto, muito menos sua motivação, Bruno Mancini. Então, quer dizer que esses anos todos, você e a puta da minha prima estiveram trepando por aí?

Avancei sobre ele, levantando-o, colocando-o em pé, apenas para socá-lo novamente. Aquele soco foi apenas o início do que eu pretendia fazer com aquele maldito desgraçado.

Segurando o rosto tentando conter o golpe ele sorriu, um riso retorcido, cuspindo sangue.

— Você pode me acertar o quanto quiser, nada vai mudar o fato de Lara ter sido minha. M-i-n-h-a antes de ser sua!

Soquei-o mais uma vez tão forte que dessa vez ele foi ao chão.

— O ato torpe e hediondo que você cometeu com Lara, nada tem a ver com o que ela e eu compartilhamos, mas não vou perder meu tempo explicando a um monstro como você, coisas que estão além da sua compreensão — vociferei.

— Você fala sobre compreensão, contudo, duvido muito que volte a olhar para Lara novamente sem me imaginar malhando aquela boceta com meu pau até não aguentar mais. Quando você fechar os olhos, eu vou estar lá, entre vocês, como um lembrete. Espero que a cama seja grande o suficiente para três.

Ao ouvir aquele crápula se vangloriar de forma tão cruel, com tanta maldade da barbárie que fez contra Lara, perdi o brio e cheio de ódio, avancei sobre ele golpeando-o.

Uma, duas, três, milhares de vezes. Por mais que eu o golpeasse, chutasse e esmurrasse a verdade era única: nada poderia apagar todo o mal que aquele sujeito fez a minha doce Lara. Toda a dor que eu infligisse a ele, seria pouco e nada nunca se equipararia a como ele vandalizou e abusou da minha Borboleta. Cansado de tanto golpeá-lo e com as mãos cheias de cortes pelos golpes, soltei-o ao chão.

— *Fratello*, apenas o ignore! — Luigi disse se aproximando, pousou sua mão no meu ombro tentando me acalmar. — Romano sabe que o fim dele é iminente e quer cometer seu último ato de crueldade, insuflando incerteza e dúvida no seu coração. Sei como você se sente, *fratello*. Esse maldito também estuprou Fanny, porém te digo algo: isso nunca interferiu ou se interpôs no meu amor por ela. O amor, como você bem sabe, irmão, por experiência própria, é a maior e mais poderosa força. Por isso tantos tentam destruí-lo, principalmente aqueles que nunca receberam nem deram amor.

— É verdade, irmão — concordei com Luigi e demos as costas a Romano que seguia estirado no chão.

Aguardávamos Marcelo e Iago que chegariam a qualquer momento para seguirmos com o planejado

— Luigi e você? Não vai querer me socar por ter comido Estefania de todas as formas imagináveis e ainda ter metido um filho nela? — Romano indagou pausadamente, tossindo e escarrando sangue.

— Não é você que me dirá quando meu punho encontrará seu rosto imundo, Romano. Contudo se você deseja mesmo saber, estamos lhe preparando o comitê de boas-vindas. Afinal, ao longo de sua vida *maledetta*, você conquistou muitos *admiradores* e alguns gostariam de passar aqui e te dar um *Ciao*. Espero que não se importe? — Luigi afirmou, sarcástico.

— Não sei como você consegue ser sarcástico com essa pilha de merda humana! Minha vontade é de fazê-lo sentir toda a dor que ele provocou em Lara. *Dio*! Cada vez que imagino este desgraçado em cima dela, se insinuando insidiosamente, se impondo sobre ela, tão delicada e frágil, o quanto ela sofreu, o quanto se sentiu violentada em seu íntimo. E não deixo de me sentir culpado. A noite na qual Lara foi brutalizada por ele, eu estive com ela. Ele a castigou porque ela sabotou o plano dele de me assassinar. Por ter me salvado e desobedecido a ordem dele dar cabo da minha vida.

Lara me salvou e isso a colocou à mercê das atrocidades desse bastardo. A culpa é minha!

— *Fratello*, você não teve culpa nenhuma. O único culpado é ele. Assim como quando ele estuprou Estefania, drogando-a. Ele é um ser tão desprezível que não sabe o que é envolver uma mulher, conquistá-la, seduzi-la e fazer com que ela por vontade própria, deseje estar com ele. Romano não sabe o que é conquistar a afeição de alguém, ele simplesmente pilha e saqueia o que deseja, porém, seus minutos estão contados.

— Meu ódio por ele é tão grande. Quero matá-lo mil vezes!

Passos ecoaram, indicando que Marcelo havia chegado. Além de Iago e Fabrizio, alguns homens de Lombardo, Armando e de papà se aproximaram trazendo uma série de objetos, caixas e armamentos.

— Desculpem o atraso, mas no caminho precisamos derrubar alguns capangas que esse infeliz tinha de sobreaviso. — Marcelo se aproximou dele e como eu havia feito anteriormente, colocou-o em pé.

— Sabe que eu chego a ter pena do que o espera? Tenho até dó de você! De que vale bater em cachorro morto? — Marcelo comentou, dando apenas dois tapas na cara já deformada de Romano.

— Marcelo, você é afortunado, é o único entre os Mancini cuja mulher eu não trepei até esfolar as bolas. Até porque em meu lugar, tinha Iago que deve ter se aproveitado bastante da sua arquiteta, enquanto estiveram em Chipre. Iago, aquele dia que nos vimos na estrada, no dia que eu atirei na matriarca Mancini, juro que pensei que você havia ressuscitado do inferno apenas pela mulher de Marcelo. Alguma coisa ela deve ter feito muito bem para fazê-lo esquecer de como eu estuprei e matei a sua esposa e filha.

Iago em poucos passos alcançou Romano e como um louco, desferiu vários golpes contra ele, lançando seu corpo ao chão. Marcelo com a ajuda de Fabrizio, segurou Iago tentando contê-lo.

— Seu desgraçado, bastardo, maldito! Você acabou com minha vida! Arrancou minha esposa e filha de mim, lançou-me ao inferno transformando-me no que sou hoje. Tudo o que eu queria era viver da arte, uma vida simples com Milena e Allegra. Seu tio apareceu, me enredou com a proposta de trabalho na galeria, chantageou e você se encarregou do serviço sujo, arruinando minha vida.

— Lombardo não me ordenou que estuprasse sua esposa e filhinha, isso eu fiz de graça. Sua esposa implorava, suplicava para que não fizesse mal a pequena e se entregou de boa vontade a mim, em troca de que não machucasse a menina. Ela achou que eu ficaria satisfeito e não foderia a menina. Que ingênua! Antes de atirar nela, acho que ela deve ter infartado vendo-me em cima da sua filhinha.

Avancei novamente sobre Romano e desferi outra série de chutes, socos e murros incessantemente.

— Cale essa boca seu infeliz, maldito! Você vai pagar! Maldito vai queimar no inferno por cada crime!

Recomecei a golpear Romano até ver seu corpo cair inerte ao chão.

Fabrizio, Luigi e Marcelo me seguraram, tirando-me de cima do corpo estagnado, na tentativa de aplacar minha fúria. Das minhas mãos, pingavam sangue. Meu e de Romano, misturados em uma paleta lúgubre.

— Soltem-me! Soltem-me já! Não quero esperar para colocar nenhum plano estúpido em prática. Quero acabar com a vida desse covarde e estuprador já!

— Assim seria muito rápido, irmão — Luigi disse tentando-me trazer a razão. — Ele precisa sofrer, assim como fez a cada uma das vítimas dele. Esta será nossa *vendetta*.

— Nossa *vendetta*... — confirmei encarando meus irmãos e Iago.

— Sim, nossa — Iago concordou, aparentemente um pouco mais calmo.

— *Ragazzi*, ele terá o merecido. Esperem até ver o que foi enviado com os cumprimentos de Armando Cosa Nostra — Marcelo comentou.

— Sim, contamos com um belo aparato e toda a gana de usá-lo. Vamos, amarrem e coloquem a venda nesse *Farabutto!* — Fabrizio meu primo, ordenou aos rapazes, assumindo o controle da situação.

Enquanto meus irmãos e eu seguíamos encarando-nos e fitando Iago, este respirou fundo e disse:

— Ouça, Marcelo com relação ao que Romano disse sobre Donna, quero que saiba que nós nunca ultrapassamos... Eu nunca fui...

— Eu sei, Iago. Primeiro porque sou o único homem a quem Donna se entregou, sei que não houve ninguém antes nem depois de mim e sei também que se houvesse acontecido algo de fato entre vocês, Donna jamais estaria comigo. Confio em minha esposa.

— Bom para você — Iago afirmou.

— Sinto muito pelo que houve com a sua família. E espero que você um dia consiga reconstruir sua vida — Marcelo desejou com sinceridade.

— Tantos anos e ainda sinto a mesma sensação de impotência, a mesma ira de quando cheguei a casa e me deparei com seus corpos sem vida. Tudo o que fui obrigado a fazer, o batismo para entrar na Camorra, as ordens que precisei acatar, seguir seus códigos de honra, as pessoas... — Iago interrompeu o relato, com a voz embargada, respirou e seguiu: — As pessoas que eu precisei enganar a mando desses selvagens até tornar-me tão selvagem como eles, escória. Esse não era meu mundo, nunca foi, mas não tive escolha.

— A vida é bela, porém nem sempre justa. Sabemos bem disso — Luigi comentou.

— Esse é o último ato torpe que eu espero cometer por causa desses malditos Lombardos.

— Nós também — Marcelo afirmou. — Quero voltar para casa o quanto antes e viver em paz com minha esposa e filhos. Venham, vamos, temos que despachar esse psicopata filho da puta para o inferno.

Lara

Enquanto Alex estava sedado, eu velava seu sono e recordava todo horror vivido nas últimas horas.

O sequestro de Fanny por Romano, descobrir sua gravidez em meio ao perigo que enfrentava, toda a tensão até chegar ao *Bagni della Regina Giovanna* e resgatá-la, colocando-me nas mãos de Romano.

— Prima, o tempo foi muito bondoso com você... Está cada dia mais atraente, já não é mais a Cenerentola assustada que eu possuí, alucinado naquela noite de San Valentim, você se lembra? Com certeza se lembra.

Segui em silêncio, recusando-me a responder a sua provocação.

Romano havia me amarrado e eu não sabia o que mais me doía os pulsos, os tornozelos. Estava indefesa, não havia como soltar-me. A cada movimento meu, as cordas me machucavam mais.

Romano se aproximou de mim, seu olhar inflamado pela lascívia e maldade. Rasgou meu vestido, revelando uma porção da minha perna, seu olhar fitou-me dos pés à cabeça.

— Minchia! Onde você se escondeu esse tempo todo que eu não a vi se abrir assim? Cazzo! Você se tornou uma linda mulher de verdade afinal. Deve ter aprendido alguns truques por aí, não é, sua puta? Quer dizer que estava trepando com o caçula dos Mancini. Você não passa de uma maldita puta assim como Donna e Estefania que se enfiaram na cama daqueles Sciupafemmine*!*

Segui em silêncio, fechei meus olhos tentando acalmar-me e rezando para que Fanny conseguisse acionar alguma ajuda, antes que fosse tarde demais para mim.

Bruno...

Seu nome veio em minha mente e as lembranças do final de semana apaixonado e maravilhoso que tivemos bailavam a minha frente, salvando-me de não enlouquecer ao encarar realidade hedionda daquele momento. Fiz de minha mente meu Palácio de Sonhos, um refúgio, no qual Bruno era meu rei, eu a rainha e nós dois habitávamos lá, felizes, compartilhando beijos, abraços, danças e...

— Infelizmente algumas coisas não mudam não é, sua vadia burra? Você não está me ouvindo, não é? Sua mente idiota já está vagando para algum lugar. Tudo bem, tenho um jeito de fazê-la voltar a realidade rapidinho — Romano disse e com sadismo, pegou o revólver deslizando o cano frio pelas minhas pernas, expostas pelo vestido arruinado.

Deslizou o cano gélido da arma pelos tornozelos presos e subiu lentamente com crueldade até chegar à junção no meio das minhas pernas e para provar que a arma estava carregada, afastou-a por um instante atirando para o alto. O som do disparo assustou-me e reverberou por todo o local. Dentro de mim seguia travando uma luta para não sucumbir ao desespero.

Romano abaixou a arma desceu seu rosto pairou em minha perna, cheirando-a. Meu estômago revolveu em repulsa.

— Você cheira a sexo. Recuso-me a ficar aqui e não a provar.

Sua boca roçou minha pele e eu tive vontade de vomitar.

Deus, oh, Deus!

Eu preciso de um milagre, por favor, não permita que esse homem que esse... ser me tome de novo para si.

Depois de provar o que é fazer amor, não sei se sobreviveria a ser brutalizada e estuprada por Romano outra vez.

Romano seguia roçando seus lábios nojentos em minha pele, desceu até meus pés em seguida fazendo o caminho novamente detendo-se na junção em minhas pernas.

Deus, não consigo mais!

As lágrimas rolaram do meu rosto, uma após a outra quando Romano pousou sua boca na minha calcinha. De súbito, ele se afastou, abaixou e com a arma percorreu por uma terceira vez o mesmo caminho. O frio aço do cano do revólver tocando minha pele era preferível ao contato dos lábios dele. E ele seguiu em sua tortura insana a arma subindo até alcançar o meio das minhas pernas.

Com satisfação doentia ele esfregava o cano da arma em minhas partes íntimas, simulando o ato sexual.

— Sabe, isso me deu um tesão da porra! — balbuciou ao meu ouvido e deixou a arma cair ao seu lado.

Deus, não vou, não vou sobreviver a um segundo estupro. Hei, Deus, se estiver aí e for justo como dizem, não permita que esse bárbaro me brutalize de novo!

Não, eu não sobreviveria.

Agora nem com a ajuda de Alex eu conseguiria, preferiria morrer ao passar por todo aquele horror de novo.

E para meu espanto, como que por um passe de mágica, alguém surgiu.

Alex!

Ele adentrou o local sutilmente, com um dedo na boca gesticulou, pedindo que eu permanecesse em silêncio. Das costas retirou uma arma e deu mais alguns passos se aproximando. Quando estava perto o suficiente, encostou a arma em Romano e gritou:

— Solte-a, seu canalha!

— E você quem é? — Romano indagou.

— Não te interessa, solte-a imediatamente!

— Lara, não cansa de me surpreender, hein? Andou colecionando homens ao longo dos anos. Uma verdadeira cadela!

— Solte-a ou eu vou estourar seus miolos, seu covarde estuprador!

— Você contou a ele, não? Contou a ele como eu a usei no passado? Cara, espero que ela seja melhor na cama com você do que como foi comigo, porque se não fosse a quantidade de sangue que arranquei dessa puta vadia, nem diria que aconteceu nada. Essa vagabunda só chorava. Eu estocava e fodia duro e ela não gemeu uma única vez.

Foi tudo rápido quando percebi, Alex e Romano eram uma coisa só, praticamente. Lutavam entre murros e socos. A arma de Alex caiu no meio do embate e eles seguiam se socando até que Romano conseguiu acertar uma série de murros e socos em Alex, derrubando-o. Romano correu até a arma e disparou três vezes, uma bala acertou o alvo, alvejando Alex, que caiu, para minha dor e desespero.

Romano, ofegante se voltou para mim e me esbofeteou. Um filete de sangue surgiu nos meus lábios. Ele se aproximou e deslizou novamente a arma em minhas pernas, e repugnante se esfregou em mim.

— Esse pobre coitado achou que poderia me impedir de comer você. O imbecil achou que poderia me deter de foder você como fiz anos atrás. Foi por isso que você fugiu de Nápoles, não foi? Ah, Cenerentola. Você fugiu assustada e fragilizada, por quê? Tudo o que eu queria era me casar com você e ter o controle dos negócios do tio. Queria me casar com você, mesmo você sendo uma puta e estúpida que sabotou meus planos me desobedecendo quando se recusou a matar aquele babaca Mancini em Roma! Sua imunda, você me desobedeceu, não uma, mas duas vezes e eu tive que puni-la por isso. Ah, lembro-me com prazer de quanto sangue tinha naquela cama. Nunca vi uma virgem sangrar tanto, parecia um batismo de sangue, nem Estefania sangrou tanto. Você se lembra de como eu te comi? De como estoquei e fodi você como um louco e fiz isso até não aguentar mais. Eu te enchi com minha porra. Minha porra misturada com seu sangue. Nunca vi nada mais erótico. E agora, que te tenho aqui novamente, nas palmas de minhas mãos, vou fodê-la e usá-la, quantas vezes eu quiser e mandar um recado ao zio Lombardo e aquele Mancini idiota...

— Desgraçado!

Só então notei a presença de Bruno, quando ele se lançou sobre Romano e ambos caíram no chão. Uma sucessão de socos, murros e a pistola caiu no chão, há centímetros deles. Bruno estava possuído pelo ódio, golpeou tantas e tantas vezes Romano que acabou por desmaiar.

Bruno foi ao meu encontro me livrando das amarras, me salvou e agora eu estava ali no hospital, já havia sido examinada, medicada e estava a salvo.

Uma batida na porta e a Dra. Rosso se materializou.

— Como você se sente?

— Não tenho palavras para explicar todo o horror. Sigo preocupada com tudo. Não tive notícias de Bruno e... Deus!

— Seu... Pai... Lombardo está aqui. Deseja vê-la.

— Não posso atender *don* Leonida Lombardo agora, estou cuidando de Alex.

— Lara, ele parece preocupado. Alex está bem, segue sedado apenas para se restabelecer. Ele perdeu muito sangue, mas está completamente fora de perigo. Teve sorte que o tiro não atingiu nenhum órgão vital. Vá, eu fico com seu namorado bonitão.

Namorado...

Deus, precisava contar toda a verdade a Alex, mas como?

Levantei-me da cadeira, não tinha a mínima vontade de falar com Leonida, contudo, se pretendia levar uma vida em paz, precisava de fato, acertar as contas com o meu passado e isso significa ter uma conversa séria.

De filha para pai.

Leonida

Quantos erros um homem é capaz de cometer em uma só vida?

Essa era minha pergunta enquanto aguardava na sala do hospital que recentemente descobri pertencer a minha filha, minha *farfallina*, Lara.

Farfallina...

Há tempos ela já não era uma borboletinha, cresceu e se tornou uma belíssima mulher assim como fora a *mamma* dela outrora.

Oxalá pudesse voltar no tempo, faria tanta coisa diferente.

E agora estava ali, remoendo a declaração que Bruno Mancini jogou em minha cara.

— *Lara está bem. Machucada, porém viva. Ele a feriu, porém não mais do que fez no passado quando a estuprou...*

Aquilo quase acabou comigo.

Por minha culpa, por meu rancor pela minha sede de vingança, minha filha havia sido estuprada pelo próprio primo. Como pude ser tão cego em relação ao Romano? Como não me dei conta da ambição dele anos antes? Como não notei quão cruel e psicopata ele era?

Eu deveria ter tomado as rédeas de tudo desde a primeira vez, não deveria jamais tê-lo incumbido de minha vingança, aliás, jamais deveria ter iniciado aquilo tudo. No fundo, no fundo era tudo minha culpa.

Por minha culpa, perdi minha esposa, filho e quase perdi minha filha, tudo por causa de um sentimento obsessivo de amor.

Passos atraíram minha atenção, e me fizeram levantar a cabeça e lá estava ela.

Lara, minha filha.

Havia trocado de roupa, porém seu rosto estava sombreado e tinha um pequeno curativo na boca.

Aquele bastardo, filho de uma cadela havia agredido minha filha!

— Boa tarde! A Dra. Rosso disse que queria falar comigo, tem notícias dos rapazes? — Lara disse, sentando-se em uma poltrona, sentei-me a outra que ficava na outra extremidade da sala.

— Não, provavelmente ainda estão encerrando os assuntos com Romano — respondi.

— Entendi.

— Vim para falar com você, minha filha.

— *Signore* Lombardo, acredito que não tenha nada para tratar com você, então se me permite, Alex precisa... — Lara se levantou e preparava-se para sair.

— Por favor, *figlia*, ouça-me, ainda que seja pela última vez.

Seus olhos claros, lindos tão iguais aos da mãe, indecisos piscaram e por fim ela assentiu, sentando-se novamente.

— Filha, eu te devo desculpas. Na verdade, nem sei por onde começar.

— Talvez eu possa lhe dar uma pista. A primeira vez que você deixou de ir a uma festa minha na escola, ou foi quando quis me entregar a Regina Mancini como se eu fosse um estorvo, ou foi quando me ignorou e ignorou *Mamochka*, preterindo-nos a Messi. Ou quando permitiu que Romano me envolvesse em seus negócios escusos e pediu-me que eu assassinasse Bruno Mancini. São tantas coisas das quais o senhor não faz ideia. Leonida, você não me conhece, não sabe a trajetória dura que eu trilhei.

Respirou fundo e prosseguiu:

— Rejeitada pelo pai, negligenciada pela mãe, esquecida pelo irmão, estuprada pelo próprio primo. Eu fugi, fugi para Moscou onde os parentes de *Mamochka*me acolheram, onde me refugiei de todas degradação e escuridão que enfrentei aqui. Sabe, um dos homens que está encerrando assuntos com Romano é o homem que eu amo. Um homem por quem eu me apaixonei, mesmo sabendo que nosso relacionamento estava fadado ao fracasso apenas por causa de nossos sobrenomes e um ódio injustificável. Sabe o homem dentro daquela sala? É um dos melhore homens que eu conheço. Ele é um psicólogo, é bom, honesto e me salvou de mim mesma, quando eu estava tão infeliz e que não ousava emitir uma palavra e ele me fez ver que eu tinha valor, que valia pena seguir vivendo, apesar de você, apesar de Romano... Apesar de todo o horror que vivi. Leonida, você segue sendo meu pai, pois carrego seu sobrenome e trago em minhas veias seu sangue, porém não venha, depois de tantos anos de sofrimentos, tristeza e lágrimas querer que eu te perdoe depois de tanta bagagem pesada que carreguei ao longo dos anos. Não venha querer se sentar ao meu lado e afagar meus cabelos e me chamar de filha, quando você nunca me considerou uma. É preciso tempo, tempo e mais tempo e talvez, algum dia...

— Eu esperarei, filha, esperarei o tempo que for. Apenas permita-me conhecê-la, deixe-me fazer parte da sua vida, tê-la por perto, não me tire isso, por favor! Você é tudo o que me restou. Você não sabe o horror que eu senti hoje, a impotência diante da declaração de Bruno e a raiva, o ódio que senti por Romano. Se eu apenas pudesse voltar no tempo...

— Mas não pode. O hoje é tudo que temos.

— Filha, por favor, aceite minhas desculpas. Diga que me perdoa, por favor!

Lara se levantou da poltrona, pôs-se a caminhar pela sala e, depois de uns segundos, se aproximou de mim, olhando nos meus olhos.

— Eu ainda preciso resolver minhas coisas, preciso me decidir se volto para Moscou com Alex ou se fico em Nápoles...

— Com Bruno?

— Sim.

— Filha, ouça seu coração — aconselhei.

Lara se deteve, encarou-me. Seus olhos mais pareciam uma represa, prestes a romper.

— Se o que você deseja é perdão, Leonida. Eu te perdoo.

Mal pude crer quando ouvi Lara dizer as palavras. Ela estava a poucos centímetros de mim, minha filha. Estendi meus braços e a abracei e ela se permitiu ser abraçada. Ficamos minutos ali, presos em um abraço que esperou uma vida para acontecer. Afaguei os cabelos da minha filha, algo que não fazia há mais de vinte anos enquanto nossas lágrimas se misturavam.

A porta se abriu e Marco e Regina entraram, ambos olharam comovidos para a cena. Eu os convidei e todos nos envolvemos em um abraço coletivo.

Naquela sala, naquela noite, anos de rancor, ódio e ressentimentos foram dissipados. E aquilo que começou um ciclo de amor e de ódio voltou para o único que sobrevive a tudo.

O amor.

Capítulo 43

"Vingança é uma espécie de justiça selvagem."
Francis Bacon

Bruno

Quando Romano abriu os olhos novamente, Iago já estava parado à sua frente.

Romano não estava preso por correntes ou cordas, estava livre para ir ou vir. Contudo, quando manquitolando se levantou, Iago o esmurrou e seu corpo vacilou e caiu.

— Sabe, quando eu cheguei a minha casa, vi o que você tinha feito, minha primeira reação foi desejar minha própria morte e você bem que tentou se livrar de mim depois não é, seu desgraçado? Mas adivinhe? Eu voltei do inferno apenas para lhe dar seu presente — Iago falou, seu tom de voz expelindo ódio.

— Você acha que eu vou implorar por minha vida? Isso foi o que a fraca da sua mulher fez, eu não farei. Estou até curioso para saber de que forma vocês pretendem me castigar! — Romano respondeu, com a voz fraca.

Iago se virou para mim e fez um gesto de cabeça e eu soube exatamente o que fazer.

— Rapazes, prendam o desgraçado.

Romano ainda que de forma débil, tentou lutar contra Fabrizio e os outros que se incumbiram de prendê-lo. Em seguida, Iago se aproximou, fitando-o com desprezo.

— Você despertou em mim o monstro que eu jamais imaginei ser. — Iago sacou do bolso uma navalha e com ela cortou o tecido ensanguentado da jaqueta e camisa de Romano e começou a retalhar a pele dele, iniciando pelo peitoral, em seguida cortou as calças navalhando suas pernas, costas, enquanto Romano urrava de dor.

Depois, Fabrizio se aproximou com um recipiente cheio de sal e entregou a Iago que pegou punhados e começou a espalhar sobre os cortes de Romano.

— Ah... Seus desgraçados! Por que não acabam comigo de uma vez e ficam com essa palhaçada?

— Eu o avisei sobre o comitê de boas-vindas — Luigi caçoou.

Iago ainda portando a navalha, voltou a se dedicar a cortar o tórax de Romano e seguiu para às costas, retalhando-o até fazê-lo verter sangüe, que formou uma poça aos pés do bandido.

Romano ganiu ensandecido e Iago continuou sua vil tarefa de navalhar e espalhar sal sobre os cortes.

— Será que eu me esqueci de algo? Ah, sim claro!

Iago saiu do espaço em seguida voltou com dois galões grandes, colocando os aos pés de Romano.

— Para facilitar sua passagem para o inferno! — Iago comentou e começou a despejar o conteúdo do primeiro galão depois do outro, cobrindo Romano de gasolina dos pés à cabeça.

— Espero você lá, maldito! — Romano baliu.

Iago se afastou e foi a vez de Marcelo caminhar até Romano segurando uma espécie de serrote nas mãos.

— No inferno você não terá chance de roubar nem do próprio diabo — Marcelo ameaçou.

Fabrizio se aproximou e com um dos homens de papà cada um puxou as correntes que prendiam as mãos de Romano, que lutava estoicamente enquanto Marcelo serrava uma de suas mãos, depois a outra.

Observei tudo aquilo com horror. Nunca na vida praticamos algo tão selvagem, contudo, Romano não era um delinquente juvenil, um batedor de carteiras das ruas de Nápoles, um ladrãozinho ou um mero assassino. Ele é frio, psicótico, torturou e infringiu às suas vítimas dores inomináveis, merecia no mínimo sentir na pele todo o mal que causou.

Marcelo se afastou e Fabrizio permaneceu no mesmo lugar e segurou a cabeça de Romano, enquanto Vince puxou sua língua. Luigi se aproximou e com uma afiada adaga a cortou e mais sangue esguichou, a pintura toda era macabra.

— Para que nunca mais nem aqui nem no inferno você possa falar ou se vangloriar de suas maldades.

Ao chegar minha vez, notei que não estava tão preparado como imaginei que estaria.

Sei que não era o certo e contraditoriamente, olhei para o céu e pedi a Deus, forças e desejei nunca mais precisar repetir aquele ritual sombrio.

Caminhei diante de um Romano derrotado, um Ares, totalmente destituído de sua glória.

Navalhado.

Sem mãos.

Sem língua.

Um deus caído, esvaindo-se em sangue.

Luigi entregou a adaga que usou em minhas mãos que vacilaram, contudo seguraram a lâmina afiadíssima.

Fabrizio baixou a boxer de Romano, expondo-o, segurou o falo do indivíduo que ainda que fraco começou a se debater feito louco quando percebeu meu intuito. Com a faca cortei seu pênis que rolou pelo chão, massa inerte. Fabrizio o pegou e enfiou goela abaixo de Romano que tentou cuspi-lo fora, sem sucesso.

— Romano, por acaso você já ouviu sobre o conde Vlad da Transilvânia? Diz a lenda que além de ser um sádico bebedor de sangue, Vlad apreciava muito empalar pessoas — Iago explicou e se aproximou, trazendo-me um bastão de um metro e meio de cumprimento, não muito grosso de diâmetro, mas afiado e pontiagudo e entregou em minhas mãos.

Olhei nos olhos de Romano, praticamente fechados devido aos sucessivos golpes. Devo confessar que me causou espanto a quantidade de dor suportada por ele e a empáfia com a qual ele ali, totalmente derrotado, ainda me encarava, colérico.

— Espero que você esteja sentindo a dor que causou a cada uma das mulheres que você brutalmente barbarizou, estuprou e violentou, seu filho da puta, maldito! — esbravejei.

As correntes suspenderam o corpo flácido e praticamente sem vida de Romano enquanto coloquei o bastão no local demarcado.

Caminhei colocando-me ao lado de meus irmãos. Marcelo deu a mão a Luigi que segurou a minha.

Fabrizio apenas aguardava uma ordem minha. Anui com a cabeça e disse:

— Agora.

As correntes foram suspensas para em seguida serem liberadas e o corpo de Romano despencou de uma altura de cerca de três metros e meio, sendo trespassado pelo bastão.

Aproximei-me e notei que seu corpo estava imóvel, contudo, ainda não conformado, retirei do meu bolso o isqueiro e acendi, lançando ao corpo que em seguida foi tomado pelas chamas queimando-o.

— Acabou seu reinado de horror, Romano Lazarini Lombardo. Chega de assassinatos e de estupros. Que você queime no inferno e queime eternamente!

Iago estacou ao nosso lado permaneceu calado, observando a cena, ainda incrédulo.

— Ele disse que espera me ver lá. No inferno. Vocês acham que iremos para o inferno pelo que fizemos aqui hoje? — Iago indagou, pensativo.

— Não pense nisso, Iago. Pense que foi feita justiça. Pela sua esposa, filha, Fanny, Lara e tantas mulheres e homens que aquele ser infernizou, destruiu e matou. Agora está queimando no inferno que é lugar dele — respondeu Marcelo.

— Que você queime no inferno, Romano Lombardo! — proclamei.

Observamos seu corpo queimar e assim findamos aquele ritual lúgubre. Em seguida todos deixarmos o *Palazzo degli Spiriti.* Meus irmãos e eu de mãos dadas deixamos o local.

Finalizamos anos de uma *vendetta* inglória, anos de ressentimento e perseguição para encarar um futuro com a promessa de dias vindouros de paz e de um amor que não se ensoberbece, mas se regozija com a justiça.

Bruno

Assim que voltamos do *Palazzo degli Spiriti*, tomei um banho demorado refletindo sobre tudo o que vi e fiz naquele dia. Depois me vesti e saí em busca da minha borboleta. Cheguei ao hospital e me informaram que ela estava no quarto com Alex.

Alex...

Estava em dívida com o sujeito pela segunda vez. Na primeira, ele cuidou de Lara, ajudou-a a encarar seus traumas e voltar à vida. E agora ele arriscou a si mesmo, em prol de proteger *mia cara Farfalla.* Se não fosse ele ter ido até Lara, só Deus sabe o que o demônio de Romano teria feito com ela.

Bati à porta e ouvi um *pode entrar,* baixo. Sutilmente entrei. Alex estava na cama totalmente desperto e Lara em uma poltrona adormecida. Seu lindo rosto, ligeiramente arroxeado, fez-me tremer, imaginando os momentos de sofrimento e pavor que ela passou nas mãos daquele crápula.

— Como você está? — perguntei a Alex cordialmente.

— Bem, graças a Deus. A bala não perfurou nenhum órgão. Acredito que em no máximo dois dias receberei alta e assim que Lara resolver suas coisas aqui, voltaremos para Rússia.

Caspita!

Ela não contou a ele ainda sobre sua decisão.

Ou será que, com os últimos acontecimentos, ela mudou de ideia?

Tentei ao máximo permanecer impassível.

Nosso olhar recaiu sobre a mulher encolhida na poltrona, totalmente alheia a fascinação que exercia sobre nós dois.

— Ela é tão forte, passou por tanta coisa... Lembro quando a conheci. Lara não falava, não com a boca. Contudo, seus olhos eram seus confessores e neles, uma história de muita dor e abandono foram narrados de forma comovente. Hoje, ao ouvir aquele homem se vangloriar de como ele... de como ele a estuprou e subjugou... Senti um instinto assassino em mim que jamais provei. — Alex confessou e em seguida ficou em silêncio por alguns segundos.

— Espero que ele esteja morto — admitiu.

— Ele está — confirmei.

— Bom. Ao menos agora ela poderá viver em paz.

— Sim. Alex, eu gostaria de agradecer, não apenas pelo que fez hoje, também pelo que fez anos atrás. Trazendo-a de volta à vida. Voz, mulher e propósito.

— Não há o que agradecer. Lara percorreu esse caminho e merece.

Seguiu-se um silêncio desconfortável e ambos não dissemos uma palavra, repousamos novamente nosso olhar no alvo de nossa atenção. Ela se espreguiçou, como uma borboleta, expandiu levemente suas asas e abriu os olhos.

— Alex, como você está se sentindo? — perguntou, sem notar minha presença. — Precisa de algo, sente dor?

— Não, minha linda. Estou aqui, conversando com Bruno.

Seu rosto imediatamente virou e seus olhos encontraram os meus e lá estava aqueles imensos olhos azuis safira, cintilantes, felizes. Logo em seguida ficaram receosos.

— Bruno, olá... Você está bem? O que houve com...

— Lara, *Farfalla mia*. Acabou, e é tudo o que você precisa saber. Romano faz parte do passado, estamos livres da sombra dele e você poderá viver sua vida com tranquilidade. A vida que você escolher. Bom, passei apenas para ver como você está, Alexander e agradecer. De verdade, *grazie*!

— Eu também agradeço o que fez hoje, Bruno. Você é um homem de honra. Admiro isso.

Sem mais, saí do quarto caminhando em direção ao elevador. Passos rápidos me alcançaram.

— Bruno!

Lara e eu estávamos próximos. Reduzi a distância entre nós, ficando a milímetros de um beijo. A tensão pairando no ar. Lara foi a primeira a falar.

— Bruno, muito obrigada! Por tudo. Por me salvar, por vir até aqui, por Alex. Não tenho como lhe agradecer.

Sorri um tanto reticente.

— E você, *Farfalla mia*. Como você está?

— Bem, considerando tudo. Saber que ele já não... Você sabe, traz uma sensação de alívio imenso.

— Nunca mais ele te causará nenhum dano. Nunca mais. Acabou para ele. E para você, *Farfalla mia,* uma nova vida começa, cheia de perspectivas.

Uma lágrima desceu rolando a maçã do rosto arroxeado, colhi-a com meus dedos e rocei a tez macia e cálida. Ambos suspiramos.

— Você ainda não falou com Alex, não é?

— Não tive a chance. As coisas foram acontecendo e...

— Ele a ama de verdade, sabia?

Lara moveu a cabeça tristemente e disse.

— E eu te amo, porém, preciso de mais tempo para contar a Alex minha decisão.

— *Amore*, você tem todo o tempo do mundo, não se perturbe. Leve o tempo que precisar, eu seguirei te esperando, sempre te esperarei. É *você* meu amor e sempre será.

Inclinei minha cabeça e rocei meus lábios nos dela em um beijo doce, cheio de sentimento e ternura. Em seguida afastei-me relutantemente e peguei o elevador.

Trancado ali sozinho senti-me inseguro. Sabia que Lara merece ser feliz, seja com quem for e Alex, devo reconhecer que é um homem nobre, honrado e também a ama.

Não havia o que fazer, só me restava confiar em mim, em Lara e em nosso amor, que já havia passado por todo o tormento possível.

E no destino, que tantas vezes se manifestou nos enredando e envolvendo até que toda aquela trama fosse desfiada.

A sorte estava lançada.

Capítulo 44

O coração dispara
Tropeça, quase para
Me encaixo no teu cheiro
E ali me deixo inteiro

Amei te ver - Tiago Iorc

Lara

Suíça, dias depois...

Assim que teve alta médica, Alex precisou voar para Moscou e eu não consegui falar com ele.

Deus, que confusão!

Agora estava na Suíça para receber um prêmio pelo trabalho desenvolvido nas ONGs.

Ao subir para discursar em agradecimento, gelei ao ver quem estava na plateia.

Bruno e Alex, Alex e Bruno, lado a lado.

Eu os evitei todos esses dias e, no entanto, lá estavam os dois. Respirei fundo e iniciei meu discurso.

Um filme passou na minha cabeça de tudo o que vivi, desde que conheci Bruno até a última vez que vi Romano e agora ele está morto. Os irmãos Mancini e Iago o mataram. Não poderia jamais dizer que estava feliz com o que houve, contudo estava aliviada por saber que ele jamais voltaria a fazer mal a alguém.

A única coisa boa que retirei de todos aqueles anos de angústia e dor é justamente o trabalho pelo qual, hoje estou sendo laureada.

Discursei, recebi o prêmio e agradeci a honraria. Ao voltar para meu lugar no assento, havia um envelope pardo grande. Abri imediatamente, curiosa. Havia três cartas de tarô e um bilhete.

Você conseguirá ter seu final feliz de conto de fadas.

Sam...

Olhei de um lado para o outro e vi o exato momento no qual, a silhueta de Derek deixava a sala.

Após o fim do evento, peguei o celular tirando-o do modo silencioso, e justo no momento entrou uma ligação. Olhei o visor, sorri e atendi:

— Por que você não me esperou para eu te dar um abraço e agradecer?

— *Porque estou aqui com minha esposa...*

— O quê? Você se casou? Como? Quando? Com quem? Eu conheço?

— *Ah, minha, bella é uma longa história que eu espero contar, talvez no momento que receber o convite do seu casamento. Seja com A ou B.*

— Derek, por Deus! Só você para fazer troça com algo tão delicado.

— *Lara, não há dúvida alguma em seu coração e você sabe. É ele! Sempre será Bruno.*

Conversamos mais um pouco, desliguei o telefone e suspirei, pensando nas palavras de Derek.

Sim, é verdade, eu sei. No fundo, sempre soube.

Olhei para o outro lado da sala e Alex e Bruno seguiam conversando, como velhos camaradas. Saí do meu lugar e caminhei até eles.

— Olá, rapazes, que surpresa! Não me lembro de ter convidado nenhum de vocês dois.

— Que bom que somos homens muito bem-informados, *bella*. E não deixaríamos de prestigiá-la em um momento tão especial, parabéns *Tacita* — Alex disse, dando-me um selinho e me senti um pouco sem graça.

— Fico feliz que vocês estejam aqui. De verdade! Preciso falar com os dois.

Bruno e Alex então se encararam intrigados e em seguida me fitaram intensamente, na atmosfera uma tensão se instalou.

— Vamos então. Conheço um restaurante aqui perto maravilhoso — Bruno sugeriu, rompendo o silêncio.

Olhei de um para o outro e, de braços dados com Bruno e Alex, nós três juntos deixamos o local.

Foi um jantar delicioso. Estava junto de duas das pessoas que eu mais amo no mundo.

Durante o jantar conversamos muito os três. Tanto Bruno como Alex vinham acompanhando a evolução dos meus trabalhos nas ONGs. O *La Fafarlla*, logo abrigaria um número expressivo de mulheres, e a ONG estava recebendo cada vez mais atenção de pessoas a fim de investir em sua expansão e ajudar tanto mulheres como crianças e em breve receberia a presença da própria Franca Viola, que faria uma visita também ao hospital e maternidade.

Saboreamos de um excelente jantar e bebemos o melhor champanhe, celebrando minhas conquistas. Alex e Bruno se comportavam como dois lordes, ambos me cortejando, elogiando e fazendo eu me sentir gigante e ao mesmo tempo, pequena.

Deus, em que rolo eu me meti! Não queria, de forma alguma, magoar ou partir o coração de nenhum dos dois.

E as palavras de Derek voltaram à minha mente.

— *Lara, não há dúvida alguma em seu coração e você sabe. É ele! Sempre será Bruno.*

Os dois seguiam conversando. Contudo, minha mente vagou, voltou para a primeira vez que eu vi Bruno, como ele me defendeu, como me ajudou. Uma mala de recordações se abriu, minha mente em um torvelinho. De repente, levantei-me, pedi licença e me retirei da mesa seguindo em direção ao toalete.

Bruno

A noite estava agradável e seria perfeita se estivéssemos apenas Lara e eu, embora, agora que conheço Alex melhor, já não detestava tanto o cara e até aprendi a admirar o sujeito.

Jantávamos juntos e, além de conversar com eles, observei minuciosamente como interagiam entre si e, sim, meu coração errou uma batida apenas de imaginar que Lara pudesse vir a escolhê-lo, afinal, Alex também é um herói, arriscou a própria vida para protegê-la e é um homem honesto, salvou-a anos atrás e juntos mantém um lindo trabalho filantrópico em Moscou. Era duro reconhecer, porém Alexander Vassiliev poderia fazer Lara tão ou mais feliz do que eu.

Contudo, eu espero nunca ter que descobrir isso.

Informei-me bastante sobre a instituição de Lara e sentia muito orgulho de como Lara vinha fazendo um bom uso de seus bens em prol dos menos afortunados. Recentemente, inclusive investiu boa parte da herança que recebeu com a morte da mãe em mais causas humanitárias. Enche meu peito de alegria sempre que a ouço contar sobre cada novo projeto, sobre as conquistas daquelas mulheres, desde um diploma, um novo emprego, enfim e eu seguia embevecido, encarando-a, mal crendo na criatura de conto de fadas a minha frente, *Farfalla mia*...

Custava acreditar que em mundo tão brutal e cruel, exista tanta sensibilidade, tanta paixão em ajudar o próximo, em transformar vidas reunidos em uma única pessoa. Contudo, existe e todos esses predicados se encontram em Lara.

Quando ela deixou a mesa em direção ao toalete, Alex me encarou fixamente por um bom tempo, resignado, disse:

— Ela te ama e ficará com você.

— O quê?

— Lara te ama — repetiu Alex.

— Ela te disse isso?

— Não precisa. Eu sei. Sempre foi você. E sei que é isso que ela tem para me dizer, porém sua alma, gentil, não encontra as palavras. Ela não quer partir o coração de ninguém.

— Se ela escolher você, eu respeitarei — confessei. — Respeitar a decisão de quem se ama, é uma das maiores provas de amor. Quando a gente ama de verdade, se alegra com a felicidade do nosso bem querer.

Alex balançou a cabeça, corroborando do que eu disse, em seguida afirmou:

— Ela não me escolherá.

Naquele instante Lara, voltou à mesa, um sorriso vacilante.

— Bem, já é tarde, foi um dia puxado. Desejo descansar.

— Posso levá-la até seu quarto — Alex e eu dissemos em uníssono.

Rimos e Lara ficou adoravelmente encabulada.

— Me despeço de vocês e muito obrigado pela noite agradável. — Agradeci a Lara, mais uma vez. — Parabéns, *Farfalla*.

— Você está no Ritz, não é Bruno? — Alex inquiriu.

— Sim, no Ritz. É perto. Posso ir caminhando. De fato, é o que pretendo fazer. Boa noite, Alex, Lara.

Despedi-me e sem olhar para trás, temendo ver sobre o ombro dela, o braço de Alex e suas mãos a acariciarem a tez macia como o veludo.

Precisava me acostumar à ideia de que talvez, Lara o escolhesse e eu respeitaria.

Não repetiria a trágica história de Marco, Regina e Lombardo.

Com um sorriso triste e aquela resolução convicta, caminhei na noite fria de Zurique com destino ao meu hotel e uma grande cama.

Vazia.

Lara

Bruno saiu do restaurante e pouco tempo depois Alex e eu também deixamos o estabelecimento.

Alex sugeriu uma pequena volta, antes de voltarmos ao nosso hotel.

Durante nossa conversa, descobri que ambos estávamos hospedados em *La Réserve Eden au Lac Zurich*.

Era dezembro e estávamos a poucos dias do Natal. As ruas estavam cheias de pessoas em busca dos presentes ou simplesmente caminhando apreciando a noite gélida.

E gélido estava meu coração.

Algo na visão de Bruno saindo do restaurante disparou uma espécie de gatilho em minha mente. Era como se ele de fato, estivesse saindo da minha vida para sempre.

Não.

Eu não o queria fora da minha vida.

Queria ele, queria Bruno, queria a vida dele, a minha vida e a nossa vida unidas.

Já não havia impedimento algum. Romano está morto. Não havia amarras, monstros, fantasmas do passado, segredos nem disputas de clãs rivais. Minha relação com Leonida aos poucos se solidificava, transformando-se em um vínculo de afeto.

Leonida, Marco e Regina retomaram a amizade de tantos anos antes, a clínica Franca Viola, assim como as instituições, vinha recebendo visibilidade e credibilidade em todo mundo. Estava feliz e realizada como jamais imaginei que estaria, tudo estava caminhando.

Lembrei-me então das três cartas enviadas por Sam: eram a Temperança, a Imperatriz e os Enamorados, intuía seu significado, contudo não tinha certeza se havia entendido corretamente. O que estava claro, é que não há mais nada que impeça nosso amor, a não ser eu mesma.

— Lara, *Moya lyubov*[15], você está calada. Está tudo bem?

É agora ou nunca, pensei.

— Alex, eu não tenho segredos com você. Você sabe tudo sobre mim, desde que nos conhecemos. Não consigo mensurar o seu valor e a importância que você tem em minha vida. Você conhece meu melhor e o pior. Salvou-me de tantas formas e eu tenho uma dívida de gratidão com você que jamais teria dinheiro suficiente para quitar e bem, eu tenho algo... algo muito importante para contar.

— Diga, *Moya lyubov*, sou todo ouvidos.

— Eu não retornarei a Moscou. Não definitivamente como planejávamos.

— Isso eu percebi há alguns meses — Alex comentou, abrindo um sorriso arrasador.

Deus do céu ele é realmente lindo! Parece um deus nórdico.

Alex não era apenas sexy. Era o pacote completo, belíssimo, atencioso, inteligente e gentil. Tinha pegada, além disso, era uma das melhores pessoas que eu conhecia.

Sorri, parando-o ficando frente a frente com ele. A luz se refletiu nos seus olhos, aquelas duas piscinas naturais, eu me vi refletida neles e notei que Alex deduziu o que viria em seguida.

— Lara, sempre foi e sempre será Bruno — admitiu, segurando minha mão de forma tão terna, que recriminei a mim mesma por colocar-nos em tal situação.

Alex roçou seus lábios em minha mão em um gesto cavalheiresco e seguiu dizendo:

— Ele é o seu final feliz e eu me alegro de que, depois de tantas coisas, vocês possam finalmente viver esse amor.

— Você sabe que eu te amo, não é? — disse.

— Sei, mas não como o ama e tudo bem. Agradeço a vida por te conhecer, por ser amigo, parceiro e ter flertado com alguém tão doce quanto você. Lara, eu seguirei te amando. O carinho e a amizade ainda estão aqui e você pode contar comigo, sempre. Porém sua felicidade é o Mancini.

— Alex, muito obrigada!

Eu o abracei forte. Naquele abraço, havia muito amor, gratidão e muito desejo de que ele, um dia, venha a amar e ser amado por alguém maravilhoso, que traga muita luz para a vida dele, tanta quanto ele merece.

Fiquei tão absorta pelo momento, que não percebi onde estávamos e quando me dei conta, subíamos a calçada do hotel Ritz, onde Bruno estava hospedado.

— Você sabe o que tem de fazer — Alex sussurrou ao meu ouvido e com um gesto delicado, empurrou-me para dentro do hotel.

---

15 Russo: meu amor

E do vento enregelante da rua fui envolvida pela calidez luxuosa do foyer.

Corrigi minha postura, cruzando o hall com destino a recepção. Quando estava na metade do caminho, ouvi a voz dele.

— Lara!

Era ele...

Em poucos segundos, Bruno estava atrás de mim, tão próximo que não sei como ele me alcançou em tão pouco tempo.

— Bruno...

Sim, era ele, meu Bruno, meu *Zingaro*.

Senti sua respiração em meu pescoço e estremeci. Suas mãos me tocaram, virando-me e ali estavam aqueles olhos doces e intrépidos, fitando-me com a paixão que sempre derrubava todas as minhas resistências. Seu toque em mim, suas mãos em meus braços, aqueceu-me de imediato, como se eu fosse uma peça de mármore transformada em carne. Bruno acariciou meus braços, subindo até meu pescoço, acolhendo meu rosto. Seus dedos acariciaram minha face com delicadeza, seu olhar fixo em mim, e o meu nele, no meu Zingaro de olhos esverdeados cintilantes.

Encarei-o devotamente, meu olhar se prendendo, na boca da qual tantos beijos provei, beijos ardentes.

— Lara, *Farfalla mia!*

— Bruno, *Zingaro mio.* Beijei-me! — pedi e seus lábios imediatamente se colaram aos meus desejosos, sedentos. A faísca rapidamente se transformou em labaredas e aqueceu tudo dentro de mim e ali, naquele *foyer* despreocupadamente me entreguei ao sabor do beijo.

Sua boca roçou a minha a princípio, com uma calma enervante. Em seguida, sua língua varreu a minha, ousada, indolente e provocante. A maciez e calidez daquela carícia, daqueles lábios carnudos enlouquecendo-me. Suas mãos mergulharam em meus cabelos, puxando-os, estreitando-me em seus braços.

Estremeci.

A necessidade de me entregar completamente a ele se alastrava por todo meu corpo. Ele, meu combustível, seu beijo como chama e eu o estopim.

Interrompi a carícia, minha respiração entrecortada. Bruno sorriu, envolveu-me em seus braços, dançando comigo, valsando no nosso pequeno espaço e cantarolou ao meu ouvido.

— Somos faísca, somos dinamite. Você ainda não viu nada, o melhor ainda está por vir. Somos o final feliz de cada história que você já ouviu. Somos você e eu.

Voltamos a nos beijar loucamente, entregues ao momento. Quem nos visse, nunca imaginaria a árdua trajetória que passamos para chegar aquele momento.

Para muitos poderia parecer vulgar, exagerado ou desnecessário nós dois ali, valsando sem música, contudo nossas histórias ditaram sua própria apresentação, com trechos marcados por dor, perda, ambição, violência. No entanto, quando havia amor, era ele que se encarregava de conduzir o espetáculo até o fim e como Bruno mesmo disse, aquele era apenas o início, o melhor ainda estava por vir.

Nossos beijos se tornaram mais ardentes e as mãos de Bruno mais atrevidas, imiscuíram-se entre o pesado casaco de inverno, adentrando no decote de meu vestido de lã púrpura.

— Vamos sair daqui. Venha comigo, *Farfallamia* — Bruno pediu.

Segurando sua mão, cruzamos o *foyer* e subimos até o quarto dele. Bruno mal trancou a porta e colou seu corpo ao meu e os beijos ardentes se inflamaram.

Depressa, livrei-me do meu casaco e agarrei-me a ele com as minhas pernas em torno do seu quadril. Bruno caminhou, carregando-me pelo cômodo, depositando-me na imensa cama coberta por lençóis de cetim azul escuro. Em poucos movimentos, levantei-me e tirei o sapato, em seguida subi em cima da cama e me livrei do vestido e do sutiã, ficando apenas com a calcinha de renda preta. Bruno em pé próximo a cama dirigiu-me um olhar faminto e despiu-se. Meus olhos percorreram toda a extensão do corpo bronzeado que eu tanto amava e contemplei seu membro túrgido.

— *Zingaro mio.*

— Seu, muito seu, *Farfalla mia.*

Bruno se aproximou, derrubando-me na cama, juntou-se a mim e rolamos entre risos, beijos e carícias. Deslizei minhas mãos por seu, peito e abdômen em movimentos ascendentes e descendentes, sentindo a firmeza dos músculos, o calor da pele sob meu toque, sua respiração entrecortada e meu corpo inteiro vibrar com a iminência do que partilharíamos.

Ele se posicionou sobre mim, imobilizando-me, em seu rosto vi todo o amor que sempre desejei pelo qual sempre esperei e nunca pude concretizar. Seus lábios desceram sob os meus, capturando-os em um beijo que mexeu com cada fibra do meu ser. Nossas línguas se entrelaçaram e uma ânsia foi nos consumindo. Interrompi o beijo arfando e gemendo, enquanto Bruno depositava beijos no meu pescoço descendo até encontrar o vale entre minhas pernas ainda velado pela calcinha que ele tirou, deslizando-a provocantemente por minhas pernas.

Seu dedo se enfiou em minha fenda e, sorrindo satisfeito, Bruno sussurrou:

— Você está pronta, tão pronta que eu tenho receio de não me conter. Cada vez que estou dentro de você, *vita mia*, perco o controle, apenas respondo aos meus instintos.

— Assim como eu, *amore mio,* assim como eu — gemi. — Quando estou em seus braços, não me pertenço mais. Passo a responder apenas aos impulsos do meu corpo e meu corpo berra por ser seu, clama para que você me possua, então... me possua, Bruno. — pedi, manhosa. — Possua-me agora e para sempre. Quero você dentro de mim, quero que me possua agora mesmo!

— Sabe, lembro a primeira vez que eu te vi. Comparei seus olhos ao *Lago di Tovel*, você estava adorável.

— Eu estava era desastrada. — Ri de mim mesma. — Sabe que não foi propositalmente que eu derrubei aquela bandeja. Ao ouvir Ana dizer que você é lindo de morrer, não sei... Foi como se algo despertasse em mim para o que estávamos fazendo. Senti tanto medo, temi, tremi tanto que acabei esbarrando nela sem querer e foi assim que tudo aconteceu. Eu simplesmente não pude seguir com o plano. Nem sei como fui me enfiar naquela situação.

— Se tem uma coisa que essa história toda trouxe de bom, foi você, *vita mia.* Mas agora, chega de conversa. Você me pediu que eu a possua e tudo o que eu quero é me enterrar inteiro em você. Você é meu lar, Lara, *ti amo!*

— E você é meu palácio, Bruno, *ti voglio, tanto, tanto che...*

Perdi totalmente minha linha de raciocínio ao sentir seu membro me penetrar e meu interior se expandindo, para recebê-lo, abarcá-lo. Suspirei.

Ali com Bruno dentro de mim, estava completa. Arquei meu corpo, aprofundando a penetração dele, sentindo-o empalar-me com seu pau duro, rebolei instigando-o a mergulhar cada vez mais fundo.

— Não me provoque tanto, *Farfalla*, estou tentando me controlar para não a devorar tão depressa.

— Mas é justamente o que eu quero. Quero ser devorada por você, Bruno e depressa. Depois, teremos uma vida inteira para fazermos amor, rápida, lenta, selvagem ou da forma que quisermos.

— Sendo assim...

Bruno estocou forte e fundo e eu gemi alto, rebolando, provocando-o mais. Ele agarrou minhas nádegas, içando-me, mergulhando dentro de mim, arremetendo com movimentos lentos, porém pungentes. Seguia acariciando seus fartos cabelos, seu rosto cigano, deliciando-me com cada pequena mudança em sua expressão.

Bruno grunhiu e eu sorri. Amo vê-lo naquele estágio, tão perdido, tão excitado quanto eu. Atrevida, deslizei minhas mãos pelas suas costas até alcançar seu bumbum torneado, apertando-o. Ele gemeu enquanto eu, fascinada com aquele deus em bronze. Seu corpo todo esculpido para fazer as meras mortais pecarem apenas de olhar.

Esse corpo, Esse homem e acima de tudo, aquele coração, me pertencia.

Era meu.

Somente meu.

Bruno

Depois que deixei Lara e Alex no restaurante, pensei que definitivamente não teria mais nenhuma chance com ela.

Impagável foi o instante em que a vi cruzar o *foyer* do Ritz. Naquele momento, decidi que se ela estava ali, eu não a deixaria sair, sem ao menos fazer amor com ela, ainda que fosse um adeus. A minha surpresa e felicidade quando ela me pediu que a beijasse, foi como uma resposta do Universo e eu compreendi.

Ela havia feito sua escolha.

Eu.

Ela sempre será minha e eu não perderia aquela chance. Sem delongas, arrastei-nos para meu quarto e é exatamente onde estamos agora. Tenho Lara entre meus braços, nossos corpos emaranhados um no outro, fazendo amor.

Grunhi, penetrando-a, desesperado. Minha sanidade resvalou para outra dimensão, insano, dominado pela gana de fazê-la suspirar, gemer e gozar tão forte, como nunca.

Entre sussurros e gemidos incompreensíveis dela, estoquei duro, fundo, entranhando-me cada vez mais, perdendo-me e achando-me dentro dela, que se expandiu para me abrigar e agora se envolvia, se agarrava em meu pau, enlouquecendo-me. Lara me chama de cigano e eu sempre a chamei de borboleta, ambos almas leves, que vão para o onde o vento sopra, contudo, a beleza da vida nômade há muito havia se desgastado para mim. Tudo o que eu, outrora cigano queria, era trocar a tenda por um lar, uma vida com Lara. Lara era meu lar, nela queria fincar raiz, deixar minha semente, um pedaço do meu corpo e da minha alma.

Agarrado a ela, segui investindo, arremetendo. Suas mãos ousadas agarraram minhas nádegas, trazendo-me mais para perto, incitando-me a invadi-la ainda mais. Sua pele translúcida, brilhava de suor, o meu e o dela misturados, como gotas de orvalho em uma rosa branca. Meu coração batia tão acelerado, estava na boca e meu corpo inteiro pulsava por ela.

— *Lara, Dio, amore, Lara eu...*

— Eu sei... Por favor...

Sentia-a cada vez mais apertando meu pau, sugando-o, engolindo-o voraz.

— Deus, eu estou perdido...

Estoquei, mais uma, duas vezes, Lara estreitou-me mais, mais e mais, agarrando-se a mim e de repente, gemeu alto, tombando sobre o colchão, contorcendo-se abalada pelos espasmos. Em seu rosto vi a expressão de satisfação do clímax.

Seu gemido penetrou meu sistema nervoso, reverberou por todo meu corpo e senti-o inteiro queimar, com o fogo líquido que correu por minhas veias alastrando-se, inflamando a um ponto incontrolável e gritei, liberando a mim mesmo dentro dela em um orgasmo que me sacudiu, varreu e consumiu-me por inteiro, desmanchando qualquer pensamento racional da minha cabeça.

Seguimos os dois ganindo e gemendo, como em uma sinfonia, dois instrumentos afinados sendo tocados naquele ritual orgástico. Nossas respirações aos poucos se estabilizaram e permanecemos enredados por um tempo, corpos fundidos naquela deliciosa tepidez.

Afaguei os longos cabelos escuros, enquanto fitava aqueles lindos olhos azuis que há tanto tempo me prenderam e cativaram, seguia compenetrado seduzido pela beleza do momento. Lara fitou-me e em seus olhos sempre tão transparentes, vislumbrei toda a nossa vida juntos, quando ela ainda ofegante, disse:

— Bruno, *ti voglio, ti amo io ti...*

Torpor...

Seus olhos se fecharam, rendidos ao sono báquico. Com cuidado cobrimo-nos e fechando os olhos, cedi também ao apelo do sono.

Lara ainda seguia adormecida, aninhada entre meus braços depois de fazermos amor como duas feras de forma impiedosa e inclemente.

Observei-a em seu sono, recordando todas as vezes que fizemos amor e da paz que eu só encontrava nos braços dela, do silêncio e da quietude fácil que ela traz para minha vida.

Lara era meu sol e um dia cinzento, a chuva em terra árida, o vento em um dia abafado, o calor que rompia o inverno e o frio que refrescava o calor atordoante. Lara era tudo para mim e simplesmente não podia conceber uma vida sem ela.

Não mais.

Ela se remexeu, abriu os olhos cristalinos, sorriu e disse:

— Olá, *Zingaro mio!*

Aquele sorriso abriu as portas para uma série de recordações. Lembrei-me de cada um dos momentos que nos trouxe até aqui, foram tantos. Lara nas mais diversas facetas como uma copeira, a jovem sensual em Roma, como uma vingadora com a arma em punho, a humanitária, minha Sherazade contando história para as jovens resgatadas no bordel do Cairo, essa lembrança em específico me intrigou.

Aproximei-me mais, rocei meus lábios nos dela e, curioso, indaguei:

— O que acontece no final?

— No final do quê? — Lara, perguntou sem entender.

— Perdoe-me, não contextualizei minha pergunta. O que acontece com o jovem arqueiro do conto de fadas que você contava as jovens em Suez?

— Ah, sim! Você se refere ao mito do *Zhar Ptitsa*, o Pássaro de Fogo.

— Isso! Isso mesmo, como termina?

Lara enrolou o lençol em seu corpo, um tanto acanhada, sentou-se e contou:

"Lembrou-se então do cavalo mágico e disse ao rei:

— Soberano rei! Permita que antes da morte eu me despeça do meu cavalo.

— Então vá!

O arqueiro foi até o cavalo mágico e chorou amargamente.

— Por que está chorando?

— O rei mandou que eu me banhasse em água fervente.

— Não tenha medo, não chore, você sobreviverá! — disse-lhe o cavalo e às pressas lançou um feitiço para proteger o corpo do arqueiro da água quente.

Quando o arqueiro voltou da estrebaria, no mesmo instante, os homens do rei o capturaram e zás... Direto para o caldeirão. O arqueiro mergulhou umas duas vezes na água fervente e saltou fora tão belo e garboso que em palavras nem se pode contar e em contos de fadas não se pode encontrar. O rei, ao ver como o arqueiro ficara belo, também quis se banhar; enfiou-se feito bobo n'água e, no mesmo instante, foi escaldado.

Enterraram o rei e no seu lugar decidiram pôr o fabuloso arqueiro. Então o arqueiro casou-se com Vassilissa-Filha-de-Rei, e viveram juntos no amor por muitos e muitos anos."

Lara finalizou, com um olhar sonhador.

Fitando-a enquanto contava a história, soube exatamente o que faria a seguir e pedi a Deus que me fosse favorável.

— *Farfalla mia*, já esperei muito tempo e não vou esperar mais para te fazer essa pergunta... Lara Ilyena Stepanov Lombardo, você quer se casar comigo?

Lara me encarou, séria. Séria demais e parte da minha determinação se abalou. De repente, ela afastou o lençol, sentou-se em meu colo e respondeu:

— Já esperei demais para dizer "sim" para você, *Zingaro mio.* Sim, Bruno Mancini, eu aceito me casar com você e me tornar Lara Ilyena Stepanov Lombardo Mancini, sua esposa.

Não cabia em mim de felicidade. Enlacei-a em meus braços, derrubando-nos de volta a cama e a beijei, transbordando paixão e carinho. Lara enroscou suas pernas em mim, estreitando nosso contato e meu corpo inteiro despertou com o desejo aceso por aquela mulher, minha futura esposa.

— Te amo, Lara, *Farfalla mia*, te amo e você sempre será...

— Para sempre sua.

— Para sempre seu.

Capítulo 45

Se eu apenas
Pudesse fechar meus olhos
E finalmente superar você.

Turn out the lights - Richard Marx

Iago

Havia feito minha parte.

Vinguei a morte de Milena e Allegra e, de certa forma, dei minha contribuição, ajudando os Mancini a dar um fim em Romano, vingando Lara também, chegou minha vez de cair fora.

Dessa vez nada de Itália, Grécia e Chipre, Inglaterra será meu novo destino.

— Tem certeza de que é isso o que quer? — Angela perguntou, acariciando meu pescoço, enquanto eu terminava de me vestir depois de passar uma tórrida noite de sexo com ela.

— Será melhor assim. Preciso de novos ares e um recomeço.

— Achei que isso entre nós... fosse um recomeço.

Respirei fundo e soltei:

— Angela, devo muito a você e a Lara. Na verdade, eu nem sequer estaria vivo se não fosse por você. Você me encontrou, tomou conta de mim, me ajudou em minha recuperação, com a Dra. Rosso e todo o apoio de Lara. Tenho uma dívida de gratidão impagável com vocês. Com relação ao que temos. Acho que sempre fui claro que...

— Entendi, sim, é verdade. *Sem promessas*... Você deixou claro, desde o início.

— Angela, não quero com isso dizer que não gosto de você e que não curti...

— Iago, não se preocupe. Está tudo bem — respondeu também se levantando da cama e vestindo o *négligé* vermelho, segurou os cabelos em um rabo de cavalo e disse: — Sei que a única mulher que você se interessou, após a morte da sua esposa, foi Donna.

— Isso já foi completamente superado. Não tem nada a ver com Donna, acredite em mim.

— Ok, se você diz...

— Angel... Perdoe-me, mas meu voo sai em algumas horas.

— O meu sairá apenas à noite. Então... Isso é um adeus?

— Não — respondi acariciando o rosto de traços clássicos.

Angela havia se tornado, além de uma grande amiga, uma parceira e com ela tive muito prazer, um prazer inenarrável...

Nós nos dávamos muito bem na cama e seria duro deixá-la. Contudo, meu tempo na Itália havia acabado. Precisava de novos horizontes, afastar-me de tudo aquilo, ao menos por um tempo.

— Isso não é um adeus, é um até breve.

Aproximei meus lábios cativando os delas, provando-os uma última vez e senti as lágrimas umedecerem seu rosto.

— Angela, por favor, não chore. *Caspita, Io sono uno stronzo!*

— Está tudo bem. Vá ou você vai perder o voo. A gente se vê... um dia.

Ponderei se seria seguro confessar a Angel o real motivo pelo qual eu estava deixando Nápoles. Não queria, depois da trégua conquistada entre Lombardo e os Mancini, incitar uma nova disputa com capos mafiosos. Na verdade, queria distância desse mundo que custou a vida da minha prima, minha esposa e filha.

Peguei minha mala, meus óculos escuros e deixei o quarto.

Sem olhar para trás.

Capítulo 46

Hoje nossas vidas se tornam uma
E vamos começar a seguir nossos sonhos
Desse momento em diante
Tudo o que sou, tudo o que sou, é seu

Evermore - Benise

Bruno

Ayia Napa Cathedral, Limassol, Chipre...

Depois de tantos percalços, finalmente chegou o nosso dia!

Romano está morto e a paz reinava na família Mancini e Lombardo. Agora estava ali, aguardando ansioso por ela...

Lara...

Lara Lombardo.

Em breve seria Lara Mancini. Uniremos mais que sobrenomes, uniremos nossas vidas, há tanto tempo entrelaçadas pela trama do destino e finalmente seriam uma só.

Com a pulsação acelerada aguardava o início da cerimônia.

Nossos padrinhos já estavam no altar. Acompanhando-me, Gianluca e Kat, Sam e Silas, Luigi e Estefania, que aliás, estava em sua terceira gestação e ambos ela e a criança seguiam bem e muito saudáveis. Luigi estava entusiasmado com a perspectiva de ser uma menina; eles decidiram descobrir o sexo do bebê apenas quando Fanny der à luz.

Marcelo e Donna, Alex e Pinkerton, Fabrizio e Sheila, como padrinhos de Lara estavam do outro lado do altar.

E eu estava meio ansioso, com o coração na boca. Marcelo me encarou com um olhar fraternal e notei algo como orgulho em suas feições. Luigi, sempre descontraído, disse:

— Bruno, nunca imaginei que esse dia fosse chegar, sério.

— E eu nunca imaginei minha vida com outra pessoa, apenas Lara. Sempre foi ela. Sempre será.

Minha mãe estava na primeira fila, uma rainha elegante e imponente como sempre. Ela piscou para mim e me soprou um beijo com ambas as mãos.

Todo o nervosismo e ansiedade se dissiparam quando as portas se abriram e ela surgiu em meu campo visual.

Lara, conduzida pelo braço direito por Leonida e pelo esquerdo por Papà Mancini.

A música que soou a sua entrada era delicada, linda e fez meu coração transbordar de ternura.

A igreja Ayia Napa é a mais bela igreja em Limassol, situada na rua Agios Andreo havia sido construída sobre as ruínas de uma pequena igreja bizantina e tudo ao meu redor tinha um ar de conto de fadas. A grande cúpula com afrescos de herança da época bizância, os grandes lustres que pendiam do teto lançando luzes aos detalhes em dourado da catedral, tudo de uma beleza indelével. Não era uma igreja gigante e justamente por esse detalhe Lara e eu a escolhemos para uma cerimônia linda, porém simples, respeitando o que ambos decidimos em comum acordo.

Lara fazia seu caminho pela nave, parecia flutuar pelo ar como uma borboleta, como uma nota musical.

Sua beleza incomparável fora realçada pelo vestido de noiva em renda branca com aplicações de não-me-esqueças e lilases, flores cujas cores lembravam os seus lindos olhos. Em suas mãos trazia um buquê de camélias brancas. Uma coroa de pequenos não-me-esqueças, ornava seus lindos cabelos ébanos em cachos ondulando livremente pelas costas. Lara caminhava com elegância e simplicidade, sorrindo e com seu sorriso fazendo meu coração errar uma batida.

Minha bela fez seu caminho chegando ao altar.

— Eu te recebo, *figlia mia,* de agora em diante você é uma Mancini. Seja feliz e faça *mio ragazzo* feliz. — Foram as palavras de meu *papà*.

— Farei, *papà* — Lara respondeu a meu pai, visivelmente emocionada.

Lombardo, encarando-me, segurou minha mão junto à da filha.

— Eu te recebo como *figlio mio.* — Seu olhar marejou, ele respirou fundo, exprimiu um suspiro e prosseguiu: — Seja feliz e faça *mia ragazza* feliz.

— Eu farei, Leonida. Prometo que farei.

Papà segurou nossas mãos, fitou em meus olhos e disse:

— *Figlio mio,* faça essa mulher feliz, ame-a com todo seu ser e a proteja. Lembre-se, sua missão na vida agora é amá-la e protegê-la *veramente*.

— Sim, *papà*. Eu a amarei e cuidarei sempre.

Esperei Leonida ocupar seu lugar no banco da frente e meu *papà* seguir para o assento ao lado de minha mãe, cujo rosto cintilava com algumas lágrimas furtivas. Assim que *papà* Mancini se sentou, virei-me e encarei minha *Farfalla*, fitando aqueles imensos olhos azuis safira. Tudo no rosto dela transparecia felicidade, confiança e certeza. Todos os medos, os traumas do passado foram vencidos e de agora diante de mim, viveria junto da mulher que sempre fora a dona do meu destino, minha heroína e salvadora.

Meus pais assistiam de mãos dadas, com imensa alegria, lançando-me um olhar e depois se voltaram um para o outro e se fitaram. De onde eu estava, vi as chamas de amor e paixão chisparem entre os dois. Eles vivem seu amor à plenitude, construíram um relacionamento cheio de verdade e uma família na qual a maior regra a reger sempre foi a do amor. A atmosfera de felicidade exalava no local por onde quer que olhássemos.

O padre iniciou a cerimônia e eu mal conseguia me conter, minha vontade era pular para a parte do "Pode beijar noiva".

O tempo parecia não passar, arrastava-se e tudo o que eu mais queria era receber a bênção e de uma vez, ter meu destino e o de Lara selado para sempre.

No momento da troca de aliança, segurei sua mão com todo carinho. Deslizei aliança em seu anelar repetindo as palavras do padre e ao final, acrescentei:

— Para sempre minha.

Lara sorriu e segurou minha mão, tremendo, porém confiante repetiu com firmeza as palavras do padre, sorriu e completou:

— Para sempre meu.

Acariciei sua mão e beijei o dedo, agora portando a aliança, símbolo da nossa união. O padre, finalmente proclamou as palavras que e tanto esperei ouvir.

— Eu vos declaro marido e mulher. Pode beijar a noiva.

Mal o sacerdote proferiu a frase, meus lábios já encontram os de Lara em um beijo nada comportado, cheio de amor e verdade. A verdade de um amor que floresceu contra todas as probabilidades, um amor que lutou, enfrentou anos, percalços, inimigos de sangue, entretanto, saiu triunfante.

Bebia de seus lábios o néctar mais doce. Sentia nossos corações baterem a um mesmo ritmo apaixonado. Interrompi o beijo e sussurrei ao seu ouvido:

— *E ali em Limassol foi coroada, a mais bela noiva que se podia encontrar em qualquer tempo e lugar. Uma rainha virtuosa, de lindo rosto. Agora sou o rei mais glorioso. Porque vitorioso e porque me casei com a prometida, à qual empenhara a palavra e a vida.*

Lara sorriu diante da citação, seu sorriso iluminando o rosto e novamente nossos lábios se tocaram, apaixonados, perdemo-nos no enlevo daquele momento mágico.

Os convidados e o padre ovacionavam, Lara resplandecia de felicidade e eu irradiava. Sabia que uma pequena recepção nos aguardava no Kolossi Castle, contudo, não queria ter de esperar mais. Encarei-a por um instante e Lara, lendo meu olhar, percebeu minha intenção balançou a cabeça em negativa, rindo.

— Bruno, você não seria capaz de...

— Sim, vamos adiantar nossa fuga.

— *Tu sei pazzo, pazzo! Più ti voglio*. Você é louco, mas eu te amo mesmo assim.

Segurei sua mão confiante, Lara sorriu e em um impulso, corremos entre os convidados, como duas crianças a felicidade infantil fluindo de nossos corações. Localizei meu carro, entramos e eu dei partida.

Lara gargalhou e disse:

— Seu maluco, para onde vamos? Você planejou isso, não é, *signore* Bruno Mancini?

— Mas é claro, *signora* Mancini, tenho tudo planejado para que a primeira noite de nossas vidas seja tão linda como merece. Você confia em mim?

— Totalmente

— Para sempre minha.

— Para sempre meu.

Epílogo

New York, ONU, novembro...

Bruno

Suspirei de orgulho ao ouvi-la discursar lindamente.

Lara, minha Lara, *Farfalla mia,* agradecia o prêmio recebido e em um dia tão importante. Um prêmio mais do que merecido pelo seu trabalho de apoio e proteção às mulheres.

Dia 25 de novembro era celebrado o *Dia Internacional de Luta Contra a Violência à Mulher*. E a data foi escolhida como forma de homenagear as três irmãs dominicanas, Pátria, Minerva e María Teresa, conhecidas como *Las Mariposas*, brutalmente assassinadas por se oporem e lutarem bravamente contra o sistema ditatorial do caudilho e déspota Rafael Leónidas Trujillo, sendo mortas dia 25 de novembro de 1960. Foram estranguladas, seus ossos quebrados e seus corpos trancafiados em um jipe, encontrado no fundo de um precipício, chocando o país e causando grande comoção social.

A *Assembleia Geral da ONU,* em 1999 nessa data instituiu o *Dia Internacional da Não-Violência Contra a Mulher,* levando em consideração a luta e importância dessas três mulheres.

A ONU, a Secretaria Nacional dos Direitos Humanos e o Ministério do Desenvolvimento e Combate à Fome atuam promovendo de forma conjunta, ações nessa data todos os anos, trazendo à baila discussões para combater qualquer tipo de violência contra a mulher.

Depois de dois anos de casados, sigo totalmente apaixonado por Lara. Nossa vida, segue sendo uma linda história. Depois de lutarmos tanto, vivemos anos abençoados e muito felizes.

Ela se encaminha para o fim do discurso, quando Gianluca, sentado ao meu lado, cutucou-me.

— Bruno, você quer meu lenço? Acho que tem uma baba escorrendo no seu queixo — provocou, jocoso, enquanto Kat seguia compenetrada ouvindo Lara.

— Logo você, Giani falar algo assim? Você que tem um orgasmo cada vez que Kat fala sobre Linguística?

— *Bruno tiene razón, hijo*. Você é tão embasbacado por Kat, quanto Bruno por Lara — Carlos Vega comentou provocando o filho.

— *Padre*, e eu por acaso não o vejo também suspirar apaixonado cada vez que Jana segura um livro na mão? Na verdade, não podemos recriminar um ao outro, somos homens muito apaixonados por nossas esposas. Isso não é errado, é? — Gianluca perguntou.

Sorri e um filme passou em minha cabeça, lembrei a primeira vez que vi minha borboleta e sucessivamente cada vez que nos vimos, cada beijo trocado, cada carícia. Aquelas lembranças são os alicerces do nosso amor. Sou imensamente feliz por Lara ser minha esposa, por ser a minha melhor amiga, a mulher que eu admiro e amo mais que tudo no mundo. Estávamos rodeados pelos meus irmãos e suas esposas, nossos melhores amigos, Alex, Luciana, Blanca, Fayed, Silas e até Sam estavam ali, prestigiando aquele momento. Angela seguia sentada ao lado de Jana, que acompanhada do marido Carlos Vega, tomava nota de tudo.

Jana, apaixonada por literatura, depois que seus filhos gêmeos Victor e Perlinha completaram dez anos, decidiu realizar um de seus sonhos antigos: escrever um livro.

Quando Kat apresentou Lara a amiga e comadre, Jana Sanz Vega, Lara compartilhou um pouco de seu trabalho com as mulheres e a história de como nós nos conhecemos e foi quando Jana pediu para escrever um romance.

Lara, a princípio, ficou relutante, contudo, incentivei-a a compartilhar nossa história com outras pessoas, assim como Franca Viola fez e ajudou muitas mulheres a lutarem por seus direitos na Itália. Nossa história, se retratada em um romance, pode ajudar várias mulheres ao redor do mundo. Por fim, Lara aceitou e Jana em breve lançará o livro que se chama *Palácio dos Sonhos.*

Lara finalizou seu discurso e foi ovacionada de pé por uma plateia encantada. Nossos olhos se encontraram e ela sorriu, seus olhos azuis safiras, irradiavam amor e me vi refletido neles.

Encerrada a solenidade e após os cumprimentos, Lara finalmente se aproximou e eu a abracei, rodando-a em meus braços.

— *Farfalla mia*! *Sei stato stupenda*! Parabéns, *amore*!

— *Grazie, Zingaro mio*!

Lara colou seus lábios nos meus e eu esqueci completamente qualquer outra coisa que tencionava dizer. Sempre me perco em seus lábios. Sua língua ousada provocou-me e meu corpo despertou, instigado. Continuei provando da maciez e doçura daqueles lábios por mais algum tempo.

Lara interrompeu o beijo sorrindo e disse:

— Eu te amo, *Zingaro mio!* Você é e sempre será meu sopro de vida.

Minhas mãos ampararam seu rosto, emoldurando-o, seus olhos azuis cintilantes e ternos fitaram os meus e eu me afoguei na doçura do contato.

— Lara, *Farfalla Mia*, amor maior do que o que eu sinto por você não existe. Imagine cada conto de fadas que você conhece, cada final feliz. Eles não são nada perto de você e eu. *Ti amo, Farfalla mia. Oggi è sempre!*

Voltamos a nos beijar, esquecendo-nos completamente de onde estávamos. Até que ouvimos um pigarrear.

— Que cena linda? Será que eu consigo em palavras traduzir esse amor? Será que ainda dá tempo de escrever um epílogo antes de o livro seguir para a gráfica? — Jana indagou, enquanto Carlos a envolveu em seus braços carinhosamente.

— Sabe Jana, acabei de dizer a Lara que cada conto de fadas que ela conhece, cada final feliz, não são nada perto de nós.

— Olha, infelizmente vou ter de discordar — Carlos disse olhando intensamente a esposa e em seguida a beijou apaixonadamente.

Jana interrompeu o beijo, arfando.

— Definitivamente o livro merece um epílogo. Lara, se você concordar, posso escrever sobre hoje — propôs.

Lara olhou de Jana para mim e sorrindo concordou.

— Jana, tenho certeza de que você escreverá um lindo epílogo. Siga em frente.

Jana abraçou Carlos, empolgada, e em seguida fomos rodeados por todos nossos amigos e familiares, cumprimentando minha linda, doce e maravilhosa esposa.

Estefania entregou a pequena Francesca e Lara a segurou nos braços, brincando com a criança e eu observei a cena enternecido. Faz alguns meses, conversamos sobre filhos. Ela achou melhor esperar mais um ano e eu concordei. Enquanto isso, mimamos nossos sobrinhos.

Mais tarde, em nosso quarto de hotel, Lara deixou o banheiro e cruzou o quarto trajando uma bela camisola em seda vermelha.

— *Amore, tu sei belíssima!*

Levantei-me imediatamente agarrando-a feito um bárbaro e rapidamente lancei-a na cama, meu corpo aprisionando o dela no colchão, seu sorriso sensual e olhos faiscavam, ansiosos pelo que viria.

Beijei-a demoradamente, devorando seus lábios. Minhas mãos percorreram o corpo, livrando-a da peça em seda vermelha e da lingerie em renda, desnudando-a.

— Sei que planejamos ter um filho apenas no próximo ano, mas nada nos impede de praticarmos, muito enquanto isso — afirmei, excitado.

— Eu amo praticar — Lara sussurrou, serpenteando seu corpo sob o meu.

— E eu amo ouvi-la dizer isso. Amo você, *Farfalla mia,* Lara Stepanov Ilyena Lombardo Mancini.

— E eu amo você, *Zingaro mio*, Bruno Mancini. Vamos escrever mais uma página de nossa história agora?

— Mal posso esperar!

Colei meus lábios aos dela em um beijo cheio de carinho, paixão, tesão e um amor lindo e puro. Nesta noite, construiremos mais uma parede do nosso palácio dos sonhos. Escreveremos mais uma página do livro da nossa vida.

Una bella vita!

Sobre a máfia

Camorra

Criada em Nápoles, na Itália, é mais uma organização criminosa. O grupo já foi alvo de estudos, filmes e livros, tamanha a complexidade de sua organização. Criada em um meio urbano, surgiu em meados do século 19, quando Napoli pertencia ao Reino das Duas Sicílias, dos Bourbons. A organização controla seu território de perto e construiu uma teia de informantes e colaboradores junto às classes sociais mais pobres da Itália.

A Camorra conta com aproximadamente 110 famílias em operação em mais de 7 mil colaboradores e afiliados. Suas atividades são inúmeras e seus trabalhos são executados em escala global. Entre os crimes praticados pelo grupo, podem ser destacados: jogo clandestino, monopólio da produção de cimento em Campânia (Sul da Itália), fraude na importação de carne, tráfico de drogas, contrabando de cigarros, entre outros.

Estima-se que 4,5 mil pessoas pertençam aos clãs da Camorra, baseada em Nápoles e Caserta, no Sudoeste da Itália.

Seu principal negócio é o tráfico de drogas e seus métodos são extremamente brutais. A organização também consegue dinheiro extorquindo construtoras, empresas de descarte de resíduos tóxicos e a indústria têxtil. A Camorra produz ainda falsificações de artigos da moda italiana.

A forma de atuar da Camorra foi documentada pelo jornalista italiano Roberto Saviano no best-seller Gomorra. Depois de receber diversas ameaças de morte, o repórter passou a viver com proteção constante de guarda-costas.

Cosa Nostra

Significa algo como "assunto nosso" em tradução livre, é considerada a primeira máfia baseada em clãs familiares. Ela é famosa pelo omertà, um código de silêncio que serve para demonstrar lealdade total ao grupo. Quem a descumpre é considerado traidor e pode ser torturado ou morto. Casos de descumprimento das punições podem levar a castigos a famílias inteiras.

Ndrangheta

É um império multinacional, a Máfia número 1 na Itália, a mais perigosa com conexões políticas fortes. Seus negócios vão do tráfico de drogas, até extorsão, passando pelo tráfico de armas, prostituição e lucro derivado de contratos públicos.

Com uma força de mais de 50 mil soldados, 380 famílias em sete áreas continentais, a máfia calabresa tem ramos na Argentina, Austrália, Bélgica, Canadá, Colômbia, Alemanha, México e Estados Unidos. É uma máfia que se expande por toda parte.

Agradecimentos

Chegou um dos momentos que eu mais amo quando finalizo uma história: dos agradecimentos. Minha lista, graças a Deus, costuma crescer bastante!

Começo agradecendo a você, querida Ketsia Duarte, que logo no início da jornada de escrita desse livro me presenteou com muito carinho com algo que nem sequer imaginava e que era exatamente o sinal que eu precisava para prosseguir com esse romance tão cheio de metamorfoses.

Minhas betas, Aline "Mancini" Morais, Janaina Sousa, Raquel Alves e Sheila Pauer, saibam que eu as amo!

Angela Teano, minha amiga linda, sempre ouvido atento e coração generoso. Muito obrigada por ser tão angelical!

Katlin Marques, minha amiga e musa, muito obrigada pela amizade e carinho ímpar desde sempre. Eu te amo!

Dennis Romoaldo, divo, mago das capas divosas e leitor mais do que empolgado, lindo e queridíssimo, muito obrigada por tudo! E aguarde logo, logo teremos O Destino de Iago.

A Joyce Designer editorial. Muito obrigada pela linda capa que capta a essência da história de Bruno Mancini.

Alyne Macias, Alyne Machado, Brendha Buker, Christiane Fernandes, Daiane Gonçalves, Dani Fagundes, Dany Caldas, Dayene Arante, Évelyn Oliveira, Fernanda Ramos, Juh Barbosa, Juliana Guimarães, Juliana Carneiro, Kelly Freire, Kyara Rebecchi, Lidiane Cavalcante, Lívia Guanabara, Luciana Gross, Manuela Lima, Maria Helena (Malena), Maria Cristina, Maria Aparecida da Silva (Cidoka), Monica Cristina Brevighieri, Nalussim Torres, Patrícia Lopes, Ramiles Santos, Silvana Brito, Tati Espricigo e meu povo lindo do grupo de Whatsapp JanaLovers, muito obrigada. Não tenho palavras para agradecer a vocês, minhas queridas por deixarem meus dias mais alegres, por se entusiasmarem, vibrarem e disputarem esses mocinhos. E olha que o Bruno deu trabalho na disputa, hein? Amo cada uma de vocês!

Babi A. Sette, por me contagiar com sua energia élfica, nossas conversas sempre me fazem um bem enorme, elas me entusiasmam e me alegram, coisa que só o Universo explica. Muito Obrigada por tudo. Amo você!

Janaina Rico, nunca vou esquecer do quanto você incentivou para que eu publicasse meu primeiro livro e veja só quão longe chegamos. Viva! Muito obrigada!

Juliana Dantas, por ser a primeira a me "obrigar" a publicar meu primeiro livro na Amazon, por sempre me ajudar, desde o início com dicas sobre o KDP e por tudo o mais. Sim, às vezes, eu sei que te enlouqueço hahaha. Muito obrigada!

Leila Meireles, autora, amiga e uma pessoa incrível que os livros me trouxeram. Sua voz mansa e seu carinho me alcançam e me comovem de uma forma que você não faz ideia. Obrigada por, além de criar suas lindas histórias, ainda me conceder a honra de ler as minhas. Gratidão de coração.

Patrícia Rammos, sua linda, que sempre está me incentivando a seguir, muito obrigada pelas nossas conversas, pelas dicas, por me ajudar a ser resistência, por me divulgar e acima de tudo, pela amizade maravilhosa!

Tatiana Amaral, essa merece o prêmio de paciência da década. Hahaha! Tati, muito obrigada por tudo, por ser essa autora maravilhosa que você é, por ser esse ser humano único, por ser uma amiga em toda hora mesmo, incondicional. Eu nem sei o que fiz para ter alguém como você na minha vida. Eu te amo!

A minha madrinha de Crisma, Edna Rocha dos Santos, por ser uma das pessoas em minha infância a incentivar meu hábito pela leitura. Muito obrigada!

A minha amiga desde a infância, Edilene Rocha Sandrim, que na minha adolescência me presenteou com meus três primeiros exemplares de livros do meu bardo (sim, sou bardólatra!): Macbeth, Romeu e Julieta e Sonho de Uma Noite de Verão. Di, você plantou a semente de Shakespeare em meu coração e jamais vou esquecer a bênção. Muito obrigada, minha amiga. Amo você!

Ao amigo, cantor, compositor e cover do Special Queen, Pedro Caio, pela autorização do uso de sua música autoral, Pela Primeira Vez, na epígrafe do capítulo 24. Muito obrigada, Pedro. Você sabe que eu me apaixonei por essa música desde a primeira vez. Valeu, man!

Dori, que um segue enchendo nossa casa de livros. Seremos expulsos do quarto a qualquer momento. Hahahha

Amo você, meu Zingaro.

A Halice FRS por sempre ser atenta, sensível por todo o trabalho delicado de revisão e dessa vez, ao ritmo de *Under Pressure* do Queen (piada interna). Amo você!

A autora e editora Cátia Mourão, por todo o carinho e por seguir acreditando e investindo nos meus livros. Muito obrigada, Catita!

A cada Instabook, que me segue e apoia, a cada leitor que se permitiu me acompanhar nessa jornada, meus mais sinceros agradecimentos. Eu só estou aqui graças a vocês!

Agradeço a Deus, que me permitiu, mesmo em meio a tantos percalços, assim como minha personagem Lara, que do ovo, larva, pupa e imago até a estágio adulto, completou sua metamorfose e de forma árdua, tornou-se uma borboleta, assim eu também completei minha metamorfose.

"Não to mandei eu? Esforça-te, e tem bom ânimo; não te atemorizes, nem te espantes; porque o Senhor teu Deus está contigo, por onde quer que andares."

Josué 1;9.

Jana Perla

www.lereditorial.com

@lereditorial